Liora Blake

Wild Dream

Die Autorin
Liora Blake ist Romance-Autorin und lebt in Colorado. Sie schreibt, weil es das ist, was sie immer tun wollte. Sie schreibt Romane, weil sie es mag, die ganze Geschichte zu erzählen. Und sie schreibt Liebesromane, weil Happy Endings einfach am schönsten zu erzählen sind. Wenn Sie nicht gerade tippt, backt sie wahrscheinlich Kekse, die sie nicht essen sollte, denkt sich raffinierte Entschuldigungen aus, damit sie nicht joggen muss, oder bittet einen netten Barista ihr einen weiteren vierfachen Espresso zu machen.

Das Buch
Garrett Strickland ist ein Junge vom Land, in jeder Hinsicht. Er ist loyal und lebt im Hier und Jetzt, nicht in der Vergangenheit. Denn dort liegen nur ein abgebrochenes Landwirtschaftsstudium, das ihm eigentlich eine blühende Zukunft bescheren sollte, und der Tod seines Vaters, der ihm die überschuldete Familienfarm hinterließ. Nach dem Verkauf hat Garrett ein für alle Mal gelernt, dass wilde Träume einen nicht weiter bringen und man nur Gefahr läuft alles zu verlieren. Bis sein Weg den eines Stadtmädchens kreuzt, das gerade seinen Traum von der Zukunft verwirklicht, und er sich fragt ob das Hier und Jetzt wirklich reicht.
Cara Cavanaugh ist bereit für das große Leben. Selbst wenn es bedeutet ihr bisheriges komplett über den Haufen zu werfen und ihren Verlobten und einen gut bezahlten Job in Chicago zu verlassen. Nun hofft sie, dass ein Schreibauftrag in den Weiten Colorados der erste Schritt in Richtung einer glorreichen Karriere als freischaffende Journalistin ist. Leider hat sie vom Leben auf dem Land so viel Ahnung wie vom Kühe melken. Aber als liebenswerter Typ von nebenan, der dazu auch noch aussieht wie dem nächsten Country Music Video entsprungen, ihr seine Hilfe anbietet, merkt Cara, dass die beste Story vielleicht eine Love Story ist. Nämlich ihre …

Liora Blake

Wild Dream

Aus dem Amerikanischen von Peter Groth

Roman

FOREVER

MIX
Papier aus verantwortungsvollen Quellen
FSC® C083411
www.fsc.org

Deutsche Erstausgabe bei Forever.
Forever ist ein Digitalverlag der Ullstein Buchverlage GmbH, Berlin
Oktober 2017

Titel der amerikanischen Originalausgabe: Second Chance Season

Übersetzung: Peter Groth
Umschlaggestaltung: ZERO Werbeagentur, München
Titelabbildung: © FinePic®
Satz: Pinkuin Satz und Datentechnik, Berlin
Druck- und Bindearbeiten: CPI books GmbH, Leck
ISBN 978-3-95818-916-4

Kapitel 1

Garrett Strickland

Wenn man etwas über jemanden herausfinden will, gibt es dafür hundert verschiedene Möglichkeiten. Trinkspiele und Persönlichkeitstests, oder den langen Weg mit ganz viel Zeit. Doch wo ich herkomme, da gibt es etwas, das wesentlich effektiver und weniger kompliziert ist – und womit man niemals falsch liegt.

Dein Wagen.

Von der Marke und dem Modell bis zu der Anzahl an Dellen und Beulen, diese Dinge verraten eine Menge darüber, mit wem man es zu tun hat. Stell dir jemanden vor, der mit nagelneuer Karre herumfährt, die so glänzt, als käme sie gerade vom Fließband, mit Rädern, die so sauber sind, als hätten sie noch keine Schotterpiste gesehen, und werden es wohl auch niemals. Ich würde wetten, dass der Besitzer mindestens genauso glatt und poliert ist. So einer, der sein Bier crafted trinkt und sich den Bart frisieren lässt.

Aber ein verbeulter Pick-up mit einer dichten Staubschicht auf dem Armaturenbrett, einer Ladefläche voll Heuballen und einem Border Collie auf dem Beifahrersitz? Den Typen kenne ich wahrscheinlich. Das könnte jemand sein, mit dem ich aufgewachsen bin oder jemand, mit dem mein Dad aufgewachsen ist. Wenn dein Wagen nur dann Wasser sieht, wenn es regnet, und sich anhört, als bräuchte er dringend einen neuen Auspuff, dann ist hier in Hotchkiss die Wahrscheinlichkeit groß, dass ich dich schon mein ganzes Leben kenne.

Was mich betrifft: Ich fahre einen Ford F350 von 1996 mit Doppelkabine, Dieselmotor und ausreichend Blechschäden, um deutlich zu machen, dass es kein Showtruck ist. Er ist höhergelegt, um seine Aufgaben zu erfüllen, wenn ich auf dem Feld bin, aber nicht so sehr, dass es aussieht, als müsste ich damit etwas kompensieren, was in meiner Hose oder zwischen meinen Ohren fehlt. Der Tachostand ist weit über die Dreihunderttausend hinaus, doch ich würde trotzdem jede Wette eingehen, dass er noch zuverlässiger ist als irgendeiner dieser Wegwerf-Importe, die man so auf der Straße sieht. Er kann auch wie ein Ochse ziehen. Keine Unterbrechung, keine Verzögerung, nichts als Kraft, wenn man sie braucht. Und nein, mein Truck hat keinen Namen. Solchen Quatsch machen nur völlige Schwachköpfe.

Was das Wichtigste ist: Er gehört mir. Klar und deutlich, die Papiere bekommst du nur über meine Leiche, er ist ein Blechhaufen, doch er gehört mir. Und nichts fühlt sich so gut an. Denn zu verlieren, was dir wichtig ist … das ist übel.

Also, was verrät mein Wagen über mich?

Heute verrät er vor allem eins: dass ich cleverer bin als Braden.

Denn wenn ich Braden wäre, dann würde ich jetzt feststecken und müsste zusehen, wie die Räder meines Dodge tiefe Furchen in den Schlamm des Feldes graben, auf dem wir heute Morgen Gänse gejagt haben. Ich wäre angenervt und würde unentwegt »Scheiße« murmeln. Genauso, wie es mein bester Kumpel gerade macht.

Zum Glück fahre ich keinen Dodge. Ich fahre einen richtigen Truck.

Ich werfe noch einen Blick in den Rückspiegel und genieße für ein paar weitere Sekunden den Anblick von Bradens finsterem Gesicht, bevor ich den Rückwärtsgang einlege. Ich lenke mit einer Hand und bleibe neben ihm stehen, so dass unsere

Fenster nebeneinander sind. Ich stelle die Schaltung auf Parken, lasse den Motor aber laufen, denn wir wissen beide, wie es ablaufen wird. Er wird mir sagen, dass ich mich verpissen soll, dann wird er wieder versuchen, allein herauszukommen, schließlich wird er aufgeben und mich anbetteln, seinen Arsch hier herauszuziehen.

Vielleicht ist betteln ein wenig übertrieben. Eher ein Knurren und Fluchen wie ein wütender Elch, der sich dem Unvermeidlichen ergibt.

Ich kurble die Fensterscheibe runter, sage aber nichts, sondern lege nur den Unterarm auf die Türverkleidung und trommele beiläufig mit den Fingern. Braden geht vom Gas und das Röhren seines übersteuerten Motors wird zu einem leisen Jammern, was es leichter macht, seine freundliche Dankbarkeit über meine Ankunft zu vernehmen.

»Verpiss dich, Strickland.«

Ich zwinge mich, mein Grinsen zurückzuhalten. Und es geht los.

Er ist bereits in einer ziemlich gereizten Stimmung, doch das macht den Spaß noch größer, es ihm richtig zu geben. Zuerst hatte er verschlafen, was Braden niemals tut. Deshalb hatten wir unseren Morgen später als geplant begonnen und waren erst bei Sonnenaufgang bereit gewesen – ungefähr eine Stunde zu spät. Man hat bei der Gänsejagd Erfolg, wenn man eine Weile vor dem ersten Tageslicht auf dem Feld ist, damit es noch immer dunkel ist, wenn man seine Köder auslegt. Macht man es später, dann können die Vögel sehen, was man tut, womit deine Chancen für eine anständige Jagd im Eimer sind.

Dann hat sein Jagdhund – ein umwerfendes karamellfarbenes Chesapeake Bay Retriever-Mädchen namens Charly – …, nun ja, überhaupt nicht gehört. Sie war die ganze Zeit unruhig und wild und hat die perfekte Darbietung eines tauben Hundes abgegeben, indem sie jeden Befehl ignoriert hat, den Braden ihr gab. Ich habe den Morgen damit verbracht, ihr als Belohnung für ihr schlechtes Benehmen heimlich Wild-Dörrfleisch zuzustecken.

Als Höhepunkt des Ganzen hat Braden dann ungefähr alles verfehlt, auf das er geschossen hatte. Ich übertreibe nicht, denn er hat wirklich alles verfehlt. Selbst die Querseite einer Scheune wäre vor ihm sicher gewesen. Was ich ihm übrigens auch jedes Mal gesagt habe, wenn er es danebenschoss.

Jep, schöne Zeiten. Richtig schöne Zeiten. Zumindest für mich.

Ich nehme die Hostess-Fruchtschnitte – Apfelgeschmack, was sonst – von meinem Armaturenbrett und reiße die Verpackung auf.

»Na, na. Kein Grund, so vulgär zu sein. Ich wollte nur kurz nach dir sehen. Es scheint ja fast so, als hättest du ein wenig Pech hier draußen. Ich sorge mich nur um dich, Braden, das ist alles.«

Braden tritt wieder aufs Gaspedal und die Reifen des Trucks geben wirklich alles und werfen den Dreck so heftig durch die Luft, dass meine Windschutzscheibe schnell aussieht, als würde ein außergewöhnlicher Schlammsturm über das Feld ziehen. Ich beiße in die köstliche Apfelschnitte und wische mir mit dem Jackenärmel etwas Zuckerglasur vom Kinn. Charley riecht meinen Snack vom Beifahrersitz aus und krabbelt über Braden hinweg, stellt sich auf seinen Schoß, um den Kopf aus dem Fenster zu strecken und zu sehen, ob es eine Möglichkeit gibt, mein Gesicht aus dieser Entfernung abzulecken. Braden geht sofort vom Gas und lehnt sich weit in seinen Sitz, den Blick zum Himmel gerichtet.

Ich nehme noch einen Bissen und warte einfach ab. Nach ein paar weiteren, geknurrten Schimpfworten, schiebt Braden Charley sanft, aber entschieden zurück auf den Beifahrersitz und kurbelt sein Fenster hoch.

»Zieh ihn raus«, knurrt er.

Ah, da ist der mürrische, besiegte Elch, von dem ich wusste, dass er irgendwann auftauchen würde. Sein Fenster ist schon halb oben, als ich den Kopf zu ihm drehe und die Hand ans Ohr lege. »Wie war das? Sag es noch mal?«

Er hört mit dem Kurbeln auf und wirft mir einen bösen Blick zu.

»Ich habe einen blöden Platz zum Parken ausgewählt. Das ist alles. Zieh ihn einfach raus, Garrett. Ich muss zur Arbeit.«

»Siehst du« – ich hebe einen Zeigefinger und drehe ihn in seine Richtung – »genau damit hast du verkackt. Du hättest von vornherein mit deinem Dienstwagen kommen sollen.«

Braden ist Jagdaufseher für den Staat Colorado und sein Dienstwagen ist ein Ford, meine Steuerdollar sind also sinnvoll angelegt worden. Ich werde niemals verstehen, warum er privat eine hübsche Stange Geld für einen Dodge ausgegeben hat. Wir sind Freunde, denn wir jagen beide gern. Ich bin gut für seine mürrische Grundhaltung und mag seine direkte Art. Außerdem hat er einen ganzen Anhänger voll hochwertiger Gänseköder.

Ich esse die restliche Fruchtschnitte und werfe die leere Packung auf die Ablage, dann ziehe ich mit übertriebener Geste meine Jacke an und setze meine Baseballcap richtig auf, bevor ich den Rückwärtsgang einlege. Und auch wenn ich das niemals laut sagen würde, so weiß ich doch genau, wen ich anrufe, wenn ich eines Tages mal derjenige bin, der feststeckt. Ohne Zögern wird Braden mit seinem Cummins-Dieselmotor und ein paar Flüchen auf der Zunge kommen – wann und wohin auch immer.

Ich trete ein paarmal aufs Gaspedal und lasse den Motor aufheulen, nur so als Statement.

»Zwei Worte, Braden.« Er wirft den Kopf nach vorn und greift sein Lenkrad fester. Ich muss grinsen. »Ford Powerstroke.«

* * *

Zwanzig Minuten später sind wir beide unterwegs. Braden fährt auf dem Highway 92 in Richtung Osten zu den Büros von Parks & Wildlife und ich fahre westlich nach Hause, um schnell zu duschen und mich umzuziehen. Braden kann bei seinem Job in Tarnkleidung auftauchen, wenn er es will, doch ich arbeite im Genossenschaftsladen von Hotchkiss, wo Jeans und eine Arbeitsjacke passender sind.

Ich stelle das Radio ein wenig lauter, um besser zu hören, dann stecke ich mir ein paarmal den kleinen Finger ins Ohr, damit das dumpfe Dröhnen in meinem Kopf verschwindet. Bradens Retourkutsche auf mein Angeben mit dem Motor hatte darin bestanden, seine Hupe losschmettern zu lassen, als ich mich gerade bückte, um ein Abschleppseil an seiner vorderen Stoßstange zu befestigen. Total kindisch – aber genau das hätte ich auch an seiner Stelle getan.

Ich drehe den Heizungsregler ein wenig höher und richte das Gebläse auf meine langsam auftauenden Fingerspitzen. Die Vormittage sind im späten Januar immer kalt, doch bei einem wolkenlosen Himmel wie heute ist die Luft bei Sonnenaufgang kristallklar und eisig. Trotz des Wetters und der Tatsache, dass die Gänsesaison zum Ende kommt, liebe ich diese Jahreszeit. Als ich ein Kind war, ging es beim Jagen nur um Fangbegrenzungen und die Aufregung bei einem guten Schuss. Jetzt ist es mir völlig egal, ob wir mit leeren Händen nach Hause kommen oder nicht. Es ist die Sache selbst, die mich um vier Uhr morgens aufstehen lässt, um die Köder im Dunkeln aufzustellen und mitten auf einem arschkalten Maisfeld in einen Unterstand zu kriechen. Denn die Stille des ersten Tageslichtes ist so ohrenbetäubend, wie es nur die Jäger von Wasservögeln kennen. Genau wie die Stille, wenn man darauf wartet, dass etwas geschieht. Auch wenn das niemals eintritt.

Auf der Landstraße zu meinem Haus fahre ich langsamer, dann biege ich nach rechts in eine lange, unbefestigte Auffahrt. Das Haus, was ich gemietet habe, ist nichts Besonderes, nur ein altes Modularhaus auf einem schäbigen Stück Land. Doch es ist ruhig, sauber und liegt weit genug von der Straße weg, um sich abgeschieden zu fühlen, auch wenn es nur fünf Minuten zum Zentrum von Hotchkiss sind. Ich habe genug Platz, um draußen mit dem Bogen zu schießen und an meinem Wagen herumzuschrauben, aber keinen Garten, den ich im Sommer mähen oder einen Bürgersteig, den ich im Winter vom Schnee freiräumen muss. Im Grunde ein wahr gewordener Traum für einen fünfundzwanzigjährigen Junggesellen vom Land.

Im Haus ziehe ich mir die Sachen aus und springe kurz unter die Dusche, wobei ich mich unter dem Duschkopf krümme, der zu niedrig hängt und offensichtlich nicht mit meinen eins dreiundneunzig im Hinterkopf angebracht wurde. Ich steige aus der Dusche und trockne mich in Rekordzeit ab, ziehe mir eine verwaschene Jeans an und nehme ein Shirt von einem der Stapel in meinem winzigen Kleiderschrank. Nachdem ich mir noch Kaffee aus der Kanne in der Küche genommen habe, bin ich wieder im Wagen und rase aus der Auffahrt, weil ich bemerkt habe, wie knapp ich heute Morgen dran bin.

Ich trete aufs Gaspedal und meine Bestie dröhnt los. Direkt vor mir sehe ich ein Auto am Straßenrand stehen, die Warnblinklichter an, die bernsteinfarben gegen die burgunderrote Metallicfarbe leuchten. Ich fahre langsamer und lenke in Richtung Mittellinie, denn auch wenn der Wagen eigentlich am Seitenstreifen steht, ist er nicht weit genug am Rand, um sicher zu sein. Was mich beim Näherkommen nicht sonderlich überrascht, als ich bemerke, dass es ein Lexus ist. Einer dieser SUV-Bastards, die oft sehr reichen – und potentiell unfreundlichen – alten Damen gehören. Ich recke beim Vorbeifahren den Hals, sehe aber nur verdunkelte Scheiben und ein Nummernschild aus einem anderen Staat.

Touristen, nehme ich an. Urlauber, die sich verfahren haben und durcheinander sind und deren ursprüngliches Ziel womöglich die stinkvornehme Skistadt Aspen ist. Und wenn ich damit richtig liege, dann sind sie ungefähr hundertfünfzig Kilometer von ihrer Route abgekommen und im falschen verdammten Landkreis gelandet.

Oder sie sind womöglich über die Stadtgrenze von Paonia oder Palisade hinausgeschossen, wo die Weingüter und Plantagen und ein paar Kunstgewerbeläden das große Ding in diesem vormals ruhigen Teil des südwestlichen Colorados sind. Lange Zeit war das Grand Valley nichts weiter ein Flecken Wildnis im Staat und ist jetzt zu einer »Destination« geworden, weil sich irgendjemand das Konzept des landwirtschaftlichen Tourismus ausgedacht hat.

Doch unabhängig davon, warum er hier ist, hat der Fahrer des Lexus sein Warnblinklicht an, was bedeutet, dass womöglich etwas nicht in Ordnung ist. Und wenn meine Großmutter oder meine Mom sich verfahren hätten und durcheinander wären, während sie versuchten, jenes idyllische Weingut mit dem fabelhaften Rotwein zu finden, von dem sie schon so viel gehört hatten, dann würde ich mir wünschen, dass ein Typ wie ich anhält.

Scheiße! Ich werde sowieso zu spät kommen, um den Laden pünktlich zu öffnen, also trete ich auf die Bremse und mache eine Kehrtwende. Als ich nahe genug bin, fahre ich langsam auf den Seitenstreifen und bleibe vor dem Auto stehen.

Nummernschilder aus Illinois. Durch die Windschutzscheibe ist die Oberseite des nach unten gerichteten Kopfes einer Frau zu sehen, doch sie hebt ihn nicht, obwohl mein Wagen so laut ist, dass man ihn schon zwei Kilometer weit hört, bevor man ihn wirklich sehen kann.

Ich schließe die Tür etwas kräftiger als nötig, um so ihre Aufmerksamkeit zu wecken. Ohne Erfolg. Von meinen Stiefelspitzen fliegt Erde hoch, da ich absichtlich mit den Füßen über den Boden scharre, während ich zur Fahrertür gehe, denn wenn sie so steinalt ist, dass sie von einer zu großen Überraschung einen Herzinfarkt bekommt, dann will ich sie bestimmt nicht auf dem Gewissen haben.

Als ich an ihrer Tür stehe, erklärt das Dröhnen der plärrenden Musik aus dem Innern, warum sie mich nicht hören kann. Und was auch immer es ist, das da dröhnt, es ähnelt sehr den Gänseruf-DVDs, die ich gekauft habe, um meine Anlockfähigkeiten aus dem Unterstand zu verbessern – nicht unbedingt das, was ich aus so einem Auto zu hören erwartet hatte.

Ich klopfe einmal an die Scheibe. Ein kurzes Kreischen und ihr Kopf schießt hoch. Durch das abgedunkelte Glas sehe ich ihren Schatten, der eine Hand an die Brust legt, bevor er das Radio leiser stellt. Das Fenster summt und fährt nach unten.

Oh, verdammt.

Auf jeden Fall keine alte Dame. Nope. Nicht einmal annähernd.

Diese Lexuslady ist vielmehr eine Frau in meinem Alter, vielleicht ein paar Jahre älter. Und – herzlich willkommen in Hotchkiss, bleiben Sie doch ein wenig – sie ist umwerfend hübsch.

Glänzendes und weich aussehendes, kastanienbraunes Haar, das ihr bis knapp über die Schultern geht, überwiegend glatt, doch mit ein paar gewellten Strähnen, die den hellen Teint ihres Gesichts einrahmen. Sie trägt eine Brille mit schwarzem Gestell, das wie bei einer Ray Ban geformt ist und einen Clark-Kent-Touch hat. Eine Brille, die ich als entschieden nerdig bezeichnen würde, wenn nicht diese umwerfenden braunen Augen dahinter wären. Aus ihrem Mund hängt eine halb gegessene Twizzler-Lakritzstrange. Diese braunen Augen fixieren mich und sie greift zum Mund, um sich den Twizzler aus dem Mund zu nehmen.

»Verdammt, du hast mich vielleicht erschreckt.«

Sie hat ihr linkes Bein abgeknickt und mit dem nackten Fuß lässig auf den Sitz gelegt, wie es Frauen manchmal tun, wenn sie ein Auto mit Automatikgetriebe fahren. Sie trägt eine helle Jeans in einem leichten Pinkton und hat über ihren Schoß einen Haufen Flurkarten ausgebreitet, ein paar davon halb auseinandergefaltet. Das ist ungewöhnlich, denn Flurkarten zeigen die Grenzen von Farmgrundstücken, die Namen der Landbesitzer und die im Besitz befindlichen Hektare – doch sie eignen sich nicht gerade als Straßenkarte für jemanden aus einem anderen Bundesstaat.

Selbst mit den auf ihr liegenden Karten kann man leicht erkennen, wie sie gebaut ist. Es ist eine todsichere Wette, dass diese Frau fast meine Größe hat, wenn sie aus dem Auto steigen würde – und fast nur aus Beinen besteht. Ich stelle es mir vor und für eine Sekunde wird mein Gehirn ganz weich, denn für mich kann man sich alle diese Kurven und Hände voll von irgendwas sparen, von dem manche Typen nicht genug bekommen können – auf mich wirken lange, schlanke Beine wie Kryptonit.

Oh Mann, dieses Szenario ist nicht das, womit ich gerechnet habe. Doch mein innerer Pfadfinder hat mir den Weg gewiesen, und jetzt bin ich verdammt glücklich darüber. Denn wenn man in der Kleinstadt lebt, in der man aufgewachsen ist, dann ist es fast unmöglich, neue Frauen kennenzulernen. Und noch dazu eine, die hübsch ist, in deinem Alter, und nur ein Stück von deinem Haus entfernt am Straßenrand sitzt? So etwas geschieht niemals. Deshalb sollte ich mich schleunigst darum kümmern, mir mein Fleißkärtchen im Bereich Nachbarschaftshilfe zu verdienen.

Ich lege eine Hand auf das Dach ihres Autos und senke das Kinn, um sie anzusehen.

»Wollte dich nicht erschrecken. Dein Warnblinklicht war an, deshalb wollte ich nachsehen, ob du nicht feststeckst oder irgendwas in der Art. Ich bin einmal an dir vorbeigefahren, habe dann gedreht und bin zurückgekommen. Eigentlich ist mein Wagen laut genug, um Tote aufzuwecken. Meistens hört er sich an wie ein Industriehäcksler.«

Sie wirft einen Blick durch die Frontscheibe und bemerkt meinen Truck, der dort dreckbeschmiert steht und ihren kleinen SUV winzig erscheinen lässt. Sie reißt auf eine Art die Augen auf, als wäre sie halb entsetzt und halb fasziniert. Ich beuge mich etwas vor, wobei ich den Mund zu einem lässigen Grinsen verziehe.

»Deine Musik hat ganz schön gedröhnt. Entweder das oder du hast hier irgendwo einen großen Sack mit wütenden Wildkatzen, die gerade in einer Art verrücktem Katzenchor singen. Keine Ahnung, was davon es war.«

Sie hebt fragend eine Braue, dann lehnt sie sich auf ihrem Sitz zurück, nimmt ihre Clark-Kent-Brille ab und wirft sie auf den Beifahrersitz.

Und das ist nicht unbedingt eine gute Sache, denn jetzt kann ich ihr umwerfendes Gesicht vollständig sehen und wie es einen konzentrierten Ausdruck bekommt. Ihr Blick wandert an meiner Brust herab, verharrt an meiner Taille und bleibt dort länger, als ich es erwartet hätte. Es stört mich nicht besonders, dass ihr Blick an der Stelle klebt, die nur wenige Zentimeter von meinem Schwanz entfernt ist, doch es lohnt sich, darüber nachzudenken, was sie so faszinierend findet. Ich bin zwar vom Land, doch ich bin kein Cowboy, deshalb trage ich auch keine mülleimerdeckelgroße Gürtelschnalle. Es ist ein ganz normaler Gürtel, den ich seit Jahren trage. Ich hake einen Daumen in den Bund meiner Jeans und ihr Blick schießt wieder nach oben.

»Das ist aus Lakmé«, sagt sie, als würde dieses offensichtlich ausländische Wort alles erklären.

Ich nicke langsam. »Schon klar. Lakmé. Die Katzen sind also mit Reisepass unterwegs?«

Sie streckt die Hand zum Radio aus und dreht die Lautstärke wieder hoch. Sofort schmettert eine Frauenstimme laut einen langen, hohen Ton.

Ich stelle fest, dass der Lärm weniger nach Katzen oder Gänsen klingt, sondern eher nach einem röhrenden Elch. In der Brunst.

»Keine Katzen, keine Reisepässe.« Sie fummelt erneut am Radio herum und das Geheule verschwindet im Hintergrund. »Oper. Es hilft mir dabei, mich zu konzentrieren.«

Ich muss grinsen. »Gut zu wissen, dass jemand diesen Lärm beruhigend findet.« Sie hebt erneut ihre Augenbraue, diesmal verärgert. Nicht die beste Reaktion, wenn ich mir das Fleißkärtchen verdienen will. »Also, brauchst du Hilfe? Eine Richtung oder so? Paonia liegt weit zurück. Wenn du nach Palisade willst, dann musst du weiterfahren.«

Schnell lässt sie die verärgerte Augenbraue herunter. Resigniert sinkt ihr Kopf an die Kopfstütze und für einen Moment richtet sie den Blick durch die Windschutzscheibe, dann sieht sie wieder in meine Richtung, wobei ihr Blick erneut zu meinem Gürtel abschweift.

Sie muss damit aufhören. Wenn sie das nicht tut, dann werde ich einer Phantasie nachgehen müssen, in der das umwerfende Mädchen in dem sehr teuren SUV mich und manche Teile meines Körpers viel zu interessant findet.

»Bist du von hier? Aus Hotchkiss?«

Sie steckt eine Hand in die offene Tüte mit den Twizzlers auf der Mittelkonsole und schiebt sich eine Stange zwischen die Lippen und beißt ein kleines Stück ab. Abgesehen von der Sache mit dem Beißen mag mein Schwanz diese Szene ein wenig zu sehr, weshalb ich die Hand vom Dach nehme und mich aufrichte.

»Geboren und aufgewachsen.« Ich strecke die Hand aus. »Ich bin Garrett. Garrett Strickland.«

Als ihre Hand auf meine trifft, schaffe ich es gerade so, sie nach einer angemessenen Zeit wieder loszulassen. Ihre Finger sind lang, die Nägel manikürt und mit weißen Spitzen versehen. Die Art von Nägeln, die ich liebe – und zusammen mit der Zartheit ihrer Hände gehen mir ein paar nicht jugendfreie Gedanken durch den Kopf, bevor ich es unterbinden kann.

»Cara Cavanaugh.« Sie zieht die Hand zurück und sieht zu mir hoch. »Und ja, ich brauche Hilfe.«

Großartig. Meine Lieblingsnägel, kilometerlange Beine, und jetzt blickt sie mich ganz rehäugig durch ihre Wimpern hindurch an, um mir zu sagen, dass sie Hilfe benötigt. Ich hoffe und bete, dass ihre nächsten Worte dem beschissenen Drehbuch eines billigen Pornofilms folgen. Fast jede Geschichte würde passen. Geiles Collegemädchen dreht durch. Gestrandete Autofahrerin ist verrückt nach einem Landjungen in verbeultem Ford.

Ich versuche, meine Stimme ruhig zu halten, um in keiner Weise zu verraten, seit wie vielen Monaten ich schon nicht mehr so nahe an einer Frau passenden Alters oder in einer passenden Situation war – ganz zu schweigen davon, wie lange es her ist, dass ich flachgelegt wurde.

»Ich bin ein hilfsbereiter Mensch. Stehe gern zu deiner Verfügung.«

Neugierde blitzt in ihren Augen und verschwindet sofort wieder. Cara beugt sich vor und wühlt in einer Tasche im Fußraum des Beifahrersitzes herum. Dadurch kommt ihr halber Arsch ins Blickfeld, dazu ein paar Zentimeter sehr zart aussehender Haut an ihrem unteren Rücken, wo ihr T-Shirt nach oben rutscht. Mir entfährt fast ein Stöhnen, als sie sich wieder auf ihrem Platz aufrichtet und mir einen Papierfetzen hinhält.

»Ich habe Schwierigkeiten, diese Adresse zu finden. Ich habe den ganzen Weg von Chicago bis hierher geschafft, ohne mich einmal zu verfahren, doch in dem Augenblick, als ich durch Paonia gefahren bin, wollte mich mein Navi wieder umdrehen lassen. Womöglich hat er nicht die richtigen Daten für diese Region. Weißt du, wo das ist?«

Ich schaue auf das Papier.

Dann noch einmal, um sicherzugehen, dass ich mir nichts einbilde. Nein.

Scheiße.

Ob ich weiß, wo das ist? Ja. Ich weiß genau, wo das ist. Wahrscheinlich könnte ich es mitten in der Nacht stockbetrunken bei mondlosem Himmel finden. Mein Muskelgedächtnis und der Autopilot haben mich bereits erfolgreich dorthin gebracht, haben mich zur Einfahrt gelenkt, als würde ich noch immer dahingehören, auch wenn schon Jahre vergangen sind und ich verdammt hart daran gearbeitet habe, den Schmerz zu begraben, der von dem Wissen rührt, dass ich so viel verloren habe.

Meine Hand zerknüllt leicht das Papier. Ich sehe sie an. »Da wohnt niemand mehr. Bist du sicher, dass das der richtige Ort ist?«

Sie nimmt sich noch einen Twizzler und zeigt damit in meine Richtung, um ihn mir anzubieten. Ich schüttle den Kopf.

»Ich weiß, dass es leer steht«, murmelt sie mit dem Mund voll Lakritz. »Es gehört einem Freund der Familie und er meint, ich könnte ein paar Wochen bleiben, um an einem Projekt zu arbeiten.«

So viel zum Thema Glückstag, denn jetzt wird es ein wenig komisch. Ein schönes Mädchen und ihre gleichermaßen schönen Beine kommen in die Stadt und ich beschließe, mich als Pfadfinder in ihre Umlaufbahn zu begeben, nur um herauszufinden, dass sie in das Haus ziehen wird, in dem ich aufgewachsen bin. Die Familienfarm, die ich verkaufen musste, obwohl ich lieber etwas anderes getan hätte. Das Land, auf dem sich mein Vater Jahr für Jahr den Arsch aufgerissen hat, doch am Ende waren da zu viele Schulden für mich, um es über Wasser zu halten, als er starb. Das Leben, an das ich mich nur selten zurückdenken lasse – weil mein Dad nie daran geglaubt hat, zurückzublicken, und mich dazu erzogen hat, es genauso zu tun.

Deshalb ignoriere ich die schmerzende Leere, die sich in meinem Brustkorb sammelt, als ich das Papier an Cara zurückgebe. Ihre Finger streifen wieder meine, was es einfacher macht, sich darauf zu konzentrieren, was vor mir liegt: eine hübsche Frau von außerhalb, die vielleicht – man weiß nie – ein wenig Spaß sucht, während sie hier ist.

»Also, Stadtmädchen, ich glaube, das ist Schicksal. Ich weiß nämlich so ziemlich alles über diesen Ort.«

Ihre Augen leuchten auf. »Wirklich? Oh, das ist ja perfekt.« Sie atmet sichtbar erleichtert aus. »Woher kennst du es?«

Ich beuge mich vor, lege beide Hände ans Autodach und

komme mit dem ganzen Körper näher heran. Ihre verdammten Blicke scheinen meinen mich in sich aufzusaugen, und sie atmet wieder tief aus, diesmal jedoch etwas zittriger. Sie befeuchtet sich die Lippen.

»Das war mal mein Haus.«

Kapitel 2

Cara Cavanaugh

Vielleicht war es doch ein Fehler.

Und zwar nicht nur die Entscheidung, die mich zu dieser winzigen Stadt in Colorado geführt hat, sondern alles – alle Entscheidungen, die ich während der vergangenen Monate getroffen habe und die zu diesem Augenblick geführt haben.

Wie vor sechs Monaten, als ich mich von meinem So-gut-wie-sicher-aber-doch-nicht-ganz-Verlobten getrennt hatte, dem Mann, mit dem ich jahrelang zusammen war. Oder die andere Entscheidung, bei der ich von dem weggegangen bin, was ich immer als meinen Traumjob bei einer großen Zeitung angesehen hatte, um dann einen Schreibauftrag als Freelancerin anzunehmen, der drei Staaten entfernt von meinem Zuhause in Chicago angesiedelt ist.

Das war der Hammer.

Dabei habe ich meinen Journalistenjob in der Firma nicht spontan gekündigt. Überhaupt nicht. Ich tat vielmehr das, was ich immer tue. Ich habe mich hingesetzt und das praktische Pro-und-Kontra-Arbeitsblatt geöffnet, das auf meinem Desktop gespeichert war – mit seinen perfekt dimensionierten Spalten und Reihen, strategisch gestaltet, um meine Welt mittels Microsoft Excel in Ordnung zu bringen. Ich ging alles genau durch, bis ich sicher war, dass ich zwar meinen Job hasste, aber weiterhin genau so sehr schreiben wollte, wie ich es immer tat. Ich wollte nur nicht einhundert Geschichten im Monat vorlegen, von denen die meisten nicht mehr waren als ein paar Worte aus einem journalistischen Fleischwolf und häufiger Facebook als Quelle nannten, als ich zugeben wollte. Ich wollte auch nicht die täglichen Berichte des Managements lesen, die detailliert auf die Google Analytics meiner Online-Stories eingingen. Denn Autoren überleben häufig wegen der Überzeugung, dass irgendwer irgendwo ihre Worte liest und etwas dabei empfindet – und wenn dich das allwissende Google darüber informiert, dass dein Publikum im Durchschnitt dreiundneunzig Sekunden darauf verwendet, deine Artikel zu ›lesen‹, wird es etwas schwierig, den wahnhaften Wunsch, einen Leser zu berühren, weiter aufrechtzuerhalten.

Ich wollte umfangreiche Texte über Menschen und Orte und Dinge schreiben, die eine Rolle spielten. Die Art von Berichten, die mehr wert waren als dreiundneunzig Sekunden Aufmerksamkeit.

Ich wollte die etwas selbstgerechte, unglaublich spezialisierte und zugleich wunderbar tiefschürfende Welt eines aus Asheville in North Carolina stammenden vierteljährlichen Magazins namens Purpose & Provisions betreten. Monatelang hatte ich die Jobangebote eines Freelancer-Portals verfolgt und gehofft, einen Eintrag zu finden, der es rechtfertigen würde, die Nachrichtenwelt als Angestellte im Austausch für etwas zu verlassen, in das ich mein ganzes Herzblut fließen lassen konnte.

Und eines Tages war es da:

Autor gesucht. Bitte Capote, nicht Bradshaw. Muss zum Umzug bereit sein.

Wir suchen einen geistreichen und aufrichtigen Autor, der über das sich verändernde Gesicht der Landwirtschaft in der Grand Valley-Region des südwestlichen Colorados berichtet. Diese vielschichtige Region ist die Heimat von traditionellen Bauernfamilien und ökologischen sowie konventionellen Bauern, ebenso wie einer Vielzahl von Obstplantagen und Weingütern. Doch die Überalterung der amerikanischen Farmer ist hier genauso eine Bedrohung wie auf den Maisfeldern Iowas oder den Weizenfeldern von Kansas. Der geeignete Kandidat für diese Position wird sich für bis zu acht Wochen Teil der Bevölkerung des Grand Valleys werden und mit einer ausführlichen Reportage zurückkehren, der sich für die anspruchsvolle Leserschaft unserer Publikation eignet.

Purpose & Provisions widmet sich der aufrichtigen Wertschätzung aller handgemachten und produzierten Dinge – und den Erzählungen, die wir diesen Handwerkern schulden. Wir fühlen uns nicht dem Zählen von Wörtern verpflichtet und vertreten die Überzeugung, dass weiße Flächen immer besser sind als Werbeflächen.

Senden Sie ihr Anschreiben mit Arbeitsproben an submissions@purposeandprovisions.com.

Nach ein paar Recherchen stellte ich fest, dass sich die Leute von Purpose & Provisions vielleicht ein wenig zu ernst nehmen, trotzdem aber genau das sind, wonach ich gesucht habe. Die Artikel waren ansprechend und interessant, das Layout modern aber warm, und als ich endlich eine gedruckte Ausgabe in Händen hielt, wollte ich fast damit unter meinem Kopfkissen schlafen und darauf hoffen, dass die Schreibfee ihre Magie spielen lässt.

Ich schickte ihnen meine Bewerbung mit zwei Probetexten, die ich über Lebensmittelproduzenten im nördlichen Illinois geschrieben hatte. Wenige Stunden später antwortete der Herausgeber und wir skypten am nächsten Morgen. Am Tag darauf bot er mir die Stelle an. Ich informierte die Zeitung, quälte mich durch die zwei Wochen Kündigungsfrist und begann, meinen vorübergehenden Umzug nach Colorado zu planen.

Ein Monat später und jetzt bin ich hier. Versuche mich an einem neuen Leben, das so anders ist von dem, was ich mir seit meinem zwölften Lebensjahr ausgemalt habe, dass es nicht verwunderlich ist, wenn ich Schwierigkeiten mit den einfachsten Aufgaben habe.

Wie dem Öffnen eines blöden Vorhängeschlosses.

Mein Dad hatte darauf bestanden, meine Sachen in einem Transportcontainer schicken zu lassen, der gestern in Hotchkiss ankam. Ich wollte eigentlich lieber einen dieser süßen Anhänger mieten – eine Idee, bei der ich laut meiner Mutter wie eine Vagabundin aussehen würde, und sie legte ihr Veto ein, bevor ich noch etwas erklären konnte. Ich habe den einzigen Schlüssel zu dem Vorhängeschloss, mit dem ich die Metallbox gesichert habe, nachdem ich sie mit einer Mikrowelle, Kartons voll Kleidung und Schuhen, diversen Küchenartikeln und meinem Pilates-Reformer-Trainingsgerät bestückt hatte. Doch irgendwo zwischen Illinois und hier muss das Schloss genügend Dreck abbekommen haben, dass es sich jetzt nicht mehr öffnen lässt.

Womöglich liegt ein Teil des Problems aber auch an den lästigen Hormonen, die durch meinen Körper rauschen. Alle Kraft, die ich bei einer regulären Blutzirkulation aufbringen könnte, hat sich zu den erogenen Bereichen meines Körpers verlagert – verursacht durch die Begegnung mit einem Typen am Straßenrand, den ich in Verdacht habe, über einen Satz Bauchmuskeln zu verfügen, mit dem er locker in einer Zydeco-Band spielen könnte.

Ich sage nur: Waschbrett.

Da war dieser Moment, in dem ich darüber nachdachte, mich vorzubeugen und Garretts Hemd anzuheben, nur um zu überprüfen, ob ich recht hatte. Auch ohne mein Laptop und mein praktisches Arbeitsblatt war ich in der Lage, mir die Vor- und Nachteile dieses Szenarios durch den Kopf gehen zu lassen.

PRO: Technisch gesehen wäre es Recherche. Eine Möglichkeit, die Einheimischen kennenzulernen … sich unter die Bevölkerung mischen.

KONTRA: Es ist auch ein Weg, um mich an meinem ersten Tag in der Stadt nachdrücklich als verrückt zu erweisen. Oder verhaftet zu werden.

PRO: Ich habe eigentlich noch nie zuvor Bauchmuskeln gesehen. Also viele Muskeln, die sich deutlich voneinander abheben und die man ohne Anspannen oder Glätten sehen kann. Nicht im echten Leben.

KONTRA: Ich wüsste sowieso nicht, was ich mit einem Sixpack machen sollte. Es mit der flachen Hand tätscheln? Mit dem Zeigefinger antippen, um die Festigkeit zu prüfen? Ein Foto machen?

Abgesehen von den Bauchmuskeln scheint Garrett genau der Typ zu sein, der in einer einzigen Nacht alle Erinnerungen an den lausigen Sex, den ich bisher erlebt habe, für immer auslöschen könnte. Sein Wagen war sowohl höhergelegt als auch abgenutzt und sein Körper wirkte, als wäre er kräftig und gut trainiert, seine braunen Augen waren sanft wie bei einem kleinen Hund und hatten einen Schlafzimmerblick. Deshalb habe ich den Großteil unseres Gesprächs am Straßenrand damit verbracht, meine Augen dorthin wandern zu lassen, wo auch meine Gedanken waren, selbst als er behauptete, dass das Blumenduett aus Lakmé wie Wildkatzen klang, die es miteinander treiben oder so.

Katzen.

Und ich musste trotzdem weiter darüber nachdenken, wie er wohl unter dem ramponierten T-Shirt aussah, das er trug. Er dagegen schien genau zu merken, dass ich mich verfahren hatte, mit der Situation überfordert war, und ihn attraktiv fand – und er genoss jede Minute davon, bis hin zu dem Augenblick, als er wieder in seinen Wagen stieg, mich kurz anlächelte und beiläufig in meine Richtung winkte, bevor er wegfuhr – und mich mit einer Wegbeschreibung zurückließ und mit einem leicht verwirrenden Fall von Lustitis.

Ich zerre erneut an dem Vorhängeschloss und hoffe, dass mir ein wenig Anstrengung die Lustitis-Erkrankung austreibt, während ich meinen ganzen Körper gegen den Container stemme, um zu sehen, ob das die benötigte Hebelwirkung bringt. Nichts. Ich schüttle es hin und her. Schlag es ein paarmal gegen das Metall. Noch immer nichts.

Gerade, als ich frustriert gegen die Box treten will und mir dabei unvermeidlich einen Zeh brechen würde, klingelt mein Telefon. Ich lasse den Kopf gegen das kühle Metall fallen, ziehe das Handy aus der Mitteltasche meines Pullovers und halte es an mein Ohr.

»Hallo?«

»Cara Jane! Kannst du mich überhaupt hören, wo du jetzt so weit im Westen bist? Geht es dir gut?«

Meine Schwester. Ich bin davon überzeugt, dass sie ein genau eingestelltes Ausrasterradar hat, denn egal, wo ich bin oder worüber ich mich gerade ärgere, sie ruft genau in dem Moment an oder taucht auf, wenn ich sie brauche. Sie behauptet fest, dass es kein Radar ist, sondern nur daran liegt, dass sie meine jüngere Schwester ist. Sie hat so viele Jahre damit verbracht, mich zu beobachten und jede persönliche Marotte einzuordnen, dass sie wie einer dieser Hunde ist, die die Anfälle ihres Besitzers erschnüffeln, noch bevor sie stattfinden. Entweder ist es das oder sie ist eine Wahrsagerin. Eine von Narciso Rodriguez eingekleidete und Fendi-Taschen tragende Wahrsagerin.

»Amie Jane, ich glaube, du bist eine Hexe«, sage ich. »Wie Fairuza Balk in Der Hexenclub, nur hübscher und nicht so bescheuert. Aber genauso nervenaufreibend. Woher weißt du immer, wann ich dich brauche?«

Meine Schwester und ich haben den gleichen zweiten Vornamen, den wir so oft wie möglich aussprechen. Jane, wegen unserer Urgroßmutter väterlicherseits. Er hatte darauf bestanden, wahrscheinlich auch wegen der Tatsache, dass sie beachtliche Treuhandfonds für Amie und mich eingerichtet hatte, noch bevor wir geboren waren. Unabhängig davon hasst es unsere Mutter. Sie ist davon überzeugt, dass die Leute annehmen, sie sei entweder zu faul oder zu beschränkt gewesen, um sich verschiedene zweite Vornamen auszudenken – oder schlimmer, dass sie ironisch sein wollte, denn meine Mutter verwendet keine Ironie.

Amie lacht auf ihre ausgesprochen weibliche Art, unbeschwert, doch mit ganzem Körper, irgendwie süß, wobei es niemals albern klingt. »Ich habe dir das bereits erklärt, liebe Cara Jane. Meine Ohrläppchen jucken, wenn du in Schwierigkeiten steckst.«

»Ach, ja. Die Sache mit den Ohrläppchen. Und daran ist ja gar nichts verhext oder seltsam.«

»Ich ziehe es vor, mich eher als eine Art von Feen-Patin zu sehen. Cinderella-Style.«

»Nun, wenn du jetzt bitte dieses Vorhängeschloss Hokuspokus-Fidibus von meinem Transportcontainer wegzaubern könntest, dann würde ich das sehr zu schätzen wissen. Ich bin ungefähr zehn Sekunden davon entfernt, zurück in die Stadt zu fahren und einen Bolzenschneider zu kaufen. Doch meine erste Fahrt durch die Stadt war ereignisreich genug.«

Sie schnaubt ins Telefon. Genau wie ihr Lachen ist auch ihr Schnauben niedlich. Noch ein weiterer Unterschied zwischen uns, denn mein Lachen und mein Schnauben sind, sagen wir mal, herzhafter.

Was das Schwestersein betrifft, da bin ich mir sicher, dass unsere DNS zusammenpasst, doch auf den ersten Blick würde jeder mit eigenen Augen sehen, dass wir aus zwei sehr verschiedenen Vorlagen gefertigt sind. Amie folgt meiner Mutter: goldener, sonnenverwöhnter Teint und honigblondes Haar, Knopfnase und grüne Augen, mit zierlichen Maßen, die alle die Ideale traditioneller Weiblichkeit erfüllen. Ich – wobei ich mich an die väterliche Seite der Familie halte – übertrumpfe all ihre lieblichen Porzellanpuppenzüge mit dunklen Augen und noch dunklerem Haar und einer Figur wie Olivia bei Popeye, was die Zeit auf der Junior High School zu einem Riesenspaß gemacht hat.

»Ereignisreich? Haben die Kühe die Straße blockiert oder etwas anderes Ländliches? Ein Traktor, der am Straßenrand entlangtrödelt und ein heißer Cowboy sitzt am Steuer?«

»Keine Traktoren, keine Kühe.«

»Wie steht's mit dem heißen Cowboy?«

Von ganz allein taucht Garrett mit seinen Bauchmuskeln in meinem Kopf auf. Kein Stetson, keine glänzende Gürtelschnalle, und ich kann ihn mir auch nicht auf einem Pferd vorstellen. Die Jeans hatten einen Schnitt, wie man es erwartet, doch die Stiefel waren geschnürte Arbeitsstiefel. Also ist Cowboy nicht unbedingt das richtige Wort, das ich benutzen würde, um ihn zu beschreiben.

»Er war kein Cowboy. Eher … ein Redneck?«

Amie stöhnt entmutigt. »Igitt. Wie in Duck Dynasty?«

»Nein?«

Es entsteht eine Pause, bevor Amie ein klingelndes Lachen von sich gibt.

»Oh, wow. Meine Ohrläppchen jucken schon wieder. Muss daran liegen, wie du ›nein‹ gesagt und es wie eine Frage klingen lassen hast. Hört sich an, als hättest du bereits Probleme, Cara Jane.«

Ihr Tonfall ist zwar neckend, doch mir werden davon die Wangen heiß.

Der Grund dafür ist einfach: Mein Exfreund, Will Cahill, hat einen Zwillingsbruder namens Tayer. Und Tayer ist mit Amie zusammen – deshalb fühlt sich das Gespräch über Garretts problemschaffende Qualitäten ein bisschen wie Betrug an den Cahill-Jungs an. Unseren Cahill-Jungs.

Von der Country Day School bis hin zu den Gesellschaftsbällen waren unsere Familiengeschichten so eng miteinander verbunden, dass es fast keine andere Wahl für uns zu geben schien, als Paare zu werden. Zunächst waren es Amie und Tayer, gefolgt von Will und mir im Jahr darauf. Ich war fast fertig mit meinem Journalistik-Studium an der Northwestern University, während Will sich darin sonnte, an der Yale-Rechtsfakultät angenommen zu sein, und im Nebel von zu viel Feier-Prosecco sahen wir einander an und die Dinge schienen … unvermeidlich.

Und über fünf Jahre hatte sich daran nicht viel geändert.

Außer einer Sache: Ich merkte schließlich, wie sehr ich nicht wie meine Mutter werden wollte. Leider war das genau die Art von Frau, die Will irgendwann in seinem Leben brauchen würde. Wenn er – wie es sein Vater, Großvater und Urgroßvater getan hatten – die Rechtsfakultät gegen das Politikbusiness eintauschte, würde er eine makellose Gesellschaftsgattin benötigen, eine Frau mit Haltung und Anmut.

Doch anders als bei meiner Mutter und meiner kleinen Schwester kommen bei mir Selbstvertrauen und Anmut nicht von allein. Ich muss mich auf jedes Detail konzentrieren, wie ich gehe und rede und atme, wenn ich die Cara Cavanaugh sein soll, die meine Familie von mir erwartet. Denn unser Wohlstand hängt an so vielen wichtigen Beziehungen, dass es fast so ist, als wäre man gefangen in einem Spinnennetz aus Erwartungen. Diese Fonds, die Oma Jane für Amie und mich eingerichtet hatte? Alles Teil davon, was vor sechs Generationen als Geld eines Stahlbarons begann, verdient mit schwerer Arbeit, Ehrgeiz und Einfallsreichtum – dieselben Charaktereigenschaften, die heute von uns als Erben erwartet werden.

Doch während sich unsere Familie an einen Verhaltenskodex des Fleißes hält, machen die Frauen im Cahill-Clan keine Karriere. Sie können nach dem College für ein paar Jahre dilettieren, doch das war es dann auch schon. Und ob Will es zugeben würde oder nicht, bei diesem Thema bleibt er bei der Cahill-Norm.

Deshalb habe ich mich von Will getrennt, denn genau wie ich wusste, dass ich meinen Job hasste, doch das Schreiben liebte, so wusste ich, dass ich die Frau hassen würde, zu der ich werden müsste, um die zu sein, die Will lieben wollte. Und wie auch alles andere, was während unserer gemeinsamen Zeit geschah, so trennten Will und ich uns leidenschaftslos – keine bösen Gefühle, keine Unbehaglichkeiten zwischen unseren Familien, so dass es für uns einfach war, wieder zu Freunden zu werden.

Amie ist mein Schweigen schließlich leid und sie bricht mit einem Lachen in meine verlorenen Gedanken.

»Stille, was? Dieser Typ scheint dir ja richtig ernste Probleme zu bereiten.«

Ich zwinge mich zu einem Lachen und hoffe, dass es mühelos und unaffektiert klingt, dann rutsche ich nach unten und setze mich mit überkreuzten Beinen auf die nichtasphaltierte Auffahrt vor dem Farmhaus.

»Ich habe keine Ahnung, ob er Probleme bereitet oder nicht. Wir hatten ein fünfminütiges Gespräch. Er hat Lakmé beleidigt und mir den Weg gezeigt. Aber in einer überraschenden Wendung, wie es sie nur in Kleinstädten gibt, stellt sich heraus, dass diese Farm einmal seine gewesen ist. Er ist ungefähr in unserem Alter, deshalb nehme ich an, dass er hier wohl aufgewachsen ist.«

»Un-glaub-lich.« Amie murmelt in Gedanken. »Tayer hat gesagt, dass sein Onkel Davis es aus einem Nachlass erstanden hat und dass es sich die Familie nicht mehr leisten konnte. Davis hat es übernommen, ohne es auch nur gesehen zu haben, denn es scheint eine gute Gegend für ihre geplanten Ausflüge zur Elchjagd zu sein. Doch ich glaube, dass sie nur nach Entschuldigungen jagen, um sich durch ihre kostbaren Flaschen Pappy-Van-Winkle-Whiskey zu arbeiten, ohne dass irgendwelche nörgelnden Frauen in der Nähe sind.«

Weil die Geschichte zwischen der Cahill- und der Cavanaugh-Familie mit all ihren Querverbindungen einem hinterwäldlerischen Bergtal in Kentucky ähnelt, ist der Mann, dem das Farmhaus gehört, in dem ich wohnen werde – Garretts ehemaliges Zuhause – der Onkel von Tayer und Will.

Davis Cahill hat mehr Geld, als er je ausgeben kann, und auch nach der Trennung von Will und mir bestand Davis darauf, dass ich genauso zur Familie gehöre wie immer. Als die Nachricht von meinem Freelance-Job an seine Ohren gedrungen war, bot er mir sofort sein Haus zum Wohnen an. Zu dem Zeitpunkt schien die Tatsache, dass er ein Haus in der Region hatte, wie ein göttlicher Fingerzeig zu kommen, der bestätigte, dass ich mich auf dem richtigen Weg befand.

Während Amie weiter die vielen Gründe nennt, weshalb sie davon überzeugt ist, dass die Cahills Bourbon mehr mögen als Großwild, ruht mein Blick auf dem Bauernhaus.

Alles außer der Vorderveranda, die von dunklen Säulen aus gestapelten Feldsteinen gesäumt wird, ist mit verblichener weißer Farbe gestrichen. Dieselben Feldsteine bilden das Fundament und die Spuren jahrzehntealter Kalkablagerungen zeigen, wie viele Jahre seit dem Bau dieses Hauses vergangen sind. Eine Fensterjalousie in der ersten Etage scheint an einem einzigen Nagel in einer Ecke zu hängen, der Rest des Holzes klappert lose gegen die Seite. Hinter dem Haus bemerke ich den Rand von einem offenbar schon lange vernachlässigten Getreidefeld, ein paar Disteln ragen hoch über die Stiele von überwuchertem vergilbtem Gras. Das ganze Grundstück zeigt sein Alter, vernachlässigt auf eine Art, die einsam und vergessen wirkt.

Schließlich beendet Amie ihre Tirade. »Wie auch immer, ich erwarte einen umfassenden Bericht, falls dir der heiße Redneck Probleme bereitet, über die es zu reden lohnt, okay?«

Ich gebe ein lautes Schnauben von mir. »Fraglich. Aber ich werde dich bestimmt auf dem Laufenden halten.«

»Ich muss los, Tayer ist da. Heute Abend ist eine Benefizveranstaltung vom Kunstverband, und wir werden wohl zu spät kommen, was nicht so gut rüberkommt, da ich im Vorstand bin.«

Im Hintergrund hört man das leise Klackern von Eiswürfeln im Glas. Ich kann mir Tayer in der Küche ihrer Wohnung vorstellen, wie er sich einen Drink einschenkt, bevor er sich auf seinen Platz auf dem Sofa setzt, glücklich im Bewusstsein, dass Amie sein ist, und zufrieden genug, um auf sie zu warten, egal, wie sehr sie sich wegen ihr verspäten.

»Und, Cara?«

Heimweh macht sich tief in meinem Magen bemerkbar. »Ja?«

»Versuch es noch mal mit dem Schloss. Ich habe ein wenig gutes Karma in deine Richtung geschickt.«

Als wir auflegen, starre ich auf das Schloss und atme tief ein.

Und Hokuspokus Fidibus. Das Schloss geht auf, so mühelos, dass eine Feenpatin dahinterstecken muss.

Kapitel 3

Cara

Weniger als eine Stunde später habe ich fast alles aus dem Container ausgeladen, mich mit der Raumverteilung des Hauses vertraut gemacht und entschieden, in welchem der drei Schlafzimmer im oberen Stock ich schlafen werde. Das Innere des Hauses ist so spärlich möbliert, wie David es warnend angekündigt hatte, da das Haus noch immer auf den prüfenden Blick seiner Frau und die aufwendige Renovierung wartet, die diesem unvermeidlich folgen wird.

Durch die Vordertür erreicht man das Wohnzimmer mit einem verblichenen Ziegelkamin, in dem eine Couch und ein Couchtisch stehen. Ein großer Flatscreen-Fernseher ist das Einzige, was an den Wänden hängt. Ein kabelloses Modem, ein Satellitenreceiver und ein Kabelsalat aus Stromkabeln sind in eine Zimmerecke geschoben worden, alles ist mit einer Staubschicht bedeckt.

Hinter dem Wohnzimmer befindet sich ein Esszimmer ohne jeden Tisch oder Stühle, gefolgt von einer winzigen Küche, in der ich eine Kühlbox aus dem Auto entpacke, die vollgestopft ist mit gekühlten Lebensmitteln, die ich auf dem Weg hierher in einem Biomarkt in Basalt gekauft hatte. Ich stelle die Zutaten für einen spätnachmittäglichen Proteinshake bereit. Es wäre zwar einfach, sich in die Reste des Reise-Proviants zu versenken, die ich noch im Auto habe, doch ich habe während der letzten drei Tage zu viel Lakritzstangen, saure Weingummis und Käsecracker gegessen, und wenn es eine Sache gibt, an die mich meine Mutter immer erinnert, dann ist es dieser Quatsch mit »eine Minute auf der Zunge und ein ganzes Leben auf der Hüfte«. Auch wenn ich eigentlich glücklich darüber wäre, irgendwas auf meine Hüften zu bekommen, um meiner Bohnenstangenfigur ein paar Kurven zu verpassen, so wurde ich doch siebenundzwanzig Jahre einer Gehirnwäsche mit entsprechenden Erwartungen unterzogen.

Ich ziehe meinen zuverlässigen Vitamix-Blender aus einem Karton und sehe mich in der Küche um. Steckdosen sind heiß begehrt, und die eine an der Arbeitsfläche ist bereits mit der Mikrowelle und meiner elektrischen Espressokanne belegt. Ich werde die Espressokanne nicht brauchen, bevor es Zeit für meinen Morgenkaffee ist, deshalb ziehe ich den Stecker und schiebe sie zur Seite, um Platz zu machen für den Blender. Ich gebe einen Löffel Vanilleshake-Pulver in den Behälter, die entsprechende Menge Mandelbutter, dann etwas Sojamilch und eine Banane. Ich stelle den Regler an, doch das vertraute Brummen dauert nur ein paar Sekunden.

Plötzlich macht es einen lauten Knall, die einzige Deckenlampe geht aus, die Digitalanzeige der Mikrowelle wird dunkel und mein Blender bleibt stehen.

»Scheiße.« Ich stehe starr auf der Stelle, abgesehen von meinen Augen, die den Raum schnell absuchen, um herauszufinden, was gerade passiert ist.

Da ich für elektrische Pannen nicht geschult bin, komme ich natürlich zu keinem Resultat. Obwohl ich in dem Teil meines Gehirns, in dem ungeordnet Informationen gespeichert sind, überlege, dass dies eine Situation sein könnte, in der ein Sicherungskasten eine Rolle spielt. Leider habe ich keine Ahnung, wie so ein Sicherungskasten aussieht. Ich weiß auch nicht, wo man einen Sicherungskasten finden könnte. Und ich wüsste auch gar nicht, was ich mit besagtem Sicherungskasten tun sollte, wenn ich denn einen finden würde.

Auch wenn ich in einem alten Haus aufgewachsen bin, war es doch nicht so eine Art von altem Haus. Unser Haus war ein Herrenhaus im englischen Stil auf zwei Hektar Grundstück mit sechs Schlafzimmern und neun Badezimmern und befand sich in Kenilworth, einem Vorort Chicagos. Es gab eine Eingangshalle und einen Springbrunnen, einen Skulpturengarten und einen Weinkeller – und wahrscheinlich mehr als einen Sicherungskasten. Ich bin mir sicher, Mac, der Mann, der sich in unserem Haus um alle Instandhaltungsfragen gekümmert hatte, wüsste genau, wie man das hier repariert.

Was würde ich nicht in diesem Moment für Mac geben.

Im Geiste des Erfindungsreichtums beschließe ich, im Haus ein wenig nach etwas zu forschen, das laut »Sicherungskasten« brüllt, doch nach zehnminütiger Suche – eingeschlossen die Zeit in dem spinnwebenverseuchten Keller – finde ich nichts.

Mein letzter Ausweg besteht darin, telefonisch um Verstärkung zu bitten. Davis hat mir die Kontaktdaten einer lokalen Grundstücksmaklerin gegeben, die quasi als Hausverwalterin fungiert und hat gemeint, dass ich sie anrufen soll, wenn es irgendein Problem mit dem Haus gibt. Und egal, wie bescheiden das Haus ist, in dem ich dankbar bleiben darf, so bin ich doch keine Amish.

Ich und mein Vitamix brauchen Strom.

* * *

Janet, die Maklerin, ist sowohl nett als auch freundlich, doch sie ist keine Quelle für elektrische Details. Sie und ich merken schnell, dass unsere zwei Köpfe nicht ausreichen, um dieses Problem anzugehen. Sie schlägt vor, einen Einheimischen anzurufen, der schon Gelegenheitsarbeiten an dem Haus durchgeführt hat, um herauszufinden, ob er helfen kann. Sie warnt mich jedoch, dass es ein wenig dauern kann, bis er vorbeikommt, da er einen normalen Job in der Stadt hat.

Ein paar Stunden später hört man draußen lautes Dröhnen, gefolgt von dem Knirschen des Schotters auf der Zufahrt.

Gott sei Dank, die Elektrikerkavallerie ist da.

Ich schaue an mir herunter, um mein Äußeres zu prüfen, und stelle mir den entsetzten Blick meiner Mutter vor, wenn sie mich jetzt sehen könnte. Sie hat uns dazu erzogen, nur im äußersten Notfall an die Tür zu gehen – das heißt: wenn die Haushälterin frei hat – und dann auch nur, wenn wir angemessen angezogen waren. Mein gegenwärtiges Outfit würde sich dafür nicht qualifizieren. Denn ich werde mit nackten Füßen die Tür öffnen und in sehr kurzen Yoga-Shorts und einem ziemlich lockeren T-Shirt mit V-Ausschnitt, das tief genug hängt, um einen kleinen Ausblick auf den buttergelben Träger des Bralettes zu erlauben, das ich darunter trage. Das hätte auf jeden Fall die Überprüfung in meinem Elternhaus nicht bestanden.

Ich ziehe den Ausschnitt des Shirts hoch und erinnere mich daran, dass ich nicht mehr zu Hause lebe seit ich achtzehn bin und dass mich meine Mutter heute – schludrig oder nicht – nicht sehen kann.

Ich tappe hinüber zur Tür und komme dabei an einem großen Panoramafenster vorbei, das zur Auffahrt zeigt, wo die Quelle des lauten Dröhnens geparkt ist und etwas bedrohlich aussieht, ziemlich groß, und irgendwie viel zu vertraut.

Nein.

Nein, nein, nein.

Wer hätte das gedacht? Ich hätte wohl doch auf meine Mutter hören sollen. Denn wenn es nicht gerade noch einen Truck im Ort gibt, der genauso aussieht wie der von Garrett, ist er der Einheimische, der geschickt wurde, um mich zu retten. Und ich bin für alles angezogen, außer für eine weitere Runde mit Garrett und seinen Bauchmuskeln. Ich war auch nicht gerade in Abendgarderobe gekleidet, als wir uns vorher getroffen hatten, doch ich trug auch nicht ein Outfit, was sich auf einmal ein bisschen zu freizügig für dieses Publikum anfühlt. Gib mir einen schwerhörigen, halb blinden, altersschwachen Elektriker in verschmiertem Overall, und ich würde mich wahrscheinlich gut darin fühlen. Aber bei Garrett? Keine gute Idee.

Ein Klopfen ist an der Tür zu hören, und aus irgendeinem völlig irrationalen Reflex haste ich vorwärts und verstecke mich unter der Rückseite der Treppe im Eingangsbereich, die zur ersten Etage hinaufführt. Vielleicht gibt es eine Möglichkeit, heimlich für einen schnellen Kostümwechsel die Treppe hinaufzuschießen. Wenn ich mich tief ducke und auf dem Bauch über den Boden krieche, mich dann wie ein Zombie aufrichte, dann … Oh mein Gott, das ist verrückt.

Werde erwachsen, Cara. Denk an die Espressokanne. Denk an morgen früh. Denk daran, ohne Kaffee zu sein. Du musst einfach die verdammte Tür öffnen, ihn den Strom reparieren lassen, und ihn dann wieder auf den Weg schicken.

Resigniert schiebe ich die Schultern zurück, dann schüttele ich meine Arme aus, bevor ich hinter der Treppe hervortrete und zur Vordertür gehen will. Als ich aufblicke, starrt mich Garretts Gesicht dank des großen Glaseinsatzes in der oberen Hälfte durch die traditionelle Bauernhaustür an. Ich bin mir sicher, dass es nicht seiner Aufmerksamkeit entgangen ist, wie ich hinter der Treppe aufgetaucht bin, und es ist auch möglich, dass er schon gesehen hat, wie ich zuvor dahinter verschwunden bin. Verdammtes Glas mit seinen freizügigen Eigenschaften.

Mit starrem Blick verfolgt er mein Näherkommen, bis ich die Tür öffne.

Garrett lächelt ein wenig und lässt seinen Blick über meinen Körper gleiten, langsam genug, dass es auf meiner Haut prickelt. Ich hole kurz Luft und kleide mich innerlich in eine Nonnentracht, einen Kartoffelsack und einen großen, schwarzen Müllsack.

»Habe gehört, dass du Probleme mit der Stromversorgung hast«, sagt er gedehnt.

Er trägt genau das Gleiche wie am Morgen, und mit Ausnahme einer dünnen Staubschicht auf der Brust seines T-Shirts sieht er genauso fesselnd aus wie vor ein paar Stunden. Seine Arbeitsjacke ist offen, eine Seite seines Shirts steckt in der Jeans, und die Stelle, an der die beiden Stoffe auf seinen Gürtel treffen, zieht erneut meine Aufmerksamkeit an. Diese Stelle, die flach und fest und nach einem Haufen Probleme aussieht.

Amies verdammte Ohrläppchen müssen wie Feuer brennen.

Garrett räuspert sich. Meine Augen schießen hoch. Er hebt eine Augenbraue und wie er den Mund verzieht, zeigt deutlich, dass ihn zwar nicht stört, wie ich ihn anstarre, er mich aber wissen lassen will, dass ich erwischt worden bin. Nonnentracht, Kartoffelsack, Müllsack. Trotz der mentalen Bekleidung geht eine meiner nervösen Angewohnheiten los, bei der ich mir das Haar hinter das Ohr streiche und viel mehr rede, als ich sollte.

»Ich wollte mir gerade einen Proteinshake machen, bin aber nicht sehr weit damit gekommen. Ich habe mich drei Tage von Junkfood ernährt und musste etwas essen, das kein Mindesthaltbarkeitsdatum im nächsten Jahrhundert hat, verstehst du? Aber der Blender war nur für ungefähr zehn Sekunden an, als es diesen lauten Knall gab und dann nichts mehr. Jetzt funktioniert gar nichts mehr in der Küche.«

Er blickt mich für einen Moment an, verwirrt und fasziniert, als wäre ich eine Kreatur, die er nicht genau einordnen kann.

»Kommt mir bekannt vor.« Garrett zeigt ins Innere des Hauses. »Darf ich reinkommen?«

Ich kann mir gar nicht vorstellen, wie seltsam diese Situation für Garrett sein muss, auch wenn er kein bisschen befremdet wirkt. Hier ist er, bittet mich um Erlaubnis, hineinzukommen, wo es doch einmal sein Zuhause war und ich erst seit insgesamt drei Stunden hier bin. Ich trete schnell von der Tür zurück und winke ihn herein.

»Natürlich. Gott, ja, entschuldige. Komm rein.«

Er tritt über die Schwelle und zeigt zur Küche. »Hast du bereits die Sicherung überprüft?«

Ich zucke die Schultern, winke ziellos mit den Händen durch die Luft, denn ich bin mir nicht sicher, wie ich erklären kann, dass ich vielleicht mit Auszeichnung jede Schule absolviert habe, in der ich war, doch dass ich keinen Plan habe, wenn es um Sicherungskästen geht.

»Nein. Ich konnte sie nicht finden. Ich habe mich umgesehen, doch mir ist nichts ins Auge gefallen. Ich bin mir auch nicht sicher, wie es aussieht oder wo …«

Garrett grinst und hebt die Hände, Handflächen voraus. »Entspann dich, Stadtmädchen. Nimm's mir nicht übel, aber ich bin nicht darüber schockiert, zu erfahren, dass du nicht die Sorte Frau bist, die alles über Instandhaltung im Haus weißt.« Er geht in Richtung Küche. »Folge mir. Ich gebe dir ein paar Details über die Marotten dieses Hauses.«

In der Küche bleibt er mitten im Raum stehen, dreht sich im Kreis, um alles zu betrachten, was auf der begrenzten Arbeitsfläche zusammengedrängt steht. Er zeigt auf meinen Vitamix.

»War das an, als der Strom ausging?«

Ich nicke. »Blender.«

Er hebt ihn hoch und neigt den Kopf, um die Unterseite zu inspizieren. »Ok, das ist ein Großteil des Problems. Er zieht wahrscheinlich einen Riesenhaufen an Strom, wenn er läuft. Also kannst du das nicht zusammen mit allem anderen eingestöpselt laufenlassen. Vor allem mit der Mikrowelle.« Garrett stellt es wieder ab und zeigt auf die Espressokanne. »Oder was auch immer das da ist.«

»Das ist eine Espressokanne.«

Garrett schnaubt kurz. »Eine was?«

»Um Espresso zu machen.«

Er wirft mir einen ausdruckslosen Blick zu und verzieht dann den Mund, während er mit einem langsamen Nicken antwortet.

In Gedanken überlege ich mir ein paar mögliche Erwiderungen auf sein herablassendes Feixen, doch alle scheinen nur das Offensichtliche zu betonen. Selbst wenn ich keine Prominente wie Paris Hilton bin, die nicht weiß, was Wal-Mart ist, braucht es nicht viel, um zu erkennen, aus welcher Art von Leben ich komme. Mein Auto, meine Unfähigkeit, einen Sicherungskasten zu finden, und jetzt meine bevorzugte Methode für den Morgenkaffee – all das sendet eine deutliche Botschaft. Und wenn Garrett es sieht, dann wird es auch jeder andere tun, was bedeutet, dass es ganz schön schwierig wird, all die Farmer und Rancher, die ich hier befragen will, dazu zu bringen, mit mir über irgendwas Bedeutenderes als das Wetter zu reden.

Bevor ich noch in der Lage bin, mich für die richtige Retourkutsche zu entscheiden, schiebt Garrett eine Hand unter den Kragen seiner Jacke, zieht sie dann aus und wirft sie auf einen freien Platz auf der Arbeitsplatte.

»Verdammt heiß hier drin. Hast du das Thermostat angestellt?«

Ich nicke. »Es ist nicht sehr genau. Nimm einfach die Temperatur, auf die du es einstellen willst, und zieh dann ein paar Grad ab, das funktioniert meistens. Außer du hast die Absicht, dass jeder, der den Fuß hier reinsetzt, sofort alle Kleider von sich reißt.«

Er wirft einen Blick in meine Richtung und mein Ausdruck muss meinen ersten Gedanken enthüllt haben: Dass es mich kein bisschen stören würde, wenn Garrett seine Kleider von sich reißen würde. Denn als sich unsere Blicke treffen, zwinkert er mit dem Auge.

Sofort möchte ich ihn darauf hinweisen, dass sein Feixen schlimm genug war, aber das Zwinkern? Es sollte kein Zwinkern geben. Das ist ein Klischee und armselig und an der Grenze zu schmierig. Wer macht denn so was? Das ist hier doch kein Cartoon, was das richtige Format für das wäre, was ich mit Zwinkern verbinde. Wie bei Tweety dem Vogel. Oder Pepe dem Stinktier, kurz bevor es die pelzigen Katze der alten Dame abknutscht.

Garretts Gnadenaufschub rührt allein daher, dass mein Innerstes gerade komische Dinge tut. Flatterige, sprudelnde, unverschämte Dinge.

Er nimmt auch die Mikrowelle von da weg, wo sie an der gefliesten Rückwand der Arbeitsplatte stand, und jeder Muskel an seinen Armen – die ganze Länge von den Handgelenken hinauf bis zum Schlüsselbein – wird dabei lebendig. Seine Bizepsmuskeln ragen besonders heraus, da sie fälschlich annehmen, dass die Mikrowelle viel schwerer wäre, als sie es ist, und sie scheinen sich in ihrer Größe zu verdoppeln.

Er beugt sich vor und betrachtet die Steckdose, dann schiebt er die Mikrowelle zurück an ihre ursprüngliche Position.

»Die Steckdose sieht gut aus. Lass uns einen Blick auf die Sicherung werfen.«

Garrett nimmt seine Jacke von der Arbeitsplatte und geht einen kleinen Flur entlang zu einer Tür an der Hinterseite des Hauses. Ich folge ihm wie benommen, doch ich schaffe es, nicht gegen die Wand zu laufen oder über meine Füße zu stolpern. Er drückt mit einer Hüfte gegen die Tür, um sich dagegenzustemmen, dann umfasst er den Türgriff und zieht nach oben, schiebt dann mit der anderen Hand den Riegel auf. Dabei überkompensieren seine Bizeps weiter.

»Sie klemmt ein wenig. Du musst dagegen drücken und sie zugleich ein bisschen anheben, damit der Riegel aufgeht. Wenn dich das nervt, dann kannst du es auch offenlassen. Unsere Kriminalitätsstatistik existiert fast gar nicht.«

Ein paar Betonstufen führen auf den Hinterhof, und Garrett hüpft sie mit einem eingeübten Sprung hinunter. »Der Sicherungskasten ist hier draußen. Komm und ich zeige dir, wie man …«

Garrett bleibt abrupt stehen, als er bemerkt, dass ich noch immer auf der obersten Stufe stehe und mit offenem Mund auf die Landschaft vor mir starre. Meine Augen bemühen sich, die letzten Momente des rostbraun-orangefarbenen Sonnenuntergangs hinter den Bergen in der Ferne aufzusaugen. Das vernachlässigte Feld umgibt das, was normalerweise ein Garten wäre, der sich weit bis zu einer Reihe von Pappeln erstreckt. In der Mitte befindet sich eine Lichtung zwischen den Bäumen und bei dem Sonnenglühen wäre ich kein bisschen überrascht, wenn sich plötzlich ein gelber Ziegelsteinweg wie beim Zauberer von Oz vor meinen Augen materialisieren würde.

»Nicht unbedingt das, was du von zu Hause kennst, oder?«

Ich nicke langsam. »Nicht mal annähernd.«

Garrett bleibt still, entspannt seine Haltung und schiebt die Hände in die Jackentaschen, offenbar bereit, mich hier so lange stehen zu lassen, bis ich genug habe. Nach ein paar Momenten erlaube ich mir, laut auszuatmen.

»Frage«, sagt Garrett. »Du hast gesagt, du seist hier, um an einem Projekt zu arbeiten, doch ich kann noch nicht einmal raten, was eine Frau wie dich aus Chicago herbringt. Was ist es, das du machen willst?«

»Ich bin freie Journalistin. Habe einen Vertrag mit einer vierteljährlich erscheinenden Zeitschrift – einem Magazin«, erkläre ich mit einer passiv-aggressiven Retourkutsche auf sein Feixen wegen meiner Espressokanne, »um einen Artikel über die Landwirtschaft hier unten zu schreiben.«

Bewunderung blitzt kurz in Garretts Augen auf und ich möchte ihm plötzlich noch mehr erzählen und ihm beweisen, dass ich vielleicht eine Außenstehende bin, dass ich aber auch bereits recherchiert habe und es richtig machen möchte, wenn ich die Geschichte des Grand Valleys erzähle.

»Es ist ein einzigartiger Ort. Wegen des herrschenden Mikroklimas gibt es einen Bananengürtel, wo man ihn nicht erwarten würde, und lockt all diese Neuankömmlinge an, die hierherziehen, um Obst anzubauen und Wein zu produzieren.«

Garrett grinst und zeigt zum anderen Ende des Feldes auf eine Lichtung zwischen den Bäumen. Undeutlich erkenne ich überwinternde Bäume, die nicht mehr als einen halben Kilometer entfernt in Reih und Glied gepflanzt sind.

»Du wirst viele Optionen haben, wenn es um Interviews geht. Du kannst hier keinen Stein werfen, ohne jemanden zu treffen, der nicht von der Landwirtschaft lebt. Die Neuen sind interessant, ja, aber vergiss auch nicht die Alteingesessenen. Manche Familien sind schon seit einem Jahrhundert hier, und sie haben eine Menge Geschichten zu erzählen.« Er verdreht gutmütig die Augen. »Lass sie nur nicht über einen Kasten Bier herfallen, während du hier bist. Sie werden dich unter den Tisch trinken und es wird Mitternacht, bevor du wegkommst. Vertrau mir.«

Ich lache. »Zu viel Bier kann Probleme verursachen – ich werde versuchen, mir das zu merken. Aber ich will unbedingt mit ein paar von den Alteingesessenen reden. Das ist auch Teil unseres Themas – das sich verändernde Gesicht dieses Geschäftes und wie wir jeden Tag mehr Farmland verlieren. Farmer, die verzichten, Familien, die ihr Land nicht mehr behalten wollen oder können, wie tief das einschneidet in …«

Meine Worte versiegen, als sich Garretts Ausdruck verschließt und sein Gesicht ausdruckslos wird mit Ausnahme des leichten Zuckens seiner sich anspannenden Kiefermuskeln. Scheiße. So kann man die gute Verbindung zerstören, die wir gerade aufgebaut haben, indem man einen Scheinwerfer genau dahin richtet, worüber Garrett selbst genug weiß. Stille herrscht zwischen uns.

Garrett blinzelt einmal. »Klingt interessant.«

Seine ausdruckslose Erwiderung zeigt, dass er es überhaupt nicht interessant findet, was ich gerade erzählt habe. Er findet es womöglich unsensibel, voreingenommen oder ausbeuterisch, doch so sicher wie nur irgendwas findet er es nicht interessant.

Ich sehe weg, lasse meinen Blick wieder zu den Baumreihen wandern, wohlwissend, dass ich die Dinge noch schlimmer machen würde, wenn ich versuchen würde, mich besser zu erklären. Das frühabendliche Licht scheint rasendschnell wegzudämmern und jagt mir einen Schauer über die Haut. Die Tatsache, dass ich in einem Outfit hier draußen stehe, das weder meiner Mutter noch den Wintertemperaturen entspricht, fällt mir plötzlich auf. Ich verschränke die Arme vor der Brust, dann fahre ich mit den Händen an den Armen auf und ab, um die Kühle abzuwehren. Ich gestatte mir einen kurzen Blick in Garretts Richtung und merke, wie er der Bewegung meiner Hände folgt, die verschlossene Maske von vorher ist jetzt einem leichten Stirnrunzeln gewichen.

»Ist dir kalt?« Er bewegt sich, als wollte er eine Schulter aus seiner Jacke ziehen.

Ich winke ab, bevor ich die Betonstufen hinabsteige. »Mir geht es gut. Zeig mir diese Sicherungskastensache.

Er zieht die Jacke wieder gerade, sein Ausdruck entspannt sich und er geht zu der Hausecke, wo ein Metallkasten angebracht ist. Garrett zeigt auf den Kasten und schiebt einen Zeigefinger durch einen Metallring, um den Deckel aufzuziehen.

»Dies ist die Sicherungskastensache, wie du es nennst. Komm mal her.«

Eine Bewegung aus dem Handgelenk, damit ich näherkomme, bis ich nahe genug bin, dass er mir eine Hand an die Taille legt und mich sanft vor sich schiebt, damit ich direkt vor dem Kasten stehe.

Und trotz der Dinge, die gerade geschehen, meine Worte und seine Reaktion, ist es – mit Garrett nur einen halben Schritt von mir entfernt – unmöglich zu ignorieren, wie gut unsere Körper zusammenpassen. Meine Größe droht ihn nicht zu überragen, nicht mal entfernt. Seine Breite, wobei er breit ist, ohne massig zu wirken, bedeutet, dass ich neben einem Mann stehe, bei dem ich mich sowohl ebenbürtig und trotzdem noch als Frau fühle.

Garrett beginnt auf verschiedene Teile des Kastens zu zeigen. »Jeder dieser kleinen Hebel kontrolliert einen bestimmten Teil der Elektrizität im Haus. Siehst du diesen? Derjenige, der in die andere Richtung als alle anderen zeigt?«

Ich entdecke den, über den er spricht, und nicke. Er legt den Hebel um, so dass er in einer Reihe mit den anderen ist.

»Wenn zu viel Belastung ist, dann stellt es sich selbst aus. Du musst es einfach in die andere Richtung umlegen, um es wieder anzustellen.«

Ich runzle die Stirn, denn bei all diesen Hebeln und Teilen hatte ich etwas wesentlich Komplizierteres erwartet. Warnungen über Lichtbögen und Watt, oder Reparaturanleitungen, die hirnzersetzende mathematische Umrechnungen erfordern – von Volt zu Ampere zum Quadrat zu … irgendwas. Aber plötzlich fühle ich mich wie ein richtiger Elektrikergeselle. Wenn es so weitergeht, dann bin ich wein wahrer Tausendsassa. Das Haus in meiner Freizeit neu verkabeln, den Ölwechsel selbst machen, wenn es nötig ist, und einen Kleiderschrank bauen, um meine Klamotten darin zu verstauen.

»Das ist alles?«

Garrett schließt das kleine Türchen. »Das ist alles.«

Er bewegt sich nicht sofort und ich auch nicht. Das Bewusstsein von unseren Körpern, seiner jetzt spürbar näher als zuvor, trampelt über meine neugewonnenen Elektrikerfähigkeiten und die Fehltritte hinweg, die ich zuvor gemacht habe. Als ich höre, wie Garrett Luft holt, mache ich es genauso. Ich streiche mir auf meine typisch nervöse Art das Haar hinter die Ohren, halte mich aber vom Schwatzen ab, indem ich meinen Körper zwinge, sich zu drehen und ihm gegenüberzustehen.

Garrett ist jetzt *wirklich* näher als eben noch. Nahe genug, dass uns eine katholische Anstandsperson beim Schultanz daran erinnern würde, ausreichend Platz für Jesus zu lassen. Mein Blick bleibt an seinem Mund haften, der sich direkt vor meinen Augen befindet.

Und, mein Gott, es ist ein herrlicher Mund. Die Unterlippe ist voller als die Oberlippe, doch nicht auf feminine Art – sondern auf eine neckende, Komm-her-und-knabbere-daran-oder-spiel-damit-Art. Weich, doch fest aussehend, eine Kombination, die in der Theorie überhaupt keinen Sinn ergibt, sondern nur, wenn sie sie sich direkt vor dir befindet. Denn ich nehme an, dass Garretts sehr guter Mund fähig dazu ist, bei Gelegenheit ein paar ziemlich schmutzige Dinge zu tun oder zu sagen.

Der herrliche Mund bewegt sich. »Irgendwelche Fragen?«

Sehr. Schmutzige. Dinge.

Ich schaffe es, mit dem Kopf zu schütteln, bemerke das langsame Hüpfen seines Kehlkopfs beim angestrengten Schlucken, bevor ich vorsichtig zu ihm aufsehe. Seine Stimme wird heiser.

»Lass uns dann mal unser Werk begutachten. Sicherstellen, dass du Strom hast.«

Ein weiterer stockender Atemzug. Seiner oder meiner, wer weiß.

Garrett folgt dem Trampelpfad zurück zu den Betonstufen ins Haus. Ich schließe mich ihm an, wobei ich mir stumme Anweisungen gebe.

Einen Fuß vor den anderen, Cara. Werde nicht ohnmächtig, stolpere über deine Füße und lande schließlich auf den Knien vor ihm. Er ist nur ein Mann. Ein Mann, der zwinkert und *Lakmé* nicht zu würdigen weiß. Es ist nur eine unangenehme Panne in deinem Hormonhaushalt.

Garrett wartet, während ich die Stufen hinaufsteige, dann öffnet er die Tür. Seine Zunge streicht um den Rand seines herrlich-schlechten Mundes, während ich an ihm vorbeigehe und die Bewegung fühlt sich an wie ein Kampf zwischen Vernunft und Leidenschaft.

Einen Fuß vor den anderen.

Werde. Nicht. Ohnmächtig.

Kapitel 4

Cara

Im Haus ist die Küche wieder hell erleuchtet. Garrett zeigt mit dem Kinn auf den Blender.

»Merke dir, nur eine Sache auf einmal in der Steckdose. Das Gleiche gilt oben. Du kannst nicht einen Fön und einen Lockenstab – oder welches Schönheitsfolterinstrument gerade angesagt ist – zur gleichen Zeit einstecken.«

Angesichts seiner äußerst männlichen Bewertung weiblicher Haarpflege gebe ich ein Schnauben von mir. »Ich benutze keinen Lockenstab.«

Garretts Blick streift über mein Haar, was mich dazu veranlasst, es mir wieder hinter die Ohren zu streichen. Er hebt den Arm und macht eine vage Drehbewegung mit der Hand. »Also macht es das einfach so?«

»Was?« Ich werde mein Haar nicht wieder zurückstreichen, egal, wie stark der Drang danach ist. Stattdessen verschränke ich die Arme vor der Brust und bohre mir die Nagelspitzen in die Haut, damit sie dortbleiben.

Er macht eine weitere Drehbewegung mit den Fingern. »Die kleinen gekräuselten Dinger um dein Gesicht. Wachst du so auf?«

»So ziemlich.«

Garrett lässt den Arm nach unten fallen und ein gemurmelter Fluch kommt ihm aus dem Mund. Er schaut an mir vorbei zur Vorderseite des Hauses.

»Ich muss los. Brauchst du noch Hilfe wegen irgendwas anderem?«

Ja. Ich brauche Hilfe mit deinem T-Shirt. Es ist mir im Weg, seit ich dich kennengelernt habe.

Verdammt. Nein. Sag das bloß nicht.

Bevor noch etwas Unangenehmes herauskommt, fällt mir ein, dass ich eine Aufgabe habe, bei der mir Garrett assistieren könnte. Eine, zu der nicht gehört, dass er seine Kleidung auszieht.

»Ehrlich gesagt, brauche ich tatsächlich noch etwas anderes.« Garretts Blick wird für einen Moment seltsam verschwommen. »Ich habe eine letzte Sache draußen in meinem Transportcontainer, die zu schwer ist, um sie allein nach drinnen zu tragen. Könntest du mir dabei helfen, bevor du wegfährst?«

Er wirkt amüsiert und zuckt dann die Schultern. »Zu Diensten, Stadtmädchen. Holen wir es.«

Wir gehen zur Tür und Garrett hält sie auf, schaltet das Licht der Vorderveranda an, als wir nach draußen treten. Es ist jetzt dämmerig, so dass es draußen noch kälter geworden ist. Garrett bleibt am Rand der Veranda stehen.

»Willst du dir eine Jacke holen? Es ist ziemlich kalt.«

Ich schüttle den Kopf und gehe in Richtung Container. »Meine Jacke ist noch irgendwo in einem Karton. Mir geht es gut, es dauert ja nicht lange.«

Ich fummle am Vorhängeschloss herum, drehe es, um den Schlüssel ins Loch zu stecken und es öffnet sich beim ersten Versuch. Ich schiebe das Schloss auf und recke mich zum Griff, doch bevor ich es erreiche, brummt Garrett und tritt näher heran.

»Hier. Ich kann nicht zusehen, wie du schon wieder zitterst.« Seine Jacke landet auf meinen Schultern. Dann schiebt er seinen Körper vor meinen und drückt mich wortlos aus dem Weg.

Ob die Sache mit der Jacke ein kläglicher Versuch von Ritterlichkeit ist, weiß ich nicht, doch als ich die Arme hineinschiebe, um Garretts Jacke anzuziehen, stöhne ich fast. Das Innere ist gefüttert mit einem wattierten Flanell, der so eingetragen ist, dass es fast wie Seide ist, und ich muss stoppen, um nicht noch weiter an dem Stoff zu reiben. Außerdem riecht es wie eine Mischung aus etwas Würzigem, etwas Seifigem, und etwas Schmutzigem. Wie Erde, erdig. Vielleicht Schlamm? Schweiß und Schlick? Schotter und Staub? Was auch immer das für ein Aroma ist, von Geruch und Wärme her ist es offenkundig männlich und völlig neuartig für meinen Geruchssinn. Ich bin eher an das gewöhnt, was ein Designer für Männergeruch hält – die Sorte Parfüm, die immer ein wenig danach riecht, als hätte jemand eine Flasche Kiefernreiniger in ein Fass Scottish Single Malt Whiskey geworfen.

»Ist das für Sex?«

Mein Kopf schießt hoch. »Was?«

Garrett zeigt mit dem Kinn in die Richtung meines Reformers. »Dieses Ding sieht aus, als wäre es entweder mit dem Gedanken an Folter oder an Sex konstruiert worden.« Er blickt über die Schulter. »Welches davon ist es?«

»Das ist ein Reformer.«

»Das erklärt überhaupt nichts. ›Reformer‹ könnte sich auf beides beziehen. Folter oder Sex.«

»Das ist für Pilates«, schnaube ich. »Die einzige Art von Training, die ich ertrage.«

Er tritt seitwärts in den Container und arbeitet sich vor bis hinter die Maschine, dann hebt er probehalber die eine Ecke des Gerätes an.

»Bist du dir damit sicher? Das Ding ist ganz schön schwer. Ich könnte morgen meinen Kumpel Braden mitbringen.«

Eine vernünftige Entscheidung fällt schwer bei der Erwähnung von Garetts Rückkehr. Keine Chance. Wenn wir anfangen, daraus eine Routine zu machen, dann werde ich mir noch Möglichkeiten überlegen, ihm die Jacke oder andere Kleidungsstücke zu klauen, die alle besser an seinem Körper bleiben.

Ich schiebe die Jackenärmel hoch und stelle mich an die andere Seite des Gerätes. »Ich bin stärker, als ich aussehe.«

»Daran habe ich keine Zweifel, Stadtmädchen.« Er erfasst sein Ende. »Auf drei?«

Ich ahme seine Haltung nach und sage mit ausdruckslosem Gesicht: »Auf los geht's los.«

* * *

Wegen der fehlenden Möbel im Haus können wir uns im Innern leicht bewegen und den Reformer in die Mitte des leeren Esszimmers stellen. Als er auf seinem Platz steht, ergreift Garrett die Fußstange und versucht, an ihr zu rütteln, dann tritt er an die Seite.

»Wie funktioniert das?«

Bei seiner Frage durchfährt mich ein leichter Schauer. »Der Schlitten bewegt sich, wenn du darauf liegst oder stehst. Es gibt einen Haufen verschiedener Dinge, die du machen kannst, verschiedene Positionen und Bewegungen, doch es ist dein eigener Körperwiderstand, der die Arbeit macht, so dass deine Muskeln lang und schlank werden. Wie das Work-out eines Tänzers. Ich denke, so kann man es am besten beschreiben.«

»Ich kann es mir gar nicht vorstellen.« Er verschränkt die Arme vor der Brust, sein Blick wandert über die Maschine.

Ich schlüpfe aus seiner Jacke und reiche sie ihm, dann streife ich meine Schuhe ab und steige auf die Maschine. Ich stelle den Fuß auf die Fußstange und strecke das andere Bein aus, um die Ferse gegen eine der Schulterpolster zu legen. Langsam beuge ich mich vor, um die Fußstange mit beiden Händen zu ergreifen, finde das Gleichgewicht und drücke den Schlitten hinter mir vor, bis ich ganz ausgestreckt bin. Im Grunde mache ich einen Spagat – und nachdem ich so viele Stunden im Auto eingepfercht war, ist die Dehnung sehr entspannend. Ein lautes Stöhnen, das aus meinem Innersten heraus will, unterdrücke ich zu etwas Leiserem. Unglücklicherweise klingt das, was schließlich herauskommt, ein wenig befriedigter, als ich es beabsichtigt hatte.

»Es ist also wie Dehnen«, sagt Garrett.

Ich wechsle in eine andere Position, beide Füße auf den Schulterpolstern des Schlittens, die Hände noch immer fest an der Fußstange. »Es ist schwieriger, als man glaubt.«

Ich hebe einen Fuß vom Schulterpolster, strecke die Zehen und das Bein in Richtung Decke, dann ziehe ich es langsam zurück an meine Brust, bevor ich die Sequenz wiederhole. Die Bewegungen sind wie beim Yoga, ähneln dem Yogakrieger Drei und dem Königstänzer – und die Kombination von Gleichgewicht, Bewegung und Spannung bedeutet, dass die ganze Sequenz alles andere als einfach ist.

Bei meinem fünften Durchgang, als mein Körper gerade anfängt, auf eine Art zu schmerzen, wie ich es mag, knurrt Garrett. Es ist ein tiefer, roher Klang, der ungehörig genug ist, um in seine Richtung zu blicken.

Seine andächtige Aufmerksamkeit ist auf meine Beine konzentriert, sein Blick registriert jede meiner Bewegungen. Normalerweise wäre das ein Moment, wo mich der Reflex erfassen würde, mich kleiner zu machen. Zu viele Jahre mit meiner Mutter, die mich daran erinnert – meist dann, wenn ich mein Lieblings-Bananeneis von Scooter's zu genießen versuche –, dass groß und schlank eine Sache ist, doch groß und nicht schlank eine andere sei, weshalb ich besser den Löffel hinlege. Oder wie sie immer darauf besteht, dass ich mich auf Familienfotos hinsetze, damit meine Größe nicht alle im Bild überragt. In ihren Augen bin ich wie ein alles verdeckender Mammutbaum, und sie wollte einfach nur eine niedliche Magnolie.

Doch in Garretts Blick liegt Anerkennung vermischt mit Interesse, und mich schüchtern davonzuschleichen ist das Letzte, was ich tun will, deshalb mache ich ein paar Durchgänge mehr, bevor ich mich mit überkreuzten Beinen auf den Schlitten setze.

»Machst du auch Mattentraining?«

»Sicher, manchmal. Ich mag das hier aber mehr, weil …« Ich halte inne und kneife die Augen zusammen. »Moment mal. Woher kennst du Mattentraining?«

Garrett lacht, seine Stimme bekommt dabei einen helleren Klang, dann verzieht er schuldbewusst den Mund.

»Ich habe dich verarscht. Ich wusste, was das Ding da ist, als ich es gesehen habe. Ich bin auf der Schule in Fort Collins gewesen, hatte dort einen Nebenjob in einem Sportausrüstungsgeschäft und es gab nebenan ein Pilates-Studio mit diesen riesigen Fensterscheiben an der Vorderseite. Als Heteromann ist es einfach unmöglich, dort vorbeizugehen, ohne hineinzugucken. Außerdem haben wir eine billige Version dieser Dinger in dem Laden verkauft, wo ich gearbeitet habe.« Ich gebe ein leichtes Schnauben von mir und er grinst noch breiter. »Habe mir vorgestellt, dass ich ein wenig den Hinterwäldler zu deinen Gunsten spielen könnte. Und zu meinen.«

Er streckt einen Arm aus, die Handfläche nach oben, so dass ich nach seiner Hand greifen kann. Ich bemühe mich, einen bösen Blick zu bewahren, doch als seine Fingerspitzen gegen die Innenseite meines Handgelenks streichen und mein ganzer Körper heiß wird, merke ich, dass das ein nutzloses Unterfangen ist.

»Du bist unmöglich.«

Garrett senkt den Kopf. »Komm schon, sei nicht sauer, Stadtmädchen. Es tut mir leid.«

Doch sein Ton zeigt mir, dass es ihm nicht leid tut, denn er hat jede Sekunde von dem genossen, was gerade geschehen ist. Ich seufze und schlüpfe mit den Füßen wieder in die Schuhe.

»Danke für deine Hilfe. Den Strom reparieren, den Reformer hereintragen, das weiß ich zu schätzen.«

»Kein Problem. Ich freu mich, dass ich helfen konnte.« Er schiebt eine Hand in seine Hintertasche und zieht sein Handy heraus. »Gib mir mal dein Telefon und wir tauschen die Nummern. So kannst du mir eine SMS schreiben, falls du etwas brauchst.«

Ich gucke auf sein Telefon und zögere. Garrett schwenkt schließlich mit dem Telefon hin und her, eine Aufforderung, die ich annehme, auch wenn ich weiß, dass ich es besser nicht tun sollte. Eine direkte Verbindung zu Garrett? Garrett mit einer direkten Verbindung zu mir? Das gibt Probleme. Doppelt Probleme. Oder schlimmer. Fünffache Probleme.

Nachdem ich mein Telefon aus den Tiefen der noch immer ungeordneten Sachen gegraben habe, die über den Wohnzimmertisch verstreut sind, treffe ich an der Vordertür auf Garrett, und halte es für das Beste, dortzubleiben. Neben einem Ausgang, wo ich seine charmante, problematische Gestalt so schnell wie möglich nach draußen befördern kann. Ich reiche ihm mein Telefon und gebe meine Daten in seins ein.

Garrett öffnet das Kontaktmenü an meinem Telefon.

»Cara, du hast hier nur fünf Kontakte.« Er liest sie laut vor. »Amie, Dad, wer auch immer ICE ist, Will und irgendein Spa mit einem seltsamen Namen, den ich nicht aussprechen kann.«

Ich spähe aufs Display und zucke die Schultern, wobei mir bewusst ist, dass es seltsam wirkt, so wenig Leute im Handy zu haben. Als ich bei der Zeitung gearbeitet habe, hatte ich ein Handy von ihnen, das mit hunderten von Kontakten vollgemüllt war. Das war nur eine weitere Sache, die ich gern losgeworden bin, als ich dort aufgehört habe. Jetzt kann ich die wichtigen Leute auf Kurzwahl halten und den Rest an die Voicemail weiterleiten oder, noch besser, E-Mail. Ich beschließe, nicht über die Implikationen nachzudenken, dass Garretts Daten jetzt zu meinem inneren Kreis gehören.

»Ich glaube an kleine Freundeskreise. Das Spa ist für meine Augenbrauen und Fingernägel. Wichtige Schönheitsfolterdinge für Mädchen.«

»Da bin ich mir sicher«, gluckst er, während er seine Daten eingibt. »Wer ist ICE?«

»Meine Mutter.«

Er prustet kurz. »Sollte ich nachfragen?«

»Eigentlich steht es für ›In Case of Emergency‹, also für einen Notfall. Sie sagen, man sollte das machen, denn wenn man in einen bösen Autounfall oder ähnliches verwickelt wird, dann kann das Krankenhaus in dein Handy gucken für einen Notfallkontakt. Aber es ist meine Mutter, wenn du also irgendeine doppelte Bedeutung vermutest, liegst du richtig.«

Ich widerstehe der Versuchung, heimlich durch seine Kontakte zu scrollen. Sie sind wahrscheinlich voller Einträge ohne richtige Namen, nur mit vagen Beschreibungen. *Heißes Mädchen aus der Bar. Blond/Kurzes Kleid. Lange Haare – Mag Coors Bier.* Nachdem ich meine Daten eingegeben habe, den ganzen Namen und alles, sperre ich das Display und wir tauschen die Geräte zurück.

»In Ordnung, jetzt kannst du mich erreichen, wenn du mich brauchst. Wie lange bist du überhaupt hier?«

»Acht Wochen oder so. Anfang April werde ich wieder nach Hause fahren.«

Garrett schiebt die Hände in die Jackentaschen und stellt seine Beine etwas weiter auseinander. »Das ist eine lange Zeit, um von zu Hause fort zu sein. Erwartest du irgendwelche Besucher, während du hier bist?«

»Besucher?«

»Ja, Besucher. Also Leute, die es hassen, dich für zwei ganze Monate nicht zu sehen. Vielleicht Amie, wer auch immer das ist?« Er wackelt mit den Augenbrauen – was fast so schlimm ist wie das Zwinkern – und seine Stimme wird ein wenig heiser. »Oder vielleicht möchte Will dich besuchen.«

Ah, da haben wir es. Ein ganz schön umständlich weitschweifender Weg, um endlich auf den Punkt zu kommen, den mein Sexradar als Frage danach entschlüsselt, ob ich Single sei. Ich öffne die Vordertür und halte sie mit dem Fuß auf.

»Amie ist meine Schwester und gerade sehr mit der Planung

einer Hochzeit beschäftigt. Was meine Eltern betrifft, so ist Dad ein Manager bei Boeing und Mom die sehr engagierte Managergattin. Aspen ist ungefähr das Weiteste, wo sie sich nach Colorado hineinwagen würden.«

Garrett lässt meine Antwort für einen kurzen Moment stehen und ignoriert dabei meinen höflichen Hinweis mit der weiterhin geöffneten Tür. Seine Zungenspitze kommt hervor und streicht über die Mitte seiner Oberlippe.

»Was ist mit Will? Wenn er der polohemdtragende Investmentbanker von daheim ist, der dich vermisst, dann würde ich vorziehen, das sofort zu wissen. So würde ich keine spätabendlichen Nachrichten falsch interpretieren, die du in meine Richtung schickst.«

Ich schaue ihn fest an, wobei mein Blick dem entspricht, den er mir zuwirft. »Ich bin ganz gut mit Worten. Wenn ich dir eine SMS schicke, dann wird sie für keine Interpretationen offen sein.«

Er senkt die Stimme. »Spiel dich nicht so auf. Du bist gut mit Worten? Dann benutze sie auch. Erzähl mir, was Sache ist.«

Vielleicht liegt es an der Nähe dieses sehr guten schlechten Mundes, am Geruch seiner blöden Jacke, oder dem Necken in seinem Ton, ich weiß es nicht, doch ich platze mit einer Antwort heraus, bevor ich mich bremsen kann.

»Will ist … Familie. Ich bin Single. Das ist Sache. Kein Freund. Kein Ehemann.«

Eine Seite seines Mundes geht nach oben, befriedigt von diesem winzigen Streich gegen meine besten Bemühungen, ihn einfach so wegzuschicken. »Danke.«

Und damit schlendert Garrett durch die offene Vordertür – gerade, als ich entschieden habe, dass ich das eigentlich nicht will.

Kapitel 5

Cara

Tag Eins.

Mein erster Tag im Einsatz, um die Arbeit zu machen, für die ich hergekommen bin. Ich habe mir alle großen Erzähler heraufbeschworen, an die ich denken kann – Joan Didion, Tom Wolfe, Gay Talese –, um mich daran zu erinnern, warum ich diesen Sprung gemacht habe, weg vom traditionellen Journalismus und hin zu dem, was man den neuen Journalismus nennt, in dem ein literarischer Schreibstil und journalistische Berichterstattung koexistieren können, in dem die Erfahrungen einer Autorin so sehr Teil der Geschichte sind wie die Inhalte selbst.

Den gestrigen Tag habe ich damit verbracht, Flächenpläne zu entziffern und dann herumzufahren, um zu begreifen, was die Karten zeigten. Nach drei Stunden war ich kaum besser orientiert. Doch ich habe ein Café in Paonia entdeckt, eines, das die verlorene Zeit wert war, die ich benötigt habe, um dorthin zu gelangen. Die Bohnen wurden frisch geröstet, der Kaffee wurde in Chemex-Karaffen gebrüht und entfaltete sein Aroma, während mir der Cafébesitzer mehr von dem Sommer erzählte, den er als Mitglied der Rainbow-Familie verbracht hatte, als ich je wissen wollte. Trotzdem werde ich zurückkehren – der Kaffee ist einfach zu gut.

An diesem Morgen werde ich aber meinen eigenen Kaffee

machen. Nachdem ich etwas Haferbrei in der Mikrowelle aufgewärmt habe. Nachdem ich mir einen Proteinshake mache. Während ich meinen Atem anhalte, um mögliche elektrische Dramen zu verhindern. Dann breite ich einen Flächenplan aus und entscheide, wohin ich zuerst fahre.

Ich beschließe, dass mein erster Halt bei einem Grundstück südlich der Stadt ist, das einem gewissen Earl Kidd gehört. Durch Querverweis mit einer topographischen Karte der Gegend kann ich sehen, dass sich dieses Grundstück unterhalb eines kleinen Hügels befindet und voller Erhebungen und Senken ist. Wenngleich es nicht für den Anbau geeignet scheint, hat er womöglich Vieh darauf. Ich hoffe vor allem, dass es keine sogenannte Gentleman-Ranch ist, die irgendeinem Manager aus dem Silicon Valley gehört, der sich mit zweiunddreißig mit ausreichend Geld und Zeit zur Ruhe gesetzt hat, um zu einer wohlmeinenden Belästigung für die Einheimischen zu werden mit Ideen und Initiativen, um der Gemeinde zu helfen – die dann aber eine Lebensweise zerstören, die über hunderte von Jahren älter sind als all die Apps, die er entwickelt hat.

Nach einer zwanzigminütigen Fahrt bremse ich den Wagen, als ich einen einsamen Briefkasten an der Straße entdecke, die Adresse mit weißer Sprühfarbe auf die Seite geschrieben. Direkt unter dem Briefkasten ist ein großes Stück Sperrholz an einen selbst gemachten Pfosten befestigt. Große Blockbuchstaben erklären die Regeln auf Earl Kidds Grundstück.

PRIVATGRUNDSTÜCK
UNBEFUGTER ZUTRITT VERBOTEN
KEIN JAGEN
KEIN DURCHGANG

Ich halte neben dem Schild und überlege mir meine Optionen. Ich denke sogar darüber nach, Will anzurufen, um ihn zu fragen, ob es als Hausfriedensbruch angesehen wird, wenn ich hineinfahre und an Earl Kidds Tür klopfe, oder nicht. Doch Will würde mir wahrscheinlich zwei Dinge erzählen:

a) Er ist Anwalt für Wertpapierprozesse, ein Bereich, in dem die Börsenaufsicht dem Gesetz begegnet. Er liest eine Menge dicker Unterlagen mit vielen kleinen Buchstaben, um herauszufinden, wie die Bernie Madoffs dieser Welt vorgehen. Hausfriedensbruch ist nicht unbedingt seine Baustelle.

Und b), dass das riesengroße Schild hier meine Antwort ist. Wills logisches Gesetze liebendes Gehirn würde mir sagen, dass es das nicht wert ist.

Doch mein neugieriges Journalistenhirn widerspricht. Ich liebe anderer Leute Geschichten, das habe ich schon immer – ob sie real oder ausgedacht sind, logisch oder nicht. Und wenn man bedenkt, dass ich meinen Master in Vergleichenden Sozialwissenschaften gemacht habe, möchte ich natürlich auch wissen, warum Earl Kidd das Bedürfnis verspürt hat, ein so dramatisches Schild aufzustellen. Wie es scheint, ist er ein Sonderfall, da sich ansonsten niemand veranlasst gefühlt hat, ein ähnliches Schild aufzustellen, zumindest ist mir bisher keins bei meiner Fahrt Richtung Stadtrand aufgefallen.

Es ist an der Zeit, das Warum herauszufinden. Und weiterzufragen, bis ich den wahren Grund kenne.

Langsam gehe ich vom Bremspedal, blicke dabei vorsichtig aus beiden Fenstern, während ich ein Viehgitter passiere und die unbefestigte Straße entlangfahre. Schließlich führt der Weg am Fuße des Hügels in einer Kurve eine Steigung hinauf, wo er sich in Serpentinen verengt, während der Untergrund schroff und holprig wird. Ich erwische ein besonders tiefes Schlagloch und zucke zusammen, als mein Auto laut aufschlägt. Ich blicke in den Rückspiegel, um zu sehen, ob irgendwas wichtig Aussehendes vom Unterboden meines Autos auf der Straße liegt. Zum Glück kann ich nur Wagenspuren und Schotter erkennen.

Ein offenes Viehgatter wird sichtbar, zusammen mit Anzeichen dafür, dass ich am Zuhause von jemandem angekommen bin. Hinter dem Gatter steht ein großer Wohnwagen mit stark verblichener hellbrauner Farbe mit blauen Streifen zu beiden Seiten. Am hinteren Ende des Trailers sind zwei Flaggen angebracht. Die eine ist eine urpatriotische Gadsden-Flagge mit ihrem unverkennbaren leuchtendgelben Hintergrund und dem Bild der aufgerollten Klapperschlange, dazu an der Unterseite der Slogan »Tritt nicht auf mich«. Sofort frage ich mich ob der Name bei diesem Grundstück Programm ist, und der Besitzer wie eine Schlange zuschlagen wird, sobald ich auf sein Grund und Boden trete. Die andere Flagge ist marineblau und zeigt einen Soldaten aus der Kolonialzeit, der von einem Ring weißgedruckter Sterne umgeben ist.

Auf einmal erweist sich die Zeit, die ich damit verbracht habe, über ein paar sehr ungehobelte Tea-Party-Proteste für die Zeitung zu berichten, als sehr nützlich. Denn für manche bedeuten jene Bilder nichts als eine Rückkehr zur längst vergangenen Zeit eines innigen amerikanischen Patriotismus … doch für andere sind es merkwürdige Flaggen für eine Politik, die um Einiges brisanter ist. Somit könnten diese beiden zusammenflatternden Flaggen auf einem Wohnwagen, der mitten im Nirgendwo steht, eine Menge Ärger für mich bedeuten. Möglicherweise bin ich nur zwei Minuten davon entfernt, von einem Typen im Tarnanzug attackiert zu werden, der mit seinem Schild unten an der Straße nicht gescherzt hat. Und er wird wahrscheinlich auch kein besonders verständnisvoller Zeitgenosse sein.

Wie auf Kommando bringt mich das Geräusch eines dröhnenden Motors und aufspritzender Schotter dazu, meinen Kopf nach hinten zum Rückfenster meines Autos zu reißen. Durch den aufsteigenden Staubnebel erblicke ich einen roten Quad, der in meine Richtung schießt und so wirkt, als wolle der Fahrer direkt in die Rückseite meines Autos pflügen. Gerade rechtzeitig reißt er es hart nach rechts, rast an der Seite entlang und steuert nach links, so dass er direkt vor mir zum Stehen kommt.

Der Fahrer stellt sich auf die Fußrasten, er trägt Tarnkleidung, wie ich erwartet habe. Ein schwarzer Helm bedeckt seinen Kopf, darauf steht in roten Buchstaben das Wort »KIDD«. An der Vorderseite des Quads ist eine Art Metallbehälter für kleinere Gegenstände befestigt. Genau richtig für das kurzläufige Gewehr, dass der Typ mit sich herumschleppt.

Der Motor des Quads geht stotternd aus, doch der Fahrer steigt nicht ab. Er steht nur bewegungslos da, herausfordernd und furchteinflößend.

Freut mich, Sie kennenzulernen, Earl Kidd. Sie sind genauso, wie ich Sie mir vorgestellt habe.

Langsam nimmt er den Helm ab und enthüllt einen Kopf mit weißen Haaren, die zu einem kurzen Militärschnitt gestutzt sind. Der Kopf ist wie ein Betonklotz geformt. Stechende Augen fixieren mich – auf genau die falsche Weise.

Ich löse die Hände aus ihrer eisernen Umklammerung des Lenkrads und hebe sie mit nach vorn ausgestreckten Innenflächen. Er blinzelt, um die Geste zu erfassen, doch er beugt sich nicht vor oder entspannt sich. Ich zeige mit einer Hand zur Fahrertür und öffne sie dann langsam, bevor ich auf Beinen aus dem Wagen steige, die sich im Moment ein wenig zitterig anfühlen.

Zeit der Entscheidung. Lass ich die Tür als eine Art Schutzschild vor mir auf? Oder gehe ich herum, um ihm zu zeigen, dass ich nichts verberge? Bin mir nicht sicher, ob dieser Typ wirklich glaubt, dass ein Mädchen in einem Lexus-Hybrid herkommt und nichts anderes als eine Snacktüte mit Naturmandeln bei sich hat, aber ich kann mir da nicht sicher sein. Vielleicht ist es am besten, hier draußen alles offenzulassen. Sehr entschlossen schließe ich die Tür hinter mir.

»Kannst du nicht lesen?«

»Doch. Es tut mir leid …«

»Wenn du lesen kannst, dann ist Englisch wohl nicht deine Muttersprache? Bist du irgend so ein blasshäutiger Mischling?

Mit Gracias und de nada?« Earl verschränkt die Arme vor der Brust. Dabei wird die Waffe an seinem Gürtel deutlich sichtbar.

Scheiß auf all die anderen großartigen Erzähler, die ich heute Morgen verinnerlicht habe, für das hier brauche ich Hunter S. Thompson. Sein Gonzo-Journalismus passt perfekt zu dieser Situation – zusammen mit seinem Wissen über Schusswaffen und seinen guten Verbindungen zu den Hells Angels. Mein Herzschlag könnte auch gut eines dieser Barbiturate gebrauchen, die er so mochte. Ohne das alles kann ich nur lügen. Versuchen, mir den Weg mit allen Gliedmaßen intakt hier herauszuschwindeln.

»Nein. Ich bin freie Autorin. Ich dachte, das hier sei die Adresse eines Rinderfarmers, den ich interviewen sollte, doch ich muss sie wohl falsch aufgeschrieben haben. Es tut mir sehr leid, dass ich Ihre Privatsphäre verletzt habe. Ich werde einfach ins Auto steigen und wegfahren.« Ich mache zwei Schritte zurück, greife nach hinten und suche blind mit einer Hand, bis ich den Griff der Wagentür gefunden habe. »Noch einmal, es tut mir leid.«

»Tun Sie das. Steigen Sie in Ihre Reisschüssel.« Earl greift nach vorn, um die Waffe aus dem Metallbehälter zu ziehen, dreht sie geübt mit den Händen, so dass der Lauf jetzt von mir weg zeigt.

Das scheint eine gute Sache zu sein, bis er den Schaft in einen der Scheinwerfer meines Autos rammt. Das Splittern klingt wie in allen schlechten Actionfilmen, die ich je gesehen habe.

»… Und verschwinden Sie hier. Wenn Sie noch einmal auf mein Grundstück treten, werde ich Ihnen keine zweite Chance geben.«

Mit zitternden Händen reiße ich die Autotür auf, fummle auf der Konsole nach dem schlüssellosen Startknopf und drücke ihn. Ich werfe den Rückwärtsgang ein, fahre mit vernünftigem Tempo, während ich zurücksetze, dann gebe ich Vollgas, als ich gerade stehe. Der Unterboden hüpft mehr als einmal gegen den Untergrund, doch wenn irgendwelche Teile auf der Straße gelandet wären, dann hätte ich es nicht bemerkt. Denn zurückblicken ist das Letzte, was ich jetzt tun möchte.

Tag Eins. Ein verdammt guter Anfang.

Kapitel 6

Garrett

Die Samstagsschicht während der ersten Wochen der Kalbsaison kann einen umbringen. Egal, wie sehr sich die Rancher im Voraus auf diese stressige Jahreszeit vorbereiten, ihre besten Pläne funktionieren nicht immer – manche stellen fest, dass sie einen Mineralzusatz ändern müssen, um mit Krankheit und Ernährungswechseln klarzukommen, oder sie müssen Kalbungszubehör auswechseln, das beschädigt wurde oder unerwartet verschwindet. Niemand hat Geduld und Zeit, deshalb kann es schnell mal brenzlig werden – vor allem, wenn ich allein arbeite und mein letztes Essen fast neun Stunden zurückliegt und in einem beschissenen gefrorenen Frühstücksburrito bestanden hat, der nicht einmal ganz aufgetaut war. Dazu noch die Tatsache, dass ich während der letzten paar Nächte nicht gut geschlafen habe und zu diesem Zeitpunkt besteht mein Körper darauf, dass es nur noch zwei Optionen gibt: Aufladen per Zuckerschock oder zusammenbrechen. Heftig.

Normalerweise wäre ich nicht allein, doch Bart, mein Boss, steckt auf der anderen Seite des Divide fest und wartet darauf, dass der Cottonwood Pass wieder geöffnet wird. Er war mit seiner verehrten Gattin für einen Hochzeitstagsausflug zu den heißen Quellen in Nathrop gefahren und in der Nacht vor ihrer geplanten Rückkehr war ein Wintersturm durchgegangen und hatte den Pass verschlossen. Die Highschool-Kids, die normalerweise einspringen und aushelfen, arbeiten derzeit alle auf ihren eigenen Familienhöfen. Deshalb ist das Überfluten meines Körpers mit Koffein, Zucker und Kalorien offenbar die einzige Möglichkeit, um die nächsten paar Stunden durchzustehen. Und die Tankstelle auf der anderen Straßenseite hat alles drei. Ich muss nur mit Kenny Euland fertig werden, dann kann ich auf direktem Weg rübergehen für einen Hotdog und eine fassgroße Portion Mountain Dew. Vielleicht noch einen Snickers – oder drei.

»Schlimmste Kalbungssaison meines Lebens. Es läuft einfach nichts wie geplant«, knurrt Kenny.

Er zieht einen Zwanziger aus seinem Portemonnaie und reicht ihn mir, wobei er ein paar gemurmelte Flüche unter der Krempe seines Rinderzüchterhuts aus Stroh hervorstößt.

Kenny ist Rancher in dritter Generation mit einem großen Grundstück im Westen der Stadt, nicht weit entfernt von der ökologischen Plantage meiner Freunde Whitney und Cooper. Mit so viel Erfahrung auf dem Buckel ist es kein gutes Zeichen, wenn er sagt, dass dies die schlimmste Saison sei. Kenny hat vielleicht eine breite Brust, ist stämmig und neigt mehr zum Nörgeln als zum Quatschen, doch er ist keine Dramaqueen. Wenn er sich beschwert, dann liegt darin auch etwas Wahrheit. Und auch wenn mein Dad ein Farmer war und kein Rancher, habe ich genug Zeit mit Rindertypen verbracht, um zu wissen, wenn die Dinge Scheiße laufen, dann kommt alles auf einmal und auf richtig üble Art.

Ich reiche ihm sein Wechselgeld zurück und schiebe die Flasche Kälberpuder über den Tresen, für die er gekommen ist. »Ich komme am Montag vorbei und helfe dir. Morgen kann ich nichts machen, denn ich muss für den Geburtstag meiner Mutter nach Grand Junction, aber Montag habe ich frei und bin den ganzen Tag da.«

Kenny greift sich mit der Hand in den Nacken, knetet die Haut an seinem Schädel und seufzt.

»Komm schon, Junge, du hast besseren Scheiß zu tun an deinem freien Tag. Ich weiß dein Angebot zu schätzen, aber du musst das nicht machen. Bleibe die Nacht in Junction, suche dir eines dieser Mesa-Girls, um dir Gesellschaft zu leisten.« Er gibt mir einen wohlmeinenden Schlag auf die Schulter, um das zu unterstreichen.

Ich schüttle ihn ab. Wir haben dieses Spiel schon mehr als einmal gespielt. Er behauptet, dass ich nicht helfen muss, und ich sage ihm, dass er die Luft anhalten soll. Wenn ich nicht kurz davor wäre, vor Hunger mit der Fresse auf die Theke zu fallen, würde ich unsere übliche Charade mitspielen.

Die Wahrheit ist, dass ich ihm viel mehr helfen will, als Kenny mich braucht. Die Genossenschaft ist nur ein Job – ein guter, aber nicht mehr als das. Da draußen, egal wem das Land gehört, ist die Arbeit auf eine Weise ehrlich, wie es kein anderer Job sein kann. Der Boden macht alle gleich, man kann ihm nichts vorgaukeln oder sich seinen Weg durchflunkern für das, was es braucht, um auf diese Weise seinen Lebensunterhalt zu verdienen, und das – diese raue und authentische Realität – ist es, was ich am meisten daran vermisse, auf dem Land zu arbeiten.

Ich werfe die Kassenschublade zu, dann verschränke ich die Arme vor der Brust.

»Die Gänse haben keine Saison, deshalb kann ich erst wieder jagen, wenn die Truthähne im März so weit sind. Und irgendeinem Collegemädchen die ganze Nacht zuhören, wie es über Snapchat redet, lohnt nicht die Gesellschaft, die sie vielleicht zu bieten hat. Also, wie ich es sehe, habe ich ziemlich sicher nichts Besseres zu tun. Wir sehen uns dann am Montag gegen sechs. Sag Barb, wenn sie zufällig was von ihrem berühmten süßen Affenbrot macht, dann würde ich liebend gern was davon essen.«

Kenny schüttelt den Kopf, stößt ein lautes Seufzen aus dem Mundwinkel, dann dreht er sich zur Tür.

»Fang bloß nicht mit Rindern an, Junge«, knurrt er über seine Schulter. »Wenn du etwas eigenen Grund und Boden hast, dann halte dich nur fern von den verdammten Rindern. Dein Dad hatte recht. Weizen. Mais. Zuckerrüben. Scheiß auf die verdammten Kühe, sie machen einen fertig.«

Als sich die Vordertür hinter ihm geschlossen hat, nehme ich meine Jacke und fühle nach meiner Hintertasche, um sicherzugehen, dass mein Portemonnaie dort ist. Ich trete hinter dem Tresen hervor und gehe zum Vordereingang heraus, hänge das »Bin gleich zurück«-Schild an die Tür und stelle die Zeiger der kleinen Uhrattrappe auf fünfzehn Minuten.

Die Sonne steht hoch am Himmel und leuchtet hell auf alles unter ihr. Ich ziehe den Schirm meiner Baseballkappe runter, um dem grellen Licht zu entgehen, und winke Kenny zum Abschied, als er vom Parkplatz des Genossenschaftsmarktes wegfährt.

Ob es stimmte oder nicht, als Kenny über meinen Vater gesagt hatte, dass er alles richtig gemacht hat, werde ich nie erfahren. Doch wie sich die Dinge nach seinem Tod entwickelt haben, kann ich nicht gerade behaupten, dass er alles gut gemacht hat. Keine Respektlosigkeit gegen meinen alten Herrn, doch ob es beschissenes Pech oder schlechtes Timing war, so oder so liefen die Dinge nicht wie geplant.

Vor drei Jahren war ich nur wenige Semester davon entfernt, meinen Abschluss in Agrarwissenschaft zu machen, und hatte bereits ein Praktikum bei einer großen Saatgut-Firma in Aussicht, wo ich den Sommer verbringen wollte und über dürreresistente Saaten arbeiten sollte, Lösungen kennenlernen, die ich dann auch mitbringen wollte zu dem Farmland, auf dem ich aufgewachsen bin. Stattdessen brach mein Vater Mitte Juli auf einem Feld voll kniehoher Maisreihen zusammen, verstorben wegen eines schweren Herzinfarktes mit einundfünfzig Jahren.

Ich kam nach Hause zu einer Farm, die so hoch verschuldet war, dass es keinen Ausweg gab. Zumindest nicht für einen Jungen in meinem Alter, egal, wie viele Menschen wussten, dass ich fähig und bereit war. Versuch mal, eine Bank dazu zu überreden, einem zweiundzwanzigjährigen Jungen ohne Abschluss oder Sparkonto einen Kredit zu gewähren – selbst die Bank, in die dich dein Vater jeden Samstag auf seinen Schultern hereingetragen hatte, um seine wöchentliche Einzahlung zu machen, machte da einen Rückzieher. Wenn ich zurückblicke, dann war die Tatsache, dass ich keine Ahnung davon hatte, wie die Farm finanziell dastand, Beweis genug dafür, dass ich nicht bereit war. Ich war mehr als nur ein großes Risiko. Ich war ein Witz.

Der Grundstücksverwalter, der auch der beste Trinkkumpan meines Vaters gewesen war, erklärte es mir unumwunden. Ohne Zuckerglasur, nichts, außer den drei Fingern Crown Royal Whisky, den er mir einschenkte, um es etwas leichter zu machen.

»Du musst verkaufen. Das ist jetzt deine einzige Möglichkeit, Junge. Es gibt kein Geld, um diese Schulden zu begleichen, und egal, was für ein toller Junge du bist, die Bank ist nicht bereit, dich die Schuld übernehmen zu lassen. Also verkauf, leg das Geld an, was womöglich noch über ist, nachdem all die Schulden bezahlt sind, und geh zurück nach Fort Collins. Mach deinen Abschluss und finde einen guten Job. Geh mit dem Gefühl, dass du getan hast, was du tun musstest. Wir wissen beide, was dein alter Herr immer zu sagen pflegte: Hinter dir liegt nichts, um das du dir Sorgen machen musst. Er würde wollen, dass du danach dein Leben lebst, ohne Bedauern.«

Den meisten seiner Empfehlungen bin ich gefolgt.

Verkaufen? Erledigt. Ich verkaufte unsere Farm an einen Typen, den ich nie gesehen hatte, der ausreichend Geld hatte, um es ungesehen zu kaufen, und bis Cara vor ein paar Tagen gekommen war, hatte das Haus seit dem Tag meines Auszugs leer gestanden und war von Tag zu Tag unansehnlicher geworden.

Leg das Geld an, das noch übrig ist? Getan. Ich habe jetzt ein Sparkonto – eins, das ich nicht mehr angerührt habe seit dem Tag, an dem ich es eröffnet und den Scheck eingezahlt hatte. Jetzt brauche ich nur einen Grund, um es anzufassen. All die

Dinge, die ich vielleicht haben möchte, einen neuen Truck oder ein neues Gewehr, sind es nicht wert, wofür dieses Geld steht.

Doch ich bin nicht nach Fort Collins zurückkehrt, um meinen Abschluss zu machen. Stattdessen bin ich hiergeblieben und habe bei der Genossenschaft angefangen. Ich könnte wahrscheinlich nicht erklären, warum, nicht einmal jetzt. Vielleicht weil es immer Teil des Plans war, nach Hause zurückzukehren. Ich hatte mir immer vorgestellt, nach einer Zeit bei einer großen Landwirtschaftsfirma und ein paar Jahren, in denen ich die richtige Frau gefunden hätte, zusammen mit ihr hierher zu kommen. Eine Frau, die diese Lebensart verstehen und lieben würde, und nicht viel mehr wollte als morgens neben einem Typen aufzuwachen, dem es genauso erginge.

Was das Weitermachen betrifft? Das war einfach. Selbst wenn die Dinge schwer waren, wenn ich meinen Dad vermisste und mich fragte, was ich im Leben falsch gemacht habe, dass sich die Dinge so beschissen entwickelt hatten, biss ich die Zähne zusammen und machte weiter. Denn alles andere hätte den einen Mann enttäuscht, den ich niemals enttäuschen wollte. Selbst jetzt, wenn ich daran denke, was hätte sein können, erinnere ich mich daran, dass es gut genug ist, was ich habe.

An den meisten Tagen ist es das.

* * *

Nachdem ich gewartet habe, bis ein Getreidelaster an mir vorbeigerumpelt ist, laufe ich über die Main Street zur Tankstelle an der Ecke, wo mich all meine armseligen Essensangebote erwarten. Ich schlendere an den drei Benzinpumpen vorbei und schaue gedankenverloren über den Platz und bleibe stehen, als meine Augen an der Rückseite eines burgunderroten SUV hängen bleiben.

Ein teuer aussehender burgunderroter SUV.

Mit Kennzeichen aus Illinois.

Und wenn mir nicht das Schicksal oder dieser extreme Hungeranfall einen Streich spielt, dann gehört dieser SUV einer bestimmten Frau mit großen braunen Augen, einem blitzgescheiten Verstand und den längsten, hübschesten Beinen, die ich jemals das Vergnügen hatte, aus der Nähe zu bewundern.

Sofort beginnt mein Schwanz einen Kampf mit meinem Magen. Die weniger vernunftbegabten Teile von mir zeigen in Richtung Norden und wollen um diese Benzinpumpe herumschleichen, um zu sehen, wo Cara ist. Mein Magen aber interessiert sich überhaupt nicht für eine Frau, für keine Frau.

Der Magen will einen Hotdog. Der Schwanz wäre lieber der Hotdog für Caras … Brötchen … oder so.

Mann. Ich muss was essen. Sofort. Bevor noch mein Schwanz die Richtung vorgibt und dann meinem Mund erlaubt, irgendwas von diesem Scheiß laut auszusprechen. Ich mache einen Deal mit meinen Eiern. Wir gehen rein, besorgen Essen, und wenn sie dann noch immer hier ist und ich weniger wahrscheinlich einen Vollidioten aus mir mache, werden wir es als Schicksal betrachten.

Alle beteiligten Körperteile – Verstand, Magen, Schwanz – stimmen diesem Kompromiss zu, obwohl einige weniger damit einverstanden sind als andere. Ich reiße die Ladentür auf und laufe fast gegen eine Gruppe Mädchen im Collegealter, die den Eingang versperren und dann zu beschließen scheinen, dass es süß ist, in meine Richtung zu kichern und zu tuscheln. Normalerweise würde ich mitspielen, doch heute nicht. Ich muss meine Flirtenergie für die Frau aufheben, die draußen ist. Ich gehe rüber zum Hotdog-Ständer, wo noch ein letzter trauriger, aber essbarer Hotdog liegt. Brötchen, Hotdog, Senf, ein Löffel eingelegter Peperoni. Ein großer Biss und ich verdrehe die Augen. Als ich mit ihnen wieder geradeausgucken kann, entdecke ich den nächsten Gang meines Tankstellenmenüs.

Genau dort, wo das Sonnenlicht durch die große Glasscheibe der Vorderseite hereinströmt, steht ein großes Regal voller einzeln verpackter Honeybun-Zimtschnecken, mein zweitliebster Snack nach den immer leckeren Hostess-Fruchtschnitten. Und was noch besser ist: Die Honeybuns sind von der Sonne aufgewärmt. Ich brauche auf jeden Fall einen davon. Pfeif auf Snickers!

Ich schnappe mir einen aus der Auslage und werfe einen kurzen Blick aus dem Fenster, während ich zur Kasse gehe.

Exzellent. Der überteuerte SUV hat sich noch nicht gerührt.

Nachdem ich das Wechselgeld eingesteckt habe, wische ich mir mit dem Ärmel über den Mund und schlüpfe zur Vordertür hinaus, um mir den Weg um die Benzinpumpen zu bahnen. Und da ist Cara. Sie sieht sogar noch besser aus als zuvor.

Scheiße. Ich glaube, ich hatte mir gewünscht, dass sie weniger, ich weiß auch nicht, weniger anziehend wirkt, als noch vor ein paar Tagen. Weniger hübsch, weniger strahlend ... Verdammt, vielleicht würde es schon helfen, wenn sie nur etwas kleiner wäre.

Aber nein, nicht das kleinste bisschen. Sie trägt eine weite Cargohose mit Taillenschnürung, die Hosenbeine in Schnürstiefel gesteckt, die nicht gerade so aussehen, als wären sie dafür gemacht, um über schwieriges Gelände zu klettern oder sich durch den Schlamm zu kämpfen. Ein enges, langärmeliges Oberteil mit tiefem Ausschnitt zeigt ihre schmale Taille und die Schräge ihrer feinen Schlüsselbeine. Sie trägt das Haar zurückgekämmt, so dass ihr Nacken entblößt ist. Also, eigentlich sieht sie umwerfend aus. Verdammt großartig. So, als würde ein langsamer supercooler Song im Hintergrund spielen, während sie Benzin in ihr siebzigtausend Dollar teures Fahrzeug tankt.

»Hey, Stadtmädchen.«

Cara zuckt zusammen, dann greift sie fest nach der Benzinpistole, als wäre es ihr einziger Halt, um nicht vornüberzufallen. Ihre ohnehin helle Haut wirkt noch blasser, als sie sollte, und als sie mich mit ihrem Blick fixiert, reagiert mein ganzer Körper auf ihre Skepsis, das Herz schlägt wild in meiner Brust, meine

Hände verkrampfen sich – auch die, in der ich den halbgegessenen Hotdog halte.

Cara presst den Ballen ihrer freien Hand an die Stirn.

»Hi«, erwidert sie, dann kämpft sie damit, ein völlig unechtes Lächeln aufzusetzen.

Ich kneife die Augen zusammen, beuge mich etwas näher. »Du wirkst etwas benommen. Hast du einen gewischt gekriegt, während du versucht hast, einen Sicherungsschalter umzulegen, oder so?«

Sie lacht nicht, schließt nur ihre Augen und bemüht sich, ihren Atem zu regulieren, und macht mir damit ein wenig Angst. Aus heiterem Himmel bin ich auf einmal nicht mehr hungrig, weshalb ich den halbgegessenen Hotdog in den Mülleimer werfe und die Packung mit dem Honeybun in die Innentasche meiner Jacke stecke.

»Nein. Keine elektrischen Pannen. Eher eine zwischenmenschliche.«

Ich habe keine Ahnung, was das bedeutet, doch bevor ich sie noch fragen kann, stoppt die Benzinpumpe und Cara zieht die Zapfpistole aus dem Tank, um sie an die Pumpe zu hängen. »Kennst du Earl Kidd?«

Sofort gehen meine Augenbrauen so hoch, dass sie fast an meinen Haaransatz stoßen. »Dieser verrückte Wildnis-Überlebens-Typ? Fährt einen alten Suburban im Tarnlook mit einem Haufen Aufkleber mit Sprüchen aus dem Unabhängigkeitskrieg darauf?«

Cara nickt. »Den Suburban habe ich nicht gesehen … aber ja.«

Meine Brauen gehen wieder runter, dafür bilden sich tiefe Falten auf meiner Stirn.

»Ich kenne ihn nicht, zumindest nicht gut. Er war ein paarmal im Genossenschaftsladen. Aber ich habe genug gehört, um zu wissen, wie er drauf ist. Warum?«

Sie drückt den Tankverschluss an seinen Platz und dreht daran, dann klappt sie den Tankdeckel zu – heftiger als nötig.

»Ich war heute an seinem Haus.«

Was zum Teufel? Warum sie das getan hat, weiß ich nicht. Doch es erklärt den gespenstischen Schatten auf ihrer Haut, wenn man bedenkt, dass sie wahrscheinlich das erste Mal einem Soziopathen begegnet ist. Wenn Earl Kidd keine zehnseitigen Leserbriefe an die hiesige Tageszeitung schreibt, dann tapeziert er parkende Autos mit seinen letzten Manifestos über liberale Absichten und Verschwörungstheorien. Wenn er mit all dem nicht beschäftigt ist, dann wildert er Großwild im staatlichen Waldgebiet, das sich an sein Grundstück anschließt. Ganz schön mutig. Denn er behauptet, dass das ganze Konzept von Land in staatlichem Besitz vor allem eine Schande ist, das Ergebnis einer fehlgeleiteten Regierung. Er ist völlig bekloppt.

»Oh, Mann«, murmle ich und mache einen weiteren Schritt auf sie zu. »Warte mal.«

Behutsam lege ich ihr eine Hand auf die Schulter. Als sie sich verspannt, lasse ich die Hand fallen und trete zurück. Nachdem ich sie von Kopf bis Fuß betrachtet habe, drehe ich ein wenig den Kopf, um sie übertrieben deutlich von hinten zu betrachten. Aus zusammengekniffenen Augen wirft sie mir einen Blick über die Schulter zu.

»Was tust du?«

»Ich suche nach Löchern. Ein verirrter Schuss irgendwo, wo er nicht hingehört. Wie auf deinem Arsch.« Sie lacht und wenn es auch ein wenig zittrig klingt, ist es doch ein Beweis dafür, dass sie sich entspannt. »Geht es dir gut? Hat er irgendwas gemacht?«

Mit einem Arm zeigt sie auf die Vorderseite des Wagens, wo der rechte Scheinwerfer eingeschlagen ist.

»Abgesehen davon hat er mich nur angeschrien. Hat mir gesagt, dass ich in meine Reisschüssel steigen und nicht mehr wiederkommen soll.« Sie hebt den Blick, um mich anzuschauen. »Was ist überhaupt eine Reisschüssel?«

»Er hat dein Auto kommentiert. Asiatisches Fabrikat.« Sie

schürzt die Lippen und seufzt frustriert. »Lass dich davon nicht ärgern. Er ist bescheuert.«

»Ich weiß. Es ist nur …« Caras Stimme versiegt.

Ich verschränke die Arme vor der Brust, warte darauf, dass sie den Satz beendet, ohne dass ich ihn aus hier hervorlocken muss, auch wenn hundert verschiedene Teile von mir am liebsten in sie hineintauchen wollen und genau das tun. Cara zieht den Quittungsbeleg von der Zapfsäule und steckt ihn mit einer schnellen Bewegung ihrer Finger in ihre Hintertasche.

»Das war Tag eins. Tag eins und er ist einfach beschissen. Ich habe es geschafft, den unberechenbarsten Typen des ganzen Landkreises zu finden, meinen Scheinwerfer von einer abgesägten Flinte einschlagen zu lassen und mein Leben in Gefahr zu bringen. Am Tag eins. Ich hatte nicht gerade einen guten Start hier.«

Ihr Ausdruck zeigt ihre Frustration, dann wird er fast leer, als sie den Blick in die Ferne richtet, als wäre sie sich nicht sicher, ob sie brüllen oder heulen soll. Dann lässt sie sich nach hinten plumpsen und lehnt sich mit dem Rücken ans Auto, der Blick geht nach unten auf den Asphalt unter ihren Füßen.

Und ich habe keine Ahnung, was ich machen soll. Ich will etwas tun, doch wer weiß, was eine Frau wie Cara in diesem Augenblick braucht? Braucht sie jemanden, der ihr sagt, dass sie sich keine Sorgen zu machen braucht, dass sich alles gut entwickeln wird? Braucht sie es, dass ich ihr sage, sie solle diesen Scheiß vergessen und mit Plan B weitermachen? Braucht sie eine Umarmung?

Scheiß drauf. Ich lasse einfach alles raus und schaue mir an, was hängen bleibt.

»Er ist verrückt, Cara. Mach dir keine Gedanken darüber«, sage ich ihr. Sie nickt zum Boden, offensichtlich nicht überzeugt, deshalb versuche ich einen anderen Ansatz. »Scheiß auf Earl Kidd. Er ist eine einmalige Angelegenheit. Du musst einfach weitermachen. Geh und klopfe an die Tür von jemand anderem.«

Sie hebt die Schulter und spannt sie an, doch sie lässt noch immer den Kopf hängen. Ich bin bei meiner letzten Option. Ich neige den Kopf, um sie besser sehen zu können, dann grinse ich ein wenig – damit meine Stimme locker und entspannt klingt.

»Weißt du, was vielleicht hilft? Meine Freundin Whitney schwört auf Umarmungen als legitimes Mittel gegen alles. Du musst aber wissen, dass sie ein Öko-Freak mit einem Nasenring ist, kein medizinischer Profi. Aber ich bin bereit, ihre Methode gleich hier einmal auszuprobieren, wenn du magst.«

Cara lacht prustend los, ihr nach unten gerichteter Kopf und die Schultern wackeln dabei. Das Lachen versiegt und sie hebt den Kopf. »Mir geht es gut. Trotzdem Danke.«

Mein Schwanz und ich sind enttäuscht, dass wir selbst für einen zarten Körperkontakt mit Cara abgelehnt werden – das kann ich nicht verleugnen. Doch ich werde sie nicht wieder fragen. Nach dem Tag, den sie gehabt hat, braucht sie es bestimmt nicht, dass ich mich aufdränge.

Sie stößt sich vom Auto ab und als es offensichtlich wird, dass unser Gespräch so gut wie beendet ist, macht mein Verstand Überstunden und die Worte platzen heraus, noch bevor ich darüber nachdenken kann, was ich ihr da anbiete – oder warum.

»Ich plane für Montag, einem Rinderfarmer zu helfen, Kenny Euland. Du solltest mitkommen. Es ist Kalbungssaison, so kannst du sehen, wie alles funktioniert und Kenny ein paar Fragen stellen.« Verlegen schiebe ich die Hände in die Tasche und beobachte Cara dabei, wie sie mein Gesicht betrachtet und nach Beweisen für irgendwas sucht, ohne dass ich weiß, was es ist.

Als Nächstes stelle ich fest, dass ich schon wieder rede.

»Und meine Freundin Whitney? Die Umarmerin? Sie und ihr Freund Cooper besitzen die Delaney Creek Plantage. Whitney ist ein Hippie und hat aus einer Laune heraus beschlossen, eine Plantage zu kaufen, und Cooper ist ein ehemaliges Rinderfarmkind aus Texas. Beide sind sehr nette Leute, die sicher nichts dagegen hätten, dir etwas Zeit zu widmen. Ich könnte etwas vereinbaren, dich hinbringen, um sie zu treffen.«

Cara studiert weiter mein Gesicht, als ob es entweder interessant wäre oder ich noch Senf irgendwo habe, wo er nicht hingehört. Gott, hoffentlich sagt sie bald irgendwas – sonst werde ich sie noch zur Geburtstagsfeier meiner Mutter einladen oder irgend so einen Scheiß. Schließlich hebt sie einen Mundwinkel zu einem Grinsen.

»Du bist ja ganz schön hilfsbereit«, sagt sie todernst. »Schreibst du mir auch die Story fertig? Ich weiß, dass du irgendwo in der Stadt einen Job hast, doch ich weiß nicht, was das ist. Bist du zufällig auch der tapfere und charmante lokale Zeitungsreporter?«

Ich lass eine Hand auf ihr Autodach fallen, lehne mich lässig dagegen und neige das Kinn, um ihr Grinsen zu erwidern.

»Nö. Ich arbeite bei der Genossenschaft. Ich bin nur der Typ, der jeden kennt und kein Problem damit hat, dich für ein paar Stunden in meinen Truck zu laden und ein paar Leuten vorzustellen. Danach liegt es an dir, die Story zu schreiben.«

Sie neigt den Kopf, während sie über mein Angebot nachdenkt. *Sag schon ja, Stadtmädchen.* Wir könnten eine verdammt gute Zeit miteinander haben. Hör auf, nachzudenken, und sage einfach ja.

Nach ein paar Augenblicken richtet sich Cara auf, so dass ihr Rücken kerzengerade ist.

»Okay«, sagt sie selbstbewusst, doch auch vorsichtig. Ich behalte das Highfive, das ich ihr zuwerfen will, für mich und grinse sie stattdessen zufrieden an.

»Aber«, fährt sie fort und betrachtet mich dabei skeptisch, »die Sache von wegen ›mich in deinen Truck laden‹ ist nicht nötig. Ich werde fahren. Du hilfst mir schon. Das ist das Mindeste, was ich tun kann.«

Ich blicke kurz zu ihrem Auto und bemerke das kleine blaue H auf dem Typenschild, und überlege mir, wie ich am besten formulieren kann, was ich sagen muss.

»Ich sollte wirklich fahren.«

»Warum?« Sie kneift die Augen zusammen. »Weil es eine Reisschüssel ist?«

»Das würde ich nicht sagen. Aber ja. Und es ist ein Hybrid.«

»Gott, jetzt verarschst du mich aber«, schimpft sie los. »Ich würde gern wissen, was an einem Hybrid verkehrt ist. Ich meine, ich weiß, dass es ein Lexus ist, ich weiß, dass er Nummernschilder aus einem anderen Staat hat und dass ich aus der Stadt bin, doch warum soll es eine schlechte Sache sein, wenn ich Benzin spare, dass man für Traktoren und Mähdrescher nutzen kann?«

Trotz blitzt in ihren Augen, und ich merke, wie sehr ich dieses Feuer mag, wie es alles an ihr erleuchtet und einfärbt. Ich mag es wirklich sehr. Wahrscheinlich mehr, als ich sollte.

»Niemand denkt, dass es etwas Schlechtes ist. Es ist nur … Ich weiß auch nicht, es ist nicht unsere Art. Lass uns diesmal den Weg des geringsten Widerstands gehen, okay?«

Cara entspannt ihre Schultern, doch ich merke, dass es ein komplexer Vorgang ist, der gerade in ihrem Kopf vor sich geht. Alles, was im Kopf dieser Frau vor sich geht, ist wahrscheinlich mehr als bei mir, und es ist verdammt beeindruckend, das bei ihr auszulösen. Ein kurzes Nicken zeigt mir, dass sie meinem Vorschlag zustimmt.

»Ich habe Kenny gesagt, dass ich früh komme. Ist halb sechs für dich in Ordnung?«

»Ja. Und vielen Dank, Garrett. Ich weiß deine Hilfe zu schätzen.« Sie macht eine Pause. »Jetzt würde ich gern selbst das Angebot einer Dankesumarmung machen, doch ich weiß nicht, ob das eine gute Idee ist.«

Ich antworte, indem ich den Blick zum Himmel richte, wortlos die Arme öffne und mit den Händen winken, um sie zu ermutigen. Cara kichert und tritt vor, legt die Arme um meine Taille und ich merke, dass ich mich zurückhalten muss, um sie nicht fester an mich zu ziehen, deshalb lege ich die Arme nur locker um ihre Schultern. Cara tut das Gegenteil, ihr Griff wandert tiefer und hält meine Taille fester. Ich senke den Kopf und spreche mit leiser Stimme:

»Vorsicht, Stadtmädchen. Du bist gerade dabei, mein Honigbrötchen zu zerquetschen.«

Cara erstarrt. Schnell hebt sie die Arme, um sich zu vergewissern, dass sie nicht an meinem Po sind, und zieht sie dann zurück. Ihre Wangen sind rosig, als sie eine Entschuldigung murmelt und zurücktritt. Ich stecke eine Hand ins Innere meiner Jacke, ziehe die Honeybuns in der Plastikverpackung heraus und wackle damit vor ihren Augen.

»Niemand mag es, wenn seine Honigbrötchen unsanft behandelt werden.« Cara stöhnt und wirft sich die Hände vors Gesicht. Langsam gehe ich rückwärts von ihr weg, dabei reiße ich die Verpackung auf.

»Zieh dich warm an und nimm Stiefel mit. Und andere Sachen, bei denen es dich nicht stört, wenn sie mit Blut, Kuhscheiße und Schlamm beschmutzt werden.«

Kapitel 7

Garrett

Meine Mom wohnt in einem Apartment. Einem *Apartment.*

Oder, wie ich es lieber nenne, in einer Gefängniszelle. Ich würde alles andere zum Wohnen vorziehen, bevor ich meine Sachen in ein Apartment zwängen würde. Eine Hütte. Einen Unterstand. Ein Zelt. Scheiße, gib mir eine Plane, ein paar Bäume und eine Handvoll Stöcke, und ich komme klar – immerhin hat man so den blauen Himmel um sich, nicht nur eine Andeutung darauf durch ein paar müslischachtelgroße Fenster. Hier leben nur hunderte von Menschen zusammengepfercht wie die Ratten in einem Forschungslabor.

Noch schlimmer ist, dass es sich noch nicht mal um einen der netteren Apartmentkomplexe in Grand Junction handelt. Obwohl es besser als die Wohnung ist, die sie sich nach der Scheidung von meinem Dad vor fast zehn Jahren genommen hatte. Ich war fünfzehn, als sie sich scheiden ließen, und das geteilte Sorgerecht bedeutete, dass ich mehr Wochenendnächte, als mir lieb war, in dieser ersten gettomäßigen Absteige verbracht habe. Damit hat es wahrscheinlich auch zu tun, weshalb ich Apartments hasse.

Jetzt, wo ich ein Rechnungen zahlender Erwachsener bin, verstehe ich, warum sie sich damals nicht viel mehr leisten konnte. Die Unterstützung von meinem Dad muss ein Witz gewesen sein, wenn man den Zustand der Farm bedenkt, und es gab keine nennenswerten Vollzeitstellen in einer Kleinstadt wie Hotchkiss, weshalb sie das einzige Angebot, das sie finden konnte, annahm, als Kassiererin in einem Baumarkt im benachbarten – und bedeutend größeren – Grand Junction. Später hat sie einen besseren Job bei der Stadt gefunden und ist hergezogen in die Grand Glen Lodge, wo die Farbe von der schäbigen Hausverkleidung abgeblättert ist und die Landschaft aus hässlichen Büschen besteht, die dringend eine Behandlung mit Heckenscheren benötigen. Technisch gesehen war es ein Aufstieg, doch jedes Mal, wenn ich auf den Parkplatz fahre, muss ich immer denken, dass es nicht Grand ist oder Teil einer Schlucht, eines Glens, und dass es ganz sicher nicht aussieht wie eine Hütte, eine Lodge.

Doch ich liebe meine Mom. Sie ist der einzige Elternteil, der mir geblieben ist, und selbst wenn sie in etwas wohnt, was ich als das Äquivalent zu einem Hamsterkäfig betrachte, werde ich trotzdem immer die Stunde Fahrt von Hotchkiss auf mich nehmen, um sie zu sehen.

Ein einziger freier Parkplatz ist für Gäste verfügbar, der so eng ist, dass ich mein Fenster herunterkurbeln und rauskriechen müsste, mich dann auf das Wagendach ziehen und über die Ladefläche hinten hinunterspringen – alles, um nicht den Mazda oder Honda neben mir anzustoßen.

Scheiß Hamsterkäfig.

Ich vermeide diesen ganzen Scheiß, indem ich die Tür langsam aufschiebe und mich im Seitwärtsgang zwischen den Autos bewege, wobei ich das Geburtstagsgeschenk meiner Mum hoch über den Kopf halte. Ein kurzer Flur und drei Treppen hinauf, dann biege ich um die Ecke und gehe einen offenen Gang zur Tür meiner Mutter, an der ein verziertes Schild hängt: »Heiliger Geist, du bist hier willkommen«, mit schöner Handschrift geschrieben und von bunt bemalten Blumen umgeben. Nach der Scheidung hat meine Mom die Religion für sich entdeckt. Obwohl sie behauptet, dass sie nur zurückgefunden habe, zurück zu dem Glauben, mit dem sie aufgewachsen ist, anstelle des Glaubens meines Dads. Die Kirche meines Vaters war das Wetter und die einzige Sache, die er anbeten würde – dabei war er zweifellos ein gottesfürchtiger Mann.

Ich klopfe dreimal an die Tür und sie geht fast sofort auf.

»Garrett! Schön, dich zu sehen, mein Sohn!«

Randy, seit drei Jahren der Freund meiner Mom, breitet die Arme aus und lächelt mich an. Er trägt eine Kochmütze, weiß und bauschig, auf seinem kahler werdenden und ständig sonnenverbrannten Kopf. Ich strecke die Hand für ein perfekt akzeptables Händeschütteln aus und hoffe, dass wir es diesmal dabei bewenden lassen können.

Doch Randy macht es wie immer: Er nimmt meine Hand und zerrt mich zu sich in eine enge Umarmung, zusammen mit einem herzlichen, hämmernden Schlag auf den Rücken, der mir jedes Mal den Atem raubt. Ich habe die Theorie, dass er damit etwas beweisen will: dass er nämlich hinter der albernen Kochmütze und der kahlen Stelle ein ganzer Kerl ist. Was ein zweckloser Versuch ist, denn Randy verkauft beruflich Lebensversicherungen. Er trägt Chinos mit Polohemden und Bootsschuhe und hat einen Ring am kleinen Finger der rechten Hand. Er fährt ein gebrauchtes rotes BMW-Cabrio, … das er Scarlett nennt.

Und von all dem kann sich einfach nicht mit einem Schlag auf den Rücken freimachen.

Außerdem muss er sich nicht so sehr bemühen, denn ich halte ihn bereits für einen anständigen Typen. Abgesehen von den Momenten, in denen ich ihn dabei erwische, wie er meine Mom auf eine Weise anzüglich angrinst, wie ich es lieber nicht sehen möchte, behandelt er sie richtig und liebt sie. Er hat auch versucht, sie dazu zu überreden, zu ihm zu ziehen, was ich für eine gute Idee halte, denn ich würde sie lieber mit Randy wohnen sehen als hier. Deshalb spielt es gar keine Rolle, ob ich mit ihm angeln gehen würde oder nicht.

Ich ringe nach Luft und lehne mich zurück. »Hey, Randy. Auch schön, dich zu sehen.«

Meine Mom streckt den Kopf aus der Küche, von wo etwas verdammt gut riecht. »Peanut, komm schon rein. Ich will meine Geburtstagsumarmung, aber meine Hände sind voll Crackerkrümel.«

Es ist ihr Geburtstag, doch Mom liebt es zu kochen, deshalb zieht sie es immer vor, sich in der Küche zu versklaven, als in ein Restaurant zu gehen. Habe ich eine Liste der Lieblingsspeisen, von denen ich hoffe, dass sie es heute auf den Tisch schaffen? Das mag vielleicht egoistisch klingen, doch ich habe sie. Eine davon sind ihre Delmonico Kartoffeln, wie auch ein bestimmter Brokkoli-Käse-Auflauf, der mit einem buttergetränktem Krümeltopping bedeckt ist, das aus Salzcrackern gemacht wird, deren Spuren ich gerade an ihren Fingern sehen kann. Ich bin ein Einzelkind, deshalb besteht immer die große Chance, dass meine Mom meine Lieblingsspeisen für mich macht, selbst wenn es nicht mein Geburtstag ist.

Ich schiebe mich an Randy vorbei und gehe in die Küche, schlinge meiner Mutter einen Arm über die Schulter und ziehe sie für eine Umarmung an meine Seite, dabei reicht die Spitze ihres blonden Kopfes gerade bis zur Mitte meiner Brust. Ich balanciere ihr Geburtstagsgeschenk in meiner freien Hand und reiche es ihr mit so viel Überschwang, wie ein langweiliges Geschenkset mit Badeprodukten rechtfertigt. Gesegnet sei Bath & Body Works, das gilt vor allem für die Filiale, die sich fünf Kilometer von ihrem Apartment entfernt befindet.

»Herzlichen Glückwunsch, Mom. Ta-daah, Schaumbad und anderer Mist.«

»Sprich nicht so, Peanut.« Sie beugt sich vor, um auf die Flaschen zu blicken, dabei klimpern ihre herabhängenden türkisfarbenen Ohrringe leise. »Oh, Gardenia. Danke, Lieber.«

Randy streift durch die Küche und öffnet den Riegel der Schiebetür, die zum sogenannten Balkon hinausführt. Ich bin mir nicht sicher, was die genaue Definition von Balkon ist, doch eigentlich glaube ich, dass eine Nische von eins achtzig mal eins zwanzig, die einen düsteren Parkplatz überblickt, nicht dazugehört. Randy nimmt eine leuchtendrote Schürze von einer Stuhllehne am Küchentisch und zieht sie über seinen Kopf, wodurch die Kochmütze ein wenig zusammenfällt. Sein heutiges Polohemd ist gelb, dazu die rote Schürze und er ist jetzt ein ziemlich farbenfrohes Wesen.

Er zeigt mit dem Daumen auf seine Brust, wo die Worte »KING OF THE GRILL« auf der Schürze stehen.

»Dieser Typ hier wird jetzt den Grill anfeuern.« Randy richtet seine Kochmütze und tätschelt die Seiten, um ihn wieder aufzurichten. »Wir haben ein paar Rib-Eye-Steaks im Laden besorgt. Klingt das gut, Garrett? Markenqualität. Nur das Beste für meine Paula.«

Er wirft mir ein zufriedenes Lächeln zu, gefolgt von einem Zwinkern zu meiner Mom.

Notiz für mich selbst: Hör auf, Frauen zuzuzwinkern. Es ist peinlich.

Doch Mom lacht, sie ist heiser von den Camels, die sie raucht, doch sie schwört, eines Tages damit aufzuhören. Dann lächelt sie Randy breit an und neigt dabei den Kopf, was unterstreicht, dass sie wirklich empfindet, wie er ihr das Beste gibt.

Solche Momente machen es schwer, zu ignorieren, wie viel sich in diesen Jahren verändert hat, seit sich meine Eltern scheiden ließen. Es ist mehr als nur das Apartment – es ist alles.

Als Mom ging, konnte ich kein bisschen verstehen, was sie tat. Ich wusste, dass mein Dad ein stoischer Typ war, doch selbst wenn er nicht viel sagte, hörte ich ihm genau zu, wenn er es tat – er brachte mir alles über Landwirtschaft, Jagd und das Leben bei, was ich brauchte, und als Kind glaubte ich, dass die Sonne auf seinen Befehl auf- und unterging. Weshalb auch niemand danach fragte, ob ich mit Dad in Hotchkiss leben oder zu meiner Mom ziehen würde.

Und nachdem ich ihn dabei beobachtet hatte, wie er in den sechs Monaten nach der Trennung von stoisch zu still wurde, stritt ich mit meiner Mom während eines dieser Wochenenden in ihrer ersten Wohnung über irgendwas und rastete aus. Dann sagte ich ihr genau, was ich über ihr Verhalten dachte. Dass sie herzlos und hasserfüllt sei, dass ich es hasste, in ihr beschissenes Apartment zu kommen und dass sie meinen Dad sowieso nicht verdiente.

Sie weinte. Große, dicke, stumme Tränen. Und zum ersten Mal seit der Trennung konnte ich sehen, wie sehr sie auch darunter litt. In der Sekunde, als diese Tränen zu fließen begannen, hätte ich am liebsten jedes meiner Worte zurückgenommen. Dann versuchte sie mir zu erklären, wie sich ein Mädchen aus der Stadt in einen Jungen vom Land verliebt hatte und verzweifelt das Leben lieben wollte, das er führte. Doch nach zwanzig Jahren des Versuchens musste sie akzeptieren, dass sie es hasste, die Frau eines Farmers zu sein und wenn sie auch all die Jahre angenommen hatte, dass sie schließlich hineinwachsen würde, so war es doch nicht geschehen. Es ging einfach nicht. Sie sagte, dass Dad es auch wusste. Und seine Art, damit umzugehen, war es, nicht damit umzugehen. Er schloss sie aus, bis sie zu voneinander entfernt waren, um ihren Weg zurückzufinden.

Da verstand ich es besser, denn die Liebe kann dein Herz wachsen lassen, doch es kann dich nicht neu verkabeln, und selbst mein fünfzehnjähriger Verstand konnte sehen, dass es zu viel verlangt war, von einem anderen Menschen zu erwarten, dort glücklich zu sein, wo er nicht hingehörte.

Und meine Mom gehört hierher. Zu Randy, der sie glücklich macht, und mit regelmäßigen Arbeitszeiten, in denen die Gehaltsabrechnungen für die Stadt macht.

Das bedeutet allerdings nicht, dass ich über alles in ihrem gegenwärtigen Leben hinwegsehen kann. Wenn Randy die Schiebetür quietschend öffnet, um den Grill anzufeuern – übersetzt: einzustöpseln –, muss ich aufhören, die Augen zu verdrehen. Sie haben einen elektrischen Grill. Keine Kohle oder ein Grill mit Pellets, nicht einmal Propan. Er ist elektrisch, empfohlen von dem berühmten George Foreman, und es wird eng, wenn man drei Steaks drauflegt, wobei es angesichts der Balkongröße ohnehin ein Witz wäre, etwas Größeres aufzustellen. Die Tatsache, dass die Steaks in Styropor und Plastikfolie verpackt sind, ist noch schwerer zu ertragen.

In meiner Kindheit hat mein Dad sein Bestes an einem Traeger-Grill gegeben, und in den meisten Fällen landeten dort Elchsteaks und Gabelbockburger. Wenn Rindfleisch im Spiel war, dann kam es von der Ranch von Euland oder Mahon und nicht aus dem Lebensmittelladen an der Straße.

Trotzdem spiele ich mit, als meine Mom die Kühlschranktür öffnet, um die große Platte Steaks herauszuholen.

»Diese Steaks sehen gut aus, Randy. Ich sollte öfter vorbeikommen«, bringe ich hervor und sehe zu, wie Mom eine gesunde Prise von Lawry's Gewürzsalz drüberstreut, dann reicht sie Randy die Platte, als er wieder hereinkommt.

Mom schiebt den Brokkoli-Auflauf in den Ofen und klatscht mir sanft mit einem Ofenhandschuh auf den Arm. »Das solltest du. Ich vermisse es, meinen Jungen zu sehen.«

Randy klinkt sich von draußen zustimmend ein, wo ein traurig klingendes Brutzeln im Hintergrund lauter wird, als er die Steaks auflegt. »Erzähl mir, was bei dir so los ist, Peanut.«

Ich schnappe mir eine Handvoll geriebenen Käse aus der Tüte auf der Arbeitsplatte, bevor Mom sie wegtut, dann ziehe ich die Jacke aus und hänge sie über die Rückenlehne des Stuhls.

»Nicht viel. Die Arbeit ist immer das Gleiche. Nichts zu jagen bis zur Truthahnzeit Ende März. Aber vorher muss ich noch ein bisschen mit dem Bogen schießen. Ich versuche ein neues Modell, deshalb muss zusehen, dass ich bereit bin, wenn die Saison beginnt. Dann muss ich das Öl bei meinem Truck wechseln und die Zündkerzen austauschen. Solchen Scheiß hat.«

»Hilfst du Kenny Euland? Ich bin mit Barb auf Facebook

befreundet, und es hört sich nicht so gut an. Wenn es so weitergeht, dann werden sie diese Saison noch acht Prozent verlieren.«

Das erklärt wohl, warum Kenny so beschissen aussieht und es klingt sehr nach Untergangsszenario. Acht Prozent seiner Kälber zu verlieren, das wäre ein heftiger Schlag dieses Jahr, selbst in einem Unternehmen von seiner Größe, gar nicht zu reden von dem Gefühl in der Magengegend, wenn man so viele von den Kleinen sterben sieht. Handelsware oder nicht, selbst die härtesten Rancher können sich das nicht ansehen, ohne etwas dabei zu empfinden.

»Ich habe ihn gestern gesehen und er sah nicht so gut aus, doch ich hatte mir gedacht, dass es das Übliche sei. Ich will morgen früh zu ihm zu fahren und sehen, ob ich Kenny für eine Weile herausholen kann. Mal sehen, was ich machen kann, um ihm zu helfen.«

»Ich bin mir sicher, dass er das zu schätzen weiß. Ich erinnere mich noch daran, wie die Jungs um diese Jahreszeit jede Hand gebrauchen konnten.«

Ich versuche, ein Brötchen aus dem Korb zu stehlen, den sie auf den Tisch stellen will, doch sie weicht meiner Bewegung aus und ich gehe leer aus. Platzdeckchen, Servietten und Besteck liegen in der Mitte des Tisches, deshalb fange ich an, sie zu auszulegen. Moms Bemerkung über jede benötigte Hand erinnert mich an das Extrapaar Hände, das ich morgen mitnehme, und obwohl ich womöglich bedauern werde, dass ich es angesprochen habe, will der Idiot in mir Cara erwähnen. Warum? Ich habe keine Ahnung.

»Nun, ich werde wohl noch ein weiteres Händepaar mitbringen. Bin mir nicht sicher, ob Cara von großem Nutzen sein wird, aber …«

»Cara? Wer ist Cara?«

Genau. Ich bedauere es schon. Ich kann geradezu hören, wie Moms Kopf in meine Richtung schießt, zusammen mit dem

Tipp-Tapp ihrer großmütterlichen Instinkte die zum Leben erwachen. Angesichts der Tatsache, dass das letzte Mädchen, was meine Mutter kennengelernt hat, meine Freundin auf der Highschool war, hätte ich es besser wissen und nicht davon ausgehen sollen, dass sie entspannt bleiben würde, wenn ich den Namen einer Frau im Gespräch fallenlasse. Es ist nicht so, dass ich während der letzten Jahre jemals die Priesterschaft oder etwas Ähnliches angepeilt hatte, ich bin einfach mit niemandem so ernsthaft zusammen gewesen, dass es eine Rolle gespielt hätte.

Doch jetzt, zwei Silben (Ca-ra) und Mom versucht womöglich schon herauszufinden, ob wir die Hochzeit im Frühling oder im Sommer planen sollten. Was nicht einmal eine Frage ist, denn wenn ich das richtige Mädchen finde, dann ist es völlig ausgeschlossen, dass ich im Herbst heirate – schließlich ist dann Hauptjagdsaison. Jede Frau, die ich heirate, wird den Jagdwitwenstatus vom Labor Day bis Weihnachten akzeptieren müssen. Was die fragliche Frau betrifft, da ist Cara ungefähr so unwahrscheinlich wie nur irgend möglich als Kandidatin für eine Jagdwitwe.

Ich seufze. »Reg dich ab. Cara ist eine Reporterin aus Chicago, die gerade hier ist, und sie schreibt eine Story über die Landwirtschaft. Ich helfe ihr, damit sie Leute kennenlernen und befragen kann, das ist alles. Also kannst du jetzt aufhören, diese Babymützchen oder Socken oder was auch immer in deinem Kopf zu stricken.«

Sie schiebt eine Hüfte vor, legt die Hand darauf und sieht mich direkt an. »Ist sie niedlich?«

Ich stöhne. *»Mom.«*

»Ist ›niedlich‹ nicht das richtige Wort? Hübsch? Heiß? Vielleicht verdammt heiß?«

Mein bescheuerter Mund und diese zwei unschuldigen Silben. Ich kann nicht einmal erklären, wie sehr ich dieses Gespräch beendet haben will.

»Jesus Christus! Hör auf. Es ist völlig ausgeschlossen, dass ich mit dir ein Gespräch führe, in dem ich dir mitteile, dass ich sie heiß finde.«

»Das hast du gerade getan. Und sage nicht den Namen von JC, außer du betest.«

»Ich bete ja. Ich bete, dass du aufhörst, mir diese Fragen zu stellen.« Ich neige den Kopf in Richtung Balkon. »Warte mal, hast du das gehört? Ich glaube, Randy braucht meine Hilfe. Vielleicht hat George Foreman seine Schürze angesengt. Ich sollte mal nachsehen.«

Sie schneidet mir den Weg ab, als ich Richtung Schiebetür gehe, kneift die Augen zusammen, als ich ihrem unnachgiebigen Mutterblick zu entkommen versuche. Erneut neigt sie den Kopf. Dann hebt sie eine Augenbraue und ich knicke ein.

»Na gut. Ja, sie ist heiß. Umwerfend. Hübsch. *Groß*«, antworte ich nachgebend, denn es gibt keinen anderen Ausweg aus diesem Gespräch.

Und es ist, als könnte ich plötzlich das Klappern dieser babyschuhstrickenden Nadeln im Kopf meiner Mom hören. Draußen steht Randy und pfeift die Titelmelodie von Bonanza. Verdammt passend, wirklich, angesichts der Art, wie meine winzige, emotionale Revolverheld-Mom mich angrinst.

Kapitel 8

Cara

Als es schließlich Montag ist, bin ich fast optimistisch. Das Debakel mit Earl Kidd habe ich überwunden, mein Thermobecher enthält Espresso aus der Espressokanne, abgerundet mit kochendem Wasser, um den besten Americano der Welt zu machen, und ich trage meine neuen Sorel-Stiefel – und was noch wichtiger ist als guter Kaffee und trockene Stiefel: Ich habe eine Quelle. Einen Draht zu den Einheimischen, ein Typ, der – wie er es ausgedrückt hat – *der Typ ist, der hier jeden kennt.* Wenn er keinen Mist erzählt hat, dann wird es sich auszahlen, dass ich mich mit Garrett gut gestellt habe. Ich habe nur noch nicht herausgefunden, ob zu dem Auszahlen auch die Art von Zinsen gehören könnte, oder sollte, bei der wir beide nackt sind.

Ich entdecke die Scheinwerfer von Garretts Wagen von meinem Platz auf der Vordertreppe unter dem Licht einer hellen Halogenverandalampe, dazu Abgasschwaden, die gegen das erste dämmernde Tageslicht im Osten sichtbar sind. Als er anhält, sehe ich ihn durch die Frontscheibe des Wagens grinsen, bevor er herausspringt und den Motor laufen lässt, der in der ruhigen Morgenluft vor sich hin pufft.

»Morgen, Stadtmädchen.«

Oh! Garretts Morgenstimme. Barsch und rau, ein wenig heiser, und meinen Verstand vernebelnd. Vielleicht sollte ich mir doch lieber einen anderen Guide suchen. Einen mit Bauch und einem ungepflegten Bart, der alt genug ist, um mein Großvater zu sein, und der mich »Schätzchen« nennt. Denn wenn noch mehr frühmorgendliche Termine wie dieser zu Garretts Rolle als mein Kontaktvermittler gehören, dann werde ich nicht für mein Handeln verantwortlich gemacht werden können. Er steht einfach nur da, hält die geöffnete Fahrzeugtür und beugt sich lässig vor, doch nach der einen Tankstellenumarmung mit ihm schwöre ich, dass ich mir jeden Muskel seines schlanken Körpers unter der Kleidung vorstellen kann. Dafür hat es nur eine einzige Umarmung gebraucht. Ich habe mir die Erhebungen, denen meine Hände gefolgt sind, genau gemerkt und die übrigen Leerstellen mit meiner Vorstellungskraft gefüllt. Mit meiner sehr *lebendigen* Vorstellungskraft.

Seufz. Ich bin einfach viel zu unterkoffeiniert, um zu dieser unmenschlichen Uhrzeit die richtigen Entscheidungen zu treffen.

»Bist du fertig?«

Ich stehe auf und werfe mir meine Messengertasche über die Schulter. »Ich bin fertig.«

Als ich von der Veranda trete, ergeht sich Garrett in einer genüsslichen Betrachtung meiner Figur, und das langsame Tempo, das er dabei an den Tag legt, ist fast noch schwerer zu ertragen als seine Morgenstimme. Sein Blick ist wie ein langsames Tröpfeln, das bei der grauen Schottenmütze auf meinem Kopf beginnt, die mit kleinen Klappen versehen ist, um meine Ohren warmzuhalten – eine niedliche, passende Anschaffung, die ich gemacht habe, bevor ich hergekommen bin und an einen Morgen wie diesen gedacht habe. Dann streift er über meine zugezogene Softshelljacke, über meine in Jeans gekleideten Beinen und endet an meinen Stiefeln. Als er schließlich fertig ist, tritt Garrett an die Seite der geöffneten Tür und lässt dabei kaum Platz für mich, um hineinzukommen, ohne ihn zu berühren, ihn anzustoßen oder anzuspringen.

Kaum.

* * *

Garrett fährt durch die Stadt, dann weiter auf dem Highway 133 nach Norden. Das Radio spielt leise, es ist auf einen Sender mit Country-Oldies eingestellt, wo etwas läuft, was sich wie eine niemals endende Playlist von Dolly Parton und Kenny Rogers anhört.

Gerade als die beiden anfangen, diesen Gassenhauer namens »Islands in the Stream« zu schmettern, stellt Garrett die Deckenlampe im Auto an und die ganze Fahrerkabine wird hell. Nachdem sich meine Augen an die Veränderung gewöhnt haben, nehme ich das Innere in Augenschein. Für den alten Truck eines jungen Typen ist es nicht unbedingt das, was man erwartet. Ja, das Armaturenbrett ist staubbedeckt und auf den Bodenmatten gibt es Dreckklumpen, doch es liegen keine leeren Esspackungen oder Getränkedosen herum. Die Polsterung der Sitzbank ist abgenutzt ohne schäbig zu sein, und in der Mitte ist ein Streifen Klebeband auf dem Sitz, wo er ihn repariert hat.

»Ich habe dir ein Paar Arbeitshandschuhe und Handwärmer mitgebracht.« Garrett zeigt mit dem Daumen auf die große Rückbank. »Sie sind hinter meinem Sitz, dort auf dem Boden, wenn du sie dir nehmen willst.«

Mit dem Thermosbecher in der Hand suche ich in der Kabine nach einem Becherhalter. Garrett streckt die Hand aus.

»Der Becherhalter ist vor ein paar Jahren abgebrochen. Gib her. Sei nur gewarnt, dass ich ihn vielleicht nicht zurückgebe. Mein Mr Coffee und ich hatten heute Morgen eine Meinungsverschiedenheit, hauptsächlich weil ich vergessen hatte, neuen Kaffee zu kaufen, weshalb ich jetzt ohne meine übliche hohe Dosis herumlaufe.«

Ich reiche ihm den Becher. »Bedien dich.«

Er nimmt einen Schluck und stöhnt. »Ist das von deinem schicken Kannending?«

»Du meinst meine Espressokanne? Ja.« Ich schiebe mich zur

Mitte der Sitzbank und drehe mich auf die Knie, um zum Hintersitz zu greifen zu können.

»Das ist verdammt gut. Ein blöder Name, aber sie leistet auf jeden Fall ganze Arbeit.« Er nimmt noch einen Schluck, bevor er den Becher in die andere Hand nimmt. Er schafft es, mit nur zwei Fingern zu lenken, den Becher noch immer in der Hand, und regelt er mit der freien Hand die Temperatur. »Jetzt kann ich verstehen, warum du ihn durch ein paar Staaten geschleppt hast.«

In einem offenen Schuhkarton, der hinter Garrett auf dem Boden des Wagens in eine Ecke gedrückt steht, liegen ein Satz Arbeitshandschuhe und ein paar orange Plastikpäckchen, auf die in großen schwarzen Buchstaben *HotHands* gedruckt ist. Mit dem Bauch an der Rückenlehne arbeite ich mich mit Oberkörper zu dem Schuhkarton vor, doch wegen der Größe dieses großen alten Trucks muss ich mich strecken und weit vorbeugen, und selbst dann komme ich nicht ganz bis hin. Ich drehe mich näher, nah genug, dass meine Hüfte an Garretts Schulter tippt … was auch meinen Arsch in dieselbe Nachbarschaft bringt.

Großartig. Wenn mich jetzt meine Mutter sehen könnte.

Ich greife nach dem Kartonrand und ziehe ihn ein Stückchen vor, um so schnell wie möglich den Inhalt herauszuholen, damit mein Hintern wieder dahin zurückkehrt, wo er hingehört, nämlich anständig auf das Polster gedrückt. Während ich gerade dabei bin, fährt der Truck über eine holprige Stelle.

Die Kombination aus Garretts Gegenlenken, dem Holpern und meiner Überraschung führen dazu, dass ich das Gleichgewicht verliere und meine unteren Regionen in direkten Kontakt mit Garretts Gesicht geraten. Ich schwöre, ich fühle den Druck seiner Nase an meinem … und an allen möglichen anderen Stellen, wo ich sie nicht fühlen sollte. Garretts rechter Arm schießt vor, um meine Oberschenkel an der Rückseite zu halten, wobei er eine Entschuldigung murmelt.

Ich schnappe mir die Handschuhe und kehre auf meine Seite der Sitzbank zurück, drücke den Rücken durch, wie es jeder Anstandslehrer verlangen würde, und lege die sehr uneleganten Arbeitshandschuhe so elegant wie möglich auf meinen Schoß. Garrett reicht mir den Reisebecher zurück, was den Dingen, die ich anmutig beaufsichtigen muss, noch ein Element hinzufügt.

Garrett knipst das Deckenlicht aus und ich erhasche einen Blick auf ihn, bevor es in der Kabine dunkel wird. Ein sonderbares Grinsen kämpft mit dem Rest seines dümmlichen Ausdrucks, und ich wünsche mir fast, er würde das Offensichtliche ausspucken und die jugendliche Unbeholfenheit angesichts dessen, was gerade geschehen ist, einfach auslöschen. Dass ich meinen Arsch in der Luft hatte, dass er ihn sich genau angesehen hat – und dass er fast den Truck gecrasht hätte.

* * *

Zehn Minuten später kommen wir ohne weitere Zwischenfälle bei Eulands Ranch an. Dafür habe ich mich fest aufs andere Ende der Sitzbank geklebt.

Ungefähr auf der Hälfte der langen Zufahrt begegnen wir einem uns entgegenkommendem roten Ford. Garrett hält an und kurbelt sein Fenster runter.

Der junge Typ am Steuer des roten Fords macht dasselbe. Er ist ein großer Junge – das ist selbst von hier erkennbar, da er mit dem Kopf fast an den Fahrzeughimmel stößt. Sein dunkles Haar ist zu lang und zu schlaff und der bewundernswerte Versuch eines Bartes ist leider ungleichmäßig geraten – wie anscheinend bei allen Jungs in diesem Alter, als könnten ihre Hormone nicht von einem Tag auf den anderen entscheiden, ob sie schon alt genug dafür sind. Wofür dieser Junge aber offenbar schon alt genug ist, das ist Erschöpfung. Die dunklen Ringe um seine Augen gehören zu jemandem, der mindestens ein paar Jahrzehnte älter ist.

Garrett grüßt ihn mit einer kurzen Bewegung seines Kinns,

doch damit hören die Höflichkeiten schon auf. »Sag es mir gleich, Tanner. Was erwartet mich?«

Der Junge bläst einen erschöpften Atemzug aus, während er sich mit dem Handballen die Augen reibt.

»Zehn sind letzte Nacht gekommen, direkt nachdem der Schnee angefangen hat. Haben zwei verloren, bevor wir sie aufwärmen konnten, und zwei weitere brauchten die Wärmebox. Wir haben auch eins, das eine Ammenkuh braucht. Den anderen fünf geht es gut.«

Garrett flucht leise und sieht zur Ranch. Der Junge nimmt schließlich die Hände vom Gesicht, lässt dafür den Kopf schwer gegen die Kopfstütze fallen, bevor er ihn in unsere Richtung dreht. Er erblickt mich und ein fragender Ausdruck erscheint auf seinem bereits lebensüberdrüssiges Gesicht.

»Scheiße. Tut mir leid.« Garrett lehnt sich auf seinem Sitz zurück und weist mit der Hand in meine Richtung. »Das ist Cara. Cara, das ist Tanner. Hier wohnt seine Familie.«

Ich grüße mit einem kurzen Winken, das Tanner zurückgibt, bevor er sein Fenster ein paar Zentimeter hochkurbelt.

»Ich muss zur Schule. Viel Glück mit meinem alten Herrn. Ich hatte ihm gesagt, dass ich die letzte Nachtwache auch allein schaffen würde, doch er hat nicht auf mich gehört. Ich glaube, er hat jetzt seit fast zwanzig Stunden nicht mehr geschlafen, er ist also gut drauf.«

Dann ist er weg und dröhnt den Schotterweg mit einer Geschwindigkeit entlang, zu der ich mein Kind nicht ermuntern würde.

»Geht dieser Junge zur Highschool?«, frage ich.

Garrett nickt und es dauert eine Weile, bis ich mir der Gesamtsituation bewusst werde.

»Und er war die ganze Nacht bei den Kühen? In einer Nacht vor der Schule?«

Garrett kurbelt das Fenster ganz zu.

»Willkommen im Leben eines Landkinds.«

* * *

Als wir einen niedrigen Hügel am Ende der Auffahrt erreichen, kommt die Euland-Ranch ins Blickfeld. Die Sonnen geht gerade hinter den zwei großen Scheunen in der Ferne und den großen Gehegen dazwischen auf. Ihnen gegenüber befindet sich ein neueres, aber bescheidenes Ranchhaus aus Ziegelstein ohne Vorgarten, nur mit einer Betonplatte vor einer Doppelgarage und ein paar lange schon ignorierten Büschen in Whiskeyfässern neben der Eingangstür. Garrett bleibt vor einem kleineren, vinylverkleideten Gebäude stehen und stellt den Truck aus. Als der Motor verstummt, werden das Geräusch der Kühe und alle dazugehörigen Klänge – Muhen, Schnauben und Schnüffeln – zu einer Hintergrundmusik, die nicht zu überhören ist.

Ich nehme einen Schluck Kaffee, dann reiche ich Garrett den Becher. »Das sieht nach einem ganz schön großen Betrieb aus. Wie viel Stück hat er?«

In Gedanken klopfe ich mir auf die Schulter für meine ziemlich beiläufige Verwendung des Rancherjargons, den ich gelernt habe. Stück anstatt Kühe. Als würde ich mich auskennen.

Garrett leert den restlichen Kaffee. »Okay, Lektion Nummer eins, Stadtmädchen. Frag einen Rancher niemals, wie viele Kühe er hat.«

»Was? Warum?«

»Es ist so, als würdest du ihn fragen, wie viel Geld er auf dem Konto hat. Hier ist es das Gleiche, denn Kühe sind Geld. Deshalb habe ich ihn noch nie gefragt. Ich vermute, dass er im Moment so um die tausend hat.«

So viel zum Thema auskennen.

»Eintausend klingt nach einer Menge für einen einzigen Mann. Also hilft Tanner, wenn er keine, du weißt schon, Schule hat – was ist mit Kennys Frau? Hat er Angestellte? Ist es okay, danach zu fragen?«

Er schnaubt. »Danach kann man fragen. Aber ich kann dir

schon jetzt sagen, dass er das meiste allein macht, er nimmt sich nur eine Aushilfe, wenn er muss.«

Garrett steigt aus dem Truck und ich folge ihm, bleibe stehen, als er ein paar Schritte entfernt anhält und sich vorbeugt, um seine Schnürsenkel zu lockern. Er steckt die Jeans in die Stiefel und schnürt sie wieder fest.

»Seine Frau, Barb, arbeitet als Krankenschwester in der Stadt, was ziemlich normal ist. Es gibt eine alte Redewendung: *Hinter jedem großen Farmer oder Rancher steht eine Frau mit einem Job in der Stadt.* Nicht viele sind groß oder reich genug, um davon als einzigem Einkommen leben zu können.«

Aufgrund meiner Perspektive bei Garretts unschuldiger Kleidungsanpassung, während er spricht, kann ich seinen Lenkpatzer von vorhin jetzt wesentlich besser nachvollziehen. Ich habe meine Schwierigkeiten, ihm zuzuhören und muss mich beim Blick auf *seinen* Hintern dazu zwingen, die Lippen zusammenzupressen, als es fast unvermeidbar wird, dass ich zu sabbern beginne.

Was noch schlimmer daran ist: Er gibt sich nicht einmal Mühe – das kann gar nicht sein. Er ist so angezogen, wie er es bei jeder unserer Begegnungen war, in der hier in der Gegend offenbar bevorzugten Uniform. Die immer praktische Jeans, Baseballkappe, Arbeitsjacke und T-Shirt, wobei er heute einen Kapuzenpulli hinzugefügt und seine übliche Jacke gegen eine gefütterte Segeltuchweste getauscht hat. Also eine Kombination, die bestenfalls eine neutrale Reaktion bei mir hervorrufen sollte. Ich sollte bestimmt nicht den Wunsch verspüren, gegen ihn zu stolpern – oder auf ihn drauf.

Garrett stellt sich wieder aufrecht, zieht den unteren Rand der Weste nach unten und die Jeans nach oben. Und erwischt mich beim Gaffen.

Da er offenbar doch ein Gentleman ist, folgt kein Augenzwinkern, kein hämisches Grinsen, keine Frage, ob mir die Aussicht gefällt. Er neigt nur den Kopf zu dem vinylverkleideten Gebäude und geht in diese Richtung.

Als wir drinnen sind, gehen wir an einer Reihe mit Stroh ausgelegten Boxen vorbei, an Metallregalen voller Vorräte, und einem kleinen Raum, in dem eine Pritsche aufgestellt ist mit einem weichen Kissen und einer Armeedecke am Fußende. Dahinter befindet eine größere freie Stelle mit einer Reihe langer Arbeitstische und einem Waschbecken aus Metall, über das ein untersetzter Mann gebeugt ist, der uns den Rücken zugedreht hat, und vor sich hin brummt, während er eine große Stahlzange abschrubbt. Beim Geräusch unseres Näherkommens hört er mit dem Brummen auf und lässt die Zange in das Waschbecken fallen, wo sie laut aufschlägt.

»Habt ihr euch jemals gefragt, wie es wohl ist, im Vorort zu wohnen? Vielleicht unten in Boca? Wisst ihr, wo jemand den verdammten Rasen mäht, den sie wie verrückt wässern, ohne darüber nachzudenken, wie dumm es ist, das ganze Wasser zu verschwenden? Wo der schlimmste Teil deines Tages darin besteht, zu entdecken, dass der Zeitungsjunge nicht die Veranda getroffen hat und du jetzt deinen armen Arsch den ganzen Weg bis zum Ende der Auffahrt bewegen musst?«

»Scheiße, nein. Klingt ja fürchterlich.« Garrett grinst, bevor er mit dem Daumen in meine Richtung zeigt. »Cara könnte uns vielleicht über die Freuden des Vorortdaseins aufklären. Hoffe, es ist noch okay, dass sie mitgekommen ist.«

Der Mann wirft einen Blick über die Schulter und ich kann in vielem Tanner wiedererkennen. Das Haar, die Augen und vor allem die Erschöpfung. Er wischt sich die Hände an dem stark befleckten Vorderteil seines Overalls ab und dreht sich, um mir eine Hand entgegenzustrecken.

»Natürlich. Ich bin Kenny, Liebes, schön, dich kennenzulernen. Ignoriere einfach neunzig Prozent von dem, was ich heute sage.«

Ich nehme seine Hand. »Ich kann nicht so viel über das Rasensprengen sagen, trotz meiner Tage im Vorort. Und ich wohne jetzt in einer Wohnung, deshalb ist mir auch der Gang über die Auffahrt zur Zeitung fremd. Aber vielen Dank, dass Sie mich mitmachen lassen. Ich weiß das zu schätzen.«

Kenny grinst müde und lässt meine Hand los. Er schiebt seine Hände in den Latz seines Overalls und lehnt sich gegen das Waschbecken. »Garrett sagte, du möchtest mir vielleicht ein paar Fragen stellen. Mich interviewen oder so etwas?«

Ich will gerade antworten, da bringt sich Garrett ein, indem er einfach einen halben Schritt nach vorn macht.

»Du hast gerade gesagt, sie sollte neunzig Prozent von dem ignorieren, was du sagst, also glaube ich nicht, dass heute der beste Tag für ein Interview ist. Wir sind hier, um uns nützlich zu machen. Wir können gern für das Gespräch wiederkommen. Richtig, Stadtmädchen?«

Ich müsste schon mehr als dumm sein, um den Wink nicht mitzubekommen. So sehr ich auch versessen darauf bin, ein Interview zu bekommen, so sehr möchte Garrett, dass Kenny so schnell wie möglich den Weg zum nächsten Bett oder Sessel findet.

»Ein anderer Tag, absolut. Ich würde gern sehen, wie die Dinge funktionieren. Helfen, wenn ich kann.«

Kenny will protestieren, doch Garrett landet einen halbherzigen Schlag auf seine obere Schulter.

»Geh schon ins Haus. Versuch mal, ob du noch erkennst, wie dein Bett aussieht. Tanner hat uns über die letzte Nacht auf den Stand gebracht, deshalb werden wir jetzt schnell sehen, wo wir heute Morgen stehen und dann da weitermachen.« Er zeigt auf die strohgefüllten Boxen. »Alle diese Kleinen brauchen Flaschen?«

»Yeah.« Kenny scheint mit diesem einen Wort den Kampf aufzugeben. Er zeigt lustlos in die Ecke des Raums, wo ein ausgeleierter Falttisch steht. »Barb hat Frühstücksburritos gemacht, bevor sie für ihre Schicht in die Stadt gefahren ist. Auch Kaffee und Affenbrot.« Er sieht in meine Richtung. »Magst du Affenbrot, Cara?«

Auf dem Tisch steht eine kleine, mit schmutzigen Fingerabdrücken bedeckte Mikrowelle und daneben ein Haufen in Folie gewickelte, burritoförmige Teile. Ich habe keine Ahnung, was Affenbrot ist, doch der Hügel von Karamellsoße glänzender Teigbälle auf einem Plastikteller scheint ein möglicher Anwärter darauf zu sein. Die ganze Zusammenstellung ist nicht gerade hygienisch oder lebensmittelsicherheitsorientiert, deshalb versuche ich, sein Angebot so höflich wie möglich abzulehnen.

»Oh, ich bin nicht hungrig. Aber vielen Dank für das Angebo…«

Garrett legt den Arm über meine Schulter und zieht mich mit grob mit sich, so dass der Rest meines Stammelns untergeht.

»Cara liebt Affenbrot. Ich werde mit ihr kämpfen müssen, um überhaupt einen Bissen abzubekommen.«

Kenny nickt und schlurft davon, nachdem er ein paar Anweisungen gegeben hat, dabei klingen seine Stiefel mit jedem Schritt schwerer. Garrett wartet darauf, bis er den Raum verlassen hat, wobei er den Arm auf meiner Schulter lässt, bevor er mich nah genug zu sich zieht, dass seine Lippen meine Ohrmuschel fast berühren.

»Lektion Nummer zwei. Jemand kocht für dich? Bietet dir etwas zu Essen oder zu Trinken an? Mit Ausnahme einer tödlichen Allergie nimmt man es an. Man lehnt es nicht höflich ab – sag einfach danke und iss es.«

Ich widerstehe dem Drang, mit den Augen zu rollen. Und ich dachte, die gesellschaftlichen Gepflogenheiten, mit denen ich aufgewachsen bin, sind schwer einzuhalten – die Litanei des *Mach dies nicht* und *Tue das nicht* unserer Welt, an die ich mich als Kind nur schwer gewöhnen konnte und die mich verrückt machte, als ich älter war. Doch egal wie anders hier die Regeln sind, egal wie sehr ich mir wünschte, sie besser zu kennen, hier fühlt es sich anders an, wenn ich sie verpfusche. Weniger wie ein Versagen und mehr wie ein Fehler beim Erlernen einer neuen Sprache.

Immerhin habe ich Garrett.

Kapitel 9

Cara

Einen halben Burrito und viel zu viel Affenbrot später (köstlich, süß, meine neue große Liebe heißt Affenbrot) sitzen wir wieder im Wagen und holpern langsam einen Weg entlang hinaus zu einer Weide. Garrett isst die andere Hälfte meines Burritos und lenkt mit einer Hand. Er wird langsamer, als wir einen kleinen Hügel hinauffahren und eine große Gruppe Kühe unterhalb von uns erblicken.

Er hält den Wagen an und stellt die Schaltung in Parkposition, dann betrachtet er stumm die Herde. Und plötzlich fühlt es sich an, als würden wir etwas Wichtiges tun, ich weiß nur nicht, was zum Teufel es ist. Für eine Weile versuche ich, es herauszufinden, indem ich Garrett beobachte, und versuche, seiner Blickrichtung zu folgen, um das zu sehen, was er sieht. Doch sein Blick bleibt nicht still, verharrt nie lange genug an einer Stelle, damit ich mithalten könnte. Da sind Kühe. Ich bin mir sicher, dass sie nicht alle gleich sind, doch ich kann ihre einzigartigen Unterschiede nicht erkennen. Da draußen ist ein Meer aus braunen Flecken. Vielleicht wäre es von ihm zu viel verlangt, alles permanent zu kommentieren, doch ich bin auch nicht für einen ländlichen Ausflug hier.

»Okay, komm schon, Garrett. Gib mir etwas. Erzähl mir, was wir gerade machen.«

Er steckt sich den letzten Bissen Burrito in den Mund und

zerknüllt das Papier, wirft es in das Fach an seiner Türverkleidung. Eine halbe Drehung seines Kopfes in meine Richtung und es ist, als würde ihn meine Frage aus einer angenehmen Trance reißen.

Guter Gott, er ist verträumt. Das ist wirklich das perfekte Wort dafür. »Verträumt.« Niedlich, *und* heiß, *und* konzentriert, *und* noch immer ein wenig verschlafen um die Augen. Also: verträumt. Wenn ich für einen netten kleinen Landausflug hier wäre, dann wäre er der beste Fremdenführer überhaupt.

»Wo soll ich anfangen?«

Seine Frage bedeutet, dass ich damit aufhören muss, weiter über seine Verträumtheit nachzugrübeln. *Zurück an die Arbeit, Cara.*

»Ich weiß nicht, am Anfang? Als wäre es nicht völlig offensichtlich, dass ich hier eine absolute Novizin bin. Ich habe keine Ahnung, wie die Milch in die Flasche kommt oder das Steak auf meinen Teller. Erzähl mir, wie Kenny all das macht.«

»Nun, zunächst einmal macht Kenny das nicht. Das hier ist ein Rinderzuchtbetrieb. Das sind keine Milchkühe, das sind Rindfleischkühe, doch er legt dir nicht das Steak auf den Teller. Am Ende, ja, enden seine Kühe schließlich dort, doch das ist nicht seine Sache.«

Ich nehme meine Tasche aus dem Fußraum und mache sie auf, ziehe einen Notizblock und einen Stift heraus. Garrett sieht zu, während ich die Seiten umblättere, bis ich zu einer leeren komme.

»Du siehst jetzt ziemlich seriös aus. Wo ist deine Brille? Ich glaube, du solltest sie aufsetzen.«

Das kleine Zucken mit den Brauen, als er meine Brille erwähnt, zeigt mir, dass sie ihm gefällt. Wie in *Nimm sie ab, während du dein Haar schüttelst und dein Oberteil aufknöpfst.*

Und für einen Augenblick überlege ich, es zu tun. Ein Schauspiel vorzuführen, in dem ich die kokette, aber gekünstelte Verführerin bin und er mein hingerissener Zuhörer ist. Was ist nur mit diesem Typen? Er ist traumhaft, ja, doch das ist zu viel. Ich klicke auf das Ende meines Stiftes und tue ganz beschäftigt.

»Ich benutze sie nur, wenn ich viel lese. Konzentration, Garrett.«

Er schnaubt kurz und dreht sich wieder zurück zur Herde.

»Eine Rinderzucht ist so ziemlich das, wonach es klingt. Sein Geschäft ist die Aufzucht von Kühen, dann verkauft er seine Tiere an andere Unternehmen. Du kannst diese Leute als das Rückgrat der Rindfleischindustrie sehen.«

Ich kritzle ein paar seiner Worte hin, während er fortfährt.

»Kennys Einrichtung macht KB.« Ich werfe ihm einen Blick zu, der nach mehr fragt. »Künstliche Befruchtung. Die Kühe haben eine neunmonatige Trächtigkeit, und die meisten Leute hier legen das Kalben ins Frühjahr, weshalb die ganze KB darauf ausgelegt ist, dem zu entsprechen. Zwischen Februar und April ist Kalbungszeit, doch wie bei Menschen weiß man nicht genau, wann sie kommen. Es geht rund um die Uhr, bis alle Kälber auf der Welt sind, wobei man genau beobachtet, ob etwas schief läuft. Man kümmert sich um kranke Kälber, hilft den Kühen, die Schwierigkeiten haben, dazu all das übliche Füttern und Wassergeben. Füge noch einen Schneesturm hinzu, wie wir ihn letzte Nacht hatten und das wirft dem Ganzen Sand ins Getriebe.«

Ich denke an den schweren, nassen Schnee von letzter Nacht, der offenbar recht typisch für den Frühling in Colorado ist, und ich fühle mich jetzt ein wenig schuldig, dass ich den Anblick eingekuschelt in eine warme Decke und mit einer Tasse heißem Tee von meinem Schlafzimmerfenster aus genossen habe, jetzt da ich weiß, dass Tanner und Kenny hier draußen mittendrin waren, und sich sorgten, ob es ihre Kälber durch die Nacht schaffen. Heute Morgen hatte sich der Großteil des Schnees in Wasser verwandelt. Keine Schneehaufen, nur Schlammpfützen.

»Obwohl die Temperatur nicht unter den Gefrierpunkt sank, war es doch kalt genug, dass alle neugeborenen Babys letzte Nacht aufgewärmt werden mussten. Es scheint so, als hätte Kenny ein paar von ihnen in der letzten Nacht verloren, bevor sie es zu ihnen geschafft haben.«

Garrett legt den Unterarm auf das Lenkrad und zeigt zur linken Seite der Herde. »Siehst du die Gute da drüben? Diejenige, die alleine steht, neben der großen Espe?«

Ich setze mich aufrechter hin und versuche, seiner Geste zu folgen, kann aber nicht direkt erkennen, wovon er spricht. Garrett tippt mit der flachen Hand auf den Platz neben sich auf der Sitzbank. Ich rutsche rüber, bis ich nahe genug bin, um es zu sehen – und nahe genug an Garrett, dass sich unsere Beine fast berühren. Er senkt für den Bruchteil einer Sekunde den Blick, dann öffnet er die Beine weiter und drückt seinen Oberschenkel fest gegen meinen. Die Hitze an meinem Bein ist real und eingebildet zugleich, deshalb denke ich über all die Gründe nach, weshalb ich mein Bein besser wegbewegen sollte, und tue es dann doch nicht.

»Ihr Schwanz geht immer hin und her, die Art, wie sie allein sein will – das sind gute Zeichen dafür, dass sie kurz davor ist, zu entbinden.« Mit einem Finger fährt er durch die Luft und zeigt zum hinteren Ende der Kuh. »Siehst du das weiße Ding, das dort heraushängt?«

Ich zwinge mich dazu, dahin zu schauen, wohin er zeigt, selbst wenn mir mein Instinkt sagen, dass ich wegsehen sollte.

»Das ist die Wasserblase. Wahrscheinlich siehst du als nächstes ein paar kleine Hufe, wenn alles gut verläuft.«

Oh Gott. *Hufe.* Ich hole tief Luft.

»Gehen wir helfen? Sind wir so was wie ihre Hebamme?«

Garrett kichert und schiebt einen Ärmel seines Hoodies hoch und sieht auf die Uhr.

»Nicht, wenn wir nicht müssen. Am besten lässt man sie in Ruhe. Wir werden in ein paar Stunden nachsehen und wenn sie Probleme hat, dann müssen wir es ziehen.«

»Es *ziehen*?«

Garrett schenkt dem Lenkrad einen amüsierten Blick, der

wahrscheinlich nicht für einen leblosen Gegenstand wie das Lenkrad gedacht ist, sondern für mich, die Frau bin, die gerade die letzte Frage mit einer Mischung aus Entsetzen und Faszination gestellt hat.

»Genauso, wie es klingt. Wir ziehen das Kalb heraus.« Er startet den Wagen und fährt langsam zurück. Die besagte Kuh hebt den Kopf und schaut in unsere Richtung, dann steht sie auf und geht zu einer anderen Stelle, die weiter entfernt ist.

Ich schicke ein Stoßgebet zu meiner Mama. Und noch eins für mich.

Denn für all das ist dieses Stadtmädchen nicht bereit.

* * *

Eine andere Weide, eine andere Kuhherde. Auch wenn es selbstverständlich ist, dass ich keinen Unterschied erkenne, erklärt Garrett, dass diese Gruppe aus erstgebärenden Jungkühen besteht, also wie erstgebärende Mütter. Deshalb werden sie getrennt von den anderen Kühen gehalten, grasen auf der Weide mit der besten Qualität und bekommen ein wenig extra Aufmerksamkeit – und ein paar Bonuskalorien.

Garrett schlendert durch die Herde und trägt dabei einen Eimer mit Futterpellets. Offensichtlich sind diese proteinreichen Happen das Rinderäquivalent eines Twinkie-Riegels für einen Kiffer. Denn in dem Augenblick, als sie herausfinden, was er dabeihat, kommen sie angerannt – na ja, nicht gerannt, eher ein trapsen und trotten sie. Doch mit sabbernd, mit einem unerschütterlichen Gang und einem durchdringenden Schimmer in ihren großen Kuhaugen. Es ist zugleich urkomisch und furchterregend.

Garrett hat jedoch kein bisschen Angst und schafft es sogar, weder Hand noch Finger an eine der eifrigeren Mädels in der Gruppe zu verlieren. Ich kann sehen, wie er den Mund bewegt, doch bei all dem Muhen und aufgrund der Tatsache, dass ich am Wagen geblieben bin, während er arbeitet, kann ich nicht hören, was er sagt. Womöglich ist das die Kuhübersetzung von Flirten. Immerhin ist es Garrett.

Am Rande der Herde schafft er es, sich in meine Richtung zu drehen und hebt den Eimer in die Luft. »Cara! Bring mir den anderen Eimer mit Pellets, ja? Die Mädels sind hungrig.«

Oh, es ist an der Zeit, behilflich zu werden. Sieh dir nur an, wie dieses Stadtmädchen anpackt. Ich drücke mich von der geöffneten Ladeklappe seines Trucks ab und schiebe den zweiten Eimer vor, der auf der Ladefläche steht, doch er ist schwerer als gedacht, weshalb ich die Hüfte abstützen und beide Hände benutzen muss. Als ich ihn herausgezerrt habe, gehe ich Richtung Garrett, wobei ich versuche, die größten Schlammpfützen zu vermeiden. Er kommt mir auf halbem Weg entgegen und schnappt sich direkt den Eimer. Ich drehe mich und will zurück zum Wagen gehen, doch jetzt stehe ich mitten in der Herde und blicke auf ein Meer wippender Kuhköpfe. Ich versuche, locker und gefasst zu bleiben, selbst wenn ich jetzt eine Nahansicht auf die Größe ihrer Mäuler und die Unterreihe großer, flacher Zähne habe, die in diesen Mäulern herumfuhrwerken – während ich zugleich weiß, dass mein einziges Hilfsmittel zum Abklatschen oder Vertreiben meine Mütze ist.

Apropos Klatschen, ich erstarre, als ich spüre, wie mir etwas gegen den unteren Rücken tippt. Ich kann nicht direkt ausmachen, was da los ist, doch was auch immer es ist, es bewegt sich nach unten.

Ist das etwa …? Nein. Kann nicht sein.

Dieser sanfte Druck, der sich jetzt auf die Hintertasche meiner Jeans konzentriert, kann nicht Garrett sein. Er wird nicht verstohlen herumtätscheln. Nicht hier, nicht jetzt. Nicht ohne jeden Versuch einer Verführung. Wie zum Beispiel mit einem Abendessen und einem Film, oder einer Ausrede, um gemeinsam auf dem Sofa zu landen, wenn er mich nach Hause fährt, um es dann zu nutzen, um sich für einen Kuss vorzubeugen.

Erst danach würde er mir an den Arsch fassen, oder? Er ist ein wohlerzogener Landjunge. Allein seine ländlichen Wurzeln müssten ihn zu einem langsameren Werben tendieren lassen.

Und langsames Werben beinhaltet sicher nicht, dass seine Berührung von meiner Jeanstasche zu einer Stelle wandert, die tiefer ist und mehr … zwischen meinen Beinen.

Ich. Muss. Das. Unterbinden.

Das ist es, was ich tun muss. Schnellstens. Es ist mir egal, dass er damit diese Symptome von Lustitis hervorruft, die ich so schlecht kontrollieren kann. Das ist einfach nicht mein Tempo –Schnellvorlauf, Überspringen-wir-ein-paar-Kapitel und Hier-ist-das-Geld-Abschluss. Ich hole tief Luft und drehe mich entschlossen, um Garrett in die Augen zu blicken und ihm meine Grenzen deutlich zu machen. Klar und deutlich.

Garrett steht aber nicht hinter mir. Ich entdecke ihn fünf Meter entfernt, wo er eine weitere einseitige Konversation mit den Kühen führt. Noch wichtiger ist aber, dass seine Hände beschäftigt sind – eine hält den Griff des Eimers und mit der anderen verteilt er die Pellets.

Hinter mir ist auf einmal ein Schnauben zu hören, worauf mein Verstand die Basisfakten dessen durchgeht, was gerade geschieht.

Garrett ist weit weg dort drüben.

Ich stehe mitten in einer Kuhherde.

Und irgendwas berührt mich auf eine viel zu vertrauliche Weise.

Dann folgt ein nicht sehr subtiler Stoß in den Arsch – von einer Kuh, die mich entweder sehr mag oder überhaupt nicht.

Ich schreie.

Mein Schreien veranlasst zwei Dinge: Es löst ein sehr feucht klingendes Grunzen bei meiner Kuhgeliebten aus und es bringt Garrett dazu, den Kopf in unsere Richtung zu reißen. Er erstarrt, mit Ausnahme seines Mundes, der sich öffnet.

Ein weiterer Stoß in den Hintern und ich bin weg, mit nur

einem Ziel im Kopf: Zurück zum Wagen, damit ich mich im Inneren verbarrikadieren kann. Ob Kühe Daumen zum Greifen haben oder nicht und das Verschließen der Türen womöglich unnötig ist, das ist mir egal.

Ich bemerke kaum die Schlammlöcher auf meinem Weg, denn meine Füße bewegen sich in einem eichhörnchenartigen Flintstones-Tempo, somit ist fast unausweichlich, was als Nächstes geschieht. Denn als ich mit einem Fuß in etwas plumpse, was wie eine weitere flache Pfütze aussieht, stelle ich fest, dass es ein Senkloch ist. Ein sumpfgroßes Loch. Ein Morast monumentalen Ausmaßes. Groß genug, um den Stein darin zu verbergen, der darauf wartet, mir den Knöchel umzudrehen und mich mit dem Gesicht voran in einen Schlammhügel zu werfen.

Der Fall, die Kälte und der Schlamm rauben mir den Atem. Feuchter Dreck sickert zwischen meinen gespreizten Fingern hindurch, spritzt auf mein Gesicht und weicht die Vorderseite meiner Kleidung auf. Und es riecht nicht so, als würde der Schlamm nur aus Erde bestehen. Andere Dinge sind darin vermischt. Andere, stärker riechende Dinge.

Garrett taucht auf, kommt zu mir gelaufen und bleibt stehen, bevor er sich bückt.

Dann stellt er eine naheliegende Frage. Die unvermeidliche, dumme, rhetorische Frage, zu der sich fast jeder in dieser Situation veranlasst fühlen würde. Und er fragt mit einem Gesichtsausdruck, als würde er dafür sterben, in lautes Lachen ausbrechen zu können, doch er weiß, dass es nicht klug von ihm wäre, was die ganze Sache für ihn nur noch schlimmer macht.

»Stadtmädchen. Wow. Geht es dir gut?«

Das wäre bewiesen. Die offensichtliche Antwort zu dieser offensichtlichen Frage wäre, ihm zu erklären, dass es mir gut geht.

Doch das tut es nicht.

Meine Kleider sind vollkommen schlammdurchweicht, meine ohnehin kleine Brust fühlt sich an, als hätte mich der Aufprall zurückgeschleudert in die Zeit, als BHs für mich noch nicht von

Nöten waren, und mein Gesicht ist heiß vor Scham – an den Stellen, wo es nicht vom Schlamm bedeckt ist.

Ich drücke mich hoch und knie mich hin. Nach einem tiefen, zitternden Atemzug stehe ich auf, mache zwei Schritte nach rechts, wo der Boden trockener ist, dann schaue ich an mir hinab, um die Situation einzuschätzen.

Das Urteil ist klar. Die Situation ist beschissen.

»Cara, antworte mir. Geht es dir gut?«

Ich blicke zu ihm und lasse meinen Blick dort, während ich mir im wörtlichen wie im übertragenen Sinn auf die Zunge beiße, so fest, dass mir die Tränen kommen. Garrett verliert die Fassung, alle Spuren seines unterdrückten Lachens sind in der Zwischenzeit verschwunden. Er legt die Hände an meine Oberarme und ergreift sie sanft.

»Scheiße. Nicht weinen, okay? Nicht weinen, nicht weinen. Nicke einfach, damit ich weiß, dass du dich nicht verletzt hast.«

Einfach nicken. Dieser bescheuerte Typ. Mister *Vernünftige Ratschläge.* Traumhaft oder nicht, er ist in Reichweite und ich bin gerade auf alles wütend.

Ich atme noch einmal tief durch und gebe es ihm so richtig. »Nein! Natürlich geht es mir nicht gut! Ich bin mit Schlamm und Kuhscheiße bedeckt!« Ich stoße mit einem Finger in seine Richtung. »Und du versuchst, dir das Lachen zu verkneifen, ich weiß es genau. Lach nur, du willst es doch.«

Dann stampfe ich mit dem Fuß auf. Denn ich bin ja so erwachsen. Noch mehr Schlamm spritzt auf und landet auf meinen Händen.

Und das hat noch gefehlt. Garrett heult laut auf, lacht so heftig, dass er sich krümmt, legt die Hände auf die Knie – und hat noch nicht einmal den Anstand, sein Gackern zurückzuhalten, lässt einfach alles für gefühlte zehn Minuten heraus. Als er schließlich wieder atmen kann und sich aufgerichtet hat, sind seine noch immer ätzend schönen braunen Augen voll vergnügter Tränen. Er wischt sie mit einem Handrücken ab.

Dann nimmt Garrett mein Gesicht in seine Hände. »Du bist einfach so hinreißend.«

»Du bist es nicht«, blaffe ich zurück.

Er zieht die Ärmel seines Hoodies über die Hände und wischt mir damit den Schlamm aus dem Gesicht.

»Wenn du dich damit besser fühlst, du glaubst gar nicht, wie eifersüchtig ich auf diese Kuh war. Das war ein kühner Zug von ihr. Sie wusste, was sie wollte und hat es sich geholt. Nicht unbedingt die Art von Mädchen-Mädchen-Nummer, die ich sonst bevorzuge, aber trotzdem.«

Er grinst, gefolgt von ein paar übrig gebliebenen Lachern, und ich seufze. Garrett betrachtet meine Vorderseite, dann nimmt er meine Hand und führt mich zum Wagen. Nachdem er hinten herumgekramt hat, zieht er einen Haufen Kleidung unter dem Fahrersitz hervor. Er hält eine Jeans hoch, während sein Blick zwischen mir und der Hose hin- und hergeht. Er legt sie sich über den Unterarm, zieht ein T-Shirt und ein Tarn-Sweatshirt mit Kapuze vom Haufen und hält es in meine Richtung.

»Zu Redneck-Scherzen gehört oft Schlamm. Deshalb sollte man immer auf einen Kleiderwechsel vorbereitet sein. Komm schon, wir suchen einen Platz, wo du dich umziehen kannst.«

* * *

Eine Abstellkammer hinten in dem Gebäude, wo wir Kenny getroffen haben, wird zum Umkleidezimmer. Ich ziehe meine Stiefel aus, die Jeans und meine Jacke und trete sie zu einem Haufen in die Ecke. Garretts Jeans ist zu groß, doch ich mache sie passend, indem ich meinen Gürtel bis zum letzten Loch schnalle und die Hosenbeine aufrolle, damit sie nicht über den Boden schleifen. Das Thermohemd, das ich unter der Jacke trug, hat unbeschadet überlebt, weshalb ich das T-Shirt nicht brauche, das Garrett mir gegeben hat, doch ich ziehe das Sweatshirt an, da mir jetzt eine Jacke fehlt. Und während ich es anziehe, ist es ein wenig wie in dem Moment, als er mir am Tag unseres ersten Treffens die Jacke um die Schulter gelegt hat. Da ich allein bin, gebe ich nach und mache genau das, was ich tun will. Ich halte mir den Stoff direkt unter die Nase und atme ein, bis ich genug habe.

Ehrlich, jemand sollte das in Flaschen füllen.

Nachdem ich meine schmutzige Kleidung in eine Plastiktüte gepackt habe, trete ich aus dem Schrank und sehe mich nach Garrett um. Als ich seine murmelnde Stimme höre, folge ich ihr.

»… Das ist gut, Liebling. So ein braves Mädchen. Ja, so ist's fein …«

Ich finde ihn in einer der behelfsmäßigen Boxen, wo er in einem Heuhaufen sitzt, die Beine ausgestreckt und den Rücken gegen die Wand gelehnt. Er hat ein Babykalb im Schoß, das das Maul nach oben gerichtet hat, um aus der Flasche zu saugen, die er in der Hand hält. Er murmelt noch ein paar Koseworte, bevor er aufblickt und mich sieht.

»Nun sieh dich an, Stadtmädchen.« Garrett fährt sich mit der Zunge über die Lippen, während er mich von Kopf bis Fuß begutachtet. »Wer hätte gedacht, dass du so gut aussiehst, wenn du dich wie ein Mädchen vom Land anziehst?«

Es ist gut, dass ich nicht daran interessiert bin, mich heute mit einer weiteren Kuh anzulegen. Denn wenn auch das Kälbchen hinreißend ist, als Garretts Blick meinem begegnet und er diese verschlafen-sexy Sache so gut macht, muss ich meine Hände in die Mitteltasche des Hoodies stecken, um nicht hinüberzugehen und das Kalb aus dem Weg zu scheuchen – um Platz für mich zu schaffen.

* * *

Als mich Garrett am Farmhaus absetzt, sinkt die Sonne gerade hinter die Berge in der Ferne. Ich verhungere beinahe und bin wie erschlagen, mehr als bereit für eine Dusche und eine heiße

Mahlzeit. Nach meinem Kostümwechsel habe ich dabeigestanden, als Kenny und Garrett ein Kalb herausgezogen und später etwas Voodoo angewendet haben, um einem verlassenen Kalb zu helfen, eine neue Adoptivmama zu bekommen. Anders als bei menschlichen Adoptionen gehörte hier ein spezielles Pulver dazu, das über das Kalb gestreut wurde, um eine mögliche Kuhmama anzulocken.

Das ist nichts im Vergleich zur Alternative, einer Technik, die mir so beschrieben wurde, dass man dabei die Haut von einem Kalb nimmt, das es nicht geschafft hat und sie dann über das verwaiste Kalb legt, womit die Kuhmama überlistet wird, es anzunehmen. Selbst dann müssen sie manchmal noch die Beine der neuen Adoptivkuhmama zusammenbinden, damit sie nicht versucht, das Kälbchen zu treten, wenn es zu trinken versucht.

Und ich hatte immer gedacht, meine Mom wäre schwierig. Es stellt sich heraus, dass sie keine Konkurrenz für die Natur ist.

Als Garrett mir zur Vordertür folgt, lehnt er sich mit einer Schulter an die Hausverkleidung, während ich den Türriegel löse. Wenn mein Gehirn nicht vor Müdigkeit so benommen wäre, dann würde ich mir womöglich einen Weg ausdenken, um ihn einzuladen, ohne so zu klingen, als hätte ich vor, ihm seine Kleider zurückzugeben, indem ich sie vor ihm ausziehe. Zum Glück, oder auch nicht, bin ich viel zu müde, um es zu versuchen.

Garrett legt den Kopf träge an die Hauswand. »Hast du heute wenigstens etwas Lohnendes mitgenommen? Abgesehen vom Spielen im Schlamm und den forschen Annäherungen dieser jungen Kuh?«

Endlich dreht sich der Schlüssel im Schloss. »Das habe ich. Ich habe ein paar gute Notizen und ein besseres Verständnis davon, wie die Familiendynamik für diese Leute in ihrem Geschäft funktioniert. Und Kenny meinte, ich könnte ihn diese Woche zum Frühstück einladen und ihn noch weiter zu befragen. Danke, dass du mich mitgenommen hast.«

Garrett nickt und steckt sich die Hände in die Taschen, dann blickt er zu seinen Stiefeln.

»Ich habe mir überlegt, da gibt es ein junges Paar, die bewirtschaften ein kleines Stück drüben neben Delta – Corey und Brooke Winsor. Ich weiß, sie werden diese Woche in den Laden kommen, um ein paar Samen abzuholen, die sie bestellt haben, und wenn du willst, dann könnte ich nach einem Treffen für nächsten Montag bei ihnen fragen. Könnte nett für dich sein, mit ein paar Farmern zu reden. Anderer Bereich, andere Herausforderungen. Entweder das oder wir können zu Whitney und Cooper drüben bei der Plantage gehen.«

Gedankenverloren kratzt er sich mit zwei Fingern die Wange seines sauber rasierten Gesicht, und ich bemerke, dass ich darüber nachdenke, wie er wohl nach ein paar faulen Tagen aussieht, ob diese Stoppeln schnell wachsen oder ob es etwas dauert.

Ich beschließe, dass es ein paar Tage dauert, doch wenn sie sichtbar sind, dann sieht es wahrscheinlich gut aus. Und fühlt sich gut an. Nicht zu kratzig, aber rau genug, um dich daran zu erinnern, dass er ein Mann ist – ein ganzer Kerl, der gut aussieht, ein wenig zu gut in dem dunklen Licht, das hinter ihm leuchtet. Außerdem ist er ein wenig zu nahe, als dass meine Hormone damit umgehen könnten. Er zieht einen Mundwinkel zu einem lockeren Lächeln nach oben, darin ist kein Druck oder Inszenierung zu erkennen, da ist nur dieser sehr gut aussehende Mund, der plötzlich unmöglich zu ignorieren ist.

All die Gründe, die ich womöglich anführen würde, wenn ich weniger müde wäre, entziehen sich mir in diesem Augenblick. Ich werde überwältigt von reiner Neugierde und übertrumpft von meiner andauernden Faszination für Garretts sehr guten Mund. Also tue ich das Einzige, was mir einfällt.

Ich küsse ihn.

Kapitel 10

Cara

Es ist offiziell: Ich habe meinen Platz gefunden.

Mein Hauptquartier, mein Basislager, die Kommandozentrale meiner Produktivität. Wie jeder freie Autor oder aufstrebende Kreative weiß, ist es wichtig, den richtigen Ort zu finden. Das Café oder die Bar, die Buchhandlung, die sich so richtig anfühlt, dass es einem vorkommt, als wären selbst die Stühle mit dir im Hinterkopf ergonomisch gestaltet worden, so dass du dich darauf niederlassen und tun kannst, was du willst – was auch immer das ist. Selbst wenn du hauptsächlich im Netz surfst und darüber nachdenkst, was du machen wirst, wenn du endlich loslegst, ist das auch schon genug.

Revolution Coffee heißt das Café, das ich an dem Tag vor meinem Earl Kidd-Fiasko entdeckt habe. Ich habe mir vorgenommen, dass ich mir sein Potential durch keine Assoziationen mit dieser Begegnung schmälern lassen. Vor zwei Tagen bin ich mit meinem Laptop zurückgekehrt und habe einen Entwurf von zweitausend Worten über meinen Tag bei Euland geschrieben. Nachdem ich fertig war, hatte ich noch immer genügend Energie, um die gemachten Fotos in Ordner auf meinem Laptop zu organisieren und mein erstes wöchentliches Update an die Herausgeber von *Purpose & Provisions* zu mailen. Wenn man bedenkt, wie kurz ich erst hier bin, ist es wirklich beeindruckend, was ich bisher erreicht habe: mich mit der Region vertraut gemacht, eine Begegnung mit dem lokalen Verrückten überlebt, einen Tag auf einer Ranch verbracht und mich gewissenhaft bei meiner Verbindung zu den Einheimischen bedankt. Auch wenn es nicht auf meiner Grand-Valley-To-do-Liste stand, Garrett zu küssen, so war es definitiv wert, etwas von den Aufgaben abzuweichen.

Heute werde ich fünf Punkte auf meiner aktuellen Aufgabenliste abhaken, inklusive dem Interview mit Kenny Euland. Also, wer ist der Superheld des Tages? Dieses Mädchen hier. Wer bekommt einen Strudel mit lokalen Grand Valley-Birnen als Belohnung? Dieses Mädchen.

Bei einem zweistündigen Frühstück in einem örtlichen billigen Café hatte Kenny mir die Nuancen seines Betriebs dargelegt, sowohl die guten als auch die schlechten. Ich habe ebenfalls erfahren, dass nicht alle Rancher darauf hoffen, dass ihr Erbe und Land von den eigenen Kindern fortgeführt wird.

»Ich bete, dass Tanner nicht zurückkehrt. Mein Junge hat ein Vollstipendium für Internationale Politik an der DU. Internationale Politik, kann man das fassen? Er ist zu clever für diesen Scheiß hier. Garrett war genauso, doch er hatte ziemliches Pech und jetzt steckt er fest. Ein Junge wie er sollte nicht bei der verdammten Genossenschaft arbeiten.«

Ohne großes Nachhaken hat mir Kenny Garretts Geschichte erzählt. Der Wrestling-Star der Highschool mit der Bestnoten, der sowohl mit Stipendium als auch mit Ehrgeiz zum College ging, nur um dann seinen Vater zu verlieren, seine Zukunft im Stich zu lassen und seine Farm und das Zuhause seiner Kindheit aufzugeben – alles innerhalb von nur drei Monaten.

Für jemanden wie Garrett, der mit der Muttermilch aufgesogen hat, sich selbst zu helfen, ergibt das gar keinen Sinn. Aufgeben, den Abschluss zu machen? Die Familienfarm an jemanden zu verkaufen, der sich nicht einmal die Zeit nahm, um sie sich anzusehen? Alles, ohne zurückzublicken oder der Welt irgendwas anderes zu präsentieren als ein fröhliches Gesicht?

Das nehme ich ihm nicht ab. Ich kenne zwar jetzt die Fakten, doch ich verstehe die Geschichte noch immer nicht. Und wie bei allen Dingen, die mit Garrett zu tun haben, kann ich nicht aufhören, darüber nachzudenken.

Mein Handy hüpft im Vibrationsmodus über den Tisch und Amies lächelndes Gesicht erscheint auf dem Display.

Auch, wenn ich Gefahr laufe, diese eine nervige Person im Café zu sein, antworte ich. Der Laden ist ohnehin leer, bis auf einen kleinen Tisch mit Highschoolmädchen, die zu sehr auf ihre eigenen Telefone konzentriert sind, um sich darüber zu ärgern, dass ich in meins spreche.

»Hallo?«

»Cara Jane. Sag mir, was du über Monogramme denkst. Immer elegant? Oder eine langweilige Erinnerung an Oma Jane?«

Angesichts ihres spitzen Tonfalls und des Fehlens einer verspielten Begrüßung nehme ich an, dass Amie mit einer weiteren hochzeitsbezogenen Anforderung unserer Mutter – oder ihrer baldigen Schwiegermutter – zu tun hat. In den letzten paar Monaten ist kein Tag vergangen, an dem meine süße Schwester nicht mit der unendlichen Aufgabenliste für die Hochzeit zu tun hatte und ein weiteres Drama schlichten musste. Anders als es die konventionelle Vorstellung nahelegt, ist keins dieser Dramen von ihr verursacht worden. Stattdessen haben die beteiligten Mütter alle Aufgaben in diesem Bereich bravourös übernommen. Zum Glück hat Amie ein Herz aus Gold, eine umgängliche Natur und eine Trauzeugin, mich, die ihr ein Pony kaufen möchte, wenn sie es bis zum Altar schafft, bevor sie ihren süßen Verstand verliert. Oder eine Flasche Wild Turkey. Sie hat es sich verdient, so oder so.

»Das hängt davon ab, worauf«, schlage ich vor. »Kissenbezüge? Langweilig. Das gilt für Textilien im Allgemeinen. Aber, zum Beispiel, Accessoires für die Bar? Nicht ganz so schlimm.«

»Und Flachmänner für die Trauzeugen des Bräutigams? Ja?«

Ich beiße in meinen Birnenstrudel und denke drüber nach.

Tayers Trauzeugen sind ein Haufen Jungs von der Duke University mit allen möglichen pompösen Titeln, die man erwarten würde: Dr., Esq., Cpt. und CEO. Flachmänner würden da gut passen.

Weil meine Mutter Chicagos angesagteste und tollste Hochzeitsplanerin engagiert hat, bestehen meine Aufgaben als Trauzeugin aus zwei Dingen: Amie bei Verstand halten und den Junggesellinnenabschied organisieren. Während die erste ein permanentes Unterfangen ist, bin ich mit der zweiten fast fertig. Da unsere Zwillingscousinen aus New Orleans – das Duo Mindi und Mandi, die grundsätzlich die falschen Entscheidungen treffen – die einzigen Teilnehmerinnen auf Brautseite sind, die ein wildes Wochenende in den Stripclubs von Vegas genießen würden, habe ich ein langes Wochenende im ländlichen Wisconsin geplant, ausgerechnet. Wir werden Luxuscamping auf dreihundert Hektar Waldland an einem abgeschiedenen See machen. Als ich die Idee erstmals gegenüber Amie erwähnt habe, hatte sie mir ihr frostiges Ich-liebe-dich-aber-das-klingt-schrecklich-Lächeln geschenkt, das wegtaute, als ich ihr Bilder der luxuriösen »Zelte« zeigte, mit eigenen Badezimmern (komplett mit Specksteinfliesen, Dampfdusche und riesigen Badewannen), den Speisepavillons bei Mond und Kerzenschein, und den Campingbutlern. Und sie war völlig überzeugt, als ich ihr das Spa-Angebot und eine Beschreibung der unvergleichlichen Massage mit echten Himalaja-Salzsteinen zeigte.

Wie beim Luxuscamping, seufzt Amie schließlich erleichtert, als ich ihr versichere, dass die Flachmänner mit Monogramm eine perfekte Wahl sind. Als ich sie nach mehr Details zu den Hochzeitsneuigkeiten befrage, um sie so gut wie möglich aus mehreren hundert Kilometern Entfernung zu ermutigen, wehrt sie nur ab und lenkt das Gespräch in eine andere Richtung.

»Unterhalte mich lieber mit einem Update deiner Abenteuer. Erzähle mir so viel, bis ich sage, dass du aufhören sollst.«

Lachend fange ich an. Ich erzähle ihr von Earl Kidd, wie ich meinen perfekten Arbeitsplatz gefunden habe, und natürlich von Garrett.

Ich beschließe, nicht zu erwähnen, wie ich Garrett vor drei Tagen mit meinem Mund attackiert habe. Wie einer seiner Arme einen Sekundenbruchteil später um meine Taille lag, wie er meinen ganzen Körper angehoben hat, bis meine Zehenspitzen gerade noch auf der Veranda waren, und ich zwischen ihm und der Hauswand stand, so dass ich nirgendwo hinkonnte. Ohnehin war es nicht Teil meines Plans, irgendwo anders hinzugehen. Denn Garrett Strickland küsst wie ein verhungernder Mann, der soeben in das Schlaraffenland seiner Lieblingssüßigkeiten gestolpert ist und nicht das kleinste Bisschen verschwenden will – gierig und ehrfürchtig bei jedem Knabbern, Kosten und Lecken.

Trotzdem lasse ich die atemberaubenden Küsse aus und konzentriere meine gegenwärtige Geschichte auf mein Missgeschick mit Mr Kidd.

»Ich rase diese Straße weg von Hotchkiss' eigener Version von Cliven-Bundy-trifft-den-Unabomber und fahre ungefähr mit Autobahngeschwindigkeit, bis ich wieder in der Stadt bin, wo ich wegen Benzin anhalten muss, und während ich noch immer versuche, mich zu beruhigen und nicht zu kotzen oder zu heulen, taucht auf einmal Garrett auf, bietet mir Umarmungen an und …«

»Stopp.« Mein Mund geht zu. Ein interessiertes Schnurren klingt in Amies Stimme mit. »Wer ist Garrett? Und warum ist er mit dir vertraut genug, um dir Umarmungen anzubieten?«

»Ich habe dir von ihm erzählt, weißt du noch?«

»Was? Warte, ist das dieser Redneck? Sein Name ist Garrett?«

Ein Kribbeln geht mir durch die Brust. »Ja und ja. Warum sagst du das so?«

»Weil Garrett so ein völlig normaler Name ist. Wir kennen noch andere Garretts. Ich dachte, sein Name wäre …, ich weiß auch nicht, Cletus. Jethro. Ricky Bobby.«

Ich lache bei der Erwähnung von Ricky Bobby und stelle mir Will Farrell vor, wie er über seine Vortrefflichkeit doziert. »*So sieht es aus: Ich bin der Beste, den es gibt. Schlicht und ergreifend. Ich wache am Morgen auf und pinkle Vollkommenheit.*« Mein Lachen ist laut genug, um die Aufmerksamkeit der Highschoolmädchen weg von ihren Smartphones auf mich zu lenken. Sie sehen mich fragend an, als hätte ich mich gerade aus dem Nichts materialisiert.

»Nope. Garrett Strickland.«

»Guter Name.« Sie summt ein wenig. »Es klingt standhaft. Sieht er standhaft aus?«

Amie bringt das Wort verschmitzt hervor, als wüsste sie die Antwort, bevor ich sie ihr gebe: Garrett ist ganz entschieden standhaft.

Ich mäßige meine Stimme, hoffe, die Neugierde meiner Schwester zu zähmen, bevor die Sache außer Kontrolle gerät. »Ich weiß nicht … Er ist groß, aber nicht breit. Nicht mager oder so, nur kräftig auf eine praktische Weise. Das geht bei ihm vom Helfen beim Hereintragen meines Reformers bis zum Halten eines Kälbchens in seinem Schoß, um es mit der Flasche zu füttern. Hilft das?«

Sie kreischt. Oh, oh. So viel zum Thema Neugierde zähmen. Ich wollte eine objektive Beschreibung abgeben, doch stattdessen muss ich geklungen haben, als würde Sabber aus meinem Mund laufen. Dann verlangt Amie nach Beweisen.

»Beweise?«

»Ein Foto zum Beispiel. Ich weiß, du hast welche mit deiner schicken Kamera gemacht, die dir Dad gekauft hat. Schick mir eins.«

Sie hat recht. Ich habe Bilder. Sie sind womöglich in einem Ordner namens »GARRETT« auf meinem Laptop gespeichert. Vielleicht sind darin mehr Bilder als in den anderen, die »LANDSCHAFTEN«, »RINDER« und »HOTCHKISS« heißen. Vielleicht gibt es da ein Bild, auf dem Garrett und Kenny an der

Ladefläche des Trucks lehnen und sich unterhalten, Garrett im Profil mit einem perfekten Lächeln im Gesicht. Vielleicht habe ich eine Kopie gespeichert, auf der Kenny ausgeschnitten ist. Womöglich gibt es dieses Foto.

Trotzdem versuche ich zu protestieren.

Amie springt mir an die emotionale Halsschlagader. »Cara Jane, ich brauche das. Habe ich dir gesagt, dass Mom und Mutter Cahill verlangt haben, die Unterwäsche zu sehen, die ich für die Flitterwochen gekauft habe? Verlangt! Dann haben sie sie abgelehnt und mir erklärt, dass Rot absolut nicht meine Farbe sei und dass ich einem Halbschalen-BH über einem Negligé nehmen soll. Ich meine, wenn ich nicht ein wenig lustige Ablenkung und Herumalbern mit meiner Schwester über einen Jungen verdiene, wer dann?«

Als sie das Wort »abgelehnt« sagt, drücke ich bei einem Foto von Garrett auf Senden und suche noch ein paar Faultier-Gifs, um sie ihr später zu schicken.

»Guck in deinen Posteingang«, murmle ich.

Ein weiteres Kreischen, jetzt zusammen mit einer kurzen Runde vergnügtem Applaus. Dann Stille. Ein Luftschnappen. Ein weiteres Kreischen.

»Heilige Mutter aller Outdoorausrüster. Er ist hinreißend. Auf eine heiße, standhafte, umwerfende Art. Und wenn du irgendein Bild von ihm hast, wie er dieses neugeborene Kalb hält, dann brauche ich vielleicht eine Minute für mich allein.«

Ein dümmliches Grinsen huscht über mein Gesicht. Obwohl er nicht mein ist, obwohl da nicht mehr ist als ein Kuss zwischen uns, freue ich mich, den Beweis zu hören, dass es nicht die Höhenluft oder so ist und dass meine willensschwachen Hormone nicht allein die Schuld daran haben, wie es mir mit ihm ergeht. Garrett ist heiß. Objektiv, unleugbar heiß.

»Er hat nicht erlaubt, dass ich Bilder von ihm mit dem Kalb mache. Er meinte, das würde seinen Ruf ruinieren.«

»Bitte sag mir, dass da was läuft mit euch beiden. Etwas, das verdeutlicht, wie stark er wirklich auf eine ›praktische Weise‹ ist.«

Mein Bewusstsein macht sich bemerkbar und ruiniert den Spaß. Ein paar Minuten damit zu verschwenden, über ein Bild von Garrett zu kichern, ist die eine Sache, doch alles andere wäre nicht richtig. Ich schließe mein Laptop und tippe mit der Gabel an den leeren Strudelteller.

»Wir sollten nicht darüber reden, Amie. Das ist seltsam.«

»Warum ist es seltsam? Wir haben immer über diese Dinge geredet. Über alles.«

Ich seufze. »Stimmt. In der Theorie. Wie in ›*Ich-könnte-Chris-Evans-vernaschen-wie-einen-dick-gebutterten-warm-aus-dem-Ofen-kommenden-Kürbismuffin*‹. Aber das hier ist anders. Ich weiß, es ergibt keinen Sinn, doch es fühlt sich an, als würde ich Will untreu sein und es dir erzählen. Zu nah, um angenehm zu sein.«

»Cara, hör auf«, stöhnt sie, bevor sie tief Luft holt. »Du und Will kommt gut miteinander klar. Du bist in Davis' Haus, verdammt noch einmal. Wenn die Cahill-Familie damit nicht einverstanden wäre, dann hätte er dir das Angebot nicht gemacht. Also besteht für dich keine Notwendigkeit, dich mit irgendeinem Schuldkomplex herumzuschlagen. Denn das könnte ziemlich schnell langweilig werden. Zölibatäre Dramatik und düstere Weltuntergangsstimmung stehen dir nicht gut.«

Ich lache laut auf, und das Gewicht, das zuvor schwer auf meinem Herzen lag, beginnt sich mit ein paar ermutigenden Worten von der Frau, das immer genau weiß, was ich brauche, von mir zu heben.

»Also fahre fort und kopuliere, bitte«, spricht Amie weiter. »Mach es für mich. Denn das Dopamin und so wird gut sein für deinen bereits phantastischen Teint und du wirst umwerfend auf meinen Hochzeitsbildern aussehen.«

Amie weiß, dass ich fast alles für sie tun würde. Und auch wenn ich noch nie für Sex mit Menschen zu haben war, die ich kaum kenne, oder Affären mit Typen in einer Stadt, die ich quasi nur durchfahre, sind meine typischen »Nein danke«-Gedanken zu diesem Thema inzwischen verschwommen.

Denn Garrett Strickland könnte der beste Weg sein, um sicherzustellen, dass ich mit rosigen Wangen und strahlend vor der Kamera des Hochzeitsfotografen stehen werde – besser als jede Sauerstoffgesichtsbehandlung oder La-Prairie-Serum. Schließlich muss die Trauzeugin auch Opfer bringen. Aber für Amie? Ich glaube, ich kann einen Weg finden, um es durchzustehen.

Kapitel 11

Garrett

Die Jagd mit dem Bogen ist nicht einfach. Im Unterschied zur Verwendung eines Gewehrs oder eines Vorderladers braucht man beim Jagen mit dem Bogen eine geringere Entfernung, ein leiseres Anpirschen und eine wesentlich bessere Kenntnis des Tieres, das man jagt. Maultierhirsche sind besonders anpassungsfähig und listig und verfügen über ein Talent, dem Jäger zu entkommen, das anderen Großwildtieren fehlt. Sie sind klug, nutzen alle ihre Sinne, und sind selten unaufmerksam – mit einer deutlichen Ausnahme.

Ein Bock in der Brunst? Hirnlos.

Während der Brunst – die Monate im Frühlingsanfang, wenn sich die Hirschböcke ausschließlich darauf konzentrieren, eine Dame zu finden – sind jene gerissenen Wesen so abgelenkt, dass mehr als einer von ihnen bereits auf meinem Esstisch gelandet ist – was ich derzeit gut nachvollziehen kann. Denn es wäre gut möglich, dass ich Cara Cavanaughs in Jeans verpacktem Arsch direkt in die Schusslinie eines Gewehrs oder eines Broadhead-Pfeils folgen würde, ohne anzuhalten und ohne ausreichend klarem Urteilsvermögen, um dem sicheren Tod zu entgehen. Ich würde wie ein Trottel vorwärtstrotten, sie als einziges Ziel im Blick.

Das bedeutet auch, dass ich derzeit ein beschissener Gesprächspartner bin. Aber Corey Winsor hat es noch nicht bemerkt, weshalb ich mich weiterhin unauffällig genug im Gespräch verhalten muss, um mich nicht als lächerliches, brunstbestimmtes Wesen zu outen, das sich auf nichts anderes konzentrieren kann, als darauf, wie sich Caras zarte, nachgiebige Lippen auf meinen angefühlt haben. Oder der Druck ihrer Schenkel, als ich sie gegen die Wand gehoben habe. Oder das Gefühl ihrer Hände, als sie mit einem Stöhnen mein Nackenhaar ergriffen hat. Oder die Art …

Verdammt. Ich bin totgeweiht.

Wir sind umgeben von den trockenen, braunen Resten der Maispflanzen des vergangenen Jahres und dazwischen ist die Erde mit einer leichten Schneeschicht bedeckt. In der Ferne sind ein paar vereinzelte Gänse gelandet und picken nach den übrig gebliebenen Körnern oder was sie sonst finden können. Corey zupft an einem großen abgeschnittenen Stengel, dann zerknüllt er die vertrocknete Hülse in seiner Hand.

»… Diese Dinger haben einen Effizienzbonus von fast fünfzig Kilogramm Stickstoff pro Hektar. Ich bin begeistert von der Idee, abgesehen davon, dass es eine langfristige Investition bedeutet, bevor wir irgendeinen Ertrag sehen. Brooke ist noch nicht davon überzeugt.«

Corey und seine Frau Brooke sind die Besitzer der Sunlight Farm außerhalb von Delta, wo sie auf einer bescheidenen Anbaufläche, die sie vor fünf Jahren erworben haben, Mais und Weizen anbauen. Brooke ist tief in der Landwirtschaft verwurzelt, wogegen Corey erst seit Kurzem ein Farmer ist, der nach ein paar Jahren als Maschinenbauingenieur aus reiner Neugierde dazu kam. Er lernte Brooke kennen, als er wieder zur Uni ging, um Bodenbewirtschaftung zu studieren, und machte schließlich ein Praktikum auf der Farm ihres Dads in Iowa. Es folgten die Hochzeitsglocken, denn die Farmerstocher verliebte sich unsterblich in den Intellektuellen mit dem halben Holzfällerbart, der sich kein Problem hat, sich im Dreck den Arsch aufzureißen.

Plötzlich landet ein Faustschlag auf meiner Schulter, nicht hart genug, dass er wehtut, doch ausreichend, um meine Aufmerksamkeit zu wecken. Ich drehe mich um und sehe Coreys amüsierten Ausdruck.

»Tut mir leid. Ich habe wirklich zugehört.« Ich reibe mir mit einer Hand über das Gesicht. »Direktsaat kann ein Übergang sein, sicher. Aber Stickstoff wird nicht billiger. Du lässt den Boden seine Sache machen, und während sich all diese Mikroben aufbauen und ihre volle Effizienz erreichen, ist der höchstmögliche Gewinn an Stickstoff ein Selbstläufer. Nicht zu erwähnen die Vorteile bei der Bodenerosion und der Wasserersparnis. Dem, was ich gehört, und den Artikeln, die ich gelesen habe, nach, scheint es sich zu lohnen, wenn man es durchhalten kann.«

Corey grinst. »Wenn ich Bier besorge, kommst du dann nächste Woche zum Abendessen und erklärst es Brooke? Womöglich kann sie die objektive Stimme einer unbeteiligten Seite überzeugen.«

»Das hängt vom Bier ab. Wenn du dieses beschissene, überteuerte Craftzeug einschenkst, dann bin ich raus.«

Ich blicke wieder dahin, wo Cara steht. Offenbar hat sie entschieden, dass es wichtig ist, sich den Maisaufsatz am Mähdrescher, den Brooke ihr zeigt, aus der Nähe anzusehen. Dafür muss sie sich in der Taille beugen und dann mit dem Hintern wackeln, um sich vorwärts zu schlängeln, ohne mit dem Kopf voran in die riesige Gerätschaft zu kippen. Ihre Jeans sind eng anliegend, ohne wie angemalt oder unbequem zu wirken, mit verwaschenem Ton, und ich vermute, dass an der Hose ein stolzes Preisschild hing. Obenrum trägt sie ein geknöpftes kariertes Flanellhemd mit einem Thermohemd darunter und einen hübschen Schal, der irgendwie ihren Hals zeigt, während er ihn gleichzeitig bedeckt. Ich werde nie begreifen, wie Frauen es schaffen, Dinge wie Schals verführerisch und sexy zu machen. Wenn ich einen Schal trage? Dann sehe ich wie ein Trottel aus.

Sie legt einen um und ich will sie damit zu mir heranziehen und dann die zarte Haut darunter lecken und beißen, bis die gottverdammte Sonne untergeht.

Wobei die Dunkelheit des Sonnenuntergangs nichts daran ändern würde, meinen Verstand im Zaum zu halten. Heute Morgen roch sie in der unbeleuchteten Kabine meines Trucks irgendwie nach Orange und ich saß da und versuchte, nicht an das Stieleis zu denken, das ich als Kind so geliebt habe, auch wenn es dem Geruch am nächsten kam, der mich umgab. Wenn ich diesen Gedanken weiterverfolgen würde, dann wäre Cara plötzlich meine ganz eigene gefrorene Köstlichkeit. Vielleicht sollte ich sie *Capri* nennen anstelle von *Stadtmädchen.* Das wäre witzig, bis sie mich fragen würde, warum ich sie so nenne. Ich könnte es nicht erklären, ohne wie ein Arschloch zu klingen. Ich seufze innerlich. Denn ich bin verloren. Restlos verloren.

Womöglich ist das Seufzen nicht innerlich geblieben, denn Corey lacht auf einmal. Eher ein Glucksen. Er klingt wie ein beschwipster junger Weihnachtsmann.

»Blinzle, Garrett. Sonst bekommst du noch eine Migräne.« Ein weiteres Glucksen, diesmal leiser. »Außerdem erreichst du überhaupt nichts, wenn du sie anstarrst, egal, wie sehr du dich auch anstrengst. Vertraue mir, ich habe Monate damit verbracht, mit den Augen ein Loch durch Brookes Klamotten zu bohren, bevor ich einen Schritt unternommen habe.«

Ich seufze. »Das ist so jämmerlich. Ich weiß es. Wenn sie nicht so …«

Meine Worte versiegen und er grinst. »So was?«

»Ich weiß auch nicht. Klug. Groß. Außerhalb meiner Liga wäre.«

Und wenn sie nicht so gut schmecken würde. Wenn sie vielleicht nicht die süßesten sehnsüchtigen Töne von sich geben würde, wenn man mit der Zunge an ihrer spielt – das würde helfen. Ich hätte sie wahrscheinlich nicht küssen dürfen. Oder ihr erlauben dürfen, mich zu küssen. Ich hätte ihren Kuss dann nicht erwidern und sie nicht so heftig gegen die Hauswand heben dürfen, dass ich meinen Arm hinter sie legen musste, um mich davon abzuhalten, es erneut zu tun. Und zwar noch fester.

Aber ich habe es getan, und jetzt weiß ich zu viel. Ich weiß, wie einfach es für meinen Mund ist, ihren zu finden. Dass ich kaum den Kopf neigen muss, was meinen Verdacht bestätigt hat, wie unglaublich es sein muss, mit einer Frau zusammen zu sein, deren Körper zu meinem passt. Ich weiß, wie gut sich ihre schmale Taille und ihre schlanken Hüften in meinen Händen angefühlt haben.

Und wie sich mein Schwanz ganz von allein dort eingerichtet hat, wo er hingehört.

Dieses Wissen bedeutet auch, dass ich mir gut vorstellen kann, wie leicht wir da einfach hätten weitermachen können. Cara gegen die Hauswand gedrückt, ein Bein angezogen und in meine Armbeuge gelegt, so dass mein Schwanz mit einer Vorwärtsbewegung direkt ins Ziel rutscht. Kein Beugen meiner Knie, kein Geraderücken, kein Hochschieben, um ihr all das zu geben, was ich für sie habe.

Ja, der Kuss war eine schreckliche Idee.

Weder Cara noch ich haben es danach auf die eine oder andere Art erwähnt. Nicht in der SMS, in der sie nachfragte, ob das Angebot für den heutigen Ausflug noch auf dem Tisch sei, und auch nicht, als ich ihr per Voicemail antwortete, dass es so wäre, oder als sie mich zurückgerufen hatte, um den Termin zu bestätigen. Und auch heute Morgen fiel zwischen uns kein Wort darüber, dass sie bei unserer letzten Begegnung mit leicht geschwollenen Lippen und einem zufriedenen Ausdruck ins Haus geflüchtet war. Nichts. Wir saßen einfach in der leicht unbehaglichen Stille da, reichten ihren Thermosbecher zwischen uns hin und her, während ich mich bemühte, die Bilder davon zu unterdrücken, was ich mit meinem eigenen Cara Capri anstellen würde.

Corey verschränkt die Arme vor der Brust und schiebt das

Kinn in Richtung Cara. »Okay. Also wenn sie blöd und klein wäre und in deiner angeblichen ›Liga‹, dann würdest du die Taschen ihrer Jeans nicht so faszinierend finden?«

»Es würde helfen«, murmle ich und sehe zu, wie Cara und Brooke von dem Mähdrescher wegtreten und sich dann in einer Umarmung, wie die neuer Freundinnen ergehen, flink und freundlich.

Cara dreht sich in meine Richtung und winkt, dann zeigt sie mit einem fragenden Heben ihrer Augenbrauen zu meinem Wagen. Ich hebe den Daumen und sie lächelt. Mich an. Als wären wir die einzigen zwei Menschen hier, als würde es keine Rolle spielen, wenn wir das nicht wären, denn niemand anders spielt eine Rolle. Ich spüre praktisch den doppelten Lungentreffer eines Pfeils, während ich hier stehe, angewurzelt und blödsinnig wegen einer Frau, die mich anlächelt. Mit einem kurzen Winken in Coreys Richtung geht Cara auf den Wagen zu. Corey erwidert ihr Winken und schnaubt amüsiert in meine Richtung.

»Viel Glück, Junge. Ich bin seit zehn Jahren verheiratet, aber ich erinnere mich noch immer daran, wie es war, *diesen* Blick zum ersten Mal zu bekommen.«

Ich zwinge meinen Blick zu ihm. Seine Augen sind auf Brooke gerichtet, die auf den Verandastufen zu ihrem Haus sitzt und sich ihre siebenjährige Tochter mit einem Lachen und einer Umarmung auf den Schoß zieht. Schließlich löst er den Blick und bemerkt den verwirrten Ausdruck auf meinem Gesicht.

Er feixt und hebt eine Augenbraue.

»Der eine Blick, der bedeutet, dass du eine Chance hast.«

* * *

Zurück am Wagen treffe ich Cara auf dem Beifahrersitz. Ihre Beine hängen aus der geöffneten Tür heraus und ihre Stiefelabsätze klopfen gegen den Türrahmen, während sie Notizen in einen dreckig aussehenden Block kritzelt. Anstatt um den Wagen zu gehen und meinen blöden Arsch auf den Fahrersitz zu befördern, zieht mich mein Schwanz natürlich in ihre Richtung. Ich bleibe vor ihr stehen und lege eine Hand an die Oberseite der geöffneten Tür, die andere aufs Dach. Cara wirft ihren Block auf das Armaturenbrett und grinst. »Wir sind beste Freunde.«

»Du und ich?«, frage ich.

»Nein.« Cara schüttelt den Kopf und grinst weiter. »Brooke und ich. Oder zumindest möchte ich ihre beste Freundin sein. Sie ist echt die Coolste. Ich habe so viel gelernt.«

Schwein gehabt. Für eine Sekunde hatte ich befürchtet, das wäre jetzt das Gespräch, indem wir schließlich das heiße Kuss-Eisen anfassen und sie sagt, es wäre ein Fehler gewesen und dann erklärt, dass wir Freunde bleiben sollten – ich bin mir nicht sicher, ob ich damit hätte umgehen können.

Cara schwingt noch ein paarmal mit ihrem Stiefelabsatz vor und zurück, bevor sie leicht damit gegen mein Bein tippt. Mein Blick schweift zu dieser Stelle und ich sehe zu, wie sich ihr Fuß um meine Wade schlängelt.

»Lass mich dich zum Abendessen einladen, Garrett. Als Dankeschön für heute.«

Es folgt ein leichtes Ziehen ihres Fußes an meiner Wade, als würde ihr Körper die von ihr gewünschte Antwort hervordrängen wollen. Ich sehe sie an und versuche, möglichst ausdruckslos zu gucken, während sie mit einer Hand mein T-Shirt ergreift. Und ich bin nur eine Sekunde davon entfernt, mich auf sie zu fallenzulassen, hier vor einem von Coreys Kornspeichern, wo wir verborgen genug sind, um unbemerkt zu bleiben. Als sie den Stoff verspielt nach unten zieht, aber sonst nichts tut, schiebe ich die Idee, sie hier über die Sitzbank des Wagens zu legen, weit genug weg, um antworten zu können.

»Verdammt, Stadtmädchen, das brauchst du nicht zu machen. Meine Gefriertruhe ist voller Toastys. Und ich bin mir sicher, dass das in Hotchkiss vorhandene Speisenangebot nicht die Küche beinhaltet, an die du gewöhnt bist.«

In ihrem Blick liegt ein Hauch von Enttäuschung, doch dann blinzelt sie und sie ist weg und da ist wieder das Feuer, das ich so gern in ihren Augen sehe.

»Du würdest wirklich ein Toasty einem Essen mit mir vorziehen? Mit diesem Käse, der immer nur entweder geschmolzen heiß oder tropfenförmig kalt ist? Und dazu diese gruselige fleischartige Füllung? Wirklich?« Ich muss grinsen. »Komm schon, sag wohin.«

Mit der Hand hält sie noch immer mein T-Shirt. Sie drückt gegen meine Brust und lässt ihre Hand dort. Mein ganzer Körper saugt diese Berührung in sich auf, egal, wie klein sie ist. Ich betrachte ihr Gesicht und versuche zu erkennen, was in diesem Moment geschieht, dann blicke ich sie fragend an.

»Grillst du gerne?«

Cara antwortet nicht. Sie verzieht den Mund, zuerst die eine Seite, dann die andere, listig und langsam, und bestätigt damit, dass Corey mir gerade keinen Haufen Blödsinn erzählt hat.

Dass ich eine Chance habe.

Kapitel 12

Garrett

Sie trägt ein Kleid.

Doch es ist kein normales Kleid. Ein Kleid für ein Date. Selbst ich bemerke den Unterschied.

Nachdem wir bei Corey weggefahren waren, habe ich Cara bei ihr abgeliefert und wir haben verabredet, dass ich nach ein paar Stunden zurückkehre, um sie zum Abendessen abzuholen. Und in dieser Zeit hat Cara die Jeans, in der ich ihr bereits in meinen eigenen Tod hinterhergestolpert wäre, gegen *das* hier eingetauscht.

Ein Datekleid, das aussieht wie ein durchgeknöpftes Hemd, doch ganz fließend und hübsch aus einem seidig aussehenden babyblauen Material, das meine Finger sofort kribbeln lässt, weil sie sich danach ausstrecken und es berühren wollen. Es endet ein Stück über dem Knie, und um ihre winzige Taille ist locker ein dünnes Lederband gebunden. Dazu trägt sie ein paar dunkelbraune hochhackige Stiefel, und ich brauche eine Sekunde, um wahrzunehmen, dass sie bereits die Haustür hinter sich verschlossen hat und auf dem Weg zum Wagen ist, wo sie ihre Tür selbst aufmachen muss – in einem Datekleid –, wenn ich es nicht hinbekomme.

Deshalb stelle ich eilig die Schaltung in Parkposition und drehe die Heizung so weit auf, wie es geht, denn draußen sind fünf Grad minus und Caras Beine sind von den Stiefeln aufwärts bis zum Kleidersaum nackt. Ich schieße aus dem Wagen und schaffe es gerade rechtzeitig zur Beifahrertür. Cara steigt auf den Sitz hoch und hebt dabei ihr Kleid, was fast mehr ist, als ich ertragen kann. Denn die Wahrheit ist, dass sie wahrscheinlich zu viel für einen Typen wie mich ist – im Allgemeinen. Insgesamt. In jeder Hinsicht.

Und bis heute und mit diesem Wissen war das Flirten und Herumalbern mit ihr nichts weiter als eine nette Art, die Zeit zu vertreiben. Harmlos, denn so sehr ich mir auch vorstellen konnte, dass es verdammt schön wäre, wenn wir beide während ihrer Zeit hier zusammen wären, so standen doch die Chancen dafür nicht gerade zu meinen Gunsten. Eine Frau wie Cara ist viel zu konzentriert für eine Affäre und zu clever, um etwas anderes vorzutäuschen.

Doch jetzt trägt sie ein Datekleid, ihr Haar wirkt etwas zurechtgemachter als sonst, und sie lächelt mich wieder mit diesem »Sonst-ist-hier-niemand-weit-und-breit«-Lächeln an. Als ich den Gang einlege, erkenne ich, wie recht Corey hatte und wie am Arsch ich wirklich bin. Vielleicht habe ich hier tatsächlich eine Chance – doch ich habe verdammt noch mal keine Ahnung, was ich damit anfangen soll.

* * *

Nach einer kurzen Fahrt in die Stadt gehen wir ins »True Grit BBQ«, wo wir uns in die Reihe stellen, um unsere Bestellung an der Theke aufzugeben. Müßig knabbert Cara an einem Daumennagel, während sie die Speisekarte studiert und ich bemerke etwas Glitzerndes an ihren Augen. Ich schaue genauer hin, um sicher zu sein, dass es das ist, was ich denke.

Dass Cara Make-up trägt.

Ich bin zwar kein Maybelline-Vertreter – aber meine Mom war es. Als Kind habe ich zu viele Wochenendnachmittage erlebt, bei denen ich zusehen musste, wie sie an unserem Küchentisch eine Millionen Dinge auf Frauengesichter geschmiert hat. Deshalb übersehe ich nicht, dass der goldbronzene Shadow auf Caras Lidern stärker ist als an normalen Tagen und wie sich darin das Licht fängt in diesem nicht sehr feinen Barbecue-Restaurant, wo sie ihr Abendessen aus einem Styroporteller mit einer Plastikgabel essen wird. Ich kenne den Effekt, den ein Wimpernformer und eine Mascarabürste haben. Ich weiß auch, wie Lipgloss aussieht. In dem Bereich kenne ich mich verdammt gut aus.

Wir geben unsere Bestellung auf und Cara folgt mir zu einem der picknickartigen Tische im Innern, dann entschuldigt sie sich und geht auf die Toilette. Ich stelle unsere Tabletts hin und rutsche auf eine der Bänke, wobei ich versuche, die panikartige Endlosschleife des ScheißescheißescheißedasisteinDate in meinem Kopf auf ein Minimum zu beschränken. Ich bin ein erwachsener Mann, der sich nervös und mit verschwitzten Händen wie ein Kind benimmt, weil eine Frau ein Kleid angezogen und ein bisschen verdammten Lidschatten aufgelegt hat. Gott.

Ich ziehe die Jacke aus, werfe sie zusammen mit meiner Baseballkappe auf die freie Stelle neben mir auf der Bank, und lasse Platz auf der anderen Seite für Cara. Ich mache mich daran, mich wie ein Mann zu benehmen, indem ich einen großen Schluck Bier trinke. Als ich dieses Bedürfnis befriedigt habe, fühle ich mich etwas besser. Gut genug, um unseren Tisch richtig zu decken – denn echte Männer decken den verdammten Tisch, genau wie ihre Moms es ihnen beigebracht haben. Ich öffne die Deckel unserer Styroporbehälter mit dem Gegrillten, lege neben jeden einen Satz in Serviette gewickeltes Plastikgeschirr und stelle unsere Getränke dazu.

Cara hat das Pulled Pork und Käsemais gewählt, dazu ein Texas Toast – eine Wahl, die ich bewundere und schätze. Manche Jungs denken vielleicht, dass diese ganze knochensaugende und rippenschlürfende Vorstellung irgendwie heiß ist, doch ich gehöre nicht dazu. Für mich ist es das Übliche, eine doppelte Portion Rinderbrust und Krautsalat. Denn ich finde auch nicht, dass eine Frau einem Mann gegenübersitzen muss, der mit seinem verschmierten Mund über einer Platte voller Rippchen schmatzt.

Ich habe gerade alles ordentlich auf unserem Tisch angerichtet und mache mich daran, einen weiteren Schluck Bier zu trinken, da unterbricht eine mürrische Stimme, die ich nur zu gut kenne, meine Konzentration.

»Ich wollte gerade nach Hause und mit meinem Freund Jim Beam essen, doch da ich sehe, dass du hier bist, werde ich den Frust über meinen beschissenen Tag bei dir abladen.«

Noch ein Tablett landet auf unserem Tisch. Eine schwere Jacke fällt auf die Bank. Gefolgt von einem Paar großer Hände, die das Tablett zur Seite schieben, während Braden über die Bank klettert, um sich mir gegenüber hinzusetzen. Die Holzbank knarrt unter seinem eins fünfundneunzig großen Körper, als er sich schwer darauf niederlässt. Meine Hände fangen wieder an zu schwitzen.

An jedem anderen Tag wäre das hier in Ordnung. Ich würde seine Gesellschaft begrüßen und wir würden uns ein bisschen anmotzen, über die Arbeit reden, und uns vielleicht verabreden, später in der Woche mit unseren Bögen zu schießen. Danach würden wir unsere Mahlzeit beenden und für ein paar weitere Bier um die Ecke in die Elks Lodge gehen.

Heute Abend? Da würde ich es vorziehen, wenn er sich verpisst. Und zwar schnell.

»Warum isst du nicht?« Braden schiebt sich ein großes Stück Fleisch in den Mund und zeigt mit der Gabel auf meinen Teller. Ich fange an, eine Erklärung zu formulieren, die die Worte »Verschwinde, Kumpel« enthält, und hoffe, sie herauszubekommen, bevor Cara zurückkehrt.

Ich habe kein Glück.

»Ich muss schon sagen, die Toilettenschilder mit ›Kleiner Lassowerfer‹ und ›Kleiner Barrel Racer‹ helfen jemandem wie mir überhaupt nicht, wenn es darum geht, das Geschlecht auszumachen. Ich musste darauf warten, bis jemand hineingeht, bevor ich wusste, welches für mich ist. Offenbar bin ich ein kleiner Barrel Racer.« Cara rutscht neben mich, legt sich eine Papierserviette über den Schoß und bemerkt Braden. Sie winkt ihm kurz zu. »Hi. Ich bin Cara.«

Braden antwortet nicht, nur sein Kiefer hält mitten im Kauen inne, so dass ein riesiger Brocken Rinderbrust aus seinem Mund ragt. Sein Blick schießt zwischen Cara und mir hin und her, wobei sich nichts bewegt außer seinen verwirrten Augäpfeln. Langsam lockert sich sein Kiefer so weit, dass er wieder kauen kann. Schließlich wischt er sich den Mund mit einer Serviette ab und wird ganz höflich, eine Höflichkeit, die sicher nicht für mich bestimmt ist.

Er zerknüllt die Papierserviette in der einen Hand, während er die andere zu Cara ausstreckt. »Hi. Braden.«

Caras Hand verschwindet in Bradens riesiger menschlicher Tatze und ich mache mir Sorgen, dass ihre hübschen Finger zerquetscht werden, bis er sie schließlich wieder loslässt.

Sie lässt ihren Blick über seine Uniform schweifen. »Bist du Jagdaufseher?«

»Ja«, entgegnet Braden im Telegrammstil. Er mustert Cara kurz und findet offenbar nichts, das ihm erklärt, wer oder was sie ist, deshalb blinzelt er, bevor er fortfährt: »Und du bist eine …?«

Sie hebt die Hand, um anmutig den Mund zu bedecken, während sie ihren Bissen Texas Toast zu Ende isst. Braden wirft dabei einen Blick in meine Richtung, um mich darauf hinzuweisen, dass ich ihm gegenüber nicht einmal den Namen Cara erwähnt habe und sie jetzt hier in einem Datekleid neben mir sitzt. Zu meiner Verteidigung muss ich sagen, dass wir keine Typen sind, die sich miteinander am Telefon unterhalten – Überraschung, Überraschung – und persönlich haben ich ihn schon seit Wochen nicht mehr getroffen. Was hätte ich machen sollen? Ihm etwa eine SMS schicken?

Wir müssen reden. Du bringst den Wein, ich habe die Bonbons.
#HabeeinMädchenkennengelernt

So etwas passiert ungefähr, ähm, niemals.

»Ich bin freie Autorin«, antwortet Cara. »Hier draußen für einen Auftrag, um einen Text über die Landwirtschaft im Grand Valley zusammenzutragen. Garrett ist meine einheimische Quelle für alles geworden und ich habe ihn als Dankeschön dafür, dass er mich mit so vielen Leuten bekanntgemacht hat, zum Essen eingeladen. Ohne seine Hilfe wäre ich um Wochen hinterher. Ganz zu schweigen davon, dass ich wahrscheinlich im Dunkeln stehen würde. Im wörtlichen Sinne.«

Cara stupst mir mit dem Ellbogen gegen den Oberarm und macht damit den Insiderwitz deutlich. Bradens Brauen gehen so hoch, dass sie fast an seinen Haaransatz stoßen, und sein Gesicht verzerrt sich zu einem irritierten Ausdruck aus Entsetzen, Verwirrung und sprachlosem Widerwillen. Er wirkt wie eine seekranke Gestalt aus einem Comic, die nicht genau herausbekommt, was los ist, die aber weiß, dass es etwas Schlechtes ist.

Ich habe noch keinen Bissen zu mir genommen, was mir in dem Moment bewusst wird, als Cara nach dem Soßenkarussell in der Mitte des Tisches greifen will. Ihre Hand landet auf meinem Oberarm, als sie merkt, dass es zu weit weg ist, und drückt ihn, während sie mit den Fingern der freien Hand in Richtung der Soßenflaschen winkt. Braden ist schneller als ich und schiebt den drehbaren Flaschenhalter in ihre Richtung. Er legt seine Serviette auf den Tisch, dann schließt er den Deckel seines Essbehälters.

»Ich gehe dann mal.« Braden greift nach seiner Jacke und zieht sie über. »Halte mich an meinen ursprünglichen Plan und werde Jim meine Probleme erzählen.«

Der nörgelnde Ton in seiner Stimme ist abweisend, selbst für

Braden. Wenn ich bedenke, wie er außerdem ständig Jim Beam erwähnt hat, dann ahne ich, dass ich nicht der Einzige bin, der heute Abend seine Schwierigkeiten hat.

»Mann, du musst nicht gehen.« Ich halte sein Tablett am Rand fest, als er es nehmen will. »Bleib hier und iss mit uns.«

Er winkt mit einer Hand zu dem freien Raum zwischen Cara und mir. »Das da geschieht.«

Cara folgt seiner Geste und runzelt die Stirn. »Was geschieht?«

»Die Sache mit dem auf der gleichen Seite sitzen. Wenn ich bleibe, dann habe ich einen Zuschauerplatz in der ersten Reihe für etwas, von dem ich annehme, dass es eine stricklandsche Verführungsszene wird. Das ist etwas, was ich noch nie sehen wollte. Ich glaube, es ist genauso, wie wenn man ihm beim Rufen einer Pute zusieht, was für alle Anwesenden ziemlich peinlich ist.«

Cara kichert prustend los und ich weiß nicht, wer von beiden mich in dem Augenblick mehr nervt. Braden fährt fort. »Und *meine* Probleme werde auch morgen noch da sein. Im nächsten Monat. In der nächsten Saison.«

Angesichts seines geheimnisvollen Gemurmels runzle ich die Stirn. »Scheiße auch, jetzt musst du reden. Gib uns wenigstens die kurze Fassung. Wir wollen sie hören, oder, Cara?«

»Ich bin total neugierig und gespannt«, erwidert sie todernst, nimmt sich eine Gabel mit Käsemais und hebt scherzhaft eine Braue.

Dann kaut sie und wirft einen zufriedenen Blick zu ihrem Teller. »Oh mein Gott. Dieser Mais ist alles, was ich mir je von einer Beilage gewünscht habe. Das ist so, als hätte eine Schüssel Cacio e Pepe Sex mit mexikanischem Mais und Cotija. Und Velveeta.«

Cara schiebt sich noch eine Portion in den Mund und seufzt. Braden und ich werfen ihr ausdruckslose Blicke zu, doch ich muss mir ein Lachen verkneifen. Ich weiß nicht, was zum Teufel

Cacio e Pepe oder *Cotija* ist, doch sie ist so von ihrem mittlerweile dritten Bissen hingerissen, dass es einfach anbetungswürdig ist. Beim Schlucken schließt sie die Augen, öffnet sie dann und bemerkt, wie wir sie beide anstarren.

»Sorry«, entschuldigt sie sich, dann winkt sie mit der Gabel in unsere Richtung. »Braden hat Probleme. Stuhlkante, gepresster Atem und so. Fahre fort.«

Braden lässt die Schultern sinken, als hätte jemand einen Sandsack daraufgestellt, und sieht in meine Richtung. »Weißt du, wer Amber Regan ist? Vom Afield Channel?«

Ich reiße die Augen auf. Ob ich weiß, wer Amber Regan ist? Will er mich verarschen? Scheißt ein Bär in den Wald? Ja.

Amber Regan ist die blonde Granate mit der Jagdsendung bei einem großen Kabelsender, der sich mit Outdoor-Aktivitäten beschäftigt. Sie ist eine texanische Schönheitskönigin mit großen blauen Augen in Tarnkleidung, die alles von Karibus in Quebec bis hin zu Steinböcken in Kirgistan umlegt. Es wäre unanständig und sexistisch, über die Besonderheiten ihrer Figur zu reden, doch man kann sagen, dass ein weniger taktvolles Arschloch Tage damit beschäftigt wäre, seine Witze über ihren riesige Vorbau zu machen.

Braden erkennt an meinem Ausdruck schnell, dass Amber Regan keiner Vorstellung benötigt, und fährt mit seiner Geschichte fort.

»Offenbar wollen sie in einer der Episoden der nächsten Saison Colorado in Augenschein nehmen. Sie und ihr *Team* werden kommen, um geeignete Orte auszuwählen. Ich habe den kurzen Halm gezogen und bin für unsere Gebiete ihr *Verbindungsmann.*«

Braden macht Gänsefüßchen in die Luft und erklärt, was er von dem, was er gerade gesagt hat, offenbar am schlimmsten findet,.

»Da waren tatsächlich Strohhalme im Spiel. Der Boss hat eine Handvoll Plastikrührer für den Kaffee in Stücke geschnitten und uns alle einen wählen lassen. Ich habe gewonnen. Oder eher verloren, wenn man ein kleines bisschen Verstand im Kopf hat.«

»Wer ist Amber Regan?«

Bei Caras Zwischenfrage huscht ein dämlicher Ausdruck über Bradens Gesicht. *Mach schon, erzähl deinem Mädchen, wer Amber ist.* Wähle deine Worte mit Sorgfalt. Ich verziehe den Mundwinkel an der Braden zugewandten Seite.

»Sie hat eine Jagdsendung im Kabelfernsehen. Verbringt die meiste Zeit vor der Kamera und redet viel dabei. Braden ist nicht nur gegen Jagdsendungen, er hat allgemein Probleme mit der Menschheit. Das ist so was wie sein schlimmster Alptraum.«

Braden schlägt mit der Hand auf die Tischplatte und fast alles darauf wird von dem Schlag aufgerüttelt. »Weil solche Sendungen schlecht für die Jagd sind. Sie lassen uns wie Arschlöcher und Idioten aussehen. Dich. Mich. Uns alle. Und dabei dieses beschissene Flüstern.«

Er senkt die Stimme zu einem Bühnenflüstern und fügt einen breiten südlichen Akzent hinzu. »Hey, Bobby-Joe-Billy-Bob! Ein Weißwedelhirsch. Meinst du, wir sollten ihn mit einem Leckstein und einem offenen Beutel Mais anlocken? Dreh das Fenster am Truck runter!« Bradens Stimme kehrt zu ihrem üblichen Knurren zurück. »Wie wäre es damit: Du bist im Wald. Es ist still. Also halt verdammt noch mal die Schnauze!«

Ich gebe ein Schnauben von mir. »Vielleicht wird es nicht so schlimm, wie du denkst.«

»Unmöglich. Diese Leute denken, Jagen sei etwas, das immer mit einer Trophäe endet. Sie jagen für Punkte und Geweihe, nichts anderes. Ich kann glücklich sein, wenn ich meinen Job behalte, nach dem, was wahrscheinlich aus meinem Mund kommen wird.«

»Beruhige dich, George Clooney. Du musst dich für deine Großaufnahmen vorbereiten und das ganze Grummeln wird deine Haut mit Falten verderben. Erinnere dich, High Definition verzeiht nicht.«

Braden wirft mir einen finsteren Blick zu, bevor er Cara ansieht. »Hat mich gefreut, dich kennenzulernen, Cara.« Er steht auf und sammelt seine Sachen zusammen. »Strickland, du bist wie immer ein Arschloch, aber ich werde dich am Sonntag sehen und dann werde ich dir den Arsch aufreißen, wenn wir Bogen schießen … und ich sehe nicht wie George Clooney aus. Überhaupt nicht.«

Ich ignoriere die Bemerkung über sein drohendes Arschaufreißen beim Bogenschießen am kommenden Wochenende, denn wie immer werde ich ihn besiegen. Stattdessen nicke ich im nachdenklich und spöttisch zu.

»Das stimmt. Du bist nicht so ansehnlich und professionell wie Clooney. Weniger Klasse. Du bist eher wie …« Nichts kommt mir in den Sinn, selbst als ich mir Bradens riesenhafte Statur und seinen finsteren Blick ansehe.

»Joe Manganiello«, verkündet Cara.

Wir richten beide unsere Blicke auf sie. Sie zuckt die Schultern. »*True Blood? Magic Mike?*« Keiner von uns antwortet. Sie seufzt. »Der, der Sofia Vergara geheiratet hat?«

Keine Ahnung, wer Joe ist, doch wie auch bei Amber Regan weiß ich genau, wer Sofia Vergara ist. Braden blinzelt nur, denn er hat kein Kabelfernsehen, sondern verlässt sich auf die Antenne für den einen Lokalsender, den er sich manchmal ansieht, weshalb ihm der Sofia-Hinweis nicht hilft. Ich bin mir sicher, dass er Amber Regan nur deshalb kannte, weil sie immer in Werbeanzeigen in den Jagdzeitschriften auftaucht, und Braden liest, sogar ziemlich viel. Von Jagdzeitschriften über wissenschaftliche Magazine mit Forschungsberichten über wilde Tiere bis hin zu dicken, fetten gebundenen Büchern über Naturgeschichte.

Braden richtet einen weiteren Abschiedsgruß an Cara, eine weitere Beleidigung an mich und stapft davon.

Cara kaut langsam einen Bissen von dem Zupfbraten zu Ende. »Er ist ziemlich verbittert, oder? Diese Amber-Tussi hat ganz schön was vor sich. Wie lange seid ihr befreundet? War er schon immer so?«

Ich sehe zu, wie sich Braden mit seiner großen Gestalt den Weg durch das Restaurant bahnt, dann die Tür für eine Gruppe mittelalter Frauen aufhält, die ihm alle einen zweiten Blick zuwerfen und ihn anlächeln, was von ihm nicht erwidert wird. Und ich bin im Einklang mit dem, was mein Schwanz als seine wahre Bestimmung ansieht, so dass ich problemlos anerkennen kann, dass Braden ein gut aussehender Typ ist. Wenn er nicht so darauf fixiert wäre, das Leben eines Griesgrams zu führen, dann hätte er kein Problem damit, jemanden zu finden, der mit ihm unter seinen Felsen krabbelt.

»Braden ist ein zuverlässiger Typ, man muss einfach die Hälfte von dem, was er sagt, überhören. Ich habe ihn vor ein paar Jahren kennengelernt, nachdem er hier als Jagdaufseher angefangen hat. Er hat versucht, mir für irgendeinen Blödsinn einen Strafzettel zu verpassen, und ich habe ihm die Leviten gelesen – seitdem sind wir Freunde. ›Verbittert‹ ist ein gutes Wort für ihn. Man kann sich aber auf ihn verlassen. Immer.«

Über Caras Gesicht huscht ein Lächeln. »Dann habe ich gerade deinen BFF kennengelernt?«

»Männer haben keine BFFs. Wir haben Trinkkumpels und Jagdkollegen. Braden ist beides. Und ein guter Typ, keine Frage.«

Noch ein Lächeln, dazu senkt Cara ihre Stimme fast zu einem Flüstern und beugt sich so weit vor, dass ich fast vergesse, wo wir sind.

»Er ist dein BFF. Pass auf, Garrett. Wenn wir so weitermachen, dann weiß ich am Ende des Abends *alles* über dich.«

Kapitel 13

Garrett

In Sachen Unterhaltung hat Hotchkiss nicht viel zu bieten. Kein Kino, kein Freizeitzentrum, nicht einmal eine Bar, die nicht die Elk Lodge ist. Dieses Fehlen von irgendwelchen Alternativen bringt uns dazu, dass wir schließlich das *True Grit* verlassen und direkt zurück zur Farm fahren.

Dies und meine Entscheidung, das Beste aus Cara und ihrem Datekleid zu machen, was auch immer es sein wird, bedeutet, dass mir ein leeres Haus ganz gelegen kommt.

Ich fahre in die Zufahrt und halte an der Vordertür an, lasse den Motor für die Heizung im Leerlauf, damit Cara nicht die Beine einfrieren. Das Radio summt im Hintergrund, ein lokaler Sender, der gerade eine Reihe kitschiger, alter Liebeslieder spielt. Die Fahrerkabine ist mit Erwartung erfüllt, so sehr, dass ich bald das Fenster aufmachen muss, wenn ich nicht bald einen Hinweis darauf bekomme, was als Nächstes geschehen wird.

»Garrett?«, fragt Cara. Ihre Stimme ist neugierig, doch weit entfernt.

»Ja?«

»Glaubst du, Corey und Brooke sind glücklich?«

Seltsame Frage und nicht gerade das, was ich jetzt als Gesprächsthema erwartet hätte. Ich verziehe das Gesicht. »Ich glaube schon. Warum?«

»Ich glaube das auch.« Sie atmet laut aus. »Meine Eltern sind nicht so. Ich meine, sie sind schon glücklich oder zufrieden, oder was auch immer, aber das, was Corey und Brooke miteinander haben, wirkt so viel besser. Als wären sie Partner, die einander genug vertrauen, um alles gemeinsam tragen zu können, selbst wenn die Dinge schwierig werden. Und sie sind verliebt ineinander.«

Ich halte meinen Sarkasmus zurück. Wenn Cara nur wüsste, dass Liebe nicht genug ist, wenn man über diese Art von Leben spricht. Das habe ich von meiner Mom gelernt, die einmal zugab, dass sie aufgehört hat meinen Dad nie zu lieben. Sie hat nur dieses Leben gehasst. Nicht nur den Alltag mit dem ganzen Dreck im Haus, der niemals verschwindet und mit der prekären Finanzlage beim Betrieb einer Farm, sondern auch die Einsamkeit. All die einsamen Tage, die man auf seinen *Ehemann* wartet, nur um dann einen *Farmer* zu bekommen, der durch die Tür geschlurft kommt, einer, der diesen Teil seines Gehirns nicht für sie abstellen kann oder will, nicht einmal für ein paar Stunden.

»Es geht nicht nur darum, einander zu lieben.« Meine Stimme klingt härter als gewollt, doch ich will, dass sie den Unterschied hört. »Sie lieben auch beide dieses Leben. Wenn man sich in jemanden verliebt, der das tut, dann klappt es.«

Cara dreht sich auf der Sitzbank, um mich anzusehen. »Du liebst dieses Leben, oder?«

»Jep. Wahrscheinlich habe ich Mutterboden in meinem Blut.«

»Warum arbeitest du dann nicht auf einer Farm oder Ranch? Warum stehst du im Genossenschaftsladen? Jeder, den du mir vorgestellt hast, sagt, dass du toll bist. Manche haben gemeint, dass du nicht das tust, was du tun soll…«

Ich knipse das Deckenlicht an und es flutet hell durch die Kabine. Ich kann kurz ihre Beine sehen, die sie auf den Sitz unter sich gezogen hat, so dass das Kleid ihre Schenkel hochgerutscht ist, doch selbst das kann mich nicht von dem ablenken, was sie gerade zu tun versucht.

Cara zwinkert ein paarmal. »Hey, warum hast du das gemacht?«

»Ich wollte sehen, ob du dein Notizbuch herausgezogen hast. Oder deine Brille aufgesetzt. Denn es klang ziemlich danach, als würdest du mich interviewen.«

Sie schüttelt leicht den Kopf, ihr Blick geht hoch an den Autohimmel.

»Oder vielleicht versuche ich einfach, dich besser kennenzulernen. Durch die feine Kunst der Konversation.«

»Dann frag mich, was mein Lieblingsfilm ist, oder welche Musik ich mag. Verdammt, frag mich nach meiner Henkersmahlzeit.« Ich stelle das Licht wieder aus. »Paniertes Beefsteak, übrigens. Braune Bratensoße, keine weiße. Kartoffelpüree mit noch mehr brauner Soße. Pfirsichkuchen als Nachtisch, mit Pfirsichen aus Hotchkiss.«

Cara gibt ein kleines Schnauben von sich. »Lass mich das mal kurz klarstellen. Du fährst mich in der Gegend herum, um alle anderen Farmer im Umkreis kennenzulernen, erzählst ihnen, dass ich eine anständige Person bin, mit der sie reden können, doch wenn ich dir eine Frage stelle, dann bekomme ich ein entschiedenes Nein?«

Ist sie bescheuert? Natürlich ist es ein entschiedenes Nein. Cara erzählen, wie es wirklich ist, alles zu verlieren? Darüber reden, wie ich einfach nicht mehr die Motivation aufgebracht habe, zurück auf die Uni zu gehen, ohne zu wissen warum? Wie ich manchmal Alpträume darüber habe, dass ich im Genossenschaftsladen sterben werde.

Entschiedenes. Nein.

Zumindest bin ich an der Möglichkeit interessiert, dieses Date im Haus weiterzuführen. Und es interessiert mich nicht, wie sehr Frauen wollen, dass die Männer sensibel und verletzlich sind und so einen Scheiß. Es törnt niemanden an, wenn man alle seine Niederlagen und sein Versagen offenbart. Wenn ich ihr ehrlich antworten würde, dann bekäme ich dafür Mitleid. Und darauf scheiße ich.

Ich hole tief Luft. »Hör zu, ich mag es, mit dir abzuhängen, und der Abend war großartig. Lass es uns nicht verderben. Außerdem ist meine Geschichte nicht die, die du hören willst, Stadtmädchen.«

Cara knipst jetzt das Licht an, wie ich es zuvor getan habe. Ihr Blick ist fest auf mich gerichtet, nicht wütend, aber entschlossen, und dafür würde ich sie am liebsten über die Sitzbank und auf meinen Schoß zerren. Sie schürzt ihre glänzenden Lippen.

»Wie wäre es damit: Du hörst auf, mich Stadtmädchen zu nennen, und ich höre auf, dich nach irgendwas Wichtigem zu fragen. Abgemacht?«

Ich lege den Kopf zurück. »Nervt dich die Sache mit dem Stadtmädchen? Das habe ich nicht gewollt. Ich meine, Whitney nenne ich immer ›Hänschen Apfelkern‹. Ich sage ›Arschloch‹ zu Braden. Und selbst *das* meine ich nicht einmal böse. Du hättest früher etwas sagen sollen. Ich wollte nicht fies sein.«

»Na ja, ich höre da einfach heraus, wie du das Offensichtliche unterstreichst, nämlich dass ich ein reiches Mädchen aus der Stadt bin, das nicht allein auf einen Traktorsitz kommt. Das weiß ich bereits. Ich habe die schlammverschmutzten Jeans, um das zu beweisen. Doch wenn du nicht dazu bereit bist, mit mir ein richtiges Gespräch zu führen, dann hör auf, mir einen deiner kleinen Spitznamen zu verpassen.«

Mir fällt die Kinnlade runter, denn ich weiß nicht, was ich dazu sagen soll. Aus meinem Mund kommen ein paar Geräusche wie bei einem sterbenden Fisch, doch das ist alles. Cara dreht den Kopf und starrt durch die Frontscheibe. Großartig. Ich bin so weit davon entfernt, das Kleid dahin zu bekommen, wo ich es heute Nacht gerne hätte.

Noch schlimmer ist, dass ich sie womöglich verletzt habe. Jedes Mal, wenn ich diesen Spitznamen benutzt habe, der mir süß erschien, habe ich sie ein wenig heruntergeputzt. Unbeabsichtigt oder nicht, das spielt keine Rolle. Ich habe es getan. Wenn es eine Möglichkeit gäbe, zu dem Moment zurückzukehren, als ich es zum ersten Mal gesagt habe, und ich ihn streichen könnte, dann würde ich es tun.

Wir sitzen schweigend da und die Stille macht es nur noch schlimmer, bis ich es nicht mehr aushalte und schließlich die dämlichste aller Fragen stelle, wobei ich hoffe, dass es damit aufhört.

»Woran denkst du gerade?«

Cara blinzelt, dreht nicht den Kopf, sondern starrt weiter geradeaus. »Ich mache eine Pro-und-Kontra-Liste in meinem Kopf, damit ich etwas entscheiden kann.«

»Was denn?«

Sie dreht den Kopf in meine Richtung. »Entscheiden, ob sich mein Plan, dich zu verführen, lohnen würde. Wenn ich über diesen Sitz kriechen und mich direkt neben dich setzen würde, wie ich es vorhatte, ob das zu irgendwas führen würde. Wie Sex.«

Nur das wilde, vibrierende Verlangen nach ihr hält mich davon ab, bei dem Gedanken daran, dass sie mich verführen würde, zu grinsen, oder die Art, wie sie wütend klang, als sie »Wie Sex« ausstieß.

Doch das wird auch davon übertrumpft, was sie außerdem ausgelöst hat: die plötzliche Erkenntnis, dass ich nicht mehr so tun will, als wollte ich nichts anderes als das, was ich bereits habe. Denn in diesem Augenblick will ich sie. Viel zu lange habe ich alles vermieden, was ein Risiko bedeuten könnte, indem ich mir immer wieder gesagt habe, dass mein Job, mein Leben, das alles gut genug ist, so wie es ist. Viel zu lange habe ich gute Miene zum bösen Spiel gemacht und mich entspannt und zufrieden gegeben, und jetzt will ich mehr.

Und ich bin es verdammt leid, meine Hände bei mir lassen zu müssen, wenn es um die Frau geht, die nur ein paar Zentimeter entfernt von mir sitzt, die Frau, soeben verkündet hat, dass sie einen Plan für heute Nacht hatte, zu dem Sex gehörte. Ich will es so sehr, dass ich heute Abend bestimmt noch hundert Mal die falschen Dinge sagen werde. Ich gebe all den Tagen die Schuld, die zu dem heutigen Abend geführt haben, dazu kommt noch meine Unfähigkeit, klar zu denken, wenn ich zu nah an ihrer Capri-Eis-Haftigkeit bin.

Ich schüttle den Kopf. Ich will sie, und ich hoffe, dass auch sie mich noch immer will, deshalb ist es jetzt an der Zeit, diese Scheiße richtigzustellen.

»Wenn du direkt hier sitzen würdest?« Ich zeige auf die Stelle direkt neben mir. Sie nickt. »Wahrscheinlich nichts.«

Sie wirkt betroffen. Sie sucht nach dem Türgriff, eindeutig bereit dazu, die Wagentür aufzureißen und abzuhauen. Ich erwische sie, bevor sie es tun kann, und nehme ihre Hand in meine. Cara erstarrt.

»Aber sagen wir mal, du würdest etwas anderes tun.« Ich streiche mit dem Daumen über die Innenseite ihres Handgelenks. »Zum Beispiel hierher kriechen, deine hübschen Beine über meine schwingen und deinen süßen Arsch direkt auf meinen Schoß setzen.«

Ihr stockt der Atem und mein Herz schlägt schneller. Das Herzklopfen wird zu einem wilden Hämmern, das ich überall spüren kann.

»Wenn du das getan hättest?« Ich mache eine kurze Pause und warte darauf, dass sie mich ansieht und stelle dann fest, dass ihre Augen auf genau die richtige Art aufgerissen sind.

»Dann würde ich wissen, dass wir beide dasselbe wollen.«

Cara hält für einen Moment inne, als würde sie erst ihre innere Debatte beenden müssen, dann dreht sie sich zu mir, macht nur eine kurze Pause, um den Raum zwischen meiner Brust und dem Lenkrad einzuschätzen – als könnte es möglich sein, dass sie nicht dazwischen passt. Sie kniet sich auf den Sitz und braucht viel zu lange, als dass ich meine jetzt fadenscheinige Geduld noch im Zaum halten könnte, deshalb lege ich die Hände an ihre Taille und ziehe sie dorthin, wo sie hingehört. Das leise Geräusch von Caras nervösem Atmen und das Rauschen meines Blutes, das sich in Richtung Süden begibt, ist alles, was ich hören kann, als sie langsam ihren Körper absenkt. Ich lasse meinen Griff locker an ihrer Taille, wobei ich das Bedürfnis unterdrücken muss, sie nach unten zu zerren.

Als sie sich niedergelassen hat, bewege ich mich, um ihr Gewicht dorthin zu bekommen, wo ich es haben will, auch wenn es sich genauso quälend anfühlt, wie es schön ist. Cara holt tief Luft, drängt ihre Hüften nach vorn, dann wieder zurück. Mein Schwanz reagiert, und als sie dieselbe Bewegung wiederholt, stöhne ich auf, während ich die Worte zurückdränge, die mir durch den Kopf schießen. In ihrem Blick dämmert Erkenntnis auf.

Ja, will ich ihr sagen, das ist mein halbsteifer Schwanz, der sich gegen die Hitze deiner Pussy drückt. Mach nur und reib, so viel du willst. Nimm es dir, wie auch immer du es brauchst. Ich bin bereit, wenn du es bist.

Doch Cara senkt die Hüften und hält sie still, anstatt weiter mit ihrem Körper gegen meinen anzugehen. Sie hebt die Hände und legt mir die Zeigefinger über meine Brauen. Mir fallen die Augen zu. Ihre Finger bewegen sich nach unten, folgen den Konturen meiner Wangenknochen, berühren dann meinen Kiefer, halten inne, bevor sie mit ihren Daumen über meine Lippen streicht.

»Ich weiß, dass ich gesagt habe, ich würde es sein lassen, doch ich habe noch eine Frage, Garrett. Dann können wir hiermit weitermachen.«

Ich gebe ein Stöhnen von mir, bei dem ich hoffe, dass es deutlich macht, wie sehr *hiermit weitermachen* in diesem Moment meine oberste Priorität ist, und zwar so sehr, dass ich wahrscheinlich jede Frage beantworten würde, die sie mir stellt. Verdammt, ich weiß genau, wenn sie es wollte, dann könnte mich Cara Cavanaugh aufknacken wie eine überreife Cantaloupe. Ein kräftiger Schlag und ich würde alles ausspucken.

»Du hast gemeint, deine Geschichte ist nicht die, die ich will, und ich glaube, du hast recht. Zumindest für den Artikel. Aber für meine eigene Neugierde? Da liegst du sicher falsch.« Ich öffne die Augen und sehe, wie Caras halbgeöffneter Blick das Spiel zwischen ihren Daumen und meinen Lippen fixiert. »Du willst heute Abend nicht darüber reden? Das ist in Ordnung. Aber vielleicht an einem anderen Abend?«

Ich blinzle und überlege, wie ich darauf antworten kann, damit wir nicht mit dem aufhören, was gerade geschieht, ich aber auch nicht mehr verspreche, als ich zu geben bereit bin. Ihr Daumen zieht an meiner Unterlippe, langsam und sanft.

»Vielleicht«, antwortete ich heiser.

Cara flüstert ein Dankeschön, ihre Lippen so nahe an meinen, dass wir danach nichts weiter sagen. Wir fangen an, unsere Lippen stoßen zusammen und stöhnend necken sich unsere Zungen. Sie legt die Hände an meine Brust, streicht damit über jeden Millimeter auf dem Weg nach unten, bis sie sie auf meine Jeans legt und ich die Hüften nach oben drücke, halb mit Absicht und halb im Reflex. Ich schlängle meine Arme um ihre Taille, um sie nah bei mir zu halten, doch sie zieht sich zurück. Ihr Blick fixiert mich, während sie langsam meine Arme von sich nimmt.

Sie spreizt ihre Schenkel weiter und bleibt bequem sitzen. Als sie mit den Händen den Saum ihres Kleids berührt, kann ich nur noch stoßweise atmen, wobei sich meine Nasenflügel aufblähen. Langsam zieht Cara das Kleid höher, bis der Stoff zusammengebauscht ist und ich die zarte, helle Haut ihrer Schenkel sehen kann, das feste Fleisch, das trotz ihrer vorhandenen Muskeln, die ich bereits kenne, zart wirkt. Mir zucken die Hände und ich überlege, ob das für eine Einladung genug ist. Ob sie merkt, wie sehr ich das hier will. Sie muss es wissen, denn sie nimmt meine Hände und legt sie auf die nackte Haut ihrer Beine. Ich stöhne, dann fasse ich sie fester an.

»Sag mir, was du willst«, presse ich zwischen den Zähnen hervor.

Als Antwort beugt Cara ihre Beine und fängt an, ihren Körper auf die heißeste, schwanzneckende Weise zu bewegen, die ich je erlebt habe. Sie gibt ein leises Wimmern von sich und reißt erneut ihr Kleid hoch, ballt den Stoff in ihren Händen zusammen und hält das zusammengeknüllte Material an ihren Hüften. Sie beginnt, heftiger zu kreisen, dabei kommen verlangende Laute aus ihrem Mund. Ich schiebe die Hände so hoch, dass meine Daumen an den Rand ihres Slips stoßen.

»Ist es das, was du willst? Meine Finger hier an deiner Pussy?«

Cara beißt sich in die Unterlippe und nickt.

Ich bewege einen Daumen nach innen, streiche zweimal über den Stoff von etwas, das sich wie die winzige und teure Entschuldigung eines Slips anfühlt. Ich lass den Daumen unter den Rand gleiten und stöhne leise angesichts meiner Entdeckung.

Feucht. Warm. Weich.

Habe ich feucht schon erwähnt? Man muss es einfach zwei Mal sagen – Scheiße, zwölf Mal –, so feucht ist Cara bereits. Ich beiße die Zähne zusammen und zwinge mich dazu, nichts anderes zu tun. Sie so lange fingern, bis ich davon überzeugt bin, dass sie mehr will, und dann noch ein wenig, um ganz sicher zu sein. Und mich mit aller Gewalt davon abzuhalten, mir die Jeans aufzureißen und sie auf meinen Schwanz zu setzen.

Doch Cara scheint nicht viel von meinem selbstauferlegten langsamen Tempo zu halten, denn nach ein paar Kreisbewegungen mit meinem Daumen auf ihrer Klit stöhnt sie lauter, so als könne sie es nicht länger abwarten. Und während ich weiß, dass ich mich zurückhalten muss, werde ich sie nicht zurückweisen, wenn sie mehr braucht. Ich ziehe mit der anderen Hand ihren Slip zur Seite und ersetze meinen Daumen mit zwei Fingern, die sofort von ihrer süßen Hitze benetzt werden.

Scheiß drauf. An ihren Geräuschen und Bewegungen erkenne ich, dass ich voreilig bin, wenigstens aber nicht mit meinem Schwanz, deshalb fahre ich fort und gleite mit dem Mittelfinger hinein. Ich krümme und strecke ihn ein wenig, um mit der Fingerspitze sanft die Stelle zu bearbeiten, die ihr dabei hilft, den Gipfel zu erreichen. Cara stöhnt jetzt leise und langgezogen, und als ich einen Finger hinzunehme, hält sie sich nicht zurück. Sie beginnt, gegen meine Hand zu reiten, heiß und tief, damit ihr meine Finger geben können, was sie braucht. Ich ziehe aus ihrer Bewegung meine Schlüsse und fange an, meine Finger in kurzen Abständen hin und her zu bewegen, ganz im Einklang mit dem Rhythmus ihres Körpers. Als ihr Kopf zurückfällt, gebe ich ihr etwas mehr. Als sie den Mund öffnet, gebe ich ihr noch mehr. Und als sie die Brauen hebt und es so aussieht, als hielte sie die Luft an, gebe ich ihr alles.

»Cara.« Ich sage ihren Namen so rau, dass es wie ein Befehl klingt. Und auch wenn ich ihr niemals sagen würde, dass sie kommen soll, denn das würde womöglich den gegenteiligen Effekt haben, ist es genau das, was ich denke. Ich will, dass sie sich mir hingibt. Genau jetzt. Ich sage ihren Namen erneut, im selben rauen Tonfall, dasselbe Begehren dahinter verborgen.

Sie geht los wie nichts, was ich je gehört oder gefühlt oder erlebt habe. Hundertmal heißer und enger, und als es langsam weniger wird, neigt sie sich vor und stützt sich gegen mich. Sie lässt den zusammengeknüllten Stoff ihres Kleides los und stemmt die jetzt freien Hände zu beiden Seiten meines Kopfes auf den Sitz. Sie so bei mir zu haben, erschöpft und noch immer leise befriedigt stöhnend, fühlt sich so natürlich und richtig an, und ich ziehe langsam die Finger aus ihr heraus und will sie fest in die Arme nehmen.

Doch sie fängt an, ihren Körper träge zu bewegen, drückt den Rücken und die Hüften vor und zurück auf eine befriedigte, katzenhafte Art. Mein Schwanz genießt das Programm – sehr. Leider sind Caras Bewegungen etwas zu enthusiastisch und – zierlich gebaut oder nicht – der Abstand zwischen ihr und meinem Lenkrad ist nur so breit, wie es ist. Und was befindet sich in der Mitte des Lenkrads? Die Hupe.

Cara schreit auf, als ihr Rücken dagegen stößt und die Hupe

erklingt, wobei ihr Quietschen laut genug ist, um es mit dem Horn aufzunehmen. Ich reiße sie vom Lenkrad weg und beginne zu beten, während ich mir so fest auf die Zunge beiße, dass es wehtut.

Lieber Gott, bitte mach, dass ich nicht lachen muss. Sie ist heiß und umwerfend und ich will sie so sehr vögeln, dass mein Schwanz womöglich abbricht, wenn ich ihn nicht innerhalb der nächsten drei Minuten aus meiner Hose und in sie bekommen kann. Also bitte, lass mich nicht lachen.

Cara schaudert und lässt den Kopf an meinen Hals fallen, wo sie heftig zu beben beginnt und ich hoffe, dass es von einem beschämten Lachen kommt und nicht von Tränen. Sie gibt ein mürrisch klingendes Schnauben von sich und ich bin verloren, denn sie ist so unglaublich niedlich. Ich halte es nicht aus. Ich stupse sie leicht mit der Schulter an, um sie zu ermutigen, den Kopf zu heben, doch sie weigert sich.

»Cara, Liebes«, sage ich. »Komm schon, sieh mich an.«

Sie schüttelt den Kopf. »Nein. Das ist nicht fair. Warum kann ich nicht sexy sein? Ich will es ja nicht immer, aber wenn ich es wenigstens für zehn ganze Minuten hinbekommen könnte, dann würde ich dem ganzen Universum für dieses Privileg danken.«

Ein Schub von Mitgefühl durchfährt mich. Sie könnte mit der Hupe einen Song von Justin Bieber spielen und ich würde noch immer denken, dass sie mehr als sexy ist. Ich streiche ihr mit den Händen sanft über den Rücken.

»Du *bist* sexy«, flüstere ich, dann führe ich ihre Hand zu der Stelle, wo der Beweis dafür nicht so bald verschwinden wird, selbst wenn ich lache.

»Leg deine Hände auf mich, genau hier. Fühlst du das?« Sie antwortet mit einem leicht zustimmenden Brummen. »Das ist für dich. Wegen dir.«

Sie bewegt den Kopf nicht aus meiner Halsbeuge, doch ihre neugierigen Finger greifen durch die Jeans nach mir.

»Können wir reingehen? Vielleicht ist es da sicherer. Wer weiß, wogegen ich als Nächstes stoße?« Ich lächle, doch es bleibt mir im Hals stecken, als sie weiterspricht.

»Und ich will dich sehen. Berühren. Schmecken.«

Ihre Finger beginnen nach oben zu wandern, spielen an meinem Gürtel herum. Scheiße, ja. Endlich geht es dahin, wo ich uns haben wollte, den ganzen verdammten Abend.

»Reingehen heißt aber, dass du von mir runterklettern musst.« Ich klopfe gegen ihr Bein. Cara presst die Knie mit einem unzufriedenen Murmeln gegen meine Seiten. Ich muss grinsen bei dem süßen Verlangen, das man darin erkennen kann.

»Hab verstanden. Ich kann das. Nimm deine Tasche, wir werden Hausschlüssel brauchen, außer du willst es auf der Vorderveranda tun.«

Cara nimmt ihre Handtasche und hängt sie sich über die Schulter. Ich ziehe die Schlüssel aus dem Zündschloss und werfe sie aufs Armaturenbrett, dann ziehe ich sie an mich. Cara schlingt die Arme um meinen Hals, ich schiebe die Wagentür auf und schaffe es, uns beide so sanft herauszubringen, als hätte ich es bereits hundertmal mit ihr in den Armen getan. Ich hieve sie noch einmal hoch, um sie richtig zu halten.

»Okay, jetzt schlängle deine Beine schön fest um mich.«

Sie tut wie aufgetragen und ich bereue es fast, sie darum gebeten zu haben, denn wie sie es tut – ungeduldig und drängend – zeigt, dass ich einen verdammt harten Ritt vor mir habe.

Dann küsst sie mich und es ist gut, dass ich mich noch an alles hier erinnere, selbst im Dunklen. Wo der Fußweg ist, dass ungefähr auf halbem Weg zur Tür ein Stein liegt, der von einer verwachsenen Baumwurzel der Pappel im Hof angehoben wurde. Der Bewegungssensor des Verandalichts reagiert, als wir nah genug sind, und ich lasse sie runter. Cara kramt in ihrer Tasche, um die Schlüssel zu finden, doch ihre Hände zittern, weshalb ich ihr die Schlüssel abnehme. Ich bin jetzt so bereit, dass eine sekundenlange Verzögerung, wenn sie zum Beispiel die Schlüssel fallenlassen oder die Tür klemmen würden, durchaus dazu führen könnte, dass wir es doch auf der Vorderveranda tun würden.

Die Tür schwingt ein wenig härter auf als geplant, weshalb sie wieder zurückprallt, nachdem sie gegen die Wand geschlagen ist. Doch Cara flitzt herein, indem sie um mich herumschießt und der schwingenden Tür ausweicht. Sie bleibt stehen und dreht sich auf den Absätzen zu mir. Und, heilige Scheiße, der Ausdruck auf ihrem Gesicht ist alles, was ich mir jemals wünschen könnte. Ihr Kinn ist nach unten geneigt, die Augen leuchten und glänzen vor Erregung, die Lippen sind ein wenig geöffnet und ein Hauch von Ungeduld liegt in der Art, wie sich ihre Brust bei jedem Atemzug hebt und senkt.

Ich trete über die Schwelle und schlage hinter mir die Tür zu. Ich gehe weiter, ziehe die Jacke aus und werfe sie auf den Boden, dann greife ich nach ihr. Meine Hände finden ihre Hüften und ich gehe vorwärts, während Cara sich zurückschiebt.

Verdammt, sie ist so hübsch. Diese zarte Schönheit, die in einer Sekunde zerbrechlich wirkt und in der nächsten stark genug, um dir den Atem zu rauben. Eine solche Zartheit an ihr, dabei ist ihr Körper fast überall fest. Arme und Beine, ihr Bauch, die Kurve ihres Rückens. Ich werfe einen kurzen Blick auf ihr Pilates-Gerät und erweise stumm der Person meine unendliche Dankbarkeit, die dieses Ding erfunden hat.

Cara stößt mit einem leichten Schlag gegen die Wand. Ich ergreife ihre Handgelenke und drehe sie auf ihren Rücken, so dass ich beide in eine Hand nehmen kann, mit der anderen wische ich ihr ein paar vorwitzige Strähnen aus der Stirn. Sie befeuchtet ihre Lippen und ich schiebe meine Hüften mit einem Stoß vor, so dass sich mein Schwanz direkt zwischen ihren Beinen befindet. Dann tue ich es erneut.

»Scheiße. Sag mir, dass du es auch fühlst.«

Cara bläst laut die Luft aus. »Du musst schon genauer sein.« Ein kleines sanftes Lachen von ihr. »Ich fühle im Augenblick eine Menge.«

Zum Zwecke der Verdeutlichung biete ich eine erneute Runde an. Denn auch mein Schwanz mag es.

»Wie wir zusammenpassen. An genau den richtigen Stellen. Es wäre so einfach – das hier, wir. Mein Schwanz kommt raus, ich lege mir eins deiner Beine über den Arm und wäre ganz tief bei dir, bevor du noch ›bitte‹ sagen könntest.«

Cara lässt den Kopf zurückfallen und er schlägt gegen die Wand. Hart genug, dass ich aufmerksam ihr Gesicht nach einem Anzeichen von Schmerz absuche, um herauszufinden, ob ich ihr den Hinterkopf reiben und das Stechen lindern muss. Nichts. Stattdessen schiebt sie die Hüften vor und gegen mich.

»Tu es. Was du gerade gesagt hast.« Ihr Bein geht hoch, der Fuß windet sich um meine Wade. »Bit…«

Ich bin ein Mann, der sein Wort hält. Ich schneide ihr das Wort mit einem festen Kuss ab und öffne gleichzeitig meinen Gürtel. Der Knopf meiner Jeans geht auf, ich zerre den Reißverschluss nach unten und schiebe mit einer Hand meine Boxershorts runter. Mich zu befreien ist eine Erleichterung. Noch ein Kuss, mehr Gefummel, dann habe ich mein Portemonnaie aus der Hintertasche gezogen.

Als ich mich zurücklehne, um mich auf das Öffnen der Kondompackung zu konzentrieren, erwische ich Caras nach unten gerichteten Blick. Er liegt dort, wo mein Schwanz für jede Art von Inspektion durch sie bereit ist – visuell, oral oder taktil. Ihre Augen leuchten und sie versucht, ein kleines Grinsen zu unterdrücken, doch sie scheitert damit. Dann finden mich ihre beiden Hände und jene manikürten Finger bewegen sich in einem fast perfekten Rhythmus. Mir gehen die Augen zu und ich erstarre, ich öffne den Mund für das lauteste und obszönste Stöhnen, das mir je über die Lippen gekommen ist. Sie streicht und zieht fast zu zart im Vergleich dazu, was ich normalerweise mag, doch für den Moment ist es so wahrscheinlich besser. Zu viel würde dieses Kondom überflüssig machen.

»Garrett.« Mein Name auf ihren Lippen erinnert mich daran,

was hier geschieht. Ich greife nach ihren Händen und sehe, wie sie von meinem schmerzenden Schwanz gleiten. Ein schneller Blick in ihr Gesicht und ich sehe ein breites Lächeln.

Ich lächle zurück, dann werfe ich den Haken aus. Vielleicht ist es ja armselig, trotzdem gehe ich auf eine eitle, schwanzmotivierte Angelexpedition nach einem Kompliment. »Worüber lächelst du denn?«

Mit einem leicht ungläubigen Kopfschütteln beißt sie mit den oberen Zähnen sanft in ihre Unterlippe.

»Ich versuche herauszufinden, ob du irgendwelche Schwächen hast, irgendeinen Defekt. Du bist witzig und hilfsbereit, sexy und klug. Und wenn du einem Kälbchen die Flasche gibst, werde ich eifersüchtig, weil du ihm deine Aufmerksamkeit schenkst. Und jetzt das hier.« Sie wirft einen Blick auf meinen Schwanz, der wegen ihrer Aufmerksamkeit fast eine Konfettiparade veranstaltet. »Ist da irgendwas, das dir fehlt? Irgendwas, worin du schlecht bist?«

Ich rolle das Kondom über und streichle einmal über meine ganze Länge, während ich nachdenke.

»Bowling. Ich bin total beschissen beim Bowling.«

Cara lacht und alles an mir schwillt an, innerlich und äußerlich. Ich beuge mich vor. »Bist du bereit?«

Sie nickt und ich ziehe ihr Bein hoch, nehme ihr Knie in meine Armbeuge und trete vor. Ihr gebeugtes Bein klemmt zwischen ihrer Brust und meiner und zeigt, wie gelenkig sie wirklich ist. Ein weiteres Dankeschön an die Pilatesgötter, wer auch immer sie sein mögen.

Alles das, was ich zuvor darüber gedacht habe, wie gut wir zusammenpassen, bestätigt sich. Cara zieht ihren Slip zur Seite und ich drücke langsam vor, die Spitze meines Schwanzes gleitet hinein, und ich verliere dabei den Verstand. Als Cara ein sanftes, wimmerndes Geräusch von sich gibt, bin ich da, der ganzen Länge nach und so tief, dass ich nicht mehr klar genug denken kann, um mich noch zu bewegen. Cara greift nach hinten und fährt mit den Händen in meine Boxershorts, gräbt ihre Nägel in mein Fleisch, um mich zu führen.

Dann bearbeiten wir zwei einander auf die genau richtige Weise. Ihre gierigen Teile nehmen sich meine fordernden Teile, während unsere anderen Gliedmaßen nach Halt am anderen suchen. Ich schiebe mich näher heran – denn näher ist besser – und der Winkel ändert sich. Ich treibe tiefer und fester in sie hinein, vergewissere mich, bei jedem Stoß ihren süßen Punkt zu erwischen. In meinem Gehirn gehen alle Lichter aus, als sie enger wird und um mich herum pulsiert, immer wieder, bis ihr ganzer Körper zu beben beginnt und es sich richtig anfühlt, dass ich es mir nehme. Die tiefen Stöße bewirken, dass der sich von meinem Rückgrat aufbauende Druck so intensiv ist, dass ich mich an der Wand abstützen muss, als ich schließlich komme. Cara murmelt Obszönitäten und Gebete – und ich tue dasselbe, nur lauter.

Nach ein paar Augenblicken beginnt die Welt, sich wieder zu justieren. Mein Blick geht durch den Raum.

Heilige Scheiße. Ich hatte gerade Sex in dem Haus, in dem ich aufgewachsen bin. Zum ersten Mal. Während meiner Teenagerzeit ist in meinem Zimmer ziemlich viel zwischen mir und meiner rechten Hand geschehen, doch so etwas ist niemals passiert. Für alles gibt es ein erstes Mal, nehme ich an, egal, wie bizarr die Umstände sind.

Cara scheint meine Gedanken zu lesen. Entweder ist es das oder sie hat bemerkt, wie mein Blick unruhig über unsere Umgebung gewandert ist. Sie legt mir eine Hand auf die Brust, wo sie zwischen unseren Körpern gebettet ruht, und ich richte den Blick zurück auf sie.

»Ist das komisch für dich? Du wirkst, als hättest du gerade ein Gespenst oder so gesehen.«

Ich nicke ruckartig. »Ein bisschen.«

Cara nimmt die Hand von meiner Brust und ich merke, dass sie sich lösen will, deshalb lasse ich langsam ihr Bein herab. Ihr

Kleid fällt wieder an seine Stelle zurück, wo ich denke, dass es dort nicht hingehört. Sie blickt zu Boden.

»Ich verstehe schon. Du musst nicht bleiben.« Dann neigt sie den Kopf nach unten und streicht sich das Haar hinter die Ohren. Ich will gerade protestieren, doch sie winkt ab. »Es ist okay. Wirklich.«

Und einfach so – mit meinem verdammten Schwanz noch immer halb in ihr – bin ich entlassen.

Kapitel 14

Cara

Ich, Cara Cavanaugh, bin eindeutig nicht für umwerfenden Sex geschaffen.

Das ist die einzige logische Schlussfolgerung, zu der man nach den vergangenen sechsunddreißig Stunden kommen kann, in denen ich fast nichts anderes getan haben, als mich damit zu beschäftigen und davon zu träumen, was vor zwei Nächten geschehen ist. Ich passe offenbar besser zu dem absolut angemessenen, ganz netten Sex, den ich bisher gekannt habe. Die Art, die in einem Bett geschieht, in Missionarsstellung und manchmal mit einem Orgasmus. Das ist das Liebesleben, für das ich geschaffen bin. Denn diese andere Sache? Das ist einfach zu viel. Egal, wie sehr ich mich bemühe, die benommenen Lustzentren in meinem Gehirn kehren zurück zu einer verdunkelten Truckkabine, einem dunklen Haus, und zu Garrett.

Ich habe alles versucht, sogar Meditation. Ich habe still im halben Lotus auf einem Sofakissen auf dem Boden gesessen, war ganz Zen, während mein Verstand vom Wege abgekommen ist.

Erkenne jenen fehlgeleiteten Gedanken. Verurteile ihn nicht. Kehre zurück zu deiner Atmung.

Das funktioniert für ungefähr drei Atemzüge. Dann ist da nichts anderes als eine unanständige Erinnerung an Garrett, an den ganzen Garrett. An die Reaktion meines Körpers auf seine Hand zwischen meinen Beinen, seine Finger tief und ausfüllend. Seine Reaktion auf meine Hände an ihm, die ihn streicheln, während er mit dem Kondom herumfummelt. Mein Bein fest an seinem Körper, während er in mich hineingleitet, dann …

So viel zum Thema Meditation.

Dann beschloss ich, meine alte Hilfe auszuprobieren, eine Liste mit Pro und Kontra, um herauszufinden, ob ich mit mehr Garrett in meinem Leben umgehen könnte. Wenn ich es könnte, wie würde das aussehen? Wenn nicht, wie würde ich ihm in einer Stadt von der Größe von Hotchkiss aus dem Weg gehen können?

PRO: Mehr von Garrett bedeutet mehr vom besten Sex überhaupt.

KONTRA: Mehr bester Sex überhaupt wird mich für all die anderen Männer mit akzeptablen Fähigkeiten und durchschnittlicher Begabung verderben, die nicht nach wohlriechender Erde und Lust und Sex riechen. Sie hätten keine Chance. Deshalb würde ich wohl als einsames altes Fräulein sterben.

PRO: Mehr Garrett würde bedeuten, ihn vielleicht nackt zu sehen. Bei dieser Runde habe ich fast nichts gesehen, und der Gedanke, wegfahren zu müssen, ohne zu wissen, wie ein nackter Garrett aussieht? Meh!

PRO: Mehr Garrett würde Spaß machen, schlicht und ergreifend. Ich mag ihn.

PRO: Mehr Garrett würde bedeuten, dass ich ihn vielleicht dazu bringen könnte, mir seine Geschichte zu erzählen. Wie er dazu gekommen ist, seine Träume ziehen zu lassen und warum jemand wie er, mit so viel Potential, aufgegeben hat, mehr zu wollen.

KONTRA: wenn ich all das bekomme? Mehr vom besten Sex überhaupt, einen nackten Garrett, Spaß, und einen Blick auf den echten Mann hinter dem entspannten Grinsen? Das könnte ziemlich sicher dazu führen, dass ich mich in ihn verliebe.

Und dieses eine Kontra ist genug. Denn abgesehen von

meiner offensichtlichen Unfähigkeit, mit den Effekten von umwerfendem Sex umzugehen, habe ich ebenfalls festgestellt, dass ich nicht für Gelegenheitssex gemacht bin. Und genau das ist es, was Garrett und ich haben würden – die einzige Sache, die wir haben können. Spontan und vorübergehend, nett, solange es anhält, und vollkommen ohne die Verpflichtungen, die dazukommen, wenn man über länger nachdenkt. Und wenn ich ihn nicht so sehr mögen würde, wie ich es tue, oder so viel über ihn nachdenken würde, dann wäre das Gelegentliche vielleicht sogar möglich.

Doch angesichts dessen, wie mein Verstand und mein Herz funktionieren, bin ich für diese Art von Spaß nicht geeignet. Nur eine Nacht mit Garrett und ich fühle mich bereits so seltsam, als hätte ich einen Kater, was wahrscheinlich damit zu tun, dass ich auf cool gemacht habe, als er für einen kurzen Moment distanziert wirkte, nachdem er gekommen war. Nur um dann auf supercool zu machen, als ich ihm versicherte, dass es okay sei, wenn er jetzt gehe. Und als ich das falscheste aller entspannten Lächeln auf mein Gesicht pappte, nachdem er mich geküsst hatte und zur Tür gestapft war, wirkte er verwirrt und ich fühlte mich am Boden zerstört. Dazu kommt noch die Tatsache, dass ich gar nicht hergekommen bin, um einen Typen zu finden, sondern eine Geschichte, und meine Entscheidung ist einfach.

Finde Garrett, bedanke dich bei ihm für den besten Sex überhaupt, und mach ihm klar, dass es nichts mehr davon geben wird. Also Zeit, für eine Fahrt in die Stadt.

* * *

Der Genossenschaftsladen von Hotchkiss befindet sich in einem ehemaligen Bahnhofsgebäude, das jetzt eine unauffällige Ladenfront mit betagter Holzverkleidung und phantasieloser Beschilderung hat. Der Parkplatz ist fast größer als das Gebäude, weshalb ich leicht einen Platz finde, ein paar Lücken neben einem einsamen Dodge. Garretts Wagen ist weiter hinten geparkt und als ich ihn auf dem Weg zur Vordertür entdecke, reagiert mein Körper, die Haut kribbelt beim Erkennen und bei der einsetzenden Erinnerung.

Verdammt. Das wird noch ein Problem werden. Ein Haufen Blech – der dort unschuldig steht – sollte wirklich nicht diese Macht über mich haben.

Ich trete ein und stelle fest, dass der Laden wohlorganisiert und weit weniger chaotisch ist, als ich es von einem Genossenschaftsladen erwartet hätte. Die Regale und Auslagen sind sauber eingerichtet und ganz offensichtlich in Schuss gehalten, und ich bemerke plötzlich, dass überall Garretts Spuren sind. Auf den ersten Blick wirkt es vielleicht einfach, doch wenn man genau hinsieht, dann bemerkt man, dass allem Aufmerksamkeit und Sorgfalt zuteilwird.

»Sind es wirklich Apfelwickler, die Probleme machen? Ein paar Leute haben diese Saison Ärger mit Milben. Wenn es Milben sind, dann musst du spritzen. Biologisch, natürlich, aber wir haben dieses Jahr ein paar neue Mischungen.«

Garretts Stimme kommt aus einem Hinterzimmer, dann tritt er heraus und lässt einen Stapel kleiner Kartons auf den Tresen fallen. Er sieht hoch und bemerkt mich, sein Ausdruck ist zunächst überrascht, dann erfreut – und in mir steht alles in Flammen.

Blöder Körper. Er versteht einfach nicht, was hier unser Ziel ist. Nämlich dem besten Sex überhaupt abschwören.

Hinter einer Regalreihe am anderen Ende des Ladens taucht ein Kunde auf, kommt heran und wirft ein Paar Arbeitshandschuhe auf die Theke neben die Kartons.

»Whitney sagt, sie will das. Ich habe die Milben erwähnt, doch sie hat gemeint, ich sei noch immer der Lehrling. Und ich habe beschlossen, mein Glück nicht herauszufordern, indem ich noch etwas sage. Denn ich liebe sie, aber Schwangerschaftshormone – oh mein Gott. Es ist, als würdest du auf einem

Drahtseil über ein Minenfeld steuern, und ich bin nicht mehr so wendig, wie ich es einmal war. Wenn sie so schon nach zwölf Wochen ist, dann sollte ich besser wieder mit dem Training anfangen, um da mitzuhalten.«

Als er sich umdreht, um eine Flasche mit irgendwas von einer Auslage zu nehmen, bekomme ich einen guten Blick auf ihn und stelle fest, dass er ziemlich dem ehemaligen Footballprofi Cooper Lowry ähnelt. Fast wie sein verdammter Doppelgänger. Gleiche Statur, gleiches, zotteliges blondes Haar, gleiches hoffnungslos hübsches Gesicht, das es etwas unterhaltsamer gemacht hatte, mit meinem Dad und den Cahill-Jungs Football zu sehen.

Ihre wahre Leidenschaft gehört zwar dem College-Football, doch professioneller Football war in unserem Kreis beliebt genug, so dass ich mehr als nur oberflächliches Wissen über das Spiel habe. Zu viele Sonntage habe ich damit verbracht, mir Spiele der Bears in der gemeinsamen Zuschauerloge unserer Familien am Soldier-Field-Stadion anzusehen, oder im großzügigen Fernsehzimmer im Keller der Cahills, umgeben von zu viel Gegröle und nicht genug Reklamepausen. Doch dank dieser verlorenen Lebensstunden erkenne ich einen falschen Cooper Lowry, wenn ich ihn sehe.

»Viel Glück«, grinst Garrett. »Die Frau ist zwar ein süßer kleiner Hippie, doch ich kann mir gut vorstellen, dass sie schwierig werden kann, wenn sie es drauf anlegt.«

Der falsche Cooper gibt als Antwort ein Knurren von sich und reicht Garrett gleichzeitig seine Kreditkarte. Garrett zieht die Karte durch und reißt die Quittung ab, nutzt die Gelegenheit, während der falsche Cooper unterschreibt, um in meine Richtung zu blicken. Ein schiefes Grinsen, nur für mich, dann sagt er meinen Namen, um mich zu begrüßen.

»Cara.«

Verdammt. Die stille Vertraulichkeit in der Art, wie er meinen Namen sagt – ein leises Brummen vermischt mit Zufriedenheit – hilft mir gerade überhaupt nicht. Ich schaffe ein tölpelhaftes, ungeschicktes Winken, das wahrscheinlich eher nach einem nicht kontrollierbaren Tick aussieht, und verknüpfe es mit einem krächzenden Hallo. Der falsche Cooper reicht den Beleg zurück, während er in meine Richtung sieht. Zurück zu Garrett, dann wieder zu mir. Währenddessen zerren Garrett und ich uns mit Blicken förmlich die Kleider vom Leib.

Das Telefon des falschen Coopers vibriert, zerreißt die unsichtbare Verbindung zwischen Garrett und mir. Beide sehen wir zu, wie er auf sein Telefon blickt. Ein Glucksen und ein Kopfschütteln, dann verzieht sich sein Mund zu einem Grinsen.

»Okay, ich bin weg. Die umwerfende, starrköpfige Frau, die mein Kind in sich trägt, sich aber noch immer weigert, mich zu heiraten, will grillen. Genau jetzt, wie es aussieht.«

Als die Ladentür klingelnd hinter dem falschen Cooper zuschlägt, kommt Garrett hinter dem Schalter hervor in meine Richtung. Sein langsames, aber beiläufiges Annähern hat noch immer etwas von raubtierhaftem Anschleichen und ich muss mich an einem neben mir stehenden Regal festhalten, um nicht vorwärtszuschießen und ihm auf halbem Weg zu begegnen.

»Hat schon mal jemand diesem Typen gesagt, dass er genauso aussieht wie Cooper Lowry, der mal für Denver gespielt hat?«, sinniere ich.

Garrett schließt die Lücke zwischen uns und legt eine Hand an meine Hüfte. »Das bezweifle ich.«

»Wirklich? Denn das ist verblüffend.«

Seine andere Hand findet meine andere Hüfte und beide Hände rutschen tiefer, so dass er seine Fingerspitzen in die Hintertaschen meiner Jeans stecken kann.

»Wenn das jemand sagen würde, dann würden er sich wahrscheinlich ziemlich blöd vorkommen.«

»Warum?«

Garrett kommt näher und küsst mich. »Weil das Cooper Lowry ist.«

Meine Brauen gehen hoch, auch wenn meine Augen noch immer von dem Kuss geschlossen sind. Ich gehe die Details der letzten paar Minuten durch und reiße schließlich die Augen auf.

»Warte mal eine Sekunde. Ist der Cooper von Whitney und Cooper, die du kennst, wirklich Cooper Lowry? Und hat er gesagt, dass diese Whitneyfrau sich weigert, ihn zu heiraten? Und sie ist schwanger von ihm?«

Garrett strahlt vor Vergnügen und nickt mir zu.

»Ist sie noch im Besitz aller ihrer geistigen Fähigkeiten? Denn Cooper Lowry sah so aus, als würde er es für die süßeste Sache überhaupt halten, dass sie jetzt grillen will. Ziemlich gutes Zeichen dafür, dass er ihr Pussyknecht ist. Sie muss verrückt sein, wenn sie ihn nicht heiratet.«

Garrett lacht laut auf. »Ich kann nicht glauben, dass gerade der Ausdruck ›Pussyknecht‹ aus deinem Mund kam.« Seine Hände rutschen ganz in meine Taschen. »Aber, ja, zu allem, was du gerade abgespult hast. Er ist Cooper Lowry, Whitney weigert sich, ihn zu heiraten, sie ist schwanger und ihr Gehirn arbeitet normal. Sie hält nur nicht so viel von Konventionen, behauptet, die Ehe ist eine nutzlose Institution.«

»Aber er ist Cooper Lowry.«

Noch ein Kuss, diesmal fester, weniger süß als der erste. Meine Hände landen mit dem Plan ihn sanft wegzuschieben an seiner Brust. Doch als die Hitze seiner Haut unter dem abgetragenen T-Shirt meine Hände wärmt, krümmen sie sich bei diesem Gefühl und alle anderen Pläne lösen sich in Wohlgefallen auf.

Schließlich zieht sich Garrett mit einem unterdrückten Fluch zurück und ruft nach hinten über die Schulter:

»Bart! Ich bin in zehn Minuten zurück, okay?«

Hinter ihm kommt ein korpulenter Mann aus dem Büro gestapft, sein Körper füllt die ganze Türöffnung aus. Er winkt in unsere Richtung, ohne von dem Klemmbrett aufzusehen, auf das er etwas kritzelt. »Mach Mittag, wenn du willst.«

Übermut strahlt über Garretts Gesicht. »Hungrig?«

Er nimmt sich eine Haarlocke von mir, um sie mir hinter das Ohr zu streichen, genau wie ich es selbst getan hätte, wenn meine Hände nicht noch immer wie magnetisiert an seiner Brust kleben würden. Ich habe keine Gelegenheit zu antworten, bevor meine Hand in seiner ist und wir durch die Tür gehen, mit schnellem Schritt um das Gebäude biegen und hinüber zu seinem Wagen gehen. Garrett reißt die Tür auf.

»Hüpf rein, aber rutsch nicht zu weit. Ich will dich da haben, wo du vor zwei Abenden warst, diese hübschen Beine weit über mich gespreizt.«

Ich steige schnell in den Wagen, wobei ich das irgendwie so vor mir rechtfertige, indem ich denke, dass wir hier reden können. Vertraulich. Allein. Mit meinen Beinen über ihn gespreizt. Wie man es so tut, wenn man ein ernstes »Kein-Sex-mehr«-Gespräch mit jemandem führen muss.

Garrett schlägt die Tür zu und erschreckt mich damit. Seine großen Hände umkreisen meine Taille und dann sitze ich schon auf seinem Schoß. Eine langsame Überprüfung meines Körpers führt dazu, dass er seine Hände auf meine Oberschenkel legt und sie nach oben bewegt, um dorthin zu kommen, wo meine Beine auf meine Hüften treffen, dahin, wo sein Blick verweilt.

»Ich konnte einfach nicht aufhören, an dich zu denken, Cara.« Er grinst, fast geheimnisvoll, hebt dann den Blick zu mir. »Die ganze Nacht ist wie eine Endlosschleife in meinem Kopf. Weißt du, wie unbequem ein Ständer ist, wenn man zu arbeiten versucht?«

Ja, das weiß ich. Na ja, nicht gerade ein Ständer – aber ich weiß, wie unbequem eine Endlosschleife unanständiger Gedanken sein kann, wenn man arbeiten muss. Deshalb bin ich ja hier, erinnere ich mich.

Doch Garrett wartet auf keine Antwort, sondern drückt seinen Mund auf meinen. Wir sind allein und zusammen, was bedeutet, dass wir wild sind nach einer kurzen Kostprobe. Meine Zunge neckt ihn und Garrett stöhnt, um mich anzuspornen.

Doch als er sich an den Knöpfen meiner Bluse zu schaffen macht, erst einen, dann zwei aufknöpft, weiß ich, dass ich es aufhalten muss. Wenn nicht, dann ist meine Bluse in Nullkommanichts ausgezogen – im hellen Tageslicht – und es wird unmöglich, das zu tun, weshalb ich hergekommen bin. Ich umfasse seine Handgelenke und Garrett erstarrt.

»Tut mir leid«, flüstert Garrett, lehnt sich zurück, lässt aber die Hände an der offenen Knopfleiste meiner Bluse. Mit der Spitze seines Zeigefingers streichelt er mich dort, dann schiebt er den Stoff zur Seite, bis der Spitzenrand meines schwarzen BHs sichtbar wird. Ich sehe, wie sein Adamsapfel hüpft, während er angestrengt schluckt.

»Ich hatte kaum Gelegenheit, dich hier zu berühren. Ich habe dich nicht gesehen, nicht alles von dir. Ich habe darüber nachgedacht … wie wir einander die ganze Show gestohlen haben.« Sein Blick begegnet meinem. »Das sollten wir korrigieren.«

»Garrett, ich kann nicht …«

Er knöpft mein Oberteil wieder zu. »Ich könnte heute Abend vorbeikommen. Oder du kommst zu mir, wenn du magst. Ich muss dich aber darauf aufmerksam machen, dass es eine richtige Redneck-Junggesellenbude ist. Aber ich werde die Laken wechseln und eine dieser Kerzen anmachen, die wie ein Wasserfall oder so riechen, um den Geruch meiner Männlichkeit zu vertreiben. Ich kann etwas zum Abendessen grillen und wir hängen rum.«

Es folgt eine Pause, während der er mir seine Hände in den Nacken legt, sanft mit den Fingern reibt, und ich mir die Schwäche erlaube, es zu genießen.

»Wir können das nicht machen.«

Garretts Finger hören mit der Bewegung auf. »Was?«

Ich greife hoch, nehme seine Hände weg und lege sie auf den Sitz. »Wir können das nicht machen. Daten. Küssen. Sex haben.«

Er kneift die Augen zusammen und betrachtet mich eingehend, offenbar verwirrt. »Warum?«

»Was?«

Er wiederholt die Worte, diesmal langsamer und mit Betonung. »Warum? Habe ich etwas getan? Habe ich etwas nicht getan?«

Ich schüttle den Kopf, dann reiße ich die Hände hoch, um mein Gesicht zu bedecken, damit ich denken kann, was einfacher ist, wenn ich ihn nicht ansehe. Garrett zieht mir die Hände weg, streicht dann mit seinem Daumen über meine Unterlippe.

»Wenn ich nicht völlig verrückt bin, dann habe ich den Eindruck gehabt, dass es schön für dich war. Ich habe dich gefühlt, Cara. Um meine Finger herum, gegen meine Hand, fest um meinen Schwanz. Und ich habe jede verdammte Sekunde davon genossen. Deshalb fällt mir nicht ein einziger Grund dafür ein, warum wir aufhören sollten. Du musst mir erklären, weshalb du denkst, dass wir das hier aufgeben sollen.«

Ich küsse die Spitze seines Daumens, fast ohne nachzudenken. »Das ist das Problem. Es war gut für mich. Zu gut.«

Garretts Schultern entspannen sich sichtbar und ein Grinsen spielt um seinen Mund.

»Aber …« Ich neige den Kopf und warte eine Sekunde, um sicherzugehen, dass ich seine Aufmerksamkeit habe. »Dafür bin ich nicht hergekommen. Ich bin hier, um zu arbeiten. Diese Freelance-Sache ist neu für mich, und ich will damit nicht scheitern. Sag mir, dass du verstehen kannst, wie man manchmal guten Sachen aufgeben muss, weil es wichtigere Dinge gibt, die man tun muss. Weil man größere Dinge zu erledigen hat.«

Fast unmittelbar verschwindet sein Grinsen, wird verdrängt von einer harten, für ihn völlig untypischen Linie um den Mund, die seine Züge zu etwas Leerem, zugleich Verhaltenem verschließt.

»Wichtige Dinge. Größere Dinge.« Er blinzelt, seine Stimme klingt jetzt ausdruckslos. »Da möchte ich nicht im Wege stehen.«

»Garrett …«

Er unterbricht mich. »Rutsch runter, damit ich an mein Telefon komme. Ich werde dir Whitneys Nummer geben und du kannst was mit ihr vereinbaren. Sie wird dein kleines Hybrid-Auto lieben. Du brauchst mich nicht.«

Betreten rutsche ich von seinem Schoß und sehe zu, wie er durch seine Kontaktliste scrollt. Als er findet, wonach er gesucht hat, dreht er sich nicht in meine Richtung.

»Okay, Stadtmädchen. Gib mir dein Telefon und ich trage es für dich ein.«

Stadtmädchen. Mein Kiefer verspannt sich. Da sind wir offenbar wieder angekommen.

* * *

Whitney Reed persönlich kennenzulernen macht die ganze Sache mit Cooper Lowry nur noch verwirrender. Nicht, dass sie nicht liebenswert und hübsch wäre – das ist sie ganz bestimmt. Sie ist auch ein quirliger Ökofreak mit einem Nasenpiercing, die ausgeleierte Leggins, einen schweren Hoodie mit Reißverschluss, eine Trappermütze und Gummistiefel trägt, als ich zu der Obstplantage komme, die sie und Cooper besitzen. Ich glaube nicht, dass es zu abwertend ist, wenn ich sage, dass man sich nicht unbedingt einen solchen Look vorstellt, wenn man an die Freundin eines ehemaligen Footballprofis denkt.

Whitney entledigt sich der Jacke, des Hutes und der Stiefel, nachdem wir eine Tour durch die Plantage gemacht haben und in das heruntergekommene Farmhaus gekommen sind, in dem sie und Cooper leben, und wirft alles auf einen Haufen neben die Vordertür. Sie bemerkt, wie mein Blick unbeabsichtigt auf ihrem bereits kaum zu übersehenden Babybäuchlein verweilt und verdreht die Augen.

»Zwillinge. Jungs, da bin ich mir sicher. Und ich habe es hier mit Lowry-Erbanlagen zu tun, das heißt, dass sie garantiert störrisch und kräftig werden.«

»Vergiss nicht mürrisch. Und außergewöhnlich.« Ein weiteres Augenverdrehen von Whitney bei Coopers Zwischenruf aus der Küche, wo er sich am Ofen niedergelassen hat und behutsam Glasbehälter aus einem großen Edelstahltopf mit heißem Wasser fischt.

Whitney geht aus dem kleinen Wohnzimmer und stellt sich neben Cooper, betrachtet prüfend seine Arbeit, bei der er ein Spültuch nutzt, um Wasser von der Oberseite der Behälter zu wischen. Er wirft ihr einen leicht tadelnden Seitenblick zu, dann küsst er ihr die Stirn, bevor er sich über eine Schulter in meine Richtung dreht.

»Wie lief es da draußen? Hast du bekommen, was du brauchst, Cara?«

Ich nehme seine Frage als Einladung, in die Küche zu kommen, setze mich an den Vintage-Resopaltisch, an dem Whitney sich müde auf einen Stuhl geworfen hat und mir bedeutet, dasselbe zu tun.

»Absolut. Whitney ist eine großartiger Guide.«

Coopers Augen leuchten auf und er wirft Whitney einen entschieden intimen, heimlichen Blick zu. »Dessen bin ich mir bewusst.«

Er nimmt vier Gläser von der anderen Seite der Arbeitsplatte, von dem – wie es scheint – Ende einer Produktreihe in seiner kleinen Konservenfabrik. »Hier, das sind neue Rezepte für eine selbstgemachte Sorte eingemachter Lebensmittel, die ich entwickeln will. Das ist nicht unser Obst. Wir spielen jetzt erst einmal nur mit Rezepten herum. Es gibt eine Pfirsichkonfitüre mit Verbene und ein Quitten-Ingwer-Chutney.«

Na ja, logisch. Denn dafür sind Rekorde brechende Footballspieler ja bekannt, dass sie Verbenen-und-Quitten-Mischungen fabrizieren. Diese zwei scheinen ein Hobby daraus gemacht zu machen, Konventionen zu brechen.

Cooper fährt fort, während er die Gläser in meine Richtung schiebt. »Sorge dafür, dass Garrett sie mal ausprobiert. Er ist mein bestes Versuchskaninchen, der Junge isst einfach alles.«

Ich habe mich bereits vorgebeugt, um Coopers Schöpfungen näher zu mir heranzuziehen, doch bei der Erwähnung von Garrett erstarrt meine Hand in der Luft. Die sechsunddreißig Stunden, nachdem ich ihm gesagt habe, dass wir nicht zusammen sein können, waren nicht weniger herausfordernd als die sechsunddreißig Stunden, nachdem wir Sex hatten. Nur ist es diesmal Bedauern, was meine Gedanken abschweifen lässt. Das ist als Ablenkung bedeutend unangenehmer ist, als von den unanständigen Einzelheiten des besten Sex überhaupt zu träumen und sie noch einmal im Kopf ablaufen zu lassen. Und wenn ich mich nicht mit dem Bedauern beschäftigt hatte und mit der Wut darauf, wie Garrett mich im Wagen nicht ansehen konnte, dann begann ich Möglichkeiten zu entwerfen, wie ich wiedergutmachen könnte, was ich angerichtet habe. Ich entwarf hundert verschiedene Wege, um mir einen erneuten Versuch mit ihm zu verdienen. Dabei rationalisierte ich all die Gründe weg, die ich ursprünglich angefügt hatte, um zu beschließen, dass wir uns trennen sollten.

Cooper und Whitney starren beide auf meine leicht zitternde und über den Gläsern schwebende Hand. Ich ziehe sie Hand zurück.

»Ich bin mir nicht sicher, wann ich ihn sehen werde. Garrett. Wir haben nichts ausgemacht, also …«

Sie wechseln einen Blick, Neugierde und Besorgnis, dann winkt Cooper mit einer Hand durch die Luft. »Macht nichts. Ich sehe ihn irgendwann mal.«

Er will gerade zwei der Gläser nehmen, und plötzlich sehe ich sie als glasförmige Möglichkeiten. Vielleicht bin ich jetzt noch nicht verzweifelt genug, um sie zu benutzen, doch wenn es dazu kommt, dann werde ich es tun. Wenn ich an einem bestimmten Punkt nachgebe und entscheide, dass mir Garrett alles das wert ist, was damit einhergeht, dann kann ich diese unschuldigen Konfitüregläser als Ausrede nutzen, um ihn einzuladen.

Meine Hände schießen vor, um Coopers Griff abzuwehren.

Ich räuspere mich, um sicherzugehen, dass ich mich nicht so verrückt anhöre wie in meinem Kopf.

»Ich werde sie nehmen«, platze ich heraus.

Cooper hebt argwöhnisch die Brauen. Meine nichtverrückte Stimme braucht wohl noch etwas Übung. Ich versuche es erneut, verändere meine Stimme um eine Nuance. »Ich werde sie nehmen. Schließlich ist das eine Kleinstadt und er ist der lokale Goldjunge. Da werde ich ihn ja wohl treffen müssen, oder?«

Kapitel 15

Garrett

Das erste Mal habe ich an meinem dreizehnten Geburtstag mit einem Verbundbogen geschossen. Er war ein Geschenk von meinem Dad, das ich ihm monatelang vorher abgerungen habe. In den mehr als zehn Jahren seit damals habe ich fünf verschiedene Bögen gehabt, habe gelernt, wie ich meine eigenen Pfeile befiedere, und habe schwer daran gearbeitet, ein zuverlässiger Schütze auf sechzig Meter zu werden. Ich habe einiges an Zeit investiert.

Die Tage sollten weit entfernt sein, an denen ich mich mit Anfängerfehlern herumquäle.

Solche Fehler wie beim Spannen den Bogen zu fest zu greifen, was dazu führt, dass sich der Bogen neigen wird, wenn der Pfeil losfliegt und ihn vom Kurs abbringen. Oder den Auslöser zu stoßen, anstatt ihn zu drücken, und so den ganzen Schuss zu überstürzen. Und das Durchziehen zu vergessen.

Chuck Adams, bin ich bestimmt nicht. Cameron Hanes? Nein. Und Donnie Vincents Ruf ist sicher vor solchen Schützen wie mir. Für diejenigen, die nicht wissen, oder die es nicht interessiert, wer diese Jungs sind … Katniss Everdeen könnte mich heute mit verbundenen Augen und Präsident Snows Atem im Nacken übertrumpfen.

Mein letzter Pfeil fliegt vorwärts, direkt auf die Zielscheibe hinter Bradens Garage zu. Er eiert sich seinen Weg dorthin und versenkt sich in die obere rechte Ecke, gute fünfundzwanzig Zentimeter von der Zielscheibenmitte entfernt.

»Verdammte Scheiße.« Ich lasse den Arm schwer nach unten fallen, der Bogen schwingt locker mit.

Abgesehen vom Rasseln von Charleys Hundehalsband ist es hinter mir still. Selbst Braden hat vor einer halben Stunde mit seinen Beleidigungen und Kommentaren aufgehört, was äußerst vielsagend ist.

Ich könnte verschiedenen Dingen die Schuld an dieser jämmerlichen Vorstellung geben. Dem schwachen Licht der baldigen Dämmerung, meinem Bogen, oder einfach Pech. Vielleicht ist meine miese Schulter der Übeltäter, die ich mir gestern verzerrt habe, nachdem ich eine Palette Mineraliensäcke in Kenny Eulands Truck geladen habe.

Aber seien wir mal ehrlich. Das Problem bin ich. Ein Mann, der in einer miesen Stimmung ist, seit ein bestimmtes Stadtmädchen seinen Arsch in die Wüste geschickt hat.

»Leg einfach den Bogen hin, du machst mich ja depressiv.« Braden schlurft zum Haus. »Wir treffen uns vorn mit Bier. Streichle ein bisschen den Hund. Sie ist gut für so was.«

Als ich die Hintertür hinter ihm zuschlagen höre, pfeife ich Charley herbei, damit sie mir ums Haus und auf die Vorderveranda folgt, wo ein paar aus Holzstücken gehauene Adirondack-Stühle aufgestellt sind. Braden lebt außerhalb der Stadt in der Nähe von einem der Hügel der Gegend in einer Hütte auf einem bescheidenen Stück Land, das mit steinigen Felszungen und Gebüsch bedeckt ist. Der Platz passt zu ihm: etwas rau und wenig einladend, doch wenn man hier ist, dann ist es ein schöner Ort. Der Himmel des späten Nachmittags verdunkelt sich, ein goldener Streifen verschwindet langsam am fernen Horizont.

Ich lasse mich auf einen Stuhl fallen und Charley findet fast zeitgleich einen Platz neben mir und beginnt, meine Hand mit der Schnauze anzutippen. Ich kraule ihr den Hals und mache dasselbe bei mir, ein kribbelndes Unbehagen juckt an meinem Haaransatz, wo die Baseballkappe auf meinen Schädel trifft. Ein Sixpack mit Coors Light, minus einer Dose, landet auf dem Baumstammtisch zwischen den Stühlen, gefolgt von einer großen Schüssel selbstgemachter Snackmischung, die Braden zusammenstellt, um uns davon abzuhalten, zu viel von den krebsverursachenden Zusätzen zu schlucken, über die er ständig lamentiert. Er lässt sich auf den anderen Stuhl fallen und streckt die Beine aus. Er zieht seine Wollmütze tiefer auf den Kopf, bevor er einen großen Schluck Bier trinkt. Ich schnappe mir selbst eine Dose und drücke sie auf, dann starre ich auf den Schaum, der herauskommt.

»Lass es uns so machen. Ich frage dich einmal, was los ist und du kannst mir entweder deine Gefühle mitteilen oder du sagst mir, ich soll es sein lassen und wir können über was anderes reden.« Ich lehne den Kopf an den Stuhl und warte. »Cara?«, fragt er.

»Jep.«

»Habt ihr was gehabt?«

»Jep.«

Er nimmt noch einen Schluck und steckt die Hand in die Schüssel, um sich eine Handvoll von der Mischung herauszuholen.

»Dann solltest du aber ein ganzes Stück weniger angepisst sein. Eine gute Nummer ist normalerweise Balsam für die Seele. Stattdessen wirkst du wie eine Imitation von … na ja … von mir.«

Ich versuche, die Gefühle niederzuringen, die in mir aufkommen und atme durch, bevor ich antworte.

»Zunächst einmal ist sie keine *gute Nummer.* Sprich nicht so über sie. Zweitens war meine Stimmung in Ordnung – verdammt großartig sogar. Jedenfalls von dem Moment, als wir zusammen waren, bis zu dem Augenblick, als sie es vor vier Tagen beendet hat. Drittens ist das alles, was ich darüber sagen will.

Danke für Ihr Interesse, Dr. Sommer, aber jetzt bin ich fertig mit dem Mitteilen.«

Das muss man Braden zugutehalten und es ist für ihn typisch: Wie versprochen lässt er das Thema auf sich beruhen. Charley stupst mir wieder gegen die Hand und legt den Kopf auf mein Bein. Wenigstens gibt es ein Weibchen, das meine Aufmerksamkeit will. Sie gibt ein leise schnurrendes Hundeknurren von sich, als ich sie hinter den Ohren streichle, und ein wenig Sabber tropft aus ihrem Maul auf mein Hosenbein. Offenbar bin ich ein Hundeflüsterer. Wenn mir nur etwas Ähnliches mit Cara gelingen würde.

Und bei der Cara-Sache ging es um mehr als um den Sex. Natürlich hasse ich es, auch das zu verlieren – vor allem mein Schwanz lässt dabei sprichwörtlich den Kopf hängen. Doch was noch schlimmer ist: Ich verliere Zeit mit ihr. Und um das alles noch zu toppen, habe ich beides verloren – den Sex und die Zeit mit ihr –, weil sie bessere, wichtigere Dinge zu tun hat. Ihr geht es um mehr in ihrem Leben, große Träume und wirkliche Veränderungen. Das mit mir war es nur ein Fick mit einem Landei in einer winzigen Stadt, wo nichts los ist. Heute ist es das Gleiche wie gestern, es wird das Gleiche sein, wenn Cara wegfährt, und es wird in zehn Jahren das Gleiche sein. Bis sie in die Stadt kam und mich daran erinnert hat, wie gut es ist, jemanden zu haben, auf den man sich freuen kann, war ich damit zufrieden. Jetzt knirsche ich neidisch und enttäuscht mit den Zähnen – über sie und mich. Eine beschissen schreckliche Kombination.

Braden leert sein Bier und zerdrückt die Dose, dann wirft er sie von der Veranda auf die Ladefläche meines Trucks. Eine Arschnummer und natürlich trifft er.

Er nimmt sich noch ein Bier. »Erlaube mir, dich mit meiner eigenen Scheißgeschichte zu unterhalten.« Der Verschluss knackt und es zischt. »Amber Regans Produzentin hat mich diese Woche angerufen und wollte mit mir über Strategie reden. Und ich muss dir sagen, ich sollte wirklich eine Medaille für Mitgefühl oder so bekommen, denn ich habe nicht einmal den Hörer aufgelegt. Selbst als sie zehn Minuten lang Worte wie ›rekapitulieren‹ und ›Markenidentität‹ benutzt hat.«

Ich lache – ein kurzes Grinsen, doch es ist nett, zum ersten Mal seit Tagen wieder über etwas lachen zu können. Braden fährt fort.

»Dann meint sie: ›Soll ich dir eine Rolle schicken?‹ Und ich denke an eine Angelrolle. Wie so eine Art Werbegeschenk, von dem sie womöglich Kisten voll haben, da sie mit irgendeiner Firma zusammenhängen. Also sage ich: ›Klar, schick es rüber.‹ Ich denke mir, wir können es vielleicht beim Wettangeln der Kinder gebrauchen oder so.«

Ich trinke mein Bier aus und versuche denselben Wurf wie er, verfehle aber natürlich das Ziel, was gut zum heutigen Tag passt, doch das Gute ist, dass ich Badens Truck treffe. Braden kommentiert es nicht einmal und fährt mit seiner Geschichte fort.

»Gestern kommt das Päckchen an und es ist keine Angelrolle. Es ist ein Videoband mit ausgewählten Szenen. Zwei Stunden Amber Regan, wie sie sich ihren Weg durch alle möglichen Kontinente bahnt. Zwei beschissene Stunden.« Er hat die Zähne zusammengebissen und seine Kiefermuskeln verspannen sich unter gewaltigem Druck.

»Und? Was hast du gedacht?«

Braden seufzt resigniert und schüttelt den Kopf, sieht mich aber nicht an.

»Wenn sie nicht gerade eine verdammt gute Schauspielerin ist oder sie ein preisverdächtiges Redaktionsteam engagiert haben, dann scheint sie offenbar zu wissen, was sie tut. Auf jeden Fall ist sie nicht das, was ich von ihr angenommen habe. Ich meine, so beschissen sexistisch das auch klingen mag, so hatte ich mir gedacht, dass man nicht so aussehen und in der Lage sein kann, sich draußen zu behaupten. Das schien mir einfach nicht möglich.«

Wie er in diesem Moment aussieht, wäre ich nicht überrascht, wenn er in genau dieser Sekunde etwas Sexistisches über Amber Regan denken würde. Sexistisch und auf hundert verschiedene Arten falsch. Ich überlege, ihn damit zu ärgern, doch bevor ich das tun kann, brummt mein Handy wegen einer SMS. Ich schiebe eine Hand an die Innentasche meiner Jacke und ziehe es heraus.

Caras Name taucht auf dem Display auf und mir schnürt sich die Kehle zu, während ich darüberwische, um die Nachricht zu öffnen.

Tut mir leid, wenn ich störe. Strom ist schon wieder weg. Habe den Sicherungskasten versucht, ohne Erfolg. Hast du andere Tipps? Wenn nicht, ist auch ok. Ich rufe dann morgen einen Elektriker.

Die Enge in meiner Kehle nimmt noch zu, weil da zu viele Dinge falsch an dieser SMS sind.

a) Sie stört mich nicht. Das würde sie nie, egal wann.

b) Ich habe mehr als einen Tipp für sie.

c) Ich denke nicht, dass es ok für sie ist, ohne Strom zu sein.

d) Sie ruft *morgen* keinen Elektriker an. Ich werde heute Abend hingehen.

Als ich von meinem Telefon aufblicke, muss ich mir nicht mal eine Ausrede ausdenken, um zu gehen. Braden hebt eine Braue.

»Ist sie das?«

Ich nicke. Braden sieht mich ernst an und winkt zu meinem Wagen, womit er mir seinen Segen gibt. »Fahr. Truthahnsaison fängt in drei Wochen an. Bis dahin solltest du besser treffen können.«

* * *

Nun, das ist ja interessant.

Als ich vor dem Farmhaus zum Stehen komme, ist das Verandalicht an. Dasselbe im Wohnzimmer, wo das Licht strahlendhell durch die geöffneten Vorhänge leuchtet. Als ich gekommen bin, habe ich gesehen, dass auch das einzelne Küchenfenster, das man von der Seite des Hauses sieht, erleuchtet war.

Wohnzimmer, Küche und die vordere Veranda – alle honorieren Thomas Edison mit ihrer elektrischen Funktionalität. Ich mache den Wagen aus und spähe erneut zum Haus, während ich mein Bestes gebe, um die Erwartung zu bekämpfen, von der ich weiß, dass sie sich nicht festsetzen sollte. Die Tatsache, dass alle Lichter brennen, bedeutet nicht zwangsläufig, dass Cara erkannt hat, dass es eine schlechte Idee war, die Sache mit uns zu beenden. Vielleicht ist die Sicherung wieder angegangen, nachdem sie die SMS geschickt hat. Vielleicht ist in der Zwischenzeit auch jemand anderes vorbeigekommen, um ihr zu helfen.

Der Überfluss an Licht, der gerade durchs Haus scheint, bedeutet auf jeden Fall nicht, dass ich annehme sollte, dass Cara hat mich unter einem Vorwand hergeholt hat, weil sie mich vermisst. Oder mich will.

Denn wenn ich diese Idee am Leben halte, dann könnte ich ebenfalls der Phantasie nachgeben, dass sie dort auf mich wartet und nichts trägt außer dem kurzen Karohemd, von dem ich so ein großer Fan bin. Völlig aufgeknöpft, mit zunächst nur wenigen sichtbaren Zentimetern nackter Haut zwischen ihren Brüsten, die ihren Bauch zeigen und den getrimmten Streifen darunter. Sie würde aus dem Hemd schlüpfen und es auf den Boden fallenlassen, so dass ich sie endlich völlig nackt vor mir sehen könnte. Dann würde sie sich dafür entschuldigen, dass sie uns die letzten paar Tage dazu gezwungen hat, voneinander getrennt zu sein, doch ich würde ihr sagen, dass sie sich nicht zu entschuldigen braucht – dass es ausreicht, wieder bei ihr zu sein. Da es eine Phantasie ist, sollte klar sein, was als Nächstes kommt. Ein Blowjob. Schmutzig und enthusiastisch, mit dem perfekten Wechselspiel aus ihren Händen und Mund.

Doch das hier ist die Wirklichkeit. Ich bin sicher, dass es einen viel weniger interessanten Grund für das gibt, was hier los ist, weshalb es am besten ist, meine wachsende Erektion abzuwürgen, anstatt mir Hoffnung zu machen.

Ich klopfe an die Tür und muss nur wenige Sekunden warten, bevor die Tür quietschend aufgeht. Cara späht durch den kleinen Zwischenraum, den sie geöffnet hat, und wirkt als wäre ihr unbehaglich zumute. Ich runzle die Stirn und hebe einen Arm, um mich mit dem Unterarm gegen den Türrahmen zu stützen. Cara seufzt und öffnet die Tür ganz.

Und die Phantasie, die ich aufgerufen habe? Wir sind halb da, mit ein paar zusätzlichen Extras. Karohemd, die ersten paar Knöpfe offen, ausreichend, um mich daran zu erinnern, wie vor ein paar Tagen ihr schwarzer Spitzen-BH darunter ausgesehen hat. Ihre umwerfenden Beine stecken in einer dieser winzigen Sportshorts, die fast vollständig von dem Hemd bedeckt sind, deshalb sieht es ein bisschen so aus, als würde sie nichts tragen. Besser aber, sie trägt ihre Brille und ihr Haar ist ein Durcheinander aus leicht feuchten Wellen und riecht süß und sauber.

Wie erwartet bedeutet dieser Anblick, dass ich sie schmutzig machen will. Ich will sie so schmutzig machen, dass sie all meinen Schmutz tagelang nicht abbekommt. Leider sagt ihr Gesichtsausdruck nicht, dass sie schmutzig gemacht werden will.

Ich neige den Kopf und sehe über ihre Schulter hinweg ins Haus. Im Hintergrund kann ich die Opernmusik hören, die ihr so gefällt.

»Es sieht alles ganz schön hell hier aus. Ich weiß, dass du behauptest, gut mit Worten zu sein und dass jede Nachricht, die du mir schickst, klar wie Kloßbrühe ist, doch vielleicht bin ich ein Depp. Habe ich missverstanden, was du mit ›der Strom ist aus‹ gemeint hast?«

Cara verbirgt ihr Gesicht in den Händen. »Nein«, stöhnt sie. »Der Strom war aus. Doch ich habe nichts mehr von dir gehört, deshalb bin ich rausgegangen und habe es noch einmal versucht. Nach ein paar Versuchen hat es dann geklappt.«

»Du weißt aber schon, dass du mich auch einfach hättest anrufen und mir sagen können, dass du deine Meinung geändert hast. Das hier wäre alles gar nicht nötig gewesen.«

Cara verschränkt die Arme vor der Brust. »Das ist es nicht, was hier gerade passiert. Ich hätte dir ja eine weitere SMS geschickt, um dir zu sagen, dass du dich nicht weiter drum kümmern sollst, doch du hast nicht auf die erste geantwortet. Ich habe gedacht, du bist sauer und wolltest mir mit dem Ignorieren meiner SMS sagen, dass ich dich in Ruhe lassen soll.«

Scheiße. Ich war so damit beschäftigt zu enträtseln, warum sie sich gemeldet hat und dann meinen eigenen Pornofilm zu schaffen, in dem Cara die Hauptrolle spielt, dass ich nicht daran gedacht habe, ihr zurückzuschreiben. Die Fahrt von Braden hierher dauert nicht gerade fünf Minuten, selbst bei der Geschwindigkeit, mit der ich gekommen bin. Ich lasse den Arm vom Türrahmen fallen und stecke die Hände in die Taschen.

»Tut mir leid. Ich war bei Braden und die Fahrt dauert eine Weile. Als ich deine SMS bekommen habe, bin ich sofort los und habe völlig vergessen, dir mitzuteilen, dass ich auf dem Weg bin. Meine Schuld.«

»Oh.« Ihre Gesichtszüge werden sanfter und sie nimmt die verschränkten Arme von der Brust. »Es tut mir leid, dir den Abend mit Braden versaut zu haben.«

Ich gebe ein Schnauben von mir. »Meinen Abend mit Braden? Du lässt es so klingen, als hätten wir gerade unseren liebsten Mädchenfilm bis zur Hälfte gesehen und eine Packung Eiscreme geteilt.« Cara verzieht den Mund. »Wie wäre es, wenn ich mir noch mal den Sicherungskasten ansehe? Um sicher zu sein, dass alles gut aussieht.«

Cara tritt zur Seite, damit ich eintreten kann, guckt auf ihre nackten Füße und mein Blick folgt ihrem. Sie hat die Zehennägel in neonpink angemalt – die letzte Farbe, mit der ich gerechnet hätte. Der überraschende Farbschock fühlt sich an, als wäre das ein anderer Geschmack von der, die sie ist, und ich will von allen ihrer Facetten mehr bekommen. Da sind so viele Dinge, die ich an dieser Frau entdecken könnte, wenn ich nur die Zeit dazu hätte, oder die Erlaubnis. Ich weiß bereits, dass sie auf eine Million verschiedene Arten faszinierend ist – und ich würde alles darum geben, sie alle kennenzulernen.

Wir gehen durch den Eingang und das Esszimmer, kommen an der Stelle vorbei, wo ich sie erst vor wenigen Tagen gegen die Wand gedrückt habe und in ihr versunken bin, obwohl es sich wie eine Ewigkeit her anfühlt. In der Küche steht Mikrowellenpopcorn auf dem Tresen neben einer Packung Butter und einem kleinen Gewürzstreuer. Dahinter ist eine ungeöffnete Flasche Wein.

Cara wartet drinnen, während ich nach draußen gehe, um den Sicherungskasten zu überprüfen. Ein kurzer Blick enthüllt nichts Ungewöhnliches, kein angeschmolzener Schalter oder verbranntes Metall. Ich schließe die Klappe und gehe wieder rein, wo Cara neben der Mikrowelle wartet und den Zeigefinger am Startknopf hält.

»Kann ich das jetzt benutzen?«

»Nur los. Draußen sieht alles gut aus.« Ich zeige auf die Arbeitsplatte. »Popcorn und Wein zum Abendessen? Dein Abend sieht kaum stilvoller aus als das, was Braden serviert hat: Coors Light und seinen speziellen Knabbermix.«

Sie dreht sich auf den Absätzen um und lehnt sich gegen die Arbeitsplatte, dabei stellt sie einen Fuß auf den anderen.

»Oh ja. Ich hatte einen sehr eleganten Abend geplant. Bis zum Umfallen *Real Housewives* gucken, während ich Popcorn esse und Rotwein trinke. Jetzt, wo ich wieder Strom habe, kann ich das mit dem Popcorn und dem Fernseher machen, doch der Wein ist noch immer ein Problem. Ich habe nicht daran gedacht, einen Korkenzieher mitzubringen, und es gibt keinen in den Schubladen.«

Ich greife nach der Flasche und sehe mir den Korken an. Dann stelle ich sie hin, ziehe mein Multifunktionswerkzeug aus der Tasche, schneide die Folie mit dem kleinen Taschenmesser ab, dann klappe ich den kleinen Korkenzieher auf. Cara seufzt und ich werfe einen Blick in ihre Richtung und sehe, wie ihr Gesicht aufleuchtet. Ein paar Dreher und ein Ziehen und der Korken ploppt heraus. Cara klatscht in die Hände, als hätte ich etwas Dramatischeres getan, als den Wein zu öffnen. Ich halte die Flasche in ihre Richtung.

»Ersatzkleidung in deinem Wagen und ein magischer Korkenzieher in deiner Tasche. Gibt es irgendeine Situation, auf die du nicht vorbereitet bist?« Ich erwidere nichts auf ihren Kommentar über den magischen Korkenzieher.

»Redneck-Spielereien, ich habe es dir gesagt. Wir sind wie Pfadfinder mit Bier und Tarnkleidung. Vorbereitet auf alles.«

Sie holt ein Trinkglas aus dem Schrank, dann wirft sie mir über die Schulter einen Blick zu. »Möchtest du was?«

Vielleicht liegt es am Licht hier drinnen oder mein Verstand spielt mir einfach Streiche, doch ich bin davon überzeugt, dass da ein erwartungsvolles Leuchten in ihren Augen ist. Doch so sehr mein Schwanz auch die Idee mag, dass es vielleicht eine Aussicht auf mehr gibt, ist der Rest von mir nicht ganz dabei. Es sind erst ein paar Tage vergangen, seit sie mir deutlich gemacht hat, dass sie mit ihrer Zeit größere, wichtigere Dinge zu tun hat, als sie mit mir zu verbringen. Deshalb wäre ich ein Idiot, wenn ich bleiben würde, ohne herausfinden zu wollen, warum sie mich das gerade gefragt hat.

Cara wartet, bevor sie nach einem weiteren Glas greift, dann dreht sie sich unbeholfen zu mir, wobei sie den Rücken an die Kante der Arbeitsplatte presst. So falsch es auch sein mag, ihr dabei zuzusehen, wie sie sich unter meinem festen Blick und dem Schweigen windet, so ist es aus meiner Perspektive gar nicht so schlecht.

»Das hängt davon ab.« Ich schaue sie langsam von oben bis unten an, nur um den Moment hinauszuzögern. »Bietest du mir das nur an, um höflich zu sein? Wenn es so ist, dann mach dir bitte keine Mühe.«

Cara schnaubt erschöpft und sieht für einen Sekundenbruchteil weg, bevor sie ihr Glas hinstellt. Dann legt sie die Hände zu ihren beiden Seiten an die Arbeitsplatte und nimmt so eine Haltung an, die irgendwie sowohl beiläufig als auch streitlustig wirkt.

»Ich glaube, wir sind über das Höflichsein hinaus, glaubst du nicht?« Sie erwidert den prüfenden Blick, mit dem ich sie zuvor angesehen habe. »Ich habe dich gefragt, weil ich es für nett hielt, wenn du nicht sofort wieder wegfahren würdest. Ich habe dich gefragt, weil es mir wirklich gefehlt hat, dich zu sehen, sehr sogar, so sehr, dass der Stromausfall mir eine legitime Ausrede gegeben hat, dir eine SMS zu schreiben, eine, in der kein Chutney und keine Marmelade vorkommt. Ich habe dich gefragt, weil ich zwar weiß, dass es womöglich nicht die beste Idee ist, ich aber trotzdem möchte, dass du bleibst. Also: Nein, hier geht es nicht um meine guten Manieren. Aber das bedeutet auch, dass du ebenfalls nicht bleiben musst, nur um höflich zu sein.«

Auch wenn ich keine Ahnung habe, was Chutney oder Marmelade damit zu tun haben, schlägt mein Herz wie wild in der Brust. Ein unregelmäßiger, hämmernder Schlag, der zu der Weise passt, mit der ich zu ihr gehen möchte, um uns zu geben, was wir beide wollen. Doch dann erinnere ich mich daran, mich genau davon fernzuhalten. Was der heutige Abend bedeutet, bin ich mir noch nicht sicher. Doch ich bin verdammt sicher, dass ich bleiben möchte, um das herauszufinden.

»Gut. Dann muss ich ja auch nicht so tun, als würde ich Wein mögen.« Ich ziehe die Baseballkappe und meine Jacke aus und werfe sie auf die Arbeitsplatte. Wir sehen uns an, beide grinsen wir schließlich entspannt. »Ich habe noch Bier im Wagen.«

Sie lächelt leicht. »Du hast Bier im Wagen? Rein zufällig?«

»Nicht zufällig. Ich habe ein paar Flaschen in der Werkzeugkiste auf der Ladefläche. Hast du vorhin nicht zugehört? Pfadfinder. Mit Bier.« Ich zeige auf die Jacke. »Und Tarnkleidung.«

Die Mikrowelle ertönt, als ich zur Vordertür gehe und inbrünstig hoffe, dass sie sich nicht dazu entschließt, die Tür hinter mir abzuschließen.

Kapitel 16

Garrett

Willkommen in meiner ganz eigenen, fürchterlichen Hölle.

Cara lässt ihre Hände auf mein Knie fallen, um sich von da hochzuziehen, wo sie während der vergangenen paar Stunden an mich gekuschelt gelegen hat, den Kopf an meine schmerzende Schulter gelehnt. Sie kämpft mit einem Rotweinschwips und dreht sich gelegentlich, um sich auszustrecken.

Weil das hier Cara ist, bin ich leider bereit dazu, mich dieser Folter auszusetzen, einfach, um in ihrer Nähe zu sein. Einer Folter, zu der *Real Housewives* gehört. Was verdammt schrecklich ist. Ich verstehe nicht, wie eine so kluge Frau wie Cara diesen Blödsinn unterhaltsam finden kann. Wir haben es uns zwei Stunden angeguckt und ich bin noch ungefähr ein weiteres Housewife davon entfernt, den gottverdammten Verstand zu verlieren.

Was meine Schulter betrifft, so bringt sie mich um. Dank der drei Auskugelungen während meiner Wrestlingzeiten in der Highschool ist die rechte Schulter ohnehin bereits Schrott. Und nachdem ich gestern all die Säcke mit Mineralsalzen in Kennys Truck gewuchtet und dann heute mit dem Bogen geschossen habe, fühlt sich das gottverdammte Ding jetzt so an, als würde es sich wieder auskugeln.

Cara richtet sich auf, um einen Schluck von ihrem Wein zu trinken, und ich nutze die Gelegenheit, um ein leises Seufzen des Unbehagens von mir zu geben. Ich schließe die Augen und ändere langsam die Position meiner Schulter, während ich den Hals nach links drehe, und hoffe, dass es den schlimmsten Schmerz mildert, bevor Cara wieder ihren Platz einnimmt.

Als ich mich gerade zu strecken beginne, trifft mich ein berauschender Hauch des Capri-Geruchs, den ich mit Cara verbinde.

Gott. Was jetzt? Wenn ich die Augen öffne, wird sie dann da sitzen und an einem Stieleis lecken?

Langsam öffne ich ein Auge und werfe vorsichtig einen Blick in ihre Richtung. Kein verführerisches Eislecken, zum Glück. Stattdessen sitzt sie mit gekreuzten Beinen auf der Couch, eine Glasflasche in der einen Hand, aus der sie eine Art Öl in die Fläche der anderen Hand träufelt. Nachdem sie die Flasche auf den Couchtisch gestellt hat, verreibt sie das Öl zwischen den Händen und streckt dann ein Bein aus, um langsam mit ihren geölten Handflächen über die glatte, gebräunte Haut ihrer Beine zu streichen.

Langsam. Wie in erotisch schmerzhaft langsam.

Erneut gießt sie sich Öl in die Hand. Es läuft gerade eine neue Episode dieser idiotischen Housewives und ihre ganze Aufmerksamkeit ist beim Bildschirm, ihre Augen sind weit geöffnet und der Kiefer ist locker, während ihre Hände demselben glitschigen Pfad folgen, doch diesmal auf dem anderen Bein. Ich drehe meine Schulter noch einmal und komme zu dem Schluss, dass es besser werden könnte, wenn sie sich auskugelt. Dann würde mich der Schmerz zu sehr ablenken, um noch über den zunehmenden Schmerz hinter meinem Reißverschluss nachdenken zu können.

Cara dreht sich, als ich gerade die Zähne zusammenbeiße und sich die eine Seite meines Gesichts zu einer Grimasse verzerrt.

»Was ist los?«

»Nichts.«

»Klar, was für ein Blödsinn. Dein Gesicht ist ganz zusammengequetscht. Bist du krank?«

Ich schüttle den Kopf, halte aber einen Unterarm mit der anderen Hand und strecke ihn vor der Brust aus, wobei ich vorsichtig drücke, um zu sehen, was geschieht. Das Ergebnis ist, dass es noch mehr wehtut.

Cara hört mein unterdrücktes Fluchen, dann kommt sie näher und streicht mit der Fingerspitze über meine Schulter. »Hier?«

»Das ist eine alte Wrestlingsache. Ich habe sie zu oft ausgekugelt, und als ich Kenny neulich dabei geholfen habe, ein paar Säcke einzuladen, muss ich sie gezerrt haben oder so. Keine große Sache, wird wieder vorbeigehen.« Ich lockere die Arme und lege sie auf meine Knie, beuge mich vor und lass den Kopf hängen.

»Zieh dein Hemd aus.«

Ich hebe leicht den Kopf. »Wie bitte?«

Sie nimmt die Flasche vom Tisch und hält sie hoch, schüttelt sie in meine Richtung.

»Zieh dein Shirt aus und ich reibe dir damit die Schulter ein. Das ist parfümiertes Arganöl.« Sie hält mir die Flasche unter die Nase. »Stört dich der Geruch?«

Ob mich der Geruch stört? Nein. Stört es sie, dass ich sie mir gerade nackt und von diesem Öl übergossen vorstelle?

Ich schüttle den Kopf und antworte heiser: »Gefällt mir.«

»Dann beug dich vor. Es ist einfacher, wenn ich mich hinter dich setze.«

Cara klemmt sich hinter mich und zieht mein T-Shirt hoch, die Spitzen ihrer Nägel streichen über die Haut an meinem Rücken. Ich überlege mir, ob das, was gerade geschieht, Caras Idee ist oder die Idee des Rotweins. Doch ihre Augen sind nicht blutunterlaufen, und sie lallt nicht oder fummelt unkoordiniert am Rand meines Shirts herum. Sie hat womöglich einen kleinen Schwips, doch nichts weist darauf hin, dass sie sinnlos betrunken ist. Und was sie angeboten hat, ist eine Schultermassage, nicht mehr.

Ich helfe ihr, indem ich mir das Shirt ausziehe und es über die Couchlehne lege. Als ich mich umdrehe, um sicher zu gehen, dass ich sie nicht einquetsche, kaut Cara gerade auf einem Fingernagel und wirft einen Blick auf meine Brust. Ihre Augen gehen hoch und begegnen meinen und ein schüchternes Lächeln spielt um ihren Mund. Schultermassage, erinnere ich mich, das ist alles, was sie vorgeschlagen hat. Doch für eine Frau, die vor wenigen Tagen erklärt hat, dass wir nicht zusammen sein können, schreckt sie jedenfalls nicht mit ihren Augen zurück.

»Sag mir nur, was du brauchst. Fester oder sanfter, okay? Ich will, dass es sich gut anfühlt.«

Ich unterdrücke ein Stöhnen angesichts der vielen Möglichkeiten, wie ich das interpretieren kann, was sie gerade gesagt hat. Keine davon hat etwas mit meiner dummen Schulter zu tun hat. Sie macht es sich bequem und streckt die Beine aus, so dass sie zu beiden Seiten neben mir liegen. Das Geräusch, wie sie das Öl auf die Hände träufelt und sie dann zusammenreibt, reicht aus, um meinen Schwanz lebendig werden zu lassen. Und als sie die geöffneten Hände auf meine Schulter legt, muss ich für eine Sekunde den Atem anhalten, einfach weil sich ihre glitschigen, warmen Hände viel zu gut anfühlen.

Sie beginnt mit langen Streichbewegungen, wobei sie die Daumen benutzt, wenn sie an meinen Nacken kommt. Der Geruch des Öls weht mit jeder Bewegung zu mir herüber. Meine Schulter beginnt, sich unter ihrer Berührung zu lockern und zu entspannen, zusammen mit jedem Zentimeter meiner Haut, den sie berührt. Sie nimmt noch mehr Öl und massiert meinen ganzen Rücken, knetet sich nach unten, bis ihre Hände ein wenig unter den Bund meiner Jeans gleiten. Ich beuge mich vor, um sie zu ermutigen, und bin von der Entspannung fast ganz in mich zusammengesunken. Ich bin nur noch wenige Minuten davon entfernt, entweder laut aufzustöhnen oder einzuschlafen.

»Setz dich zurück«, flüstert sie. Ich bewege mich nicht. Ihre Arme gleiten um meine Taille. »Lehn dich zurück, damit ich an die Vorderseite komme. Wenn du so sitzt, dann komme ich nicht dran.«

Mein Herz beginnt, wie wild zu schlagen, weil sie mit flachen Händen und weit ausgespreizten Fingern bereits meine Brust und den Bauch erkundet. Sie zieht ein wenig, um mich zu ermuntern.

Schließlich lehne ich mich zurück und überlege, wie ich mich entspannen kann, ohne mein ganzes Gewicht auf sie zu legen. Ich greife nach dem Rand der Sofapolsterung, halte mich dort mit den Händen fest, um den Oberkörper von ihr abzuhalten. »Komm schon, ich kann es aushalten. Entspann dich einfach.«

Leicht für sie, das zu sagen. Sie ist nicht diejenige, die zu vergessen versucht, wie sie die Worte »Ich kann es aushalten« gesagt hat und dabei einen fordernden Schwanz unter Kontrolle zu halten.

Und als sie anfängt, mit ihren Händen über meine Brustmuskeln zu gleiten und ihre Fingerspitzen über meinen Nippeln verweilen, verliere ich den Kampf mit meinem Verstand. Als sie es erneut tut, diesmal fester, zieht meine neu gefundene Lust auf Nippelspiele direkt in meinen Schwanz, wo wir beide ein wenig überrascht sind über den Effekt ihrer entschlossenen Berührung.

Sie wandert mit den Händen abwärts, über meine Bauchmuskeln und noch tiefer, bis meine Jeans ein Hindernis für sie sind, um noch weiterzukommen. Ein weiteres Streichen vom Bauch zur Brust, von der Brust zum Bauch. Diesmal beschließen ihre Finger, noch tiefer zu tauchen, Jeans hin oder her. Dabei kitzeln ihre Nägel über meine Haut. Bei der dritten Runde steckt sie die Finger so tief, dass sie unter den Rand meiner Boxershorts kommt.

Mir stockt der Atem, während mein Herzschlag weiter hämmert. In meinem Kopf ist ein Durcheinander, mein Verstand kämpft mit dem, was ich will und dem, was sie gesagt hat, dass es nicht wieder zwischen uns geschehen kann. Mein harter Schwanz kümmert sich jedoch nicht darum, denn Caras Hände sind auf Entdeckungsreise und ihr Körper pocht mit jedem unruhigen Atemzug.

Aber es sollte doch nur eine Schultermassage sein. Das war okay. Das hier, zu was auch immer im Himmel es sich entwickelt, ist es womöglich nicht. Nicht, wenn sie sich über den Wein hinweg eine Chance zum Nachdenken gibt.

Ich ergreife ihre Hände. »Cara. Was machst du da?« Sie gibt ein sehnsüchtig klingendes Wimmern von sich und versucht, ihre Hände zu befreien. Ich lockere den Griff, ohne sie jedoch loszulassen. »Du hast gesagt, wir können das nicht tun.«

Ihr Mund landet auf meiner Schulter und sie küsst mich dort. »Was ist, wenn ich meine Meinung geändert habe?«, gurrt sie fast. »Was, wenn ich noch einmal drüber nachgedacht habe, was ich neulich gesagt habe, und zwar von dem Augenblick an, als ich es ausgesprochen hatte?«

Sie löst sich aus meinem Griff und legt die Hände an meine Jeans, drückt fest gegen meinen offensichtlichen Ständer. Meine eigenen Hände sind in der Luft erstarrt.

»Bist du betrunken?«, würge ich hervor.

Sie gluckst sanft. »Nein.«

Als sie beginnt, mit dem Knopf und Reißverschluss meiner Hose kurzen Prozess zu machen, kommt der Rest meiner Befürchtungen in einem Schwall hervor.

»Wirst du das hier bereuen? Wieder bei meiner Arbeit auftauchen und mir sagen, dass wir das nicht hätten tun sollen? Denn ich werde nicht gut damit klarkommen. Dann möchte ich lieber jetzt aufhören.«

Ihre Hand gleitet in meine Boxershorts, noch immer ein wenig glitschig von dem Öl. Als sie mich erfasst und sich zu bewegen beginnt, ziehe ich laut die Luft ein und von der ersten Bewegung an ist meine Spitze bereits feucht.

»Willst du, dass ich aufhöre. Denn ich will es nicht. Ich will das hier.«

Ich beiße die Zähne zusammen, um mich davon abzuhalten, in ihre Hand zu stoßen. »Nein, ich will ganz bestimmt nicht, dass du damit aufhörst. Ich will nur nicht …«

»Dann sei still.« Cara drückt den Mund auf mein Ohrläppchen, dann küsst sie mich den Hals hinunter. »Komm mal etwas höher.«

Zuerst das Nippelspiel, jetzt das Halsküssen. Alles Dinge, die ich bisher eher als weibliche Vergnügungen angesehen habe, doch gerade jetzt fühlen sie sich verdammt gut für mich an.

Ich gebe nach. Sie ist nicht betrunken und wir beide wollen es. Ich hebe die Hüfte und sie schiebt meine Jeans und die Boxershorts nach unten, so dass mein Schwanz hervorspringt und ungeduldig wackelt. Die Ölflasche kommt ins Spiel, und während sie die Hand füllt, denke ich über die Möglichkeit nach, vor reiner Erwartung zu kommen. Und als sie mir mit ihren Händen mit, über den Kopf streicht und eine Hand über die andere rutscht, erinnere ich mich, wie ich bei unserer ersten Begegnung genau daran gedacht habe. An das völlig unangemessene Bild ihrer gemachten Nägel und einen langsamen, glitschigen Handjob. Wenn mir damals jemand gesagt hätte, dass es Wirklichkeit werden würde, dann hätte ich geantwortet, dass er sich mal den Verstand untersuchen lassen soll.

»Ich liebe deinen Schwanz. Wie er so hart wird. Wie dieser Teil …«, Cara streicht sanft mit zwei Fingern über die Unterseite der Eichel, »… so weich ist.«

Will sie einen Rekord brechen? Den kürzesten Handjob der Welt? Denn diese Worte aus ihrem Mund sind ein todsicherer Weg, um sich eine Medaille zu verdienen.

Cara verstärkt ihren Griff und meine Lungen versagen für einen Moment. Sie hat gerade meinen Lieblingsgriff entdeckt, kurz vor schmerzhaft, aber so gut für mich. Die meisten Frauen wissen nicht, wie fest sie deinen Schwanz halten können und sie würden niemals die Misshandlung ahnen, die ein Typ manchmal an seinem Schwanz verübt, wenn er es sich selbst besorgt. Doch Cara hat herausgefunden, was ich brauche, ohne irgendwas außer ihren Instinkten.

Nur eine einzige Sache könnte es noch besser machen.

Ich bin so kurz davor, dass ich es jetzt machen muss, wenn ich eine große Kirsche auf diesen Handjob legen will. Noch eine Minute oder so, und es wird vorbei sein.

Scheiß drauf. Ich lege meine Hände auf ihre und spreize die Beine ein wenig mehr. Ich ziehe eine ihrer Hände tiefer. Sie legt sie auf meine Eier und hält sie dort.

»Wie soll ich …« Ihre Worte versiegen.

Ich atme schwerfällig ein. »Zieh oder drück, was du willst. Sei aber nicht schüchtern, denn ich muss es fühlen.«

Sie beginnt mit einem Drücken. Es ist gut, aber nicht annähernd das, was ich brauche. Ein Streichen, dann ein kleines Ziehen. Meine Brust hebt sich. »Fester.«

Cara stöhnt, dann greift sie fester zu und tut es. Ihre umwerfenden Instinkte machen den Rest. Ich stöhne laut und lange, denn ich will sicher sein, dass sie weiß, wie perfekt es ist. Bevor ich es noch verarbeiten kann, macht sie alles auf einmal, reibt meinen Schwanz und zieht in einem perfekten Rhythmus an den Eiern. Ich werfe einen Blick auf ihre Hände und weiß, das ist alles, was ich noch brauche. Das glänzende Öl zu sehen ist genug und ich ergieße mich fast mit einem Schrei in ihre Hände. Sie hört nicht auf, wird nur langsamer mit den Bewegungen, bis ich es nicht mehr aushalte. Mit einem Knurren ergreife ich zitternd ihre Hände und zwinge sie dazu, aufzuhören, bevor sie mich umbringt.

Cara legt den Kopf an meinen Hals und gibt einen murmelnden Atemzug von sich. Ihre Zähne knabbern dort an einer Stelle und meine Haut erschauert unter einer erneuten Welle der Befriedigung. »Mann. Das war so heiß.«

Wenn ich jemals wieder herausfinden werde, wie man spricht,

dann werde ich ihr sagen, wie sehr ich ihr zustimme. Für den Moment bleibe ich einfach so und versuche, nicht wegzutreten.

Caras Arme, die sie noch immer um meine Taille gelegt hat, fangen nach ein paar Minuten zu zittern an. Wo sich unsere Körper berühren, sind sie von der Anstrengung feucht. Mein unterer Rücken ist gegen ihre Pussy gepresst und meine Instinkte sagen mir, dass die Hitze dort nicht nur davon kommt, dass wir so eng aneinanderliegen. Ich entknote Gliedmaßen und ziehe meine Shorts und die Jeans etwas höher.

»Jetzt du«, sage ich und rutsche von der Couch auf den Boden, um mich hinzuknien.

Cara hält die Hände vor sich und wirkt etwas verwirrt, als ich mich umdrehe und ihre Beine ergreife, um sie zu mir heranzuziehen.

»Was?«

»Jetzt. Du.«

Cara kreischt auf, als ich mich an ihre Bluse mache, und ich knurre, während ich mit ungeschickten Fingern an den Knöpfen zerre. Schließlich ist der letzte Knopf auf, ich schiebe die Bluse zur Seite und stöhne.

Kein BH. Nur Cara und ihre kleinen, festen Brüste mit rosigen, steinharten Nippeln. Sofort nehme ich einen zwischen die Lippen und den anderen zwischen die Finger. Cara beugt den Rücken vor und ich verändere meine Position, zwicke jetzt an dem ersten Nippel, der von meinem Mund ganz feucht ist, bis sie ein Stöhnen von sich gibt.

Sie hat sich in die Sofakissen sacken lassen, so dass sich meine Bauchmuskeln zwischen ihre Beine pressen, und als sie den Arsch anhebt, trifft sie auf meinen Körper und reibt sich mit ein paar Hüftbewegungen dagegen. Ich hätte zwar gern noch ein wenig Zeit mit ihren Brüsten verbracht, werde mich damit aber später beschäftigen. Das drängende Pressen ihrer Pussy ist zu stark, um es zu ignorieren. Ich ziehe ihr die Bluse von der Schulter, werfe sie ans andere Ende der Couch und mache mich an ihre Shorts, hake meine Finger an der Taille ein und ziehe sie über ihre Hüften hinunter. Cara schlägt die Augen auf und wir sehen uns an. Für einen Moment fühlt es sich so an, als würde alles in diesem Blick liegen, während wir versuchen zu entscheiden, ob das hier – die Chemie, die Hitze, die Art, wie wir nicht voneinander lassen können – mehr ist, als es scheint.

Es vergehen ein paar Sekunden, ich halte noch immer ihre Shorts in den Händen und hoffe, dass sie die Hüften hebt, damit ich die Aufgabe beenden kann. Stattdessen verschließt sie ihre kräftigen Oberschenkel und versucht, die Knie zusammenzudrücken, doch mein Körper ist im Weg. Trotzdem ist die Botschaft eindeutig. Wir befinden uns hier in einem verbotenen Bereich.

Meine Hände erstarren. »Was ist los?«

Cara murmelt leise, dann schlägt sie die Hände übers Gesicht und wird völlig reglos und still, abgesehen vom Geräusch ihres unregelmäßigen Atems.

Will sie nicht, dass ich nach dort unten gehe? Ist es das? Manche Frauen fühle sich nicht wohl dabei, das weiß ich, vor allem nicht am Anfang. Also werde ich heute keine Pussy naschen? In Ordnung. Ich komme damit klar, selbst wenn ich gern ein paar Stunden da unten verbringen würde und dann noch immer nicht genug hätte.

»Es tut mir so leid.« Cara zieht die Hände tiefer und sieht mich über ihre Fingerspitzen hinweg an. »Ich weiß nicht, was ich gedacht habe.«

Ich begreife schnell. Schnell genug, um zu spüren, wie ich die Fassung verliere.

Verdammte. Scheiße. Nicht schon wieder.

Cara plappert auf einmal los, erklärt, wie ich plötzlich ohne Shirt war und damit bei ihr eine Art Hirnstarre provoziert hätte, wie sehr sie sich auch wünschen würde, dass es anders wäre. Alles, was ich höre, ist eine Riesenladung Bullshit.

»Hör auf.« Ich beiße die Zähne zusammen. »Hör … einfach auf. Bitte.«

Ich nehme die Hände von ihrem Körper und gehe zurück in die Hocke, sehe sie lange an, wie sie dort fast nackt liegt, und mir einen bedauernden Blick zuwirft, der nichts anderes bewirkt, als mich noch mehr zu verärgern.

Ich habe ihr erlaubt, mir einen runterzuholen, und bin in ihren Händen gekommen, während sie meine Eier gehalten hat – auf mehr als eine Art. Ich bin seit Jahren nicht mehr so heftig gekommen, habe die ganze Situation in mich aufgesaugt, mich ihr ungeschützt ausgeliefert und mich ihr offenbart. Dabei denkt dieses Mädchen, ich sei ihr hohlköpfiges Landei-Spielzeug. Irgendein Typ, den sie am Schwanz herumwirbeln und dann so tun kann, als wäre er es nicht wert, ihre Pussy zu lecken. Und ich erlaube ihr das.

Ich nehme mein Shirt von der Couchlehne, ziehe es mir über den Kopf und mache die Jeans zu. Cara greift nach ihrer eigenen Bluse und streift sie eilig über.

Verarsch mich einmal, schäm dich. Verarsch mich zweimal – nun, scheiß drauf!

»Garrett, es tut mir so leid. Sei bitte nicht wütend. Bitte, nur …«

Ich stehe auf und strecke die Hände vor mich, bis sie den Mund hält. Mit einer Hand hält sie ihre offene Bluse zusammen und setzt sich auf die angewinkelten Beine. Sie wirkt winzig, wie sie da sitzt und ich über ihr aufrage, was in diesem Moment genau das Richtige für mich ist. Wenn sie sich hinstellen würde und unsere perfekt zueinander passenden Körper sich näherkommen würden, könnte ich unmöglich annehmen, dass ich hier wenigstens etwas Kontrolle habe.

»Das erste Mal, als du diese Nummer gebracht hast, habe ich es hingenommen. Ich habe es nicht verstanden, mir gefiel es nicht – aber ich habe es hingenommen.« Mein Kiefer verspannt sich, während ich sorgfältig meine nächsten Worte wähle, wohlwissend, dass ich jetzt eine Entscheidung treffen werde. »Diesmal nicht. Du magst vielleicht glauben, dass ich irgendein dummer Landjunge bin, mit dem du einfach herummachen kannst, aber das bin ich nicht. Wir sind fertig miteinander.«

Ich warte nicht darauf, dass sie antwortet oder mir widerspricht. Ich will mir auch nicht anhören, wie sie mit einer neuen Runde von Entschuldigungen beginnt. Ich bin durch die Tür und hinaus in den Wagen, bevor sie noch etwas tun oder sagen kann. Meine Hände zittern, als ich den Schlüssel ins Zündschloss ramme. Kalte Luft kommt aus dem Gebläse, als der Motor angeht, und bläst sie mir über die nackten Arme.

Na großartig. Ich habe meine Jacke drinnen vergessen. Und meine Baseballkappe. Ebenfalls – und das könnte das größte aller Probleme sein – habe ich drei Bierflaschen im Kühlschrank gelassen. Bier, das ich jetzt gut gebrauchen könnte.

Scheiß drauf. Ich kaufe mir eine neue Jacke, eine andere Kappe. Und auch eine ganze neue Kiste Bier.

Mit einem groben Stoß lege ich den Gang ein, doch bevor mein Fuß von der Bremse zum Gaspedal kommt, schwingt die Vordertür des Hauses auf. Cara tritt mit meiner Jacke auf die Veranda, hält sie fest vor der Brust. Sie bleibt dort barfuß in ihren winzigen Shorts und mit dem jetzt zugeknöpften Hemd stehen.

Im Dunklen. Im Februar. In Colorado.

Und so sehr ich mir auch wünsche, dass es mich kein Stück interessiert, wenn sie sich den Arsch abfrieren muss – tut es das.

Ich sollte wegfahren. Mit dem richtigen Tempo wegfahren, damit der Kies aufspritzt. Cara alleinlassen, damit sie merkt, wie dumm es ist, mitten im Winter dort zu stehen. Das ist es, was ich tun sollte. Doch ich kann es nicht. Ich kann es nicht, weil ich ein Trottel bin. Weil ich den Anblick hasse, wie verloren sie aussieht. Weil ich es hasse, mich so zu fühlen – angenervt und außer Kontrolle. Aber wenn es wegen irgendwas ist, das mit Cara zu tun hat, dann ist es noch viel schlimmer.

Ich schlage mit der geballten Faust gegen die Türverkleidung und lasse den Schmerz durchsickern, bevor ich den Motor abstelle und zur Veranda zurückkehre. Ich trete auf die zweite Verandastufe, strecke den Arm mit nach oben geöffneter Handfläche aus, um meine Jacke entgegenzunehmen. »Danke. Geh wieder rein.«

Cara hält die Jacke fester an ihre Brust gedrückt und schüttelt den Kopf. Ich bewege die Hand, verlange stumm, dass sie mir die verdammte Jacke zurückgibt.

»Ich will nicht, dass du gehst.«

»Zu dumm. Ich habe dir gesagt, dass wir fertig sind. Ich hätte gern meine Jacke, doch ich gehe genauso gern ohne.«

»Garrett …« Mit flehendem Blick neigt sie den Kopf auf die Seite, womit sie mich aus der Fassung bringt.

»Verdammte Scheiße. Was willst du denn von mir? Ich lasse zu, dass du mir auf der Couch einen runterholst, dann schickst du mich weg, genau wie du es beim letzten Mal getan hast. Der Unterschied ist nur, dass mein Schwanz in deiner Hand war und nicht in dir. Ist das nicht genug Demütigung für mich?«

Caras ganzer Körper scheint in sich zusammenzufallen. Sie schüttelt den Kopf.

»Ich wollte dich niemals demütigen, Garrett. Niemals. Aber ich habe das nicht geplant – dich zu treffen und das alles zu fühlen … so zu fühlen. Es ist so verwirrend. Und ich weiß, dass es keine große Sache sein muss, doch ich bin echt scheiße in so zwanglosen Geschichten. Ich sage mir immer, dass ich dich dein Ding machen lassen soll und ich mache meins, doch es funktioniert nicht.«

Sie atmet langsam aus und senkt ihr Kinn und für einen Moment sieht es aus, als würde sie gleich in Tränen ausbrechen.

Gott. Warum ist es so kompliziert? Warum streiten wir uns wegen diesem Scheiß? Was wird denn ihrer Meinung nach geschehen, wenn sie damit aufhört, ständig Straßensperren zwischen uns aufzustellen? Wird sie sich in mich verlieben? Wird sie ihr Schreiben, ihre Karriere und ihre Träume aufgeben, da ich ja ein solch toller Fang bin? Jetzt hör aber auf mit dem

Scheiß. Ich bin kein toller Fang, und sie ist nicht die Art von Frau, die ihre Träume aufgibt. Hör auf jemanden, der genau weiß, wie das geht. Es gibt einen Weg, es richtig zu tun, und man lernt, den Tag so zu nehmen, wie er kommt. Man vergisst morgen oder nächste Woche oder nächstes Jahr, denn man rechnet nicht mehr mit irgendwas. Ich kenne Cara seit zwei Wochen und weiß genau, dass so ein Leben nicht für sie bestimmt ist.

Also ehrlich, sie hat wirklich nichts zu verlieren. Ich werde nicht versuchen, sie zu behalten, denn sie gehört nicht an einen Ort wie diesen hier, um ein Leben wie meins zu leben. Ich bin eher derjenige, der traurig darüber ist, dass er ein Mädchen wie sie verliert, nicht andersherum. Wegen mir wird sie bestimmt nicht den Verstand verlieren, denn dafür ist er viel zu groß – er wird sie immer an ihr größeres Ziel erinnern.

Ich nehme mir eine Sekunde Zeit, um sicher zu sein, dass ich die Situation richtig eingeschätzt habe, und dass es nicht mein unentwegt an Cara interessierter Schwanz ist, der hier das Denken übernommen hat. Caras Blick ist zu Boden gesunken, sie hat die Mundwinkel herabgezogen. Als ich eine Stufe höhergehe, hebt sie langsam den Blick und begegnet meinem. Ich verschränke die Arme vor der Brust.

»Ich werde keine Rücksicht nehmen, denn darüber sind wir schon hinaus. Du bist nur noch für ein paar Wochen hier. Danach wirst du zu deinem Leben in Chicago zurückkehren.« Ich senke das Kinn, um sicherzugehen, dass wir auf Augenhöhe sind. »Und wenn wir einander so lange vögeln, bis du wegfährst, es wird nichts daran ändern. Ich glaube, deine Sorgen kommen zur Hälfte davon, dass du dagegen ankämpfst. Aber wir beide wissen, dass du Gründe hast, für die du hergekommen bist und dass du wieder dahingehen wirst, wohin du gehörst. Habe ich recht?«

Cara zuckt die Schultern. Seufzend fahre ich mir mit einer Hand durchs Haar.

»Das ist keine Antwort. Wenn du so machst«, ich wiederhole

ihre Geste, »ist das keine Antwort. Komm schon, sei ehrlich. Sag mir einfach, wo du wohnst. Wohin bekommst du deine Post, was ist die Adresse, die du aufschreibst, wenn dich jemand fragt? Wo. Wohnst. Du?«

Sie richtet sich ein wenig auf. »Chicago.«

»Ja. Sag mir jetzt, was du hier machen sollst.«

»Schreiben.«

»Genau.« Ich beuge mich vor zu ihr. »Und ich werde dir nicht in die Quere kommen, Cara. Das verspreche ich dir. Du sagst immer, du willst das hier, also hör auf, dir selbst im Weg zu stehen bei dem, was zwischen uns läuft und vertraue darauf, dass du am Ende trotzdem deine Geschichte hast. Hör auf darüber nachzudenken und lass es einfach geschehen. Dann musst du dir keine Sorgen darüber machen, dass du es willst, denn dann hast du es.«

Cara hebt die Augenbrauen. »Aber wie soll das funktionieren? Das hier geschehen lassen?«

»Es bedeutet, dass wir zusammen sind, während du hier bist. Wir verbringen Zeit miteinander, wir gehen essen. Wir bleiben zu Hause und sehen uns deine blöden Realityshows an. Wir haben Sex. Aber du machst danach nicht mehr dieses ›Fuck-and-Run‹-Ding mit mir. Ich bleibe über Nacht. Du kannst zwanglos nicht? Gut. Während du hier bist, wird es nicht zwanglos. Wir sind zusammen, du und ich, an jedem Tag.«

Sie neigt den Kopf ein wenig zurück. »Jeden Tag? Alle Tage? Aber ich muss arbeiten. Ich kann nicht einfach den ganzen Tag herumhängen und Sex mit dir haben. Das ist das Problem. Dass ich hiervon völlig vereinnahmt werde.«

Ich lache müde. Dann nehme ich die letzte Stufe zu ihr und halte ihr Gesicht in den Händen.

»Entspann dich. Ich arbeite fünfzig Stunden die Woche im Laden, was bedeutet, dass ich auch nicht hierbleiben und dein persönliches Sexspielzeug sein kann. Das ist ganz einfach. Ich arbeite, du arbeitest. Nach der Arbeit machen wir andere Sachen. Wie zum Beispiel, ich weiß auch nicht, Essen kochen. Einen Ausflug machen. Vögeln wie die Karnickel.«

»Ach so.« Caras Blick geht nach unten, so dass sie auf meinen Hemdkragen guckt und ihre Unterlippe quält, während sie eindeutig mit ihrem brillanten, überaktiven Verstand über meinen Vorschlag nachdenkt. Ich könnte sie küssen oder weiterreden, doch keins davon scheint die richtige Sache zu sein. Es ist besser, ihr etwas Raum zum Atmen zu geben, damit sie die Details für eine Minute durchgehen kann.

Also warte ich.

Aus einer Minute werden zwei.

Noch eine Minute und meine Arme werden langsam schwer vom Halten ihres Gesichtes. Ich frage mich, ob sie Multiplikationstabellen in ihrem Kopf durchgeht. Stumm ihre eigene Operninterpretation singt. Die letzte Episode der *Housewives* durchkaut oder sich darüber wundert, auf wie viele Arten diese Frauen ihr Geld verschwenden.

Kluger Verstand oder nicht, wenn Cara nicht bald spricht, werde ich sie küssen. Vielleicht wird es sie das an das erinnern, worum es geht.

Kapitel 17

Cara

»Das ist ganz einfach. Ich arbeite, du arbeitest. Nach der Arbeit machen wir andere Sachen. Wie zum Beispiel, ich weiß auch nicht, Essen kochen. Einen Ausflug machen. Ficken wie die Karnickel.«

PRO: Es klingt wirklich einfach. Trügerisch.

PRO: Ich mag die Idee, Essen zu machen – mit Garrett.

PRO: Ich mag die Idee, Ausflüge zu unternehmen – mit Garrett.

PRO: Ich mag die Idee, wie die Karnickel zu vögeln – mit Garrett.

Da ist ein kleiner Riss am Kragen von Garretts T-Shirt, an der Stelle, wo sein Schlüsselbein auf den Stoff trifft. Ich habe ihn so lange angestarrt, dass ich überrascht wäre, wenn er mich nicht bald in die Realität zurückholen würde. Stattdessen bleiben seine Hände sanft an mein Gesicht gepresst, mit den Daumen streicht er mir dabei über die Wangenknochen. Er drängt mich nicht oder zwingt mich zu einer Antwort. Dabei ist er noch immer so wütend, wie er es zuvor war. Er ist aber verdammt gut darin, es zu verbergen. Oder er unterdrückt es, vergräbt und vergisst es. Oder, wie er gerade ausgeführt hat, ich bin diejenige, die anfällig dafür ist, Dinge zu überdenken, und er ist es nicht.

Ich zwinkere zweimal, dann hebe ich den Kopf, um in sein Gesicht zu sehen.

»Ja. Okay.«

Sein Gesicht leuchtet blitzartig auf, doch er unterdrückt es genauso schnell wieder.

»Ich werde dich noch einmal fragen, um ganz sicher zu sein. Danach tun wir so, als wäre das, was vorhin stattgefunden hat, nicht geschehen. Wir machen einfach weiter.« Er zwingt sich zu einem neutralen Ausdruck. »Bist du dir sicher?«

Ich nicke ruckartig. Garrett antwortet, indem er mich küsst. Langsam und neckend, der beste Beweis dafür, wie gut er darin ist, einfach weiterzumachen. Denn da ist nichts Hinterhältiges oder Verbittertes oder Zögerndes in dem neckenden Spiel unserer Lippen, selbst wenn das, was vor zehn Minuten geschehen ist, eigentlich dazu hätte führen müssen und zu noch mehr. Seine Hände gleiten von meinem Gesicht hinab um meine Taille, dann unterbricht er den Kuss und tritt zurück. Ich erinnere mich daran, dass ich noch immer seine Jacke halte. Ich drücke sie an seine Brust und er nimmt mich in den Arm.

»Was jetzt?«, frage ich leise, wobei ich genau weiß, dass ich keine Hundertachtzig-Grad-Wendung hinbekommen werde, unabhängig von dem gerade gefassten Plan – Essenmachen, Ausflüge unternehmen, und karnickelähnliches Verhalten –, ohne dass mir dabei ein wenig schwindlig wird. Ich brauche seine Hilfe dabei, um mir zu zeigen, wie es geht.

Garrett richtet mit einem nachdenklichen Kräuseln der Lippen den Blick zum Himmel.

»Nun, keiner von uns ist gerade bei der Arbeit. Wir haben Popcorn zum Essen gehabt. Und es ist ein wenig spät für einen Ausflug.« Sein Blick kehrt zurück zu mir.

»Da bleibt nur noch eine Sache auf der Liste.«

Vögeln wie die Karnickel.

Ich versuche, alles unter Kontrolle zu halten. Mein sprunghaftes Herzklopfen, das Drehen meines Magens, die Intensität, mit der meine Lungen allen Sauerstoff aufsaugen wollen. Wir hatten bereits Sex. Der Zug ist bereits abgefahren, doch selbst damit ist es jetzt anders. Es ist beabsichtigt. Weniger so, als wäre man das Opfer einer Schwäche für ihn und mehr so, als würde einem ein schmutziges »Such-dir-dein-eigenes-Abenteuer«-Buch ausgehändigt.

Wenn du denkst, mehr Sex mit Garrett ist die beste Idee überhaupt, dann gehe zu Seite neunundreißig. Wenn du dich lieber quälen möchtest, indem du dich von ihm fernhältst und für die nächsten sechs Wochen Real Housewives *guckst und niemals herausfinden wirst, was er tun würde, wenn er dir deine ganze Kleidung ausgezogen hat, dann gehe zur letzten Seite. Ende.*

»Bist du gar nicht mehr hungrig? Wir hatten nur Popcorn.«

Garrett tut das, was ich schließlich selbst getan hätte. Er streicht mir das Haar hinter die Ohren.

»Ich bin nicht hungrig. Also, wenn du nicht hungrig bist, dann würde ich gern einfach mit dir reingehen und mit dir zusammen sein.« Er macht eine Pause, sucht meinen Blick. »Außer, du bist nicht dazu bereit. Vielleicht brauchst du eine Nacht für dich allein?«

Eine Nacht für mich allein? Nach dem ganzen schrecklichen Drama von heute Abend? Nachdem ich schließlich zu dem Ergebnis gekommen bin, dass ein Garrett, der nicht zwanglos beiläufig, aber vorläufig ist, viel besser ist als überhaupt kein Garrett? Keine Chance. Ich gehe zu Seite neunundreißig – und er kommt mit.

Ich nehme seine Hand und ziehe ihn durch die Vordertür, die Garrett hinter uns zutritt. Im Haus ist es fast dunkel, außer dem Licht des Fernsehers, das den Eingang beleuchtet und die Stufen, die nach oben in die erste Etage führen. Meine nackten Füße sind leise auf den Treppenstufen, doch wegen seines Gewichts und der Stiefel ist hinter mir ein Quietschen und Rascheln zu hören, als er mir folgt. Am Ende des Gangs ist das Schlafzimmer, in dem ich schlafe, das mit den nach Osten zeigenden großen Fenstern, die jeden Morgen den Hotchkiss-Sonnenaufgang hereinlassen.

Heute Abend kommt das einzige Glühen von einem gelb eingefassten Licht in der Mitte der Decke. Garrett reibt sich mit einer Hand über das Gesicht und wirft die Jacke auf den Boden neben dem Bett. Sein Blick schweift durch den Raum und er schüttelt matt den Kopf. Ich hebe die Hand und berühre leicht meine Lippen.

»Nicht. Möglich.«

Er grinst. »Doch möglich.«

»Das war dein Zimmer?«

Garrett nickt und blickt mit einem Lachen zur Decke. »Nur für ungefähr achtzehn Jahre oder so. Mehr oder weniger.« Er kommt nahe genug heran, dass er eine Hand an meine Hüfte legen kann, dann schiebt er die Finger unter den Saum meiner Bluse und berührt die nackte Haut über den Shorts.

»Warum hast du es ausgewählt?«

»Die Fenster.«

Er neigt den Kopf. »Die Sonnenaufgänge?«

Ich nicke und streiche mit den Fingern durch die kleinen Locken über seinen Ohren, und er schließt die Augen. Diese widerspenstigen Locken sind es, die immer unter dem Rand seiner Baseballkappe hervorgucken. Wenn er sie abnimmt, sind die Haare meist etwas plattgedrückt, doch es bleibt nie lange so, schließlich richten sie sich unordentlich auf.

»Ist das noch immer zu seltsam für dich? Willst du zu dir gehen? Dahin, wo du jetzt wohnst?«

Garrett schüttelt den Kopf und öffnet die Augen. »Ich komme damit klar. Ich habe ohnehin viel Zeit damit verbracht, mir vorzustellen, in diesem Raum flachgelegt zu werden. Der Kreis schließt sich, oder so ähnlich.«

»Aber dieser Ort …«

»Hör auf.« Garrett gräbt seine Finger in die nackte Haut meiner Hüfte, fest genug, dass ich nicht weiterspreche. »Ich will nirgendwo anders sein als genau hier, genau jetzt. Wir müssen uns über nichts anderes Sorgen machen. Es gibt nur jetzt.«

Mein Blick wandert weg von ihm, während ich den Teil von mir behüte, der immer nach einem Plan sucht, nach Antworten auf meine Fragen, nach mehr. »Ich bin nicht so gut darin. Dem Jetzt-Ding. Mein Verstand mag es, vorzupreschen.«

Garrett küsst mich auf die Stirn. »Ich weiß. Das habe ich bereits mitbekommen. Wir werden üben, okay?« Seine Hände fangen an, mit den Knöpfen meines Hemdes zu spielen. »Sag mir genau, was du denkst – diskutier es nicht, sag einfach, was immer dir in den Sinn kommt.«

Die Worte sind raus, bevor ich sie wieder überdenken kann und sie verschwinden. »Ich will meine Klamotten ausziehen. Aber ich will, dass du es machst.«

Garrett zögert nicht, öffnet die zwei einsamen Knöpfe, die ich zu schließen geschafft habe, bevor ich vorhin hinter ihm her bin. Meine Bluse fällt zu Boden. Er nimmt meine Hand und führt uns beide zum Bett. Er setzt sich ans Fußende und lässt mich in dem Zwischenraum zwischen seinen Beinen stehen. Das Bett quietscht laut unter seinem Gewicht und er wirft einen besorgten Blick auf die Matratze und wackelt ein wenig, um es erneut quietschen zu lassen.

»Ich bin mir nicht sicher, ob das Bett aushält, was ich im Sinn hatte. Ich muss mich vielleicht ein wenig zurückhalten. Ich dachte, der Typ, der das Haus gekauft hat, sei reich. Ist er es geworden, weil er so geizig ist?«

Noch ein Testlauf auf dem Bett und es klingt, als wäre irgendwo in der Matratze eine Feder zum letzten Mal gesprungen.

»Er ist nicht geizig, er hat nur eine Frau, die für die ganze Inneneinrichtung zuständig ist. Doch sie haben sieben Häuser und eins davon ist immer in Renovierung, deshalb ist sie sehr beschäftigt. Ich bin mir sicher, wenn sie gewusst hätte, dass Davis diesen Makler bezahlt hat, um für meinen Aufenthalt ein paar Dinge zusammenzuschustern, und dass nichts davon maßgeschneidert oder italienisch oder achtzehntes Jahrhundert irgendwas war, dann würde sie einen Herzinfarkt bekommen.«

Ich fange an, mich aus meinen Shorts zu schälen, denn über Davis oder mein Leben zu Hause zu reden, ist nicht das, was ich jetzt will. Garrett legt die Hände auf meine und schiebt sie sanft beiseite.

»Du hast gesagt, du willst, dass ich es tue.«

»Nun, du warst zu beschäftigt damit, auf dem Bett herumzuhüpfen. Ich bin es leid, zu warten.«

Garrett hakt die Finger in den Bund meiner Shorts und zieht sie hinunter. Mein Atem gerät aus dem Rhythmus, als er sie halb heruntergezogen hat und sich vorbeugt, um sanft gegen die Stelle zwischen meinen Beinen zu hauchen.

»Ich wollte dir diese Shorts, deine Jeans, – alles – von der Sekunde an hinunterziehen, als ich dich getroffen habe.«

Die Shorts landen auf dem Boden und ich schaffe es, sie mit dem Fuß zur Seite zu kicken, auch wenn seine Hände bereits in die entgegengesetzte Richtung wandern. Seine Finger gleiten an der Rückseite meiner Waden hinauf, hinter meine Knie, meine Oberschenkel. Er hält dort inne, wo meine Beine auf mein Hinterteil treffen, und greift fester zu.

»Was jetzt?«, fragt Garrett. Ich versuche zu denken, doch es ist schwer. Er gibt ein kleines, tadelndes Geräusch von sich. »Nicht denken. Sag es einfach.«

Er drückt die Lippen an meinen unteren Bauch, gefolgt von seiner Zunge, die den Konturen eines Hüftknochens folgt, während seine Hände weiter die Rückseite meiner Beine halten. Garretts Hände sind groß genug, dass seine Finger bei der näherkommenden Bewegung, an meine sensibelste Stelle stupsen, wovon meine Beine ein wenig zittern. Das ist mehr als genug, um deutlich zu machen, was ich als Nächstes will.

»Ich bin nackt. Ich bin feucht. Brauchst du noch mehr Hinweise als das?«

Garrett stöhnt auf. Wegen meiner zittrigen Beine und der Ungeduld kippe ich gegen ihn, so dass er rückwärts auf das Bett kracht. Ich krieche über ihn und mein Mund findet seinen. Wir fummeln aneinander herum, wobei unsere Hände versuchen, zu viel auf einmal zu berühren. Plötzlich setzt sich Garrett auf, nimmt mich mit und dreht mich auf eine Seite, dann bedeckt er meinen Körper mit seinem und schiebt ein Bein zwischen meine, so dass sein Schenkel hochgezogen ist und meine Stelle berührt. Der Stoff seiner Jeans reibt an mir und die Baumwolle seines T-Shirts streicht über meine Nippel. Ich zerre keuchend meinen Mund weg. Mit seinen Küssen wandert er meinen Hals hinab, doch ich drücke gegen seine Brust, um ihn zu stoppen. Garrett schreckt auf und versteift. Ich streiche mit den Fingern über die verspannten Muskeln seines zusammengebissenen Kiefers.

»Deine Klamotten ist mir im Weg. Ich will sie weghaben.«

Ich schubse ihn und Garrett hechtet förmlich aus dem Bett, zerrt hinten an seinem Kragen, um sich das Shirt auszuziehen, versucht zugleich, sich die Stiefel abzustreifen und knurrt, als er merkt, dass es nicht klappt. Ich lege eine Hand zwischen meine Beine, um mich zu beschäftigen. Ein Stöhnen ist zu hören, als ich das tue und dabei die Augen schließe.

»Oh, Gott. Mach das nicht.« Garretts Stiefel schlagen laut auf den Boden, als er sie durch den Raum schleudert.

Ich höre das Klirren seines Gürtels, als er ihn auszieht, einen Reißverschluss, der geöffnet wird, und das Reißen einer Kondompackung. Die Geräusche verstärken alles, was ich empfinde: die Erwartung, das Wissen, nicht zurückweichen und auch nichts zurückhalten zu müssen, und wie mein Körper mehr als bereit für das hier ist. Meine Finger bewegen sich in kleinen Kreisen, mit leichter Berührung, denn das ist es, was ich brauche, aber nicht unbedingt das, was ich wirklich will.

»Verdammt, warte. Warte auf mich, Cara. Das ist jetzt meine Aufgabe! Dich feucht und bereit zu machen ist das, was ich tun werde, wenn wir zusammen sind. Ich mache es, gib mir nur zehn Sekunden, um meine verdammte Jeans auszuziehen.«

Ich seufze leise und höre mit der Bewegung auf, lasse meine Hand aber genau da, wo ich sie haben will.

Garrett springt fast aufs Bett, als die Jeans endlich auf den Schlafzimmerboden fällt, zieht mir sofort die Hand weg, ersetzt sie aber nicht mit seiner eigenen. Stattdessen spüre ich ein Stück Latex. Mit der Eichel macht er dort Kreisbewegungen, wo gerade noch meine Finger waren. Ich drücke den Rücken durch und lasse die Beine auseinanderfallen, wobei ich darauf hoffe, so schnell wie möglich mehr zu bekommen. Er nimmt sich selbst in die Hand und klopft damit gegen meine Klit, sein eigener persönlicher Reflextest mit meinem Körper, denn meine Knie schießen hoch und ein lautes Stöhnen kommt mir aus der Kehle. Garrett lacht leise, dunkel und hinterlistig, fragt mich *Hat dir das gefallen?* – ohne dabei auch nur ein Wort zu sagen.

Als er seinen Körper auf meinen legt, merke ich, dass ich viel zu sehr damit beschäftigt war, mich selbst zu berühren, als ihn nackt zu sehen. Und das ist nicht okay. Ich habe viel zu oft über ihn ohne Kleidung nachgedacht, um die Show heute Nacht zu verpassen. Ich schlage ihm gegen die Bauchmuskeln und er lässt ein *Uff* hören.

»Was? Das Kondom ist an. Alles ist gut.«

»Steh auf.«

Er erstarrt verwirrt, dann lässt er den Kopf an mein Schlüsselbein fallen und schüttelt ihn dort.

»Nein. Warum? Verdammt, du bringst mich noch um, Cara.«

»Ich habe dich gar nicht nackt gesehen.«

»Guck es dir nachher an. Ich mache dann auch einen Catwalk für dich, wenn du willst. Nachher.«

»Jetzt.«

Es folgt ein Knurren – halb genervt, halb rasend. Er stemmt die Hände neben meinen Kopf und drückt sich hoch, wobei er seinen Bizeps spielen lässt. Ich halte mich davon ab, ihn zuerst alle zwanzig Liegestütze machen zu lassen. Oder ihn dort verharren zu lassen, bis ich Stopp sage. Das könnte ein wenig mehr sein, als er akzeptieren würde.

Garrett stellt sich ans Fußende des Bettes, legt die Hände an die Hüften und streckt ein Knie vor. Ich drücke mich ein wenig höher, um mich auf die Unterarme zu stützen.

Hallo, Garrett. Das war es wert, seine Geduld herauszufordern. Seine Frustration macht den Anblick sogar noch besser. Er ist überall hart. Bauch und Arme, Brustmuskeln und Beine. Und sein Schwanz. Sein Schwanz ist sehr hart. Irgendwie wütend und genervt hart.

Er breitet seine Arme weit auseinander. »Ich bin schon ein Prachtkerl, was? Ist das für dich okay?«

Ich grinse und verziehe die Lippen.

»Also, sind wir jetzt zufrieden?« Ein schnelles Nicken von mir und Garrett lässt die Luft heraus. »Gott sei Dank. Dann spreize jetzt bitte die Beine.«

Meine Beine sind in einer Sekunde weit auseinander gespreizt. Garrett setzt die Spitze seines Schwanzes an und stößt hinein. Und vielleicht ist es, weil er auf mir liegt und sein Körper und das Gewicht noch zu dem Gefühl beitragen, denn es fühlt sich nach mehr an. Mehr, um damit umzugehen – oder einfach mehr von ihm.

»Scheiße. Schling die Beine um mich.« Garrett stößt tief, als ich die Bein um ihn lege, nur einmal. »Fester. Ich weiß, diese hübschen Beine sind noch viel stärker.«

Ich lege ihm die Arme um den Hals, um mich abzustützen, gebe alles, was ich kann – und er nimmt es. Das Bett quietscht laut und es hört sich an, als könnte jeden Moment ein tragendes Teil kaputtgehen. Und wenn das der Garrett ist, der er sich zurückhält, um die Möbel zu retten … dann oh mein Gott!

Als seine Stimme schwächelt, während er in mein Ohr stöhnt, konzentriere ich mich auf das Geräusch des hart arbeitenden Garrett, der alles nimmt und mehr gibt, als ich bisher für möglich gehalten hätte. Sein Rhythmus wird ruckhaft, doch die Geräusche, die er macht und seine Stöße sind ausreichend. Als er hört, wie ich komme, presst er seinen Körper fester gegen mich und macht zwei noch härtere Stöße, bevor er reglos wird. Er brummt einen leisen Fluch in mein Ohr.

Danach ist es still. Wir sagen nichts, bis er zurück aus dem

Badezimmer kommt, wo er sich um das Kondom gekümmert hat, und mit mir unter die Decke krabbelt. Ich bewege mich ein Stück, um ihm Platz zu machen.

»Denke nicht mal dran.« Ein großer Arm legt sich um meine Taille, zieht mich näher und dreht meinen Rücken gegen seine Vorderseite. »Ich schlafe nackt. Hoffentlich ist das okay für dich.«

Mit seinem ganzen Körper an meinen gedrückt, noch immer halbsteif und zwischen meine Beine gebettet, beschließe ich, dass es mehr als okay ist. Ich bin mir ziemlich sicher, dass unser Arrangement richtig gut laufen wird.

Kapitel 18

Garrett

Als Kind einer Mutter, die nie genug von kitschigen Liebesfilme bekommen konnte, habe ich in meiner Kindheit viel Zeit damit verbracht, mich durch die Filme ihrer Wahl zu quälen, deshalb bin ich wohlvertraut mit den altbewährten Formeln dieser Streifen. Ungefähr nach der Hälfte kommt bei den meisten der Teil, wo verschiedene Szenen zusammengeschnitten werden, in denen der Typ und das Mädchen nette Dinge miteinander machen, wie zum Beispeil eine Schneeballschlacht. Vielleicht gehen sie zu einem Baseballspiel, wo sie sich einen Hotdog teilen und sie ihm Senf von der Nase wischt, kurz bevor sie einen Ball fängt. Dabei läuft die ganze Zeit im Hintergrund ein eingängiger und kitschiger Song.

Mein Leben.

In den letzten zwei Wochen hat es zwar keine Schneeballschlacht und keine Baseballspiele mit Cara gegeben, dafür gab es ein Basketballspiel, eine ungeplante Wasserschlacht bei völlig ungeeignetem Wetter und einen Nachmittag mit Wurfscheibenschießen auf einem örtlichen Schießstand. Sie ist aus Chicago, wo einige unserer striktesten Waffengesetze entstanden sind, weshalb ich mir nicht sicher bin, ob es Ironie des Schicksals ist oder schlicht poetische Gerechtigkeit, dass sie ein Naturtalent mit Waffen ist.

Heute fahre ich nach der Arbeit direkt zur Farm, ohne vorher nach Hause zu gehen. Ein Haufen meiner Kleidung liegt bereits auf dem Boden neben meiner Bettseite, so dass ich alles habe, was ich benötige. Als ich durch die Eingangstür trete, dröhnt mir ein Schwall Wildkatzenopernmusik, die ich langsam zu schätzen lerne, aus einem kleinen tragbaren Lautsprecher entgegen, den Cara auf den Couchtisch gestellt hat. Mit dem geöffneten Laptop hat sie sich auf die Couch gekuschelt. Sie trägt ihre Brille und haut fleißig in die Tastatur, um heute ihre Wortanzahl zu schaffen. Ihr Ziel für die tägliche Wortmenge sind übrigens fünfhundert Wörter, was für mich einfach zu schaffen klang, so dass ich den dummen Fehler gemacht hab, es laut auszusprechen. Ich hatte unrecht.

Es müssen Qualitätswörter sein, wurde mir gesagt. Das war unmittelbar, nachdem sie mir einen Blick zugeworfen und die Brille heruntergerissen und beiseite geworfen hatte, um mir im Detail zu erklären, warum ich so unglaublich falsch damit lag.

Deshalb sage ich heute Abend nichts, als ich das Haus betrete, denn ich habe gelernt, dass es am besten ist, das Genie mit seiner Arbeit in Ruhe zu lassen. Ich gehe direkt durch die Diele und das Esszimmer, stelle die mitgebrachten Lebensmittel in die Küche und möchte für eine kurze Dusche nach oben gehen. Als ich um die Ecke biege, um die Stufen hinaufzugehen, steht Cara da, ihr Gesicht fast ausdruckslos.

»Können wir einen Ausflug machen? Ich habe Essen für ein Picknick eingepackt. Sandwiches, Chips und ich habe ein paar Zitronenschnitten gemacht.«

Ich betrachte ihr Gesicht erneut. Normalerweise sagt mir Caras Gesicht alles. Glücklich? Ihre dunkelbrauen Augen machen dieses Glitzerding, das ihr ganzes Gesicht so aussehen lässt, als würde es das Sonnenlicht reflektieren.

Angenervt? Ein winziges Beben der Nasenlöcher, gefolgt von einem Naserümpfen.

Angeturnt? Zweierlei. Zuerst öffnen sich ihre Lippen und sie streicht mit ihrer Zunge über die Zahnrückseite. Dann nimmt sie ein Körperteil – meine Brust, meine Hände, einmal waren es sogar meine nackten Füße – und fixiert ihren Blick darauf, bis ich es nicht mehr aushalte und ihr einen guten Grund gebe, um woanders hinzugucken.

Aber heute ist sie wie ein leeres Blatt. Ich weiß nicht, ob mir das gefällt.

Ich versuche, meine Worte mit Sorgfalt zu wählen, da ich diese Version von Cara bisher nicht kennengelernt habe und nicht ganz sicher bin, wonach sie sucht.

»Fahren wir weg, weil die Worte heute gut kommen? Oder, weil sie es nicht tun?«

»Weder noch.« Sie geht in Richtung Küche. »Wir sollten aber bald los.«

So viel zum Thema Dusche. Allerdings hat sie gerade neben mir gestanden. Wenn sie also ein Problem mit meinem Eau de Genossenschaft hat, dann hätte sie mich nach oben schicken können. Cara dreht den Kopf zurück und blickt mich mit gehobenen Brauen an. Ich denke, dass ich meine Jacke brauche. Und zwar sofort.

Cara taucht wieder auf, sie hat eine kleine Kühltasche in der Hand und sich für ein frostiges Picknick mit einem pinkfarbenen Hoodie mit gebauschter Weste darüber, schwarzen Leggins und kniehohen Gummistiefeln angezogen. Und sie hat noch denselben verstörend leeren Ausdruck im Gesicht.

Ich weiß nicht, wie viel Cara wiegt, doch ich würde vermuten, dass ich ungefähr gut vierzig Kilo schwerer als sie bin. Trotzdem macht sie mir gerade Angst.

* * *

Unsere Fahrt führt uns zu einem State Park ungefähr fünfundzwanzig Kilometer außerhalb der Stadt, wo es einen kleinen Tümpel gibt, der von hüfthohem Eichengebüsch umgeben ist und sonst nicht viel mehr. Der Tümpel ist bei den Einheimischen gut bekannt, weniger bei den Touristen, und um diese Jahreszeit ist er normalerweise am Nachmittag verlassen. Ich fahre einen Zugangsweg an der westlichen Seite hinab, dann lenke ich den Wagen an den Rand des Tümpels.

Die Sonne geht gleich unter, weshalb wir noch ungefähr eine Stunde haben, um die Aussicht zu genießen. Es ist entschieden nicht das, was die meisten als Picknickwetter bezeichnen würden, doch wir sind beide ausreichend angezogen, um die Kälte in der Luft abzuwehren, und der Sonnenuntergang ist es wert. Wir hüpfen auf die runtergelassene Ladeklappe und ich stelle die Kühlbox zwischen uns. Cara holt die Sandwiches und kleine Tüten mit Chips heraus, und reicht mir von jedem eins. Dann wickelt sie das Butterbrotpapier von ihrem Sandwich.

»Ich war noch nie angeln.«

»Ernsthaft? Nicht mal als kleines Kind?«

Sie nimmt einen Bissen und schüttelt den Kopf, starrt geradeaus und schaukelt mit den Füßen träge unter der Ladeklappe hin und her. Ich werfe einen schnellen Blick zur Kabine meines Trucks, wo eine Angelrute im Gewehrhalter steckt. Ein kleiner Angelkasten mit ein paar Lachseiern und Ersatzködern befindet sich ebenfalls im Truck. Mehr als genug, um sie beschäftigt zu halten, bis die Sonne untergeht, selbst, wenn sie bei jedem Wurf die Schnur zerreißt.

»Wenn du eine Schnur nassmachen willst, können wir das tun.«

Cara hebt eine Braue. Hoch genug, dass sie über den Rand ihrer Brille kommt. »Ist das eine Umschreibung? Für Oralsex?«

Ich verziehe den Mund. »Nein, du versautes Mädchen. Ich meine damit, dass ich die Ausrüstung im Wagen habe und es einen Tümpel keine zwei Meter entfernt gibt. Du wirst wahrscheinlich nichts fangen, doch das bedeutet nicht, dass du es nicht trotzdem Angeln nennen kannst.«

»Wow, danke für dein enormes Vertrauen in mich.«

»Das war kein Kommentar über dich, sondern einer, der auf

den Bedingungen beruht. Hier ist kein fließendes Wasser und es wurde auch nicht angefüllt, außerdem ist es draußen zu kalt. Ich will nur nicht, dass du dir zu große Hoffnungen machst, etwas zu fangen.«

Cara beißt erneut in ihr Sandwich, dann wickelt sie den Rest wieder in das Papier, legt es beiseite und hüpft herum, als würde sie sich bereits darauf vorbereiten, die Leine auszuwerfen.

»Das stört mich nicht. Zeig es mir einfach.«

Ich lege mein Sandwich hin und werfe einen Blick zum Himmel. Wir machen besser es schnell.

Ich nehme die Angelrute, reiche sie ihr und wühle in meinem Angelkasten nach dem Glas mit Lachseiern. Cara beginnt, so kräftig mit der Angel durch die Luft zu peitschen, dass sie bei jedem ihrer Übungswürfe ein scharfes, schneidendes Geräusch macht. Ich beiße mir auf die Zunge und lasse sie weitermachen, denn so kann ich sehen, was ihre natürlichen Instinkte sind. Bis ein besonders eifriger »Wurf« mich fast am Kopf trifft. Auch wenn der Haken sicher befestigt ist, könnte ich ein Auge verlieren, wenn ich nicht ein wenig von der Schnur einrolle.

»Hey, roll es etwas ein, Bill Dance. Pass etwas besser auf das Ding auf oder du kannst mich bald Einauge nennen.«

Cara hält die Angel mitten in der Luft an und sieht über ihre Schulter. »Tut mir leid. Ich mag es, wenn es dieses pfeifende, wischende Geräusch macht. Wer ist Bill Dance?«

Dieses pfeifende, wischende Geräusch. Sie ist einfach zu liebenswert. Jedes Mal, wenn sie solche Dinge sagt, muss ich mich daran erinnern, dass das hier bald vorbeisein wird. Ich zähle die Wochen, die wir noch haben, bis sie dann fährt, denn wenn ich das nicht tue, würde es für mich nach einem guten Plan klingen, alles daranzusetzen, damit sie für immer bleibt. Ich finde das Glas mit den Lachseiern und schraube den Deckel auf, um zwei Finger hineinzustecken.

»Professioneller Angler.«

»Man kann professionell angeln?«

Ich stelle mich neben sie und nehme von ihr die Angel entgegen. Ich löse den Haken von der Befestigung und stecke ein paar Lachseier darauf. Cara betrachtet dabei aufmerksam meine Hände und sieht gelegentlich zu meinem Gesicht. Wie immer kann ich es spüren, und wenn ich das Gefühl in Flaschen abfüllen könnte, wie mein Körper bei ihrer süßen Begutachtung summt, dann würde ich es tun.

»Ja, Leute angeln professionell. Komm jetzt und stell dich hierhin.«

Cara duckt sich unter meinem Arm durch, um vor mir zu stehen, wo wir gemeinsam die Angel halten, damit ich ihr die Grundlagen erläutern kann. Nach einer kurzen Anleitung scheint es so, als hätte sie es im Gefühl, weshalb ich beiseitetrete und sie loslasse. Und weil es Cara ist – und ich glaube, dass sie möglicherweise an der falschen Stelle der Erde geboren wurde – vollzieht sie einen weitausholenden, schönen Wurf, der mit sanftem Platscher im Wasser landet.

Ich lasse sie im weichen Sand am Ufer stehen und hole zwei Klappstühle aus der Werkzeugkiste auf der Ladefläche, dazu eine kleine Flasche Whiskey, die tief unter den Rücksitzen verstaut ist. Normalerweise hole ich sie nur raus, wenn es an der Zeit ist, einen erlegten Elch zu feiern, doch der heutige Abend scheint eine Ausnahme wert zu sein.

Cara schnaubt, als sie sieht, was ich zusammengesucht habe.

»Also wirklich, ich wette, dass du eines Tages einen Filmprojektor und einen Popcornstand hinten aus diesem Ding herausholen wirst. Oder einen Bistrotisch und ein Streichquartett.«

»Wenn es Sommer wird, dann mache ich das vielleicht.«

Allerdings wird dann Cara nicht hier sein, um es zu sehen. Ich schüttle diesen Gedanken ab und mache mich stattdessen daran, die Stühle ans Wasser zu stellen. Dann setze ich mich, um ihr zuzusehen und nehme dabei einen kleinen Schluck von dem Whiskey, den ich ihr danach reiche. Cara nimmt einen Schluck und gibt ihn zurück.

Für eine Weile sind wir still, um uns herum nichts als das Summen der Natur.

»Ich trage heute Abend meine Brille.«

Ich grinse, aber mehr für mich selbst. »Das merke ich.«

»Weißt du, warum?«

»Weil du weißt, wie heiß du damit aussiehst? Weil du es genießt, mich zu beobachten, wie ich dich beobachte, wenn du sie trägst?«

Cara lacht, schüttelt aber zugleich den Kopf. »Es ist, weil ich mich wissbegierig fühle. Weißt du, worüber?«

Die Whiskeyflasche klebt an meiner Unterlippe, wo es von dem Alkohol sticht, doch das ist kein Vergleich zu dem Stechen in meiner Magengrube, als ich die Entschlossenheit in Caras Stimme bemerke. Jetzt ergibt ihr seltsam ausdrucksloser Blick von vorhin einen Sinn – die Frau hat mir ihr Pokerface präsentiert, damit sie mich für ein gottverdammtes Interview oder so hier herausbringen kann. Ich nehme noch einen Schluck. Einen größeren diesmal.

»Über dich«, sagt sie, womit sie alles bestätigt, was ich mir gerade zurechtgelegt habe.

Es braucht eine Sekunde, bis das Brennen des Whiskeys verschwindet.

Als es weg ist, spreche ich leiser. »Nicht, Cara.«

Sie weist meine Warnung von sich und zieht die Leine ein, dann wirft sie sie erneut aus.

»Ich hatte mir vorgenommen, es einmal zu machen, nachdem wir Sex hatten. Wenn du nackt und schläfrig bist, ganz zugedröhnt von den Nachwirkungen unserer phantastischen sexuellen Kompatibilität. Da wurde mir bewusst, dass mich das zu einer kleinen Gottesanbeterin macht.«

Mein Kopf fällt zurück und trifft auf die unerbittliche Metallkante des Campingstuhls, und ich betrachte den Himmel über mir, der jetzt dunkel genug ist, um dieses Gespräch bedrohlich wirken zu lassen. Und auch nervig.

»Ich weiß so viel: Garrett Strickland, fünfundzwanzig, Einwohner von Hotchkiss. Lokaler Goldjunge mit akademischen und Sport- Stipendien, für große Dinge bestimmt. Dann stirbt sein Dad. Er kommt nach Hause und die Dinge gehen den Bach runter. Er muss die Familienfarm verkaufen, und als er dann zur Uni hätte zurückkehren können, tut er es nicht. Stattdessen bleibt er und sucht sich einen Job. Einen Job, der alles ignoriert, wozu er fähig ist und alles baden gehen lässt, was er sich vorgenommen hat.«

Mein Gott. Ich weiß nicht, ob ich ihr dafür gratulieren soll, wie sie mein ganzes Leben in einem Satz zusammengefasst hat, oder ihr sagen, dass sie sich verpissen soll. Ich setze auf Sarkasmus.

»Erstklassiger Bericht, Cronkite.«

»Nicht so sehr. Der ganze Quatsch ist offensichtlich. Was nicht so klar ist, das ist das Warum.«

Ohne überhaupt eine direkte Frage zu stellen, schafft es Cara, genau zu formulieren was sie wissen will. Warum habe ich aufgegeben? War ich faul? Habe ich irgendeinen versteckten Schmerz mit mir herumgetragen, den ich ans Tageslicht bringen und mich darum kümmern müsste?

Oder war es etwas, das die Autorin in ihr viel uninteressanter finden würde? Wie zum Beispiel, dass ich nicht die Art von Mann bin, der mehr haben muss als das, was er bereits hat?

Vielleicht eine YETI-Kühlbox. So eine hätte ich gern.

Ich atme laut aus. »Ich weiß, dass du eine große, enthüllende Antwort willst, Cara, doch die Wahrheit ist, dass ich nur ein einfacher Typ bin. Du glaubst vielleicht, dass mein Leben tragisch ist und bedauernswert oder so, doch ich sehe das nicht so. Kein großes Geheimnis, kein tiefer, düsterer, emotionaler Aufruhr. Was du siehst, ist das, was du bekommst. Das ist alles.«

Cara kurbelt die Schnur ein und legt die Angel auf den Boden neben ihrem Stuhl, dann kommt sie herüber und stellt sich vor mich. Sie zeigt auf meinen Stuhl.

»Ist der stabil genug, um uns beide zu tragen?«

Ich stelle den Whiskey an die Seite und öffne die Arme, wobei ich denke, dass es vielleicht der beste Weg ist, um das Gespräch in eine andere Richtung zu lenken. »Ich habe keine Ahnung. Aber mein Arsch wird zuerst auf den Boden krachen, wenn er das nicht ist.«

Sie krabbelt auf meinen Schoß, dreht sich um, so dass wir von Angesicht zu Angesicht sitzen. Der Stuhl bleibt stehen und bricht nicht zusammen. Und wie immer führt ihr Herumgerutsche auf meinem Schoß dazu, dass mein Schwanz anfängt, sich für das zu interessieren, was hier geschieht – auch wenn mein Verstand und mein Instinkt mir sagen, dass wir ihr nichts anderes anbieten sollten, als eine kalte Schulter, weil sie uns sonst weiter bedrängen wird.

Cara legt mir die Arme um die Schultern und neckt mit den Fingerspitzen mein Nackenhaar. Meine Muskeln entspannen sich sofort unter ihrer Berührung – so weit zum Plan mit den kalten Schultern.

»Ich finde nicht, dass dein Leben tragisch oder mitleiderregend ist, Garrett. Und ich liebe deine Qualität des ›Was du siehst ist, was du bekommst‹. Ich bin einfach neugierig, ob du jemals darüber nachgedacht hast, etwas anderes zu tun. Ich meine, warum kaufst du dir keine Farm?«

Ein bitteres Lachen kommt von mir. »Warum ich mir keine Farm kaufe? Meinst du das ernst?«

»Ja.« Caras Gesicht ist vollkommen ernst. Verdammt, sie meint es wirklich ernst. Egal, wie viel Zeit und Energie sie darauf verwandt hat, die Leute hier kennenzulernen, da ist noch immer eine Menge, was sie nicht versteht.

Ich seufze. »Weil ich das nicht kann. Es ist unmöglich, finanziell gesehen. Land ist nicht billig. Das Geld, das ich habe, wäre eine lächerlich kleine Anzahlung und die Banken stehen nicht gerade Schlange, wenn es darum geht, Papiere für diese Art von Risiko auszustellen. Typen wie ich sind heutzutage vom Markt gedrängt, wenn es um den Besitz von Farmland geht.«

Die Stelle zwischen ihren Brauen legt sich in Falten. »Wie haben Corey und Brooke es gemacht? Sie sind jung und haben ihre eigene Farm. Und was ist mit Whitney?«

Ich lege den Zeigefinger auf die Falten und reibe sanft, um sie zu glätten, dann fahre ich mit dem Finger ihren Nasenrücken hinab.

»Corey und Brooke haben Brookes Dad. Er ist ein eingesessener Farmer mit Kapital und entsprechender Bonität. Er hat sie unterstützt, so dass sie ihr Land kaufen konnten. Selbst damit erwirtschaften sie nicht genügend Einkommen, um ausschließlich Landwirtschaft zu betreiben. Deshalb arbeitet Brooke in Teilzeit bei der Bank und Corey gibt ein paar Ingenieurskurse am College in Delta. Und Whitney ist eine ganz andere Geschichte. Sie hat das Grundstück allein gekauft, doch das ging nur, weil es ein verlassenes, elendes Loch war, weshalb sie es als totales Schnäppchen bekommen hat. Dann hätte sie es fast bei einer Zwangsvollstreckung verloren, weil sie eine üble Saison hatte. Cooper hat ihr Land gerettet.«

»Oh.«

Dieses eine Wort ist von Enttäuschung eingefärbt. Als hätte sie angenommen, ein sanfter Tritt in den Arsch würde ausreichen, um mich auf einen größeren Pfad zu schicken – und sie wollte diejenige sein, die ihn mir gibt. In ihrer Vorstellung wäre ich danach direkt aufgestanden, um mir Land mit Wasserzugang und Abbaurechten zu kaufen.

Ihre Hände kommen an meine Brust und bleiben für dieses Gespräch ein wenig zu nah an meinem Herzen. Ich unterdrücke das Bedürfnis, nach der Whiskeyflasche zu greifen und noch einen Schluck zu nehmen. Sie wartet ein paar weitere Sekunden, dann gibt sie mir einen sanften Kuss – einen Kuss, bei dem mein ganzer Verstand aufschreit, dass ich so schnell wie möglich weglaufen soll, denn wie dieses Pokerface ist auch das ein Trick. Ein Trick, auf den ich nicht hereinfallen will.

»Spiel mit mir ein Spiel.«

»Nein danke«, knurre ich.

»Komm schon.« Ihre Finger wandern meine Brust hinauf, über meine Schultern und zu meinen Wangen. Sie hält an meinen Augen inne, streichelt mich dort sanft, bis ich sie schließe.

»Nur ein kleines Spiel. Nichts Schlimmes.«

Ich öffne die Augen und werfe ihr einen halbherzigen Blick zu. »Du bist dir schon bewusst, dass ich bei dir nicht nein sagen kann, oder? Es ist ganz schön fies, wie du das gerade zu deinem Vorteil ausnutzt. Du bist eine gottverdammte Schlangenbeschwörerin oder so.«

Cara lässt die Hände von meinem Gesicht fallen, drückt die Handflächen wie zum Gebet zusammen, dann fährt sie verspielt mit ihnen im Zickzack durch die Luft, während sie mit den Augenbrauen wackelt. Ich verdrehe die Augen. Sie kehrt mit den Händen zu mir zurück, diesmal fährt sie mit den Fingern durch mein Haar.

»Schließ die Augen«, flüstert die Schlangenbeschwörerin. Als ich es tue, beginnt sie erneut, ihre Stimme ist diesmal noch leiser. »Entspann dich. Stell dir dein Leben in einem Jahr vor. Du kannst haben, was immer du willst. Du kannst überall sein, alles machen.«

Mein Körper summt unruhig, und jeder Zentimeter meiner Haut möchte dieses Gefühl abschütteln, was auch immer es ist. Cara beugt sich vor und küsst mich, so sanft, dass es sich wie ein Traum anfühlt. Ihre Hände sind in meinem Haar, ihr Mund auf meinem, und ihre Brüste pressen gegen meinen Oberkörper. Sie spricht weiter, zwischen jeder Frage ein Kuss, wobei sie niemals lange genug innehält, dass ich antworten könnte.

»Wo bist du?«

»Bist du allein?«

»Wer ist bei dir?«

»Bist du glücklich?«

Schließlich lehnt sie sich für einen Bruchteil zurück. »Sag mir jetzt, Garrett. Was hast du gesehen?«

Der Whiskey, Caras sanfte Fragen, ihre Küsse, und ich weiß nicht, was es ist, doch ich bin zu empfindlich, um gegen das anzukämpfen, das mich überkommt.

Und dieses Bild ist grün. Sanft grün. Ein Weizenfeld im späten Frühling – und es wird ein gutes Jahr werden. Ein weißes Haus liegt ein Stück zurück an einer unbefestigten Zufahrt, bescheiden und rustikal, klein genug, dass es nicht viel von dem Mann verlangt, der dort lebt.

Das ist es, was ich sehe. Cara wiederholt ihre Frage. Ich schlucke angestrengt.

»Ich weiß nicht.«

»Garrett, nicht …«

Ich falle ihr ins Wort. »Nein. Ich kann es *sehen*, ich weiß nur nicht, wo es ist.« Ich spüre ihren zufriedenen Blick durch meine geschlossenen Augen. »Es ist grün. Sanft geschwungene Hügel. Ein Weizenfeld.«

Sie drängt mich nicht weiter, doch ich merke, wie ich darauf warte, dass sie die anderen Fragen erneut stellt. Wenn sie es tut, dann würde ich ihr vielleicht die Wahrheit sagen.

»Bist du allein?« Nein.

»Wer ist bei dir?« Du.

»Bist du glücklich?« Ja.

Als sie es nicht tut, fahre ich mit den Händen in ihr Haar, ziehe sie zu mir heran und küsse sie. Und es ist so, als würde ich ihr damit alles sagen.

Cara weicht zurück, bleibt aber nahe genug, dass ihr Mund über meinen streicht. »Lass uns nach Hause gehen. Ich habe das Gefühl, dass ich dir meine Dankbarkeit zeigen möchte.«

»Ist das meine Belohnung für meine Mitteilsamkeit?«

»So ungefähr. Aber was ich im Sinne habe, ist nicht für diesen Ort geeignet. Ich würde mir die Knie schmutzig machen.«

Mein Schwanz wird sofort hart. Ich bewege mich vorsichtig, damit sie es nicht sofort bemerkt – sie soll nicht denken, dass die emotionale Ausgrabungsreise von heute Abend und dieser

Ständer in irgendeiner Weise miteinander verbunden sind. Als Nächstes würde sie mich dazu bringen, meine Gefühle aufzuschreiben und Tantrasex zu erforschen – und dabei alles zu Tode reden.

Ich grinse sie an. »Hätte ich geahnt, dass das die Belohnung ist, dann hätte ich mich schon viel eher geöffnet. Ehrlich gesagt habe ich noch andere Geheimnisse, wenn du weitergraben möchtest.«

Cara lacht. »Da bin ich mir sicher, dass du welche hast.«

Ich ziehe sie näher zu mir und lege meine Lippen an ihre Ohrmuschel. »Als ich acht war, habe ich eine Mountainbike-Zeitschrift in einer Tankstelle geklaut. Als ich dreizehn war, habe ich mir mitten in der Nacht den Kombi meiner Mom ausgeliehen und den Briefkasten eines Nachbarn umgefahren. Im ersten Jahr an der Highschool bin ich durch die Felder von zwei Farmern gegangen, weil dieses Mädchen, das über den Sommer hier war, meinte, sie wolle unbedingt Sex auf dem Rücksitz eines Trucks haben und …«

Kapitel 19

Cara

Mein Handy klingelt wegen einer eingegangen Mail, während ich über die Zufahrt zu Garretts Haus fahre – dem Modularhaus, nicht dem Trailer, wie ich es zuerst genannt habe. Zu meiner Verteidigung: Woher hätte ich wissen können, dass sein Haus auf einem Fundament steht und genau das den Unterschied ausmacht? Nicht unbedingt Kenntnisse, die ich bisher benötigt habe.

Nachdem ich an der wackligen Veranda anhalte, die sich vor der Vordertür des Modularhauses erstreckt, werfe ich einen Blick zum Becherhalter, in dem mein Telefon steckt. Meine Mutter. Betreff: *Aspen – Little Nell / Apogée.*

Ich muss sie nicht einmal öffnen, um die Einzelheiten zu kennen. Ich gehe davon aus, dass meine Eltern nach Aspen kommen werden. Während sie da sind, werden sie in ihrem bevorzugten Luxushotel absteigen und in ihrem bevorzugten französischen Restaurant essen. Alles unter dem Deckmantel meines baldigen Geburtstags am Dreizehnten, doch eigentlich aus dem Grund, weil meine Mutter einkaufen gehen und mein Vater Jeans und eine Sportjacke tragen will und trinken, bis ihm alles egal ist.

Anstatt auf das Mailsymbol zu klicken und zu bestätigen, dass ich damit recht hatte, werde ich abgelenkt, als ein dröhnendes Lachen von der anderen Seite des Wegs meine Aufmerksamkeit erregt. Drüben stehen Garrett, Braden und Cooper neben einem Schuppen um Garretts Wagen herum. Die Ladeklappe ist unten, Garrett sitzt darauf und die anderen beiden lehnen an den Seitenflügeln. Alle drei tragen Jagdkleidung – Arbeitshose und Schnürstiefel, dazu Shirts unter Tarnjacken. Hinter Garrett auf der Ladefläche sind tote Tiere – vermutlich Truthähne – aufgereiht. Eine offene Kühlbox steht auf der Ladefläche, aus der sie wahrscheinlich das Bier genommen haben, das sie gerade trinken. Ich sehe auf die Uhr an meinem Armaturenbrett. Nicht gerade Mittagszeit und nicht annähernd die Zeit, die meine Eltern für eine angemessene Cocktailstunde akzeptieren würden. Jagen bedeutet offenbar, dass es irgendwo auf der Welt schon nach halb sechs ist.

Tarnkleidung, tote Tiere und Bierchen um elf Uhr vormittags – an einem Sonntag. Und obwohl es im krassen Gegensatz zu allem steht, was mein Leben vor Hotchkiss ausgemacht hat, bin ich überraschend angetan von dem ganzen Anblick.

Die Sonntage sind zu einem besonderen Verabredungstag für Garrett und mich geworden, vorausgesetzt, dass es sein freier Tag ist, denn ich habe schnell herausgefunden, dass es für die meisten Bauern auf dem Lande ebenfalls der Tag ist, an dem Kirche und Familie Vorrang haben. Handys werden ausgestellt und man kümmert sich nur um die Aufgaben, die nicht ignoriert werden können. Und wenn eine Autorin wie ich versucht, zu dieser Zeit vorbeizukommen, dann wäre das der direkte Weg zum Ausgeschlossenwerden. Deshalb verbringe ich die Vormittage damit, ein ausgiebiges Training am Reformer zu machen und meine Mails zu beantworten, vielleicht ein paar Entwürfe zu schreiben, falls ich mit meinen Wortmengen zurückliege. Garrett jagt dann normalerweise oder schießt mit seinem Bogen, danach treffen wir uns um die Mittagszeit.

Ein weiteres dröhnendes Lachen von der Redneck-Zusammenkunft, die ich nicht attraktiv finden sollte, es aber tue. Da drüben ist ein großer Haufen stereotyper Männlichkeit, und alle meine primären weiblichen Bedürfnisse reagieren darauf.

Deshalb muss man der Evolution die Schuld geben, wenn ich mein Telefon ignoriere, aus dem Auto steige und im Sex-Schlafwandel zu ihnen gehe. Garretts Blick ist dabei die ganze Zeit auf mich gerichtet, mit einem Grinsen, das sich bei jedem meiner Schritte zu etwas Vielversprechenderem verwandelt.

Cooper und Braden versuchen sich in trägem Geplauder, doch ich höre schnell von den Brocken, die ich aufschnappe – jenseits des Surrens, das von Garretts forschendem Blick inspiriert ist –, dass ihr Gespräch nicht gerade lebendig ist. Hauptsächlich ist es ein Zuwerfen von Einwort-Kommentaren und Knurrlauten.

Garrett stellt sein Bier zur Seite und breitet einladend seine Beine weiter auseinander. »Hi.«

Das Bedürfnis, auf seinen Schoß zu springen und meine Beine um ihn zu schlingen – denn ich weiß, was mit dem Spreizen seiner Beine einhergeht – ist unmittelbar und wild. Ein verlangendes Pulsieren, das mich daran erinnert, wie es ist, wenn er gegen mich stößt. Die Art, wie es mit dem ersten Zucken seiner Hüften jede vernünftige Urteilsfähigkeit und allen Verstand auslöschen kann.

»Hi«, bringe ich hervor.

»Ich habe etwas für dich.«

Da bin ich mir sicher.

Ich reiße die Augen auf und blicke schnell zu Cooper und Braden, die beide in ihre Bierflaschen starren. Garrett gibt ein fast unmöglich zu hörendes Schnauben von sich und räuspert sich dann.

»Es ist im Haus. Auf der Theke. Für heute Abend.«

Ich überlege, was es sein könnte. Nichts als unanständige Bilder kommen mir in den Sinn. Ich werfe Garrett einen weiteren Blick zu, wobei ich meine Augenbrauen hebe, um ihn daran zu erinnern, dass wir Zuhörer haben. Er tut nichts, als die Lippen zusammenzupressen und den Lachdrang zu unterdrücken.

Eine Bierflasche trifft, von Braden geworfen, auf die Ladefläche, wo sie laut klirrt. Er reckt sich nach dem toten Truthahn, der ihm am nächsten liegt und ergreift ihn am Fuß, oberhalb einer ziemlich bedrohlich aussehenden Kralle. Cooper macht dasselbe mit dem Vogel neben ihm. Er richtet seine Baseballkappe und greift nach seiner Jacke.

»Sieht so aus, als wäre es Zeit für Braden und mich, woanders als hier zu sein.«

Garrett grinst, allein für mich, und antwortet nicht auf Coopers offensichtlichen Hinweis, dass wir beide so lächerliche Sexschwingungen von uns geben, dass wir einen Gottesdienst sprengen würden. Braden neigt das Kinn in meine Richtung und schlägt Garrett so fest auf die Schulter, dass er ihn ein bisschen vordrückt. Und dann gehen die beiden einfach weg. Männer. Wenn Frauen sich so trennen würden, dann könnte man sicher sein, dass jemand wütend auf jemanden ist.

Zwei Trucks starten und dann sind wir allein. Ich stöhne. »Du darfst mich nicht so anblicken, wenn andere Leute in der Nähe sind.«

»Wie denn? Als würde ich wollen, dass sie gehen, um dich ins Haus zu nehmen für eine nette, lange Runde zwischen den Kissen?«

»Ja. Genauso.«

»Warum nicht? Ich habe erreicht, was ich wollte. Sie sind weg. Jetzt können wir ins Haus gehen und du kannst mir sagen, woran du gedacht hast, als du herübergekommen bist – damit ich genau weiß, wie ich es dir geben kann. Jeder gewinnt hier. Erkläre mir, wo das Problem ist, warum ich dich nicht so ansehen darf.«

Ich lasse den Kopf in die Hände fallen. »Weil …«

Ich versuche, an einen guten Grund zu denken. Nichts geschieht. Womöglich, weil Garrett die Arme um mich gelegt hat und sie nach unten zu meinem Hinterteil gerutscht sind.

»Ich weiß auch nicht. Einfach so.«

Garrett steht auf und unsere Körper treffen sich, er drückt seine Hüfte gegen meine.

»Nun, alles klar dann. Einfach so. Hab's verstanden.«

* * *

Eine Stunde später zieht sich Garrett die Jeans an, lässt sie aber aufgeknöpft, ein Detail, das ich bemerke, obwohl ich ausgestreckt nackt auf dem Bauch auf seinem Bett liege – und ein wenig benommen bin.

»Du bleibst hier und ruhst dich aus. Mach ein Nickerchen. Ich muss meinen Vogel ausnehmen und dann werde ich damit anfangen, das Abendessen vorzubereiten, das ich dir mache. Ich muss noch in die Stadt fahren und zum Lebensmittelladen gehen. Brauchst du irgendwas?«

Ich drehe den Kopf auf seinem Kissen, weil Worte zu anstrengend wären. Das Bett wackelt unter seinem Gewicht und eine seiner Hände gleitet an die Innenseite meiner Wade, fährt dann weiter nach oben, zwischen meine Beine und über meinen Bauch, ein kurzer Halt an meinen Brüsten, bevor sie meinen Nacken bedeckt.

»Hast du dein Zeug auf dem Küchentisch gesehen?«

Mir fallen die Augen zu.

»Nein. Meine Augen waren auf deinem Arsch, als wir ins Haus gegangen sind. Das geschieht nun mal, wenn dich ein Redneck über die Schulter wirft.«

Garrett grinst, während er sein Gesicht in mein Haar presst und sein Atem über meine Kopfhaut kitzelt.

»Ach ja, ich hab's vergessen.« Ein Kuss auf meine Stirn. »Schau es dir an, während ich den Vogel häute. Wenn es nicht das ist, was du willst, dann kann ich dir was anderes besorgen, wenn ich einkaufen gehe.«

Noch ein Kuss und er ist weg. Mit einem Seufzer zwinge ich mich aus dem Bett, schlüpfe in mein Shirt und nehme das Telefon vom Boden. Die Mail meiner Mom leuchtet wieder auf dem Display auf und ich denke, dass ich sie nicht länger aufschieben kann. Zwei Klicks und sie öffnet sich.

Cara,

Ich hoffe, es geht dir gut und du schaffst das, was du dir vorgenommen hast. Nach Rücksprache mit Amie haben wir beschlossen, für deinen Geburtstag nach Aspen zu kommen. Wir haben drei Suiten im Little Nell und eine Reservierung im Apogée zum Abendessen am Zwölften. Kannst du mit dem Auto von Davis' Haus kommen? Wenn nicht, dann sag Bescheid und wir lassen dich abholen.

Mom

Ah, typisch Nan Cavanaugh. Das ist nicht überraschend, nicht besonders mütterlich oder enthusiastisch – was sie mir geschickt hat, ist im Grunde ein verschönerter Reiseplan. Und wie gewöhnlich fühlt es sich so an, als wäre ich für ihre Pläne genauso wichtig wie der Hotelportier. Vielleicht bin ich schon lange genug in Hotchkiss, dass sich bereits ein fundamentaler Teil meines Selbst verändert hat, denn die Fahrt rüber nach Aspen klingt so sehr nach Spaß wie eine Wurzelkanalbehandlung. Der einzige Lichtblick, der mir einfällt, sind die paar Stunden mit Amie in unserem Lieblings-Spa dort, wo Kaviar zur Gesichtsmassage gehört und wo bei der Hot-Rock-Massage aus Norwegen importierte Steine benutzt werden – es ist genauso dekadent, wie es klingt und Hotchkiss hat mich noch nicht so sehr verändert, dass ich mich dem verweigern würde.

Nachdem ich meiner Mutter eine kurze Antwort getippt habe, die in Sachen emotionaler Distanz ihrer Nachricht entspricht *(Klingt wunderbar. Die Fahrt ist kein Problem. Ich komme am Elften. Cara)*, lasse ich das Telefon aufs Bett fallen und tapse in die Küche.

Garretts Wohnung ist zwar insgesamt ziemlich rustikal, doch sie ist auch sauber und gemütlich. Die Möbel sind spärlich, aber nicht schlimmer als das, woran ich mich bereits im Farmhaus gewöhnt habe. Eine Couch und ein Couchtisch stehen vor dem unvermeidlichen Großbildfernseher, und die einzigen anderen Möbelstücke im Wohnzimmer sind ein Hantelständer und eine Hantelbank in der Ecke. Wenn er vormittags nicht früh losfährt, um den Eulands zu helfen oder Truthähne zu jagen, stöhnt sich Garrett durch eine Stunde Gewichtheben. Manchmal sehe ich ihm zu. Manchmal liege ich einfach im Bett und höre nur zu.

Auf dem Küchentresen finde ich das, was ich mir unbedingt ansehen soll.

Drei Kartons Mikrowellenpopcorn. Einer einfach, einer Kinobutter, und einer Kesselpopcorn. Drei Flaschen Rotwein. Ein Cabernet, ein Merlot und ein Pinot Noir. Und eine Klebenotiz mit einem Herzen, die auf die oberste Popcornschachtel geklebt ist. Es ist das einfachste aller Geschenke, doch zugleich völlig perfekt. Mit einer Fingerspitze folge ich den Umrissen des aufgemalten Herzens, während mein eigenes davonfliegt.

Die Vordertür wird aufgetreten und Garretts kommt hereingestapft und trägt zwei fast nachgebende Pappteller voll mit rohem, leicht blutigem Fleisch.

So viel zu meinem sich glücklich anfühlenden Herzflattern aufgrund der männlichen Wertschätzung, denn diese Jagdsache wird auf einmal sehr real – und es ist ziemlich widerlich.

Garrett stellt die Teller neben die Spüle und beginnt, das Fleisch abzuspülen.

»Hab ich es richtig hinbekommen?«

Mit einem Lächeln blicke ich auf das süße kleine Geschenk, das er für mich zusammengestellt hat. »Es ist perfekt.«

»Dann bin ich froh.« In seiner Stimme klingt ein erwiderndes Lächeln. Er fährt damit fort, das Fleisch zu säubern, lässt dann jedes Stück einzeln in eine große Metallschüssel fallen, aus der ich eine Menge Knoblauch und Gewürze riechen kann. »Ich hatte keine Ahnung mit dem Wein, aber hier ist Colorados

Weingegend, deshalb war es nicht schwer, einen Weinexperten im Laden in Paonia zu finden, der mir geholfen hat.«

Ich streiche erneut mit dem Finger über das Herz. »Also, wenn du jetzt noch *Real Housewives* hättest … Dann wäre dieser Abend komplett.«

Garrett stellt die Schüssel in den Kühlschrank und wäscht sich die Hände. Er reißt ein Papiertuch ab, trocknet die Hände, wirft es in den Müll und lehnt sich an der Theke zurück. »Auf dem Festplattenrekorder. Müssten die letzten drei Folgen sein, die du nicht gesehen hast.«

Mein Finger verharrt über dem Herz. Ich werfe einen Blick in seine Richtung, um zu sehen, ob er Witze macht. Das tut er nicht. Denn er zeigt mir seinen sanften Blick, den er dann hat, wenn er postorgastisch ist, oder müde. Er besorgt mir *Real Housewives*, Wein, Popcorn, und einen sanften Blick. Alles in mir wird ganz … schummrig.

Man kann es auch an meinem Gesicht ablesen. Und Garrett weiß nicht, was er davon halten soll, denn er schiebt sich die Hände in die Taschen und schaut auf den Fußboden.

»Wenn du nicht ein paar Folgen gesehen hast, als ich nicht da war, dann solltest du bei der Episode sein, wo sie nach Dubai fahren. Wie jedes verdammte Mal, sieht es so aus, dass es die zwei Lisas sich fast in die Haare kriegen und Kyle tut so, als wolle sie sich aus allem heraushalten. Und Erika bringt diese schwulen Typen mit.«

Oh Gott. Er versucht, so zu klingen, als wäre er über die ganze Sache verärgert, doch seine Liebe zu den Details – den Lisas, Kyle, Erikas Glamourteam – entlarvt seinen wie auch immer gearteten hämischen Unterton. Dieser Tag wird einfach immer besser.

Ich schüttle langsam den Kopf. »Könntest du dir das Shirt ausziehen, während du das sagst?«

Garretts Blick schießt hoch, um mich anzusehen. »Mein Shirt ausziehen?«

Ich nehme eine Hand an die Stirn und tue so, als würde ich

etwas weiblichen Schweiß abtupfen – die glitzernde Sorte, die mit einer Frau einhergeht, die einfach überwältigt ist.

»Ja. Denn die einzige Sache, die das hier noch besser machen könnte, du oben ohne, während du eine detailreiche Zusammenfassung meiner nächsten Folge von *Real Housewives* präsentierst.«

Er verdreht die Augen, doch ein Grinsen zerrt an seinem Mund. Ich tapse zu ihm hinüber und drücke meine Hände an seine Brust.

»Bist du dir sicher, dass das alles für mich ist? Oder verbirgst du eine heimliche Liebe für *Real Housewives* und versuchst, es auf diese Art zu kaschieren? Bin ich deine Realityshow-besessene Tarnung?«

Garrett hebt eine Braue. »Nein. Ich liebe sie nicht. Ich finde, sie sind alle schrecklich. Aber du liebst diesen Scheiß und ich liebe …«

Er klappt den Mund zu. Panik blitzt in seinen Augen auf, während mein Herz Überstunden macht und mein Verstand einem imaginärem Herzen folgt, in das unsere Namen eingraviert sind.

Vorsichtig beginnt er erneut. »Ich liebe es, dich glücklich zu machen. Selbst wenn es mir in den Augen schmerzt und mein Gehör quält, dabei zuzusehen, wie diese Frauen das tun, was sie tun.«

»Klar«, krähe ich, dabei ist mein Tonfall ein bisschen zu jovial, um zu verbergen, was meiner Ansicht nach gerade fast geschehen wäre – und die möglichen Auswirkungen davon. Doch ich beschließe, es dabei zu belassen – für den Moment. »Rede dir das nur ein.«

* * *

Garrett hat keinen Esstisch – was keine Überraschung ist. Es bedeutet, dass unser Sonntagsessen im Wohnzimmer serviert wird, wobei wir auf dem Boden am Couchtisch sitzen. Ich setze mich auf ein Kissen, denn das gibt dem, was sich sonst eher nach Studentenwohnheim anfühlen würde, einen marokkanischen Hauch,. Garrett versucht es auch, doch er fühlt sich dabei wie ein Baby in einem Kinderstuhl und wirft das Kissen zur Seite.

Im Unterschied zu den vorherigen Abenden, an denen wir hier gemeinsam gegessen haben, stehen heute Kerzen auf dem Couchtisch und Garrett hat das ganze Kochen übernommen. Normalerweise ist es eine gemeinsame Aufgabe – er grillt den Käse, während ich die Suppe aufwärme, er macht die Rühreier, während ich mich um Toast und Kaffee kümmere. Doch angesichts der Tatsache, dass das Hauptgericht wilder Truthahn ist, wusste ich nicht, wie ich hätte helfen können, abgesehen vom Öffnen des Weins. Ansonsten bin ich ihm aus dem Weg gegangen, indem ich ein paar Seiten über meinen gestrigen Besuch bei einem lokalen Weingutbesitzer skizziert und drei Mailanfragen an kleine Zeitschriften geschickt habe, um hoffentlich meinen nächsten Auftrag zu bekommen.

Garrett stellt einen eckigen Plastikteller auf den Couchtisch, auf dem hoch aufgetürmt Spieße mit marinierten Truthahnbruststücken liegen, die um jeweils um eine Stange Spargel gewickelt und mit einer Speckscheibe umhüllt sind. Neben einem Teller mit gekühlten Hörnchen stehen eine Schüssel Bratkartoffeln und zwei Schälchen mit Soße. Alles sieht nicht nur gut aus, der Geruch des Applewood-Räucherholzes, der seit Stunden in der Luft liegt, seit er draußen am Grill war, hat bereits die Neugierde meiner Geschmacksknospen angeregt. Obwohl davon mein Zögern nicht ganz verschwunden ist, etwas zu essen, was ich noch vor wenigen Stunden mit Federn gesehen habe.

»Bist du bereit für das hier?«

Ich hole tief Luft. »Ich glaube schon.«

Garrett gibt mir von allem etwas, legt einen Spieß, eine Portion Kartoffeln und ein Brötchen auf meinen Teller, bevor er ihn mir reicht, dabei bemerkt er meinen bangen Ausdruck.

»Komm schon. Du würdest wahrscheinlich zwanzig Mäuse für Fleisch im Bioladen ausgeben, das nicht so freilaufend, frisch und biologisch ist wie das hier.«

Er füllt sich den eigenen Teller, dann hebt er sein Bierglas in meine Richtung und ich nehme den Wein hoch.

»Auf Cara Cavanaugh. Dafür, dass sie nach Hotchkiss gekommen ist, einen Typen wie mich getroffen hat und sich ein Bild von seinem Leben gemacht hat.«

Unsere Gläser klirren zusammen. Wir nehmen beide einen Schluck und ich werfe zögernd einen Blick auf den Teller vor mir. Nachdem ich tief Luft geholt habe, nehme ich die Gabel und beginne einfach mit einem Stück Kartoffel. Garrett schneidet in sein Stück Truthahn, pikst eine Gabel davon auf und taucht es in die Soße. Ein wohliger Laut entfährt seinem Mund.

Jetzt oder nie, nehme ich an.

Ich beginne mit einem kleinen Bissen, wobei ich genau darauf achte, dass genügend Speck das kleine Stückchen Truthahn bedeckt. Ich tauche es in die Soße und starre für einen Augenblick auf die Gabel, dann schließe ich die Augen und esse es.

Ich warte auf den unvermeidlichen Wildgeschmack auf der Zunge, von dem die Leute immer reden, doch er kommt nicht. Ehrlich gesagt ist es richtig gut. Vielleicht besser als gut. Das Fleisch ist geschmackvoller als jeder Truthahn, den ich zu Thanksgiving oder als Burger gegessen habe – nicht ganz so zart, doch auch nicht zäh. Ich öffne die Augen und werfe einen überraschten Blick auf die Gabel.

»Du wirkst schockiert.« Garretts Stimme klingt sowohl zufrieden als auch vorgetäuscht beleidigt.

Ich nehme noch einen Bissen, diesmal größer, und kaue langsam, um sicherzugehen, dass ich es wirklich schmecke. Noch einen Bissen, mehr Soße.

»Das bin ich. Ich hatte gedacht, es würde, ich weiß auch nicht, stärker nach Wild schmecken oder so? Die Leute sagen das immer. Ich weiß nicht mal, was es genau bedeutet, doch es klingt nicht schmeichelhaft. Aber das hier ist so gut. Es schmeckt … sauber.«

»Das kommt daher, weil es das ist. Keine Antibiotika, keine Wachstumshormone. Außerdem glaube ich, dass es besser ist, sie mit dem Bogen zu schießen. Und es ist wichtig, was man danach macht, das Reinigen und das Fleisch schnell kühlen. Ich töte nichts, was ich nicht esse, deshalb gibt es dabei kein Vertun für mich.«

Ich zeige auf die Schüsselchen zwischen uns, nehme mein letztes Stück Fleisch und tauche es ein. »Und diese Soße ist einfach umwerfend. Was ist da drin?«

Garrett kaut langsamer und schluckt. Er isst fertig und zeigt mit seiner Gabel auf die Schüssel.

»Das?«

»Ja, die Soße. Was ist das?«

Er grinst. »Das ist etwas ganz Besonderes. Etwas, was ich nur meinen besten Gästen serviere.« Er neigt den Kopf. Ich reiße die Augen auf, damit er weiterredet.

»Ranch Dressing.«

Mir fällt der Kiefer herunter. »Ranch Salatdressing?«

Er gibt ein lautes Lachen von sich. »Ja. Ranch Salatdressing. Aber nicht aus der Flasche. Nicht so etwas Gewöhnliches für dich, Cara. Das hier ist die Sorte aus dem Karton. Ich meine, ich habe schon etwas Aufwand betrieben. Ich musste Milch und Mayonnaise hinzufügen, alles vermischen, und dann für eine Stunde in den Kühlschrank stellen.«

Ich schlage ihm mit dem Handrücken gegen die Brust und er prustet. Garrett kichert weiter zwischen seinen Bissen, dann legt er die Gabel hin und küsst mir die Schläfe. Angesichts der Tatsache, dass ich gerade wieder in meine Rolle des realitätsfremden reichen Mädchens gesprungen bin, scheint mir der Zeitpunkt geeignet, um meine Reise nach Aspen zu erwähnen.

»Also …«

Garrett echot zurück: »Also …«

»Ich wollte dir sagen, dass ich am Freitag wegfahre.«

Garrett erstarrt, sein Glas schwebt unter der Unterlippe. Unsere Blicke begegnen sich und er öffnet ein wenig seinen Mund. Er lässt den Arm sinken, hält kurz vor dem Tisch an, dann stellt er sein Glas entschieden hin und blickt in seinen Schoß.

»Ich dachte, du würdest bis Ende des Monats bleiben. Bis April.«

Ich verziehe das Gesicht. Oh, verdammt. Das habe ich falsch angefangen.

»Gott! Nein, nicht *wegfahren* wegfahren. Ich meine, nur für ein paar Tage. Meine Familie kommt für ein verlängertes Wochenende nach Aspen, deshalb werde ich mich mit ihnen treffen. Ich werde am Freitag fahren und komme am Mittwoch zurück.«

Garrett atmet laut aus. Ich mache es ihm nach. Wir sehen einander an, erleichtert, dann skeptisch – weil wir beide merken, wie erleichtert wir wirklich sind. Und das ist nicht gut. Denn wenn es uns beide so sehr verunsichert, wenn wir uns endgültig trennen, dann werden wir ein Problem haben.

Kapitel 20

Cara

Es gibt nicht viele Dinge, nach denen ich mich gesehnt habe, seit ich Chicago verlassen habe und nach Hotchkiss gefahren bin. Nicht nach meinem großen Bett oder der japanischen Badewanne in meinem Badezimmer. Nicht nach dem Pilates-Studio unten auf der Straße von meiner Wohnung oder meinem Lieblings-Brunchlokal, wo sie French Toast mit salzigen Karamell-Brioches anbieten und mit Srirara-Soße aufgegossene Bloody Marys.

Aber das hier, das habe ich vermisst. Irgendwie – ich bin mir sicher, dass Garrett damit zu tun hat – hatte ich seine Wirkung vergessen. Wie es deinen schlechten Tag lindern kann oder deine zerfetzten Nerven besänftigen.

Mani- und Pediküre.

Ich unterdrücke mein Stöhnen, als sich die Hände der Spa-Mitarbeiterin ihren Weg von meiner Ferse hinaufbahnen, innehalten, um die seltsame Spannung hinten an meinem Knöchel zu kneten und dann weiter hochzugehen zu meinen Wadenmuskeln. Ich habe mich bereits durch eine neunzigminütige Aromatherapiemassage und eine hydratisierende Kräuterpackung geschwelgt, danach eine Reparaturmaske gegen das trockene Klima Colorados bekommen und alle Körperteile, die es nötig hatten, glatt wachsen lassen. Und jetzt das. Mir fallen die Augen zu, ich genieße den in der Luft schwebenden Duft von Lavendelöl aus dem Fußbad.

»Okay, Cara Jane.« Amie lässt sich irgendwie elegant auf den Behandlungsstuhl neben mir plumpsen. »Während meiner Massage habe ich nachgedacht.«

»Du sollst nicht während einer Massage denken. Das ist gegen die Vorschriften«, sage ich mit monotoner Stimme.

»Vorschriften, Bohrschriften. Aber zuerst, such bitte einen für mich aus.«

Vom Klackern der Nagellackflaschen öffne ich die Augen. Amie hält zwei Flaschen in jeder Hand. In der Rechten zwei pinkfarbene, die fast identisch sind, vom Perlmuttglanz der einen abgesehen. In der Linken hält sie eine Flasche in Mitternachtsblau und eine in Kirschrot. Wir wissen beide, dass pink ihre übliche Wahl ist, doch ich bemerke, dass ihre linke Hand ein wenig weiter ausgestreckt scheint.

»Die Blaue. Es ist ausgefallen, ohne auszusehen, als hättest du irgendwo auf deinem Körper ein Joy Division-Tattoo. Mom wird es hassen.«

Amie prustet und gibt der Angestellten mit einem Dankeschön die Flasche. Sie macht es sich auf dem Spa-Stuhl bequem, dreht ihre Schultern herum und knotet dann die Schärpe an ihrem flauschigen Bademantel mit einem ziemlich groben Ziehen fest. Genauso, wie sie es immer macht.

Ich muss es wissen. Zu Hause haben wir zweimal im Monat einen festen Termin in unserem Lieblings-Spa. Wo wir uns unserer Liebe für Maniküre und Pediküre hingeben, die Augenbrauen gezupft bekommen und gelegentlich eine Massage genießen. Neben dem Schwelgen und Verhätscheltwerden fehlen mir auch ein paar Stunden mit meiner Schwester, die weiß, wie ich aussehe, wenn ich hässlich weine, lache, bis ich weine und weine, ohne eine Träne zu vergießen. Denn manchmal reicht es schon, zu wissen, dass man von jemandem gekannt wird, auf eine Art, die man niemals erklären könnte.

Amie hat es sich endlich bequem gemacht und nimmt einen Schluck Champagner aus dem Glas neben sich. »Wie auch immer. Ich habe gedacht, dass du Garrett für morgen zum Abendessen einladen solltest.«

Mein Blick schießt zur Decke »Was?«

»Du solltest Garrett zum Abendessen einladen.«

Ich neige den Kopf in ihre Richtung, erwarte irgendein Anzeichen davon, dass sie scherzt. Sie tut es nicht.

»Meinst du das ernst? Garrett einladen. Ins Apogée. Mit unserer Mutter.« Nachdem ich es laut ausgesprochen habe, versuche ich, es mir vorzustellen. Ich tue es, und es ist nur ein kurzer Schnappschuss, doch das reicht schon. Es ist ganz übel.

In Amies Stimme liegt nichts von dem Schrecken, der in meiner lag. »Natürlich. Vermisst du ihn etwa nicht? Wäre es nicht schön, die Nacht deines Geburtstags mit ihm zu verbringen? In deiner Suite?«

Mein Körper antwortet schneller als ich. Hauptsächlich durch seltsame, atemlose, halb-obszöne Laute, die aus ihm herauskommen, als ich mir vorstelle, dass Garrett die Nacht in meiner Hotelsuite verbringt. Wir zwei in dem großen Bett mit den weichen Laken. Wir zwei in der großen Badewanne mit dem Kamin davor. Oh Gott. Ich wette, Garrett kann das beste Feuer machen. Wahrscheinlich braucht er dafür nicht einmal Streichhölzer.

Obwohl ich dieses Bild sehr mag, bin ich trotzdem davon überzeugt, dass es eine schlechte Idee ist. Ich versuche, einen nachvollziehbaren, besonderen Grund zu finden, der meine Hormone ausreichend unterdrückt, um dieses unüberlegte Vorhaben aufzugeben.

Plötzlich schneidet eine einzelne, unüberhörbar kultivierte Stimme durch den ganzen Aufruhr in meinem Kopf.

»Cara, ich habe dir ein Kleid bei Burberry gekauft, als ich unterwegs war. Sie ändern es noch, um den Brustumfang enger zu machen, damit es an dir nicht so eingefallen aussieht. Ich werde es am Morgen vom Hotelportier abholen lassen und danach auf dein Zimmer bringen. Es wird genau das Richtige sein für das Essen morgen Abend.«

Und da habe ich meinen Grund. Meine Mutter. Steht da in vollem Make-up, jede Haarlocke noch immer am Platz, obwohl sie gerade von ihrer eigenen Tiefengewebemassage kommt. Selbst in einem Spa-Bademantel bleibt ihre typische Selbstsicherheit unberührt.

Ich vermeide ein jugendliches Seufzen, indem ich mich auf meine Zehen konzentriere, wo gerade eine Lage leuchtendvioletten Nagellacks aufgetragen wird, und murmele ein obligatorisches Dankeschön.

»Cara lädt einen ihrer Hotchkiss-Freunde für morgen zum Abendessen ein, Mom«, zwitschert meine verräterische Schwester. »Wir müssen dem Restaurant Bescheid sagen, dass wir jetzt sechs sind anstatt fünf.«

Mein Kopf fährt hoch und ich zische in ihre Richtung: »Amie!«

Mom streicht sich mit den Händen über die Vorderseite ihres Bademantels, um die nicht vorhandenen Falten zu glätten. »Natürlich. Hat sie irgendwelche Diätvorschriften beim Essen? Ich hatte an das Degustationsmenü des Chefkochs für uns alle gedacht.«

»Er«, erwähnt Amie.

Die Hände meiner Mutter erstarren. Sie hebt den Blick und sieht mich an. »Er?«

Ich schlucke angestrengt und muss mich daran erinnern, dass es mein achtundzwanzigster Geburtstag ist. Ich bin jetzt eindeutig alt genug, um einen Mann zum Abendessen einzuladen, wenn mir danach ist, ohne eine Erklärung abgeben zu müssen. Selbst für meine Mutter.

Was passiert ist, ist passiert. Es wird schon schief gehen.

»Garrett. Und keine Einschränkungen, von denen ich weiß. Er ist so ziemlich alles.«

Sie kneift die Augen zusammen angesichts der Vertrautheit, die in meinem letzten Satz mitschwingt. Dann zieht sie die Schärpe an ihrem Bademantel fester um ihre Taille und erwidert ausdruckslos: »Er ist so ziemlich alles. Wie schön.«

Sie dreht sich auf den Absätzen um und verlässt den Raum für ihre Gesichtsbehandlung und ich nehme eine besonders dicke Ausgabe der *Architectural Digest* vom Tischchen zwischen uns und schlage damit auf Amies Arm. Sie zuckt nicht einmal zusammen, kichert nur und zieht an ihren mit Diamantenstecker besetzten Ohrläppchen.

Ich lasse die Zeitschrift mit einem Klatschen auf den Tisch fallen, dann leere ich die Champagnerflöte neben mir, bevor ich ihre auch austrinke – wobei ich hoffe, dass es so dramatisch wirkt, wie es gedacht ist. Amie lacht erneut laut auf.

Jetzt bleibt nur noch eins zu tun. Ich nehme mein Telefon und schieße eine SMS raus.

Lust auf eine Fahrt nach Aspen?

Kapitel 21

Garrett

Ich bin mir nicht sicher, ob es an diesem Restaurant liegt oder an meinem Hemd, dass meine Haut so kribbelt, aber irgendwas ist es sicher.

Das Hemd ist ein hellblaues Button-down-Hemd von Ariat, das mir meine Mom vor zwei Jahren zu Weihnachten geschenkt hat. Es war bisher ungetragen, denn ich hatte noch keinen Grund, es anzuziehen. Doch ein Abendessen mit Cara Cavanaughs Familie an einem Ort wie diesem? Zeit, das Hemd auszugraben und es in die Hose gesteckt zu tragen. Das hier ist Colorado, weshalb Jeans überall akzeptiert sind, obwohl ich darauf geachtet habe, dass am wenigsten ramponierte Exemplar zu auszuwählen, dazu Stiefel, die keinen getrockneten Schlamm in jeder Ritze haben.

Was das Restaurant betrifft, so ist das Apogée edel und französisch, befindet sich in einem renovierten Haus im viktorianischen Stil am Ende eines Blocks im Zentrum von Aspen. Es ist so ein Lokal, wo das Abendessen drei Stunden dauert und man Wucherpreise für das Privileg jeder einzelnen Minute bezahlt.

Und wenn man geht? Ist man immer noch hungrig.

Ich habe mir ausreichend Zeit für die Fahrt von Hotchkiss nach Aspen genommen und bin fast eine halbe Stunde zu früh angekommen, habe dann eine Weile in meinem Wagen gesessen, bevor ich schließlich ins Restaurant gegangen bin und mich immer noch darüber gewundert habe, warum ich zu diesem Abendessen überhaupt zugesagt habe.

Die kurze Antwort lautet *Cara*. Die Cara, die mir mit ihrer SMS den Tag versüßt hat, bis ich sie richtig gelesen und erkannt habe, worauf ich mich einlasse, wenn ich ja sage. Doch sie ist dieselbe Cara, die mir während der letzten paar Tage gefehlt hat und dieselbe Cara, zu der ich nicht nein sagen kann – auch wenn das bedeutet, dass ich schließlich auf einer antiken Bank in der Lobby eines prätentiösen Restaurants wie diesem sitze.

Die Bank ist verdammt wacklig und die unfreundliche Frau, die die Gäste begrüßt, wirft mir jedes Mal einen tödlichen Blick zu, wenn ich mich bewege und die Bank zum Quietschen bringe. Sie hat ihr schwarzes Haar zu einem schmerzhaft aussehenden Knoten im Nacken zusammengebunden, und sie trägt ein blutrotes Kleid mit kniehohen schwarzen Stiefeln. Sie ist auf kalte Art schön, und ich finde sie furchterregend. Ich halte den Atem an und sitze da, als wäre unter der Bank eine Bombe, seit sie mich angewiesen hat, mich hierher zu setzen. Während ich warte, hoffe ich darauf, dass sie ihre Blicke auf ein Minimum beschränkt.

Ich sehe erneut auf mein Handy, kratze mir dabei den Hals, verfluche den steifen Hemdkragen und meinen brummenden leeren Magen. Wer setzt sich für so ein Abendessen um acht Uhr abends hin? Menschen, die nicht um fünf in der Früh aufstehen müssen, um Kenny Euland beim Markieren seiner Kälber zu helfen, die tun das. Trotzdem, hier bin ich nun – mit einem Nacken, der sich wundzureiben beginnt und einem Magen, der innerhalb der nächsten fünf Minuten einen Cheeseburger verlangt oder so laut knurren wird, dass man ihn bis in die Küche hören kann.

Die Vorstellung von diesem Burger erfüllt meine Gedanken, als die Vordertür aufschwingt und ein Schwall kalter Abendluft hereinweht. Ein großer Mann mit dichtem dunklen, mit weißen Strähnen durchsetztem Haar tritt ein und hält die Tür auf, während eine zierliche Blondine in einem knielangen schwarzen Mantel mit pelzbesetzten Kragen an ihm vorbeihastet. Sie bleibt zwei Schritte weiter stehen, scheint aber meine Anwesenheit nicht zu bemerken, zieht sich die Lederhandschuhe aus und steckt sie in die schwarze Handtasche, die sie in der Armbeuge eingeklemmt hat.

Eine weitere Blondine folgt – im Wesentlichen ein jüngeres Modell der Ersten. Sie hat ihr blondes Haar wie die Empfangsdame nach hinten gezogen, doch an dieser Frau wirkt es elegant und nicht streng. An ihrer Seite ist ein Typ, der aussieht, als wäre er nur noch eine Wahl davon entfernt, seine erste Senatsperiode zu beginnen. Er hat dunkle Haaren und trägt einen feinen Anzug. Er drückt seine Hand gegen unteren Rücken der jüngeren Blondine, während er fragend zurück zur Tür blickt.

»Wo ist sie hin?«

Die ältere Blonde seufzt und schüttelt den Kopf, die Lippen geschürzt und den Kiefer so fest zusammengepresst, dass ich sehen kann, wie ihre feinen Kiefermuskeln arbeiten.

»Wie konnten wir sie verlieren zwischen dem Wagen und ...« Die Worte der jüngeren Blonden verstummen, während sie den Blick durch den Raum schweifen lässt und zu lächeln beginnt, als sie mich erblickt. Und als sie das tut und ich ihren Mund sehe und ihr ganzes Gesicht dabei auf eine Weise erstrahlt, mit der ich vertraut bin – da weiß ich genau, wen ich vor mir habe.

Caras jüngere Schwester.

Cara hat mehr als einmal behauptet, dass sie und ihre Schwester Amie sich überhaupt nicht ähneln, doch sie hat unrecht. Sicher, die Haarfarbe, die Augenfarbe und die Größe sind verschieden, doch das ist nur zu offensichtlich. Darunter, in der Art, wie sie sich bewegen und beim Sprechen alles mit ihrem Gesichtsausdruck sagen, da sind sie fast wie Zwillinge.

Amies Mund will etwas formulieren, das wie ein Gruß für mich aussieht, doch sie wird von dem zukünftigen Senator unterbrochen. »Da ist sie ja.«

Mein Blick saust zur Tür und da ist Cara, noch immer halb nach draußen gedreht, als würde sie nach mir suchen. Ihr Vater tätschelt ihr sanft die Schulter. Als sie sich umdreht, sieht sie mich sofort.

Womöglich ist es der stechende Hunger, der hier spricht, doch ich will die Entfernung zwischen uns überwinden und sie ohne Vorwarnung küssen. Ohne mich um ihre Familie zu kümmern, oder die furchterregende Empfangsdame, oder irgendwas anderes. Das alles, obwohl wir nur drei Tage voneinander getrennt waren. Drei Tage und ich bin bereits wie von Sinnen, wenn ich mir vorstelle, wie meine Hände in ihrem Haar sind, ein wenig Schaden anrichten an dem ordentlichen Look, den sie heute Abend trägt, der so anders ist als der »Gerade aus dem Bett«-Look, den ich an ihr so mag und am besten kenne.

Sie trägt ein Kleid, das ebenfalls eine kleine Beschädigung gebrauchen könnte. Es ist maßgeschneidert, grenzwertig eng und geht bis kurz unter ihre Knie. Es ist schwarz-weiß und hat ein seltsam aussehendes Blumenmuster, das mich an ein hässliches Tischtuch erinnert. Und auch wenn ich es niemals sagen würde, glaube ich nicht, dass es mein Lieblingslook an ihr ist – was nicht heißen soll, dass sie nicht umwerfend darin aussieht, das tut sie bestimmt. Sie sieht nur nicht aus wie sie. Dieses Kleid ist zu sehr *Frauen von Stepford*, zu sehr Perlenkette. Außerdem wirkt sie darin, als könne sie sich nicht bewegen, ganz zu schweigen vom Atmen. Sie sieht wie eingesperrt aus – gefangen in einem Kleid, welches sie trägt, anstatt umgekehrt.

Was ihre Schuhe betrifft … also, das ist eine ganz andere Geschichte.

Caras lange Beine wirken noch länger, wenn sie solche hochhackigen schwarzen Schuhe trägt, die hoch genug sind, um heimtückisch zu erscheinen, doch verdammt heiß aussehen. Die Riemengeschichte, die sich um ihre Füße windet und sich um ihre Knöchel legt, trägt dazu noch bei.

Als ich aufstehe, quietscht die antike Bank erleichtert. Cara frisst mit ihren Augen meinen Körper auf und meine Sinne saugen alles in sich auf: ihren Anblick, den orangenen Stieleisgeruch an ihr und wie ich es probieren will. Ich gehe geradewegs an ihre Seite, wobei ich hoffe, dass ihre Familie das verstehen wird, und als meine Hand ihre findet, sind es nur noch wir zwei. Für einen Augenblick befinden wir uns in einer kleinen Blase, allein, keiner von uns trägt Kleidung, in der wir uns beide nicht wohl fühlen.

»Cara.« Die Stimme ihrer Mutter bringt die Blase zum Zerplatzen. »Vorstellungen, bitte.«

Cara und ich richten uns auf. Sie seufzt, während sie den Blick auf mich gerichtet hält und ich drücke ihre Hand. Wir tauschen einen Okay-auf-geht's-Blick aus.

»Entschuldigung. Ich möchte, dass ihr alle Garrett Strickland kennenlernt.« Cara beginnt, jedes Mitglied der Gruppe vorzustellen, und ich bekomme von jedem etwas anderes. Ein knappes Nicken von ihrer Mutter, ein fester Handschlag von ihrem Vater, und ein albernes Grinsen von Amie.

Doch der zukünftige Senator drückt alles, was ich wissen muss, mit einem Handschlag und einem Grinsen aus – eins, das *»Verarsch sie nicht«* sagt und *»Willkommen im Dschungel«*, beides zugleich.

* * *

Amuse-Bouche, was für ein Scheiß. Mein Mund findet diesen in Speck eingedrehten gegrillten Bananenhappen kein bisschen amüsant. Als die Gruppe Kellner die winzigen Zinnteller vor uns abgestellt hat, hätte ich fast über diesen angeberischen Blödsinn gelacht. Uns wurde etwas präsentiert wurde, das wie der Misserfolg von jemandem aussah, der seinen ersten Tag in der Küche verbracht hat. Dann trat der Oberkellner zurück und verkündete: »Ein Amuse-Bouche.« Sein Blick traf meinen. »Um den Mund zu unterhalten.« Danach sagte er noch etwas auf Französisch, machte sich jedoch nicht die Mühe, es zu übersetzen.

Ich kämpfe damit, die matschige Banane in meinem Mund zu kauen, und suche den Tisch nach etwas ab, das mir dabei helfen könnte, diesen Geschmack loszuwerden, wenn ich fertig bin. Doch da steht nicht einmal ein Brotkorb auf dem Tisch. Alles, was sich vor mir befindet, ist mein Wasserglas und eine kleine Teakholzschale mit rosafarbenen Salzbrocken. Ich habe abgelehnt, ein Bier zu bestellen – obwohl Caras Mom bereits zweimal nachgefragt hat, ob ich sicher sei, dass ich keins will. Ich habe später eine lange Fahrt nach Hause vor mir. Doch das war vor dieser nicht-den-Mund-unterhaltenden Bananensache.

Caras Hand kommt unter dem Tisch auf meinen Oberschenkel und drückt ihn über dem Knie. Mit der anderen Hand schiebt sie ihr Weinglas ein paar Zentimeter in meine Richtung. Ich nehme das Glas und trinke einen Schluck, spüle damit so leise wie möglich im Mund herum.

»Garrett, wollen Sie bestimmt kein Bier? Ich bin mir sicher, dass sie hier auch etwas … Lokales haben.«

Caras Finger greifen nach meinem Knie und sie gräbt mir ihre Nägel ins Fleisch. »Mom, hör bitte auf, ihn zu fragen, ob er ein Bier will. Er ist ein erwachsener Mann. Wenn er ein Bier will, dann wird er sich eins bestellen.«

Sie blitzen sich kurz gegenseitig an und hören erst damit auf, als ein Ausdruck von Verwirrung und Enttäuschung in Ms Cavanaughs Augen auftaucht und sie wegsieht. Ich nehme Caras noch immer eingekrallte Hand in meine und streiche mit dem Daumen über die Rückseite, bis ich merke, wie sie sich entspannt.

»Mir geht es gut, Ms Cavanaugh. Aber danke fürs Nachfragen. Noch einmal.« Sie nickt und der neutrale Blick, den sie mir zuwirft, fühlt sich wie ein Sieg an, ein Bonus im Vergleich zu dem, was ich bis zu diesem Punkt bekommen habe.

Ich wische noch einmal mit dem Daumen über Caras Hand

und ich spähe in ihre Richtung, während ich darauf warte, dass sie mich ansieht. Als sie es tut, hat sie kleine Falten auf der Stirn und ihre Mundwinkel sind nach unten gezogen. Ich glaube nicht, dass ich sie schon so gesehen habe – selbst dann nicht, wenn sie schreibt und ihr nicht die richtigen Worte einfallen. Und alle Techniken, die ich in jenen Nächten anwende, um sie abzulenken, kann ich hier nicht nutzen. Ich kann ihr nicht den Nacken küssen oder die Schultern reiben, kann sie nicht kitzeln, bis sie ganz atemlos vom vielen Drehen und Winden ist. Und ich kann sie auf keinen Fall auf andere Arten dazu bringen, sich zu winden.

Amie kommt dazwischen, bevor ich etwas Dummes tue, wie Cara auf meinen Schoss heben, sie küssen und meine Arme um sie schlingen, bis ihr Kopf an meinem Hals liegt.

»Also, erzähl uns mehr über Hotchkiss, Cara. Wie geht es mit deiner Arbeit voran?«

Die Legion an Kellnern hat die Amuse-Bouche-Teller weggenommen und stellt jetzt unwesentlich größere Teller vor uns. In der Mitte liegt ein Cracker von der Größe eines Pokerchips, bedeckt mit Lachsrogen und einem Klacks von etwas Schaumigem. Ich seufze innerlich.

Beschissener Köder auf einem Salzcracker.

Cara wartet, bis der Kellner ihren Teller abgestellt hat, und ihre Augenbrauen entspannen sich, während sie antwortet. »Nun, ich komme mit dem Arbeitsentwurf voran und habe bereits einige Leute interviewt, doch ich habe noch einiges vor mir. Und ich glaube, dass ich mich endlich ein wenig dort einfüge, was es einfacher macht, mit den Leuten zu reden.«

Ich esse meinen Crackerhappen und trinke einen Schluck Wasser. »Du passt absolut hinein. Ich meine, Kenny nennt dich ›Liebling‹.«

Sie schnaubt. »Kenny nennt jeden ›Liebling‹. Das ist nicht gerade ein Zeichen von nahtloser Integration in die Gemeinschaft.«

»Doch bei dir meint er es auch so. Ich kenne ihn, seit ich fünf bin, aber wenn ich ihn jetzt treffe, dann geht es immer nur ›Cara, Cara, Cara‹.«

»Eifersüchtig?«

»Und wie.«

»Gut so.«

»Fast genauso eifersüchtig, wie ich es war, als diese Färse frech mit dir wurde.«

Unsere beschützende Blase kommt wieder über uns. Cara lächelt und ich lehne mich einen Zentimeter oder so vor, so dass sie für einen Moment ganz mein ist.

»Eine Färse? Wie in *Kuh*?« Caras Dad war fast die ganze Zeit still gewesen, seit wir uns hingesetzt haben, doch als seine zu laut gestellte Frage ein Loch in unsere Blase bohrt, sehe ich auf, werfe einen verstohlenen Blick auf sein leeres Scotchglas und kenne den Grund. Er schwankt am Abgrund der Trunkenheit, das ist der Grund.

»Unsere Cara, das Mädchen, das in der ersten Woche bei den Pfadfinderinnen ausgeschlossen wurde, weil sie sich geweigert hatte, das Buch hinzulegen und aus dem Zelt zu kommen? Sie hat eine Begegnung mit einer Kuh gehabt? Diese Geschichte möchte ich hören. Schießt los.«

Cara stöhnt. »Lieber nicht.«

»Komm schon, Stadtmädchen.« Ich strecke einen Arm aus und lege ihn auf der Rückenlehne ihres Stuhls, berühre dabei mit meiner Hand ihre Schulter. Cara wirft mir einen schiefen, doch neckischen Blick zu. Ich wende meine Aufmerksamkeit zurück zum Tisch.

»Bei ihrem ersten Mal, als wir gemeinsam unterwegs waren, sind wir zum Haus eines Rinderfarmers gefahren, Kenny Euland. Derselbe Mann, der sich jetzt nur noch für Cara interessiert, obwohl er mich kennt, seit ich auf einem Dreirad herumgefahren bin.« Ich hebe eine Augenbraue in ihre Richtung. Sie fährt fort.

»Es ist gerade Kalbungszeit, deshalb sind diese Männer total beschäftigt. Wir reden hier von Arbeit rund um die Uhr. Garrett hilft, wenn er kann, denn sie brauchen jede Hilfe, die sie bekommen können.«

Ein Blick und sie überlässt das Erzählen wieder mir. »Wie auch immer, wir waren draußen und haben die Weiden gecheckt, nach irgendwelchen Problemen geschaut, die Mädels überprüft, ob eine von ihnen kurz davor war oder so aussah, als würde sie Probleme beim Kalben haben.«

Cara nimmt einen kleinen Schluck Wein. »Garrett parkt den Wagen und fängt an, diese Nahrungspellets zu verteilen. Diese Dinger sind wie Whiskas für Katzen, deshalb sind wir plötzlich von Kühen umringt. Doch ich habe mich behauptet.«

»Bis …«, füge ich hinzu.

Amies Blick schießt zwischen Cara und mir hin und her. Dasselbe gilt für ihren Verlobten, beide grinsen. Cara lässt den Kopf sinken und nimmt ihre Serviette, um sich damit das Gesicht zu bedecken, dann spricht sie durch den Stoff weiter.

»Bis …«

Eis klirrt im Scotchglas ihres Vaters und ein aus dem Nichts aufgetauchter Kellner ersetzt das Glas durch ein frisches. Er hat jetzt einen rötlichen Gesichtston, doch er ist noch immer bei uns. Ihre Mom? Da bin ich mir nicht sicher. Ihr sauertöpfischer und zugleich ausdrucksloser Blick lässt schwer erraten, ob sie sich völlig ausgeklinkt hat oder ob sie ganz dabei ist.

Cara lässt die Serviette wieder in den Schoß fallen und schenkt uns einen dramatischen Seufzer. Ich schiebe ihr die Hand in den Nacken, lasse meinen Daumen kleine Kreise in der Nähe ihres Schlüsselbeins ziehen.

»Bis eine geile Färse hinter mich kam und anfing, mich anzustupsen. Die Kuh war genau …« Cara öffnet die Arme weit, dann winkt sie mit einer Hand in Richtung der Stelle, wo ihr hübscher Arsch ist. »Genau da. Ich wusste nicht, was ich tun sollte. Zuerst habe ich sogar gedacht, es sei Garrett.«

Ich pruste ein wenig. »Das hast du? Ernsthaft?«

Sie nickt ruckartig und ich lache dröhnend los. Amie schlägt sich die Hand vor den Mund, um sich vom Loskreischen abzuhalten, doch ihr Verlobter schließt sich mir an.

»Das habe ich.« Caras Augen leuchten, als ich ihr ein verschmitztes Grinsen zuwerfe, mit dem ich eingestehe, dass der Gedanke, dass ich ihr an den Arsch fasse, an dem Tag gar nicht mal so weit hergeholt war.

»Aber das feuchte, schnaubende Geräusch war der erste Hinweis, dass es wohl doch nicht Garrett war. Ich habe losgeschrien, bin weggelaufen, dann gestolpert und mit dem Gesicht voran in eine Pfütze aus Schlamm und Kuhfladen gefallen. Ich war über und über damit bedeckt.«

Amie gibt auf und lacht, laut und vorbehaltlos, gefolgt von ihrem Dad, der sein eigenes scotchgetränktes Grinsen hinzufügt. Und als Cara den Kopf in meine Richtung neigt und ihre Schläfe gegen meinen Oberarm lehnt, ist es so, als hätten wir das alles schon einmal getan, eine Millionen Mal. Haben an einem Tisch gesessen und zusammen eine Geschichte erzählt, mit dem richtigen Timing, das uns neidische Blicke von anderen Paaren beschert, die das nicht hinbekommen.

Aber ich weiß, es ist nur das. Ein Gefühl. Etwas mehr als das, was es tatsächlich ist. Eine Anekdote zwischen zwei Menschen, die nichts haben, als nur noch ein paar gemeinsame Wochen.

* * *

Nach gefühlten neunhundert Tellern mit bissengroßen Seltsamkeiten, erklärt ein Kellner, dass gleich unsere Dessertsoufflés kommen – eine Ankündigung, bei der alle außer mir aufgeregte Geräusche von sich geben. Ich hatte angenommen, das Beerensorbet in der Größe eines Fingerhuts, das wir gerade gegessen hatten, war bereits das Dessert.

Dafür kann man mir keine Schuld geben, wirklich nicht. Nicht nach einem Salatgang, der aussah, als hätte jemand eine

Handvoll Unkraut auf einen Teller geworfen und ein paar Snacknüsse darüber gestreut, um es zu garnieren. Es folgte ein Scheibchen geräucherte Forelle mit irgendwas Eingelegtem, das hauptsächlich nach Essig schmeckte, und danach ein Klacks nach Ente schmeckende Mousse, die auf ein Stück Melbatoast geschmiert war. Und der Nudelgang, der aus einer – einer! – Ravioli auf dem Teller bestand, die mit etwas Orangenem und Matschigem gefüllt und mit Olivenöl und einem einfachen Parmesanspan belegt war. Im Vergleich dazu war das Entrée enorm. Vermutlich ein Elchfilet, das für mich sehr nach Bison schmeckte, umgeben von drei roten Babykartoffeln und derselben Anzahl gebratener Karotten.

Trotzdem lehnt sich jeder am Tisch auf seinem Stuhl zurück, um sich auszustrecken. Es scheint die Reiche-Leute-Version eines überfressenen Zustandes zu sein.

Cara trinkt den Rest ihres Weins und dreht sich in meine Richtung, lässt die anderen Gespräche ohne uns fortfahren.

»Hi«, flüstert sie.

Mein Mund verzieht sich an einer Seite zu einem lockeren Grinsen. Ich beuge mich ein paar Zentimeter vor. »Hi.«

»Ist es ganz schrecklich?«

»Nein. Es ist nicht ganz schrecklich.« Ich ziehe eine Augenbraue hoch. »Ich bin allerdings am Verhungern.«

Cara unterdrückt etwas, was sicher ein richtiges Lachen wäre, wenn wir allein wären. Ich schiebe unter der Tischdecke meine Hand in ihre und lege unsere verschränkten Hände auf mein Bein.

»Bevor ich es vergesse: Brooke hat mich angerufen, weil sie dich gesucht hat. Sie will dir ein paar Informationen über einen Typen mit einer Farm in Kansas geben, von dem sie denkt, dass du ihn treffen solltest. Der angeheiratete Cousin ihres Dads oder so etwas. Vergiss nicht, sie anzurufen, wenn du nach Hause kommst.«

Nach Hause. Das Wort hat sich ohne meine Erlaubnis seinen

Weg gebahnt und ich bin mir nicht sicher, ob es die Sache nicht schlimmer machen würde, wenn ich es zurücknehme. Deshalb lasse ich es so stehen und bin dankbar dafür, dass es nichts ist im Vergleich zu dem, was mir vor ein paar Abenden fast herausgerutscht wäre. Obwohl ich dabei bleibe, dass *Real Housewives* die Schuld an dem *Ich liebe dich* hat, das mir fast aus dem Mund gerutscht wäre. Die Sendung ist so lächerlich, dass allein schon das Reden darüber einen seltsamen Effekt auf meinen gesunden Menschenverstand hat. Denn es wäre wirklich mehr als blöd, sich in eine Frau zu verlieben, die nicht hier lebt und eher früher als später wegfahren wird.

Cara schiebt unsere Hände tiefer zu der freien Stelle zwischen meinen Beinen und ich erkenne, dass es sie nicht zu stören scheint – falls sie es überhaupt gemerkt hat –, wie ich »zu Hause« gesagt habe. Außerdem ist ihre Hand jetzt näher an meinem Schwanz, weshalb es unmöglich ist, an besonders viel anderes zu denken.

»Kansas? In welcher Gegend, hat sie das gesagt? Nahe genug, dass wir eine Tagesfahrt machen können, wenn du Zeit hast?«

»Das habe ich nicht gefragt. Aber Kansas ist nur ein Katzensprung, also …«

»In Gottes Namen, was kann denn schon Großartiges in Kansas sein? Abgesehen von Maisfeldern oder … was auch immer sie da anbauen.«

So viel zum Thema unsichtbar sein für alle anderen, die ihre eigenen Gespräche über uns hinweg führen. Offenbar war der Radar von Caras Mutter noch immer an. Ich bin mir nicht sicher, wie Moms das tun, aber sie schaffen es.

Caras ganzer Körper erstarrt, als würde sie nach einem Fluchtweg suchen. Sie nimmt die Hand von mir weg, legt sie auf ihren Schoß und fummelt an der Serviette herum. »Ein Hinweis von einer Freundin in Hotchkiss auf ein mögliches weiteres Interview. Sie hat es gegenüber Garrett erwähnt.«

»Noch ein Freund in Hotchkiss? Bist du bereits bei der

Handelskammer angestellt?«, murmelt Ms Cavanaugh, bevor sie mich mit einem Blick bedenkt, der deutlich macht, dass ihr nicht gefällt, wie sehr Cara bereits in Hotchkiss verwurzelt ist.

Im Augenblick bin ich ihr Feind Nummer Eins, der Mann, der ihrer Tochter dabei geholfen hat, sich in einer Stadt einzurichten, die zu weit von dort entfernt ist, wo sie sie haben will und wo sie Dinge tut, mit der ihre Tochter nicht die Zeit verschwenden sollte. »Vielleicht ist das ein guter Zwischenstopp auf deinem Weg nach Hause. Immerhin ist es bald schon wieder an der Zeit, für Amies Hochzeit zurückzukehren.«

»Ich weiß«, sagt Cara leise. Zu still, zu kläglich.

Mr Cavanaughs Glas – sein fünftes, aber wer zählt schon – landet schief auf der Tischplatte, was er schnell korrigiert, bevor die Eiswürfel auskippen. »Wo wir gerade davon sprechen … Wenn du nach Hause kommst, Cara Jane …«

Oh! Mein Herz schwillt an und ich muss lächeln. Caras zweiter Name ist Jane. Das liebe ich. Es klingt so nach Musical und hübsch.

»… du musst deinen vierteljährlichen Termin mit Ron Dunlap vereinbaren. Das Treffen mit deinem Anlageberater ist Teil der Vereinbarung mit Oma Jane im Zusammenhang mit der Einrichtung der Treuhandkonten für dich und Amie. Als Treuhänder ist es meine Aufgabe, dafür zu sorgen, dass du diese Dinge nicht vernachlässigst.«

»Dad. Bitte, nicht jetzt.« Cara verdreht die Augen und ihre Stimme klingt angespannt.

Doch Dad ist offiziell zu besoffen, um das zu bemerken. Er spricht viel zu laut und seine Augen sind jetzt feucht. Weil er betrunken ist, hört er nicht das Bitten in der Stimme seiner Tochter und bemerkt nicht das peinlich berührte Erröten auf ihren Wangen, alles Hinweise, die ihn davon abhalten sollten, weiter über Caras offenbar fettes Bankkonto zu reden.

»In wenigen Jahren wirst du Zugang zum ganzen Vermögen haben, Cara. Du musst darauf vorbereitet sein. Geld verwaltet sich nicht von allein, du musst schon …«

Cara springt vom Stuhl auf und stößt ihn dabei fast um, doch ich strecke den Arm aus und stelle ihn gerade. »Entschuldigt mich für einen Augenblick.«

Cara geht zwischen unseren Stühlen hindurch und verlässt den Raum. Amie beobachtet ihren plötzlichen Abgang, dann schaut sie stumm fragend zu mir: *Gehst du oder gehe ich?*

Ich bin in einem Sekundenbruchteil auf den Beinen. »Bin gleich zurück.«

Im Eingangsbereich suche ich nach Cara, kann sie aber nicht finden. Eine Treppe führt in die erste Etage hinauf, und ich bleibe stehen, womit ich die Aufmerksamkeit der verhassten Empfangsdame auf mich ziehe. Plötzlich will ich alles tun, was ich kann, um ihr diesen Ausdruck aus dem Gesicht zu reißen.

»Hey. Ist da oben das Klo?«

Ihr fällt die Kinnlade herunter und sie wirkt verwirrt und völlig entsetzt. Für einen Moment sieht es so aus, als würde sie mich mit einer Schimpftirade eindecken, doch dann entscheidet sie offenbar, dass ich der Mühe nicht wert bin. Sie macht eine schwache Handbewegung zur Treppe.

Ich nehme zwei Stufen auf einmal, wobei sie laut quietschen, und ich hoffe, dass es die Empfangsdame noch mehr irritiert. Ich gehe den Gang entlang und halte vor der Tür der Damentoilette, wo ich darauf warte, dass das Geräusch des ins Waschbecken laufenden Wassers aufhört. Die Tür geht knarrend auf und Cara überprüft ihr Aussehen im Spiegel, bevor sie herauskommt und abrupt stehen bleibt, als sie mich sieht. Ihre Augen sehen müde aus und ein wenig rot, doch zum Glück weist nichts darauf hin, dass sie auf der Toilette geweint hat.

»Geht es dir gut?«

Sie hebt eine Schulter und sieht an mir vorbei. Ich versuche es erneut.

»Liegt es an den Soufflés? Es scheint ganz schön lange zu dauern. Du kannst mir glauben, ich bin fest davon überzeugt, wenn sie schließlich rauskommen, dann werden es die besten drei winzigen Schokoladehappen sein, die du je gekostet hast. Wahrscheinlich werden sie sie mit der kleinsten Himbeere der Welt garnieren und mit einem mikroskopischen Minzezweig. Vielleicht noch ein Klacks Schlagsahne, so groß wie die Träne eines Miniesels. Ich muss dich auch darauf aufmerksam machen, wenn ich das alles verdrückt habe, dann werdet ihr mich hier rausrollen müssen.«

Cara lacht, geht zwei Schritte vor und wirft sich gegen mich, um die Arme fest um meine Taille zu schlingen. Ich lege die Arme um sie, streiche ihr mit einer Hand über das Haar, das sich so seidig anfühlt, wie es aussieht, weshalb ich es noch einmal tue. Ihr Kleid fühlt sich auch schön an. So, dass ich wissen will, wie leicht es sich aufreißen ließe, wenn wir allein wären.

Ein zittriger Atemzug kommt ihr über die Lippen. Ich lege die Hände an ihre Hüften, halte sie mit festem Griff. »Warum flippst du jetzt aus?«

Sie atmet laut aus, senkt den Kopf, um sich näher an mich zu schmiegen.

»Es tut mir leid wegen all dem. Dich herzuschleifen, um meine Familie und französisches Essen auf kleinen Tellern zu erdulden, während meine Mutter dir Bier unterschieben will und mein Dad unsere Finanzen diskutiert, als hätte jeder auf der Welt einen Investmentberater. Ich hätte es besser wissen sollen. Aber Amie wollte dich kennenlernen, und ich habe dich vermisst, deshalb habe ich mich davon überzeugt, dass es schon nicht so schrecklich sein werden wird. Ich hatte unrecht. Es ist schrecklich.«

Ich gebe ein leises Schnauben von mir, ziehe sie näher an mich heran, damit ich ihre Wange küssen kann, dann schiebe ich sie weit genug zurück, damit wir einander ansehen können.

»Cara, Liebes, ich wusste, worauf ich mich einlassen würde, wenn ich herkomme. Hast du ehrlich geglaubt, dass ich nicht vorher gewusst habe, wie sehr ich heute als bunter Hund von einem Redneck auffallen würde? Komm schon, du kennst mich besser.« Sanft stupse ich mit dem Daumen gegen ihr Kinn. »Ich weiß, wer ich bin. Ich weiß, wo ich hineinpasse und wo nicht, deshalb musst du dir wegen mir keine Sorgen machen – ich komme damit klar. Ich wollte dich einfach sehen, deshalb bin ich hier.«

»Aber meine Mom mit ihrem Bier. Als wärst du unfähig dazu, Wein oder Scotch oder einfach Wasser zu genießen. Und mein Dad. Gott, er ...«

»Dein Dad ist quasi voll. Nicht das erste oder letzte Mal, dass ich einen Abend mit einem stockbetrunkenen Typen verbracht habe. Und ich glaube, deine Mom versucht nur, uns einzuordnen. Sie ist nicht sicher, ob sie zwischen unseren Stühlen einen Stahlzaun aufstellen oder dich heute Abend mit dem Nachtflug nach Chicago bringen muss. Sie will dich einfach beschützen, das ist alles.«

Ein spöttisches Schnauben von Cara. »Meine Mutter war nie beschützend bei mir. Bei Amie? Vielleicht. Aber nicht bei mir.«

Ich streiche ihr eine Haarlocke hinter das Ohr, dann neige ich den Kopf und betrachte Caras Gesicht, um herauszufinden, ob sie wirklich glaubt, was sie gerade gesagt hat. Als ihr Blick meinem plötzlich ausweicht, merke ich, dass sie es tut.

»Da liegst du bestimmt falsch. Vielleicht versteht sie dich nicht, doch sie liebt dich. Liebt dich stark genug, dass sie heute Abend zu einer kleinen Löwenmama geworden ist. Ich kann ihr das nicht vorwerfen – es ist unmöglich, dich zu kennen und dich nicht festbinden zu wollen, damit du ganz bestimmt nicht verloren gehst.«

Cara hebt ihren Blick wieder zu meinem und der Funke und das Licht, was ich so gern sehe, kommen durch. Ihre Hände gleiten hoch und über meine Brust, dann wandern sie zur Mitte, halten dort inne, um mit dem obersten Knopf meines Hemdes zu spielen, bevor sie ihren Körper gegen meinen drückt. Ich erinnere meinen Schwanz daran, dass wir im Flur eines schicken Restaurants stehen, doch er scheint mich nicht zu hören.

Wenn man bedenkt, dass mein Schwanz taub ist und ich das Gefühl habe, dass die angeturnte Cara ihren baldigen Auftritt plant, sollten wir besser so schnell wie möglich aus dem Flur verschwinden.

»Geht es dir jetzt besser? Bist du bereit, wieder runterzugehen?«

Langsam schüttelt sie den Kopf, öffnet einen Knopf an meinem Hemd und steckt ihre Fingerspitze unter das steife Material. Von dieser Stelle strahlt so intensiv die Hitze aus, dass ich sie bis in die Zehenspitzen spüre.

»Dann sag mir, was du brauchst.« Cara neigt den Kopf zum Eingang des Restaurants. Ich schlucke angestrengt. »Wirklich? Bist du sicher?«

Sie neckt ihre Oberlippe mit der Zungenspitze und flüstert dabei, dass sie ganz sicher ist. Ich erwidere mit einer Frage, die deutlich macht, dass ich so schnell wie möglich aus diesem Restaurant raus muss. Denn die Tatsache, dass ich es auch nur in Erwägung ziehe, bedeutet, dass mir dieser Ort zu Kopf steigt.

»Was ist mit den Soufflés?«

Cara öffnet einen weiteren Knopf. »Die brauchen ewig, vertrau mir. Keiner wird es bemerken. Wo steht dein Wagen?«

»Hinten. Auf dem Platz, von dem ich mir ziemlich sicher bin, dass dort das Küchenpersonal parkt. Es sah so aus, als würde der Truck eher dorthin gehören, als nach vorn zwischen einen Tesla und einen Range Rover.«

»Sag, dass du in einer dunkeln Ecke geparkt hast.«

Ich grinse sie an. »In der dunkelsten.«

Kapitel 22

Garrett

Verdammtes, blödes Kleid.

Vielleicht betont es die schöne Silhouette von Caras Körper und der Stoff fühlt sich vielleicht auch gut unter meinen Händen an, während ich ihren Kurven folge, doch es ist ein fürchterlicher Schnitt, wenn du eine schnelle Nummer in deinem Truck willst, bevor die Soufflés auf dem Tisch sind.

Cara gibt ein knurrendes Geräusch von sich, das womöglich nicht so heiß klingen würde, wenn sie nicht gerade erneut versuchen würde, das Kleid hinaufzuziehen, um sich auf meinen Schoß zu setzen. Sie kniet auf der Sitzbank neben mir und streift mit dem Kopf den Wagenhimmel, während ich mich davon abhalten muss, einfach ihr Kleid unten zu erfassen und aufzureißen, um so das Problem zu lösen. Ich kann mir das Geräusch des reißenden Stoffes vorstellen und mein Schwanz wird davon noch härter.

Es war so viel einfacher an jenem Abend, als wir Barbecue gegessen hatten und sie ihr hemdartiges Kleid trug. Wenn sie das jetzt anhätte, würden wir bereits wieder von den Gipfeln unseres Orgasmus hinabsteigen.

»Ich hasse dieses Kleid.« Ein weiteres Zerren, verbunden mit einem Winden ihrer Hüften, während sie versucht, den Stoff von da wegzubekommen, wo er für unseren Zweck ein paar Zentimeter zu weit unten ist.

Ich versuche, nicht zu lachen, kann mich aber nicht länger bremsen, als sie die Hände zu kleinen Fäusten ballt und rückwärts mit dem Hintern auf die Bank fällt. Zum Glück fällt sie dabei auf einen dort liegenden Mantel, was ihren Kopf davor bewahrt, gegen die Türverkleidung zu schlagen. Sie strampelt frustriert mit den Beinen und legt sie dann über meine.

»Ist es unhöflich, wenn ich sage, dass ich dir da zustimme?« Ich lege eine Hand an die Innenseite ihrer Beine und verabschiede mich stillschweigend von jeder Hoffnung auf mehr von dieser Region. »Denn ich hasse das Kleid auch. Ich würde es gern in hundert kleine Streifen teuren Stoffes reißen. Dann hättest du nur noch das an, was auch immer du drunter trägst. Und die Schuhe. Es würde mir gefallen, wenn du die Schuhe anlassen würdest.«

Sie stöhnt auf. »Das hilft auch nicht gerade. Als Vergeltung fühle ich mich verpflichtet, dich darauf hinzuweisen, dass ich nichts darunter trage.«

Ich verschlucke mich an meinem eigenen Stöhnen. »Hör auf. Ich flehe dich an.«

Cara gibt ein hinterhältiges, zugleich neckendes Brummen von sich. »Es war eine praktische Entscheidung. Dieses Kleid ist so eng, dass selbst meine engsten Teile darunter zu sehen waren. Obwohl ich mir einen Moment überlegt habe, einen BH zu tragen. Hauptsächlich wegen der Sorge, dass meine ungehobelten Nippel bei deinem Anblick ›*Hi Garrett, wir haben dich vermisst, bitte berühre uns*‹ sagen würden, sobald du in den Raum kämst.«

Mit einem Lächeln in die Dunkelheit hinein lasse ich den Kopf gegen die Kopfstütze fallen. Die Fahrerkabine wird spärlich vom Lichtstrahl eines hohen Laternenmastes an der anderen Ecke des Parkplatzes erleuchtet. Von hier kann man den Hintereingang des Restaurants sehen, ein paar Leute vom Küchenpersonal stehen dort für eine Zigarettenpause herum. Der Platz ist voll mit Trucks wie meinem und billigen verbeulten

Autos, das Gegenteil dessen, was Cara und ich gerade im Restaurant hinter uns gelassen haben. Hier in meinem Truck sind nur wir. Das *Wir*, das bereits existiert, auch wenn wir uns erst seit wenigen Wochen kennen. Das *Wir*, das versteht, wie wir keinen Sinn ergeben, und es irgendwie doch tun.

Meine Hände rutschen höher und wandern über die Innenseite ihres Oberschenkels, bis mein Handgelenk an den unteren Rand ihres Kleids stößt. Cara murmelt etwas, das süß und ungeduldig klingt, und angesichts ihrer Hitze an meinen Fingern weiß ich genau, was sie braucht, um dieses Geräusch in süße Befriedigung zu verwandeln. Sie braucht eine Entspannung, ein paar Minuten, in denen sie weniger in ihrem Kopf ist und mehr in ihrem Körper, in denen sie nicht darüber nachdenken oder sich sorgen muss, dass sie auch nur annähernd weniger als perfekt ist.

Ich weiß genau, wenn wir aus dem Truck steigen, um nach drinnen zu gehen, und ihre Mom sagt wieder etwas Bissiges oder das Mundwerk ihres Dads wird noch loser wegen eines weiteren Scotch, dann wird es da drinnen noch übler werden. Cara wird am Ende schreien oder weinen – oder beides. Das will ich auf gar keinen Fall.

Ich beschließe, unsere Situation hier noch einmal zu überprüfen. Auch wenn ihr Kleid es nicht bis über ihre Taille schafft, damit sie sich auf mich setzen kann, glaube ich trotzdem, dass es genug Platz lässt, um ihr das, was sie braucht, mit meinen Händen zu geben. Ein wenig Kreativität und ich bin vielleicht sogar dazu in der Lage, mein Gesicht nach unten zu bekommen. Ich gleite mit der Hand vorwärts, bis die Spitze meines Mittelfingers an die Stelle kommt, wo sich die ganze Hitze sammelt. Cara gibt ein wimmerndes Geräusch von sich, dann schlägt sie eine Hand gegen meine.

»Garrett, bitte. Ich werde sterben, wenn du etwas anfängst, was wir nicht beenden können.«

»Wer sagt denn, dass ich es nicht beenden will?« Ich necke sie ein weiteres Mal, diesmal weiter oben. »Zieh dein Kleid so hoch, wie es geht. Ich werde das hinbekommen.«

Cara protestiert nicht oder wartet, sondern versucht mit beiden Händen, was sie tun kann. Wir schaffen nur wenige Zentimeter, doch es fühlt sich wie ein Sieg an. Ich verändere meine Position, so dass ich halb vorgebeugt bin und das Gewicht auf einen Unterarm stützen kann, während mein anderer frei ist, um zu ihr zu gelangen. Cara spreizt die Beine ein wenig mehr, und ich schiebe meine Hand vor.

Zuerst bin ich zu konzentriert darauf, mich richtig zu positionieren, um darüber hinaus etwas anderes zu bemerken, doch als ich die Hand hinaufschiebe, spüre ich, dass etwas anders ist. Sie ist weich, doch noch mehr, als ich erwartet habe.

»Mein Gott, du fühlst dich so anders an. »Hast du … Du bist so glatt. Es ist wie Seide da unten.«

Ich betone meine Aussage, indem ich mit den Fingerspitzen über ihren Hügel fahre und dann an beiden Seiten hinab. Ich spreize schließlich die Finger weit auseinander, um ihre Pussy mit der ganzen Hand zu bedecken. Cara verdreht die Hüften, während sie ein genüssliches Geräusch macht.

»Ich habe mich gestern wachsen lassen. Brazilian. Ich wusste nicht, ob du das magst, vielleicht ist dir das zu sehr Pornostar.«

Ich ziehe die Hand heraus, drücke meine Finger an ihre Lippen, um sie davon abzuhalten, so einen Blödsinn zu reden, und sie saugt an den Spitzen. Mein Schwanz bäumt sich auf, als sie meine Finger mit ihrer Zunge so berührt, wie sie auch andere Pornostardinge tun würde.

»Magst du es denn? Für mich hättest du es nicht extra tun müssen. Ich vergöttere deine Pussy unabhängig von der Landschaft. Getrimmt, gestutzt, Bonsai, was auch immer.«

Ein sanftes Lachen kommt von ihr. »Danke, das ist gut zu wissen. Aber ja, ich mag es. Das ist eigentlich auch mein üblicher Look.«

»Ja? Du hast keine … ich meine, ich habe dich so noch nicht

gesehen, seit du hier bist. Doch das soll keine Beschwerde sein, nur eine Beobachtung. Eine ergänzende, dankbare, verehrende Beobachtung.«

»Sag mir, ob ich es übersehen habe, doch ich habe in Hotchkiss kein Waxingstudio gesehen. Ist es in der Nähe des Genossenschaftladens?«

Ich lasse zwei Finger in sie hineingleiten, als sie gerade ihren klugscheißerischen Kommentar beendet hat und die letzten paar Silben gehen in ein langes Stöhnen über. Das ist es, was ich von ihr hören will. Mein Daumen gelangt zu ihrer Klit, ein langsames Streichen und Kreisen, zunächst sanft.

»Nun, ich bin ein Fan von diesem Aussehen, damit du es weißt. Und wenn ich das Licht anmachen darf, dann kannst du zusehen, wie ich es dir beweise.«

Sie greift sich eine Handvoll meiner Haare. »Wag es ja nicht, das Licht anzumachen.« Dann schiebt sie die Hüften ein paar Zentimeter höher, als wollte sie dem Gefühl meiner Finger in ihr entkommen. »Denn so sehr ich es auch lieben würde, dabei zuzusehen, wie du es mir beweist, so müsste ich dich doch umbringen, wenn du das tust.«

Ich bewege mich, um etwas zurückzurutschen und näher bei ihr zu liegen. Dann richte ich ihre Beine neu aus.

Während ich mein Gesicht hochhalte, drücke ich mein Kinn und den Mund unter den Rand ihres Kleids. Der Saum gräbt sich in meine Nase, doch das kümmert mich nicht. Meine Zunge findet sie und kreist zweimal herum, bevor ich alle meine Aufmerksamkeit dahin richte, wo Cara sie am meisten benötigt – und als ich es tue, gibt sie ein wildes Stöhnen von sich.

Bingo.

Ich fahre mit meinen Fingern fort, jetzt mit kürzeren Stößen, ein pulsierender Rhythmus, von dem ich weiß, dass sie ihn mag, dann lecke und sauge ich mit meiner Zunge, so gut ich kann. Cara beginnt zu keuchen, ihre Hüften stoßen gegen meinen Mund, als ich fest an ihrer Klit sauge. Ihr Geschmack bedeckt meine Zunge, mein Kinn und ihre Schenkel umklammern meinen Kopf, halten mich da, wo sie mich haben will. Ich mache jede Bewegung tiefer, fester und stärker, bis sie ein Stöhnen von sich gibt, das ein Schrei sein will, doch keiner sein darf, nicht hier. Ich sauge das Gefühl in mich auf, die Art, wie sie loslässt, auch wenn es nur für einen Moment ist, denn ich bin derjenige, der ihr das gegeben hat, was sie gebraucht hat. Und ich liebe es, das zu wissen.

Ich küsse sie noch einmal dort, bis sie vollkommen verausgabt und erschlafft ist, sich bei mir bedankt und murmelt, dass sie jetzt bereit sei für ihr Soufflé.

Kapitel 23

Cara

Wenn ich gewusst hätte, dass ein Orgasmus zwischen dem Entrée und dem Dessert ein Abendessen mit meiner Familie angenehmer macht, dann hätte ich diese Strategie bereits vor Jahren angewandt.

Garrett und ich rutschen wieder auf unsere Plätze, als die Soufflés gerade kommen. Mein Dad ist in die stumme, nachdenkliche Phase seiner Trunkenheit gerutscht, und meine Mom ist zu sehr damit beschäftigt, Garrett anzustarren, um irgendwelche Kommentare in meine Richtung zu feuern. Ich bin zu benommen, um etwas jenseits meines Löffels wahrzunehmen, der sich in dieses cremige Schokoladenmachwerk gräbt. Garrett glaubt vielleicht, dass dieser Ort ein Witz ist, doch sein Teller ist bereits leer und jetzt beäugt er meinen – man kann also nicht leugnen, dass das Soufflé von Apogée ganz großes Kino ist.

Trotz meiner Benommenheit ist Amies Grinsekatzengrinsen und die Art, wie sie sich ständig mit dem Zeigefinger auf den Kopf tippt, schwer zu ignorieren. Ich kneife die Augen zusammen und versuche, ihre kryptische Geste zu entziffern. Macht sie mit ihrem Finger einen Heiligenschein? Gibt sie vor, ein Engel zu sein? Dass ich einer bin? Als der letzte Bissen meines Desserts in meinem Mund gelandet ist, lege ich die Gabel hin und zische in ihre Richtung.

»Was?«

»Dein Haar«, flüstert sie. »Da ist etwas drin. Sieht aus wie Federn.«

Meine Hände fliegen an meinen Kopf und ziehen ein paar flaumige weiße Federn hervor. Garrett versucht, sein Prusten zu verbergen, indem er so tut, als würde er sich den Mund abwischen, dann greift er nach dem verräterischen Flaum, um ihn zu untersuchen.

»Gänsefedern«, sagt er im Bühnenflüsterton. »Muss an meiner Jacke gehangen haben. Tut mir leid.«

Es tut ihm gar nicht leid.

Mir auch nicht.

Es tut mir auch nicht leid, die Drinks nach dem Abendessen mit meinen Eltern im Caribou Club abzusagen. Nicht, wenn die Alternative Garrett in meiner Hotelsuite ist, der mir ein Feuer machen und dieses unausstehliche Kleid ausziehen wird. Wir verabschieden uns, dabei verläuft alles genau wie erwartet: Amie und Taylor sind liebenswürdig zu uns beiden, Dad macht nur eine betrunkene Winkbewegung ungefähr in unsere Richtung, und Mom ignoriert Garrett, während sie mich demonstrativ an unsere Verabredung morgen Nachmittag in einem Atelier erinnert, wo ich mein Bestes geben werde, um die Rolle einer stillen zurechtgemachten Puppe zu spielen, während sie für mich die Kleidung zum Abendessen vor der Hochzeit auswählen wird.

Garrett fährt seinen Truck vom Restaurantparkplatz auf die Hauptstraße von Aspen und dann zum anderen Ende der Stadt, wo mein Hotel ist. Ehrlich gesagt fährt er für meinen Geschmack ein wenig zu langsam, doch ich beschäftige mich damit, eine Pro-und-Kontraliste in meinem Kopf zusammenzustellen. Sex vor oder nachdem er mir Feuer gemacht hat? Sex vor, während oder nach dem Baden? Bevor ich es noch merke, wird Garrett an der Zufahrt zum Hotel langsamer. Er späht durch die Frontscheibe.

»Wohin fahre ich jetzt?«

Ich zeige zu einer langen roten Markise am Vordereingang. »Fahr direkt nach vorn. Der Hotelpage wird den Hausdiener holen.«

Garrett bemerkt das blöde Grinsen auf meinem Gesicht und wirkt irritiert. Er fährt vor und zwei Hotelpagen eilen zum Wagen. Sie zögern so lange, bis offensichtlich ist, dass sie darüber nachdenken, ob wir uns verfahren haben.

Erst als mich einer von ihnen erkennt, werden sie aktiv und meine Tür wird blitzschnell geöffnet. Ich springe heraus, bevor der Hotelpage mir seine Hand anbieten kann und lande graziös auf dem Asphalt. Ich drehe mich um und bemerke, dass Garrett noch verwirrter aussieht.

»Kein Kuss? Du springst einfach so raus? Ich würde dich ja zurückzerren und das richten, aber dieser Typ, der da neben meiner Tür steht und hereinstarrt, bringt mich ein wenig aus dem Konzept.« Sein Blick schießt zum Hotelpagen, der aussieht, als wäre er bereits jetzt unsicher, was er mit Garretts Fahrzeug machen soll, wenn er erst die Schlüssel hat. »Ich nehme an, er sieht gerne zu.«

»Er wartet darauf, dass du aussteigst und ihm deine Schlüssel gibst. Bitte sag mir, dass du nicht denkst, man könne ihm deinen Truck nicht anvertrauen. Komm schon, schnell, meine Suite wartet. Ich bin in Raum zehn neunundsechzig und davon überzeugt, dass das eine vielversprechende Ansage ist.« Ich werfe ihm ein dümmliches Zwinkern zu, das zu dem verrückten Grinsen passt.

Garrett fällt die Kinnlade herunter. »Oh, Mist.« Er streckt den Arm zu mir aus, nur um die Hand auf den Sitz fallen zu lassen. »Ich kann nicht bleiben. Ich habe Kenny gesagt, dass ich um fünf bei ihm bin, um ihm dabei zu helfen, die Kälber zu markieren.«

»Was?« Jetzt ist es meine Kinnlade, die herunterfällt, womit ich seinen Ausdruck wiederhole. Meinem Körper geht es genauso, die Hüften plumpsen gegen den Sitzrand.

»Du hast Abendessen gesagt. Ich wusste nicht, dass du mich über Nacht dahaben wolltest. Ich kann einfach nicht …«

Seine Worte versiegen leise und ich erkenne, dass er recht hat. Unser SMS-Austausch hat nichts von dem komplexen Plan beinhaltet, den ich für die Zeit nach dem Abendessen gemacht hatte. Ich hatte ihn nur gefragt, ob er Lust hätte, nach Aspen zu fahren, worauf er fragte, ob ich Scherze machen würde, worauf ich antwortete, dass ich hoffen würde, dass er zum Abendessen käme. Danach ging es um das Datum, die Uhrzeit und die Adresse.

Garrett beginnt erneut, sich zu entschuldigen, doch ich schneide ihn mit einem Kopfschütteln ab. »Du hast recht. Ich habe das überhaupt nicht erwähnt, ich habe es nur vorausgesetzt. Als Amie diese Sache eingefädelt hat, hat sie über dich und mich in meiner Suite gesprochen und dann habe ich mir vorgestellt, wie du mir ein Feuer machst, irgendwie ohne Streichhölzer, und da ist diese große Badewanne, in die wir beide hineinpassen würden, und dann hatte ich an ein Frühstück im Bett an meinem Geburtstag gedacht, mit …«

»Moment.« Garrett hebt eine Hand und kneift die Augen zu. »Es ist dein Geburtstag?«

»Na ja, technisch gesehen ist es noch nicht mein Geburtstag, für eine weitere Stunde oder so.« Er murmelt einen Fluch, während er die Augen öffnet, dann legt er eine Hand in seinen Nacken und bearbeitet die Verspannung, die sich dort festgesetzt haben muss. »Aber das ist in Ordnung, Garrett. Du bist kein Gedankenleser und ich hätte deutlicher sein müssen.«

»Aber …«

»Es ist in Ordnung. Komm einfach rüber und küss mich. Dann fahr. Du musst nach Hause kommen.«

Er stellt die Schaltung auf Parken und kommt über die Bank, um mich zu küssen, wobei er gequält aussieht. Ich schenke ihm die ganze Zeit mein schönstes »Mir geht's gut«-Lächeln, auch noch, als er davonfährt.

* * *

Als ich in meinem Zimmer bin, ist es an der Zeit zu entscheiden: Schmollen oder nicht Schmollen.

PRO: Schmollen wäre gerechtfertigt, denke ich. Genauso wie Herumwälzen, ein Aufstampfen mit dem Fuß, ein Kissen verprügeln und ein Sammelsurium ungesundes Essen beim Zimmerservice zu bestellen.

KONTRA: Schmollen löst überhaupt nichts. Ich würde mich nicht besser fühlen, ich würde mich schlechter fühlen.

KONTRA: Schmollen ist für Babys. In weniger als einer Stunde werde ich achtundzwanzig sein.

Entscheidung getroffen. Es wird kein Schmollen geben. Ich werde mich meinem Alter entsprechend verhalten, indem ich mir selbst ein Feuer mache, mir mein eigenes Bad einlasse und mir vielleicht noch einen Orgasmus verschaffe.

Im Badezimmer gehe ich hinüber zum Kamin und stütze die Hände in die Hüften, um einzuschätzen, womit ich es hier zu tun habe. An einem schwarzen Ständer hängen Kaminzangen und ein Schürhaken, alles in fast neuem Zustand. Ein Kupferbehälter auf dem Boden ist angefüllt mit Holz, kleinen Zweigen bis hin zu geviertelten Holzklötzen, dazu ein Bündel Zeitungen und lange Streichhölzer an der Seite. Neben dem Behälter befindet sich ein Schild.

Können wir Ihnen helfen?
Butlerservice ist erreichbar unter #200

Pah. Hilfe? Ich brauche keine Hilfe. Früher hätte ich vielleicht besagten Butlerservice genutzt, doch nicht heute Nacht. Heute Nacht mache ich das allein. Ich habe meinen Verstand und meine Entschlossenheit, und das reicht.

Und ich habe Google. Für alle Fälle.

Ohne das Kleid auszuziehen – obwohl ich ernsthaft darüber

nachdenken sollte, es als Anzünder zu benutzen – knie ich mich auf den kühlen Fliesenboden und öffne die Glastür des Kamins, dann überlege ich, wie ich am besten vorgehe. Ich hätte vielleicht ein wenig aufmerksamer sein sollen, früher, als ich noch einen Butler gerufen habe.

Ich nehme ein paar Zweige und werfe sie hinein, gefolgt von einem Holzklotz. Ich werfe drei weitere hinzu, denn wenn einer gut ist, dann müssen vier besser sein. Danach fülle ich alle freien Zwischenräume mit zusammengeballten Zeitungsteilen. Ich beuge mich zurück, um mein Werk zu bewundern. Für mich sieht es gut aus. Zeit für die Streichhölzer.

Ich ziehe ein langes Streichholz heraus, streiche mit der Spitze über die raue Seite einer Schieferkachel am Kamin und sehe zu, wie es sich entzündet. Ich wähle eine Stelle, um die Flamme anzubringen, dann beuge ich mich vor, um dieses Kaminding zu entfachen, als eine Reihe von Klopfgeräuschen an meiner Suitentür ertönt. Ich halte inne, höre es aber nicht mehr. Es klang auch nicht ganz wie ein Klopfen, womöglich höre ich schon nicht vorhandene Dinge. Also, zurück zur Arbeit. Ein weiteres angezündetes Streichholz in der Hand und – verdammt.

Das Geräusch ertönt erneut. Diesmal lauter. Vielleicht ist es Amie.

Ein schnelles Pusten und ich lösche das Streichholz, eile zur Tür und reiße sie auf.

Es ist nicht Amie.

Garrett.

Garrett mit vollen Händen, ein Sixpack Bier in der einen und zwei kleine Holzstücke in der anderen Hand, den Fuß ausgestreckt und bereit, erneut mit der Stiefelspitze gegen die Tür zu klopfen.

»Ich habe Kenny angerufen. Habe ihm gesagt, dass ich nicht vor morgen Mittag kommen könne, weil es dein Geburtstag ist. Er lässt dir herzlichen Glückwunsch ausrichten, *Liebling.*«

Ein Grinsen kriecht über mein Gesicht. »Ich liebe Kenny.«

»Kenny? Ist er derjenige, der jetzt das Liebesrecht bekommt? Ich habe Bier beschafft und aus dem Kram hinten in meinem Truck alles, was man für ein Feuer braucht, und ich bekomme nichts?«

»Oh, du wirst schon was bekommen. Mach dir darüber mal keine Sorgen.«

»Wie zum Beispiel: das Kleid aus, bevor die Tür hinter uns zufällt?«

Ich gebe der Tür einen Schubs, um sie weiter zu öffnen und Garrett fällt fast ins Zimmer. Als sich die Tür schließt, gehe ich bereits hinein und zerre dabei an meinem Reißverschluss.

* * *

»Aber nehmen wir mal an, da wären keine Streichhölzer. Nicht hier, nicht in deinem Truck. Könntest du es dann?«

»Drinnen? In der Nacht? Nein.«

Ich gebe ein enttäuschtes Murren von mir und schiebe die Unterlippe vor. Eine von Garretts Händen taucht aus dem Wasser auf, dazu eine Handvoll Schaum, den er mir auf die Nase setzt. Ich liege in der übergroßen Badewanne zwischen seinen ausgestreckten Beinen, mein Rücken ruht auf seiner Brust und ich bin bis zum Hals mit Schaum bedeckt.

»Mann! Ich gebe zu, dass ich unter den extrem beschissenen Bedingungen, die du vorgegeben hast, kein Feuer ohne Streichhölzer anmachen kann und du klingst so, als hätte ich dir gerade erzählt, dass es keinen Weihnachtsmann gibt. Das ist ganz schön deprimierend, Cara. Ich wusste nicht, dass man es dir so schwer recht machen kann.«

Ich blase den Schaum weg, indem ich kräftig ausatme. »*Au contraire*. Man kann es mir ganz einfach recht machen. In diesem Moment könnte ich mir nichts anderes wünschen.«

Garrett lacht, leise und entspannt, und seine Hände verschwinden wieder im Wasser, um sich auf meine Brüste zu legen. »Ich bin mir sicher, dass dieses verrückt-schicke Hotelzimmer damit zu tun hat.«

Ich halte inne und sehe mich im Zimmer um, wobei ich genau weiß, dass es nichts damit zu tun hat, warum ich glücklich bin. Mein Glück dreht sich heute Abend um etwas anderes. Es ist größer und besser als die feinste Bettwäsche oder Butlerservice.

»Ich glaube, dass es mehr mit dir zu tun hat. Ich glaube, wenn wir in der Badewanne im Farmhaus liegen würden, wäre ich genauso glücklich. Vielleicht noch mehr.«

Garretts Handflächen bedecken jetzt meine Nippel, doch er tut nichts weiter. Dreht oder drückt sie nicht. Da ist nichts als seine intime Berührung, mit der er mich hält, weil wir beide es mögen. Ein Kuss landet auf meiner Schläfe, als Garrett eine Hand wegzieht und nach der kalten, ganz beschlagenen Flasche Bier greift. Die Tatsache, dass er in der Badewanne einer feinen Hotelsuite billiges Bier trinkt, völlig im Einklang mit dem, wer er ist, zeigt einen großen Teil von dem, in das ich mich an ihm verliebt habe. Er ist, wer er ist, keine Entschuldigungen oder Ausreden. Und ich lerne an seinem Beispiel und finde heraus, wie ich ebenfalls ich selbst sein kann.

Plötzlich begreife ich, dass das der Grund ist, weshalb das Essen heute Abend so schmerzhaft war. Mein ganzes Leben habe ich mir darüber Sorgen gemacht, warum ich mich nie ganz Zuhause gefühlt habe in der Welt, aus der ich komme – doch zum ersten Mal habe ich einen Geschmack davon bekommen, wie das Leben sein kann, wenn ich nicht darum kämpfen muss, hineinzupassen. In Hotchkiss liegt eine Leichtigkeit in der Lebensweise, ein langsameres Tempo, das nichts mit Faulheit zu tun hat, sondern mit Einfachheit. Und auch wenn ich für alle, die ich getroffen habe, das Stadtmädchen gewesen bin, so hat sich doch niemand so verhalten, als müsste ich jemand anderes sein. Dort – und mit Garrett – kann ich einfach ich sein. Ganz und gar. Das reiche Mädchen, die Journalistin, der Tollpatsch, die Plaudertasche, die Frau. Heute Abend habe ich wieder damit gekämpft, dort hineinzupassen. Ich habe mir gewünscht, dass meine Eltern anders wären, und dass nicht alles so schwierig wäre.

»Ich glaube, ich weiß jetzt, warum ich beim Abendessen ausgeflippt bin. Den wahren Grund«, sage ich langsam.

Garrett reicht mir das Bier. »Ja?«

Ich nehme es, halte es in der Hand und starre auf das Kondenswasser darauf.

»Als wir oben im Gang waren, meintest du, dass du wüsstest, wer du bist. Wohin du gehörst und wohin nicht.«

Ein zustimmendes Brummen von Garrett und ich tauche tiefer in das Wasser, kuschle mich fester an ihn.

»Ich dachte, es ginge um dich, um die Art, wie meine Familie dich behandelt hat. Aber in Wahrheit ging es um mich. Ich habe nicht hineingepasst. Ich mag es, wer ich in Hotchkiss bin, wo ich nicht das Gefühl habe, mich so sehr anstrengen zu müssen. Diese Freelance-Sache machen, meinen eigenen Weg gehen – das hat meine Perspektive auf alles verändert. Auch darauf, wie ich mit meiner eigenen Familie bin.«

Garrett streicht mir ein paar gelockte Strähnen feuchten Haars von meinem Wangenknochen.

»Okay, dann hast du das heute Abend herausgefunden. Vielleicht übersehe ich da was, aber wo genau ist das Problem? Ändert irgendwas davon dein Leben?«

Ich schaue zur Decke und denke nach. »Ich liebe meine Familie. Ich hasse vielleicht fast alles, was meine Mom sagt, oder wie ignorant mein Dad gegenüber dem Rest der Welt ist, doch ich liebe sie. Und Amie ist mein Fels in der Brandung.«

»Okay … und?« Garrett zieht das Wort in die Länge, fragt nach mehr.

»Was ist, wenn mein eigener Weg mich zu weit von dieser Welt wegbringt, zu weit weg von ihnen? Was, wenn ich einfach nicht beides haben kann?«

Garrett presst die Lippen auf meinen Kopf, und wickelt die

Arme fest um meinen Körper. Er wartet, bis ich mich in seinem Griff entspanne, die Verspannung löse, die von dem kommt, was ich gerade gesagt habe: dass ich vielleicht ein anderes Leben will, eines, das so verschieden ist von dem, was ich kenne, dass es bedeuten könnte, etwas anderes aufzugeben.

»Ich kann mir in einer Million Jahren nicht vorstellen, dass dich deine Familie gehen lassen würde, Cara. Das sind kluge Leute und sie lieben dich, Ende der Geschichte. Sie werden dich immer wollen, egal wie.«

Sein Mund kommt an meine Ohrmuschel, diese Nähe bestärkt mich, wie es auch seine Worte tun.

»Du kannst beides haben. Du kannst alles haben, was du willst. Also sei du selbst – was auch immer das heißt, wohin auch immer es dich bringt.«

* * *

Am Morgen wache ich bereits vor dem Wecker auf, an Garretts Seite gekuschelt, der neben mir ausgestreckt liegt und tief atmet. Der Raum ist warm, das Sonnenlicht strömt durch die Fenster am Bett herein. In der Nacht hat Garrett ein paar Decken weggeschoben, so dass sein nackter Körper jetzt bis zu den Hüften frei ist, die Erhebungen seiner Brust- und Bauchmuskeln sind sichtbar. Eine dünne Spur hellbrauner Haare beginnt unter seinem Nabel und führt weiter nach unten, wo sie unter dem Laken verschwindet.

Ich lege die Hand an seine Brust und halte sie über seinem Herzen. Ein langsames und gleichmäßiges Klopfen, das zu dem passt, wie ich über ihn denke. Zuverlässig und fest, zwanglos und ehrlich. Ich hebe die Hand und ziehe dort Kreise mit den Fingern, wobei ich ein paarmal über seine Nippel streiche.

Ein verschlafenes Knurren von Garrett lässt mich innehalten. Er windet sich in einer irgendwie männlichen Bewegung, breitet die Beine weiter auseinander, dann schiebt er die Bettdecke weit genug nach unten, um die ersten paar Zentimeter seines halbharten Schwanzes freizulegen. Er wird wieder still. Mit den Fingerspitzen gehe ich wieder an seine Nippel, neugierig, ob das, was dort geschieht, etwas mit meiner Berührung zu tun hat. Noch ein Knurren. Noch eine Männerdrehung. Nur diesmal lässt sich seine Hand blindlings auf seinem Schwanz nieder, fährt nach unten und oben. Dann fällt seine Hand weg und lässt diesen jetzt sehr wachen Körperteil unbeaufsichtigt herumwackeln. Und ich bin mir sicher, dass es meine sehr wachen Hormone sind, die jetzt das Denken übernehmen, doch er sieht so einsam aus. Als bräuchte er Gesellschaft. Gesellschaft, die mein Mund und ich ihm plötzlich sehr gern geben möchten. Es ist möglich, dass sein Schwanz meine schmutzigen Gedanken gehört hat, denn ein Tröpfchen bildet sich an der Spitze, während er härter und länger wird. Alles ohne seine oder meine Berührung.

Gott, die männliche Anatomie – sie ist so faszinierend. Nicht, dass die weibliche Anatomie weniger ein wildes Wunderland wäre. Das ist sie. Der gegenwärtige Zustand meines Körpers ist dafür Beweis genug. Er will Gesellschaft.

Ich tippe sanft gegen Garretts Schulter, bekomme aber keine Reaktion. Ich versuche es erneut, stoße ihn etwas fester mit dem Zeigefinger und schubse ihn ein wenig herum. Noch immer nichts.

»Garrett«, flüstere ich. Ein weiteres Schubsen. »Garrett.«

Endlich murmelt er etwas, weshalb ich seine Brust küsse und mit den Fingern streiche, wie ich es zuvor getan habe. Seine Hand geht wieder an seinen Schwanz, greift an die Wurzel, als wäre es Teil einer unterbewussten morgendlichen Checklist, um sicherzustellen, dass alles es noch da ist und funktioniert. Er streicht langsam über sich, dann dreht er die Augen in meine Richtung, kaum einen Schlitz breit geöffnet.

»Geht es dir gut?«

»Ich will dich.« Ich küsse seinen Nippel und seine Hand bewegt sich langsam hoch, bis er seine Eichel fest im Griff hält. »Ich brauche dich.«

Er leckt sich die Lippen. »Okay.«

Das war einfach. *Okay.* Keine Pause, keine nachfolgenden Fragen. Keine Überprüfung, ob ich womöglich im Schlaf spreche. Einfach *okay.*

Er reckt sich nach mir. Halb greift er und halb tätschelt er mich, um mich zu ermuntern, mich auf ihn zu setzen. Dank meiner neuentdeckten Wertschätzung des Nacktschlafens muss ich keine Zeit damit verschwenden, mich auszuziehen. Ich kann mich sofort zwischen seine ausgebreiteten Beine knien und mir den Weg von seiner Brust hinunterküssen. Dann ist sein Schwanz an meinen Lippen und sein Duft, moschusartig und salzig, lässt es überflüssig erscheinen, ihn zu necken. Deshalb lege ich die Zunge flach an die Unterseite seines Schwanzes, streiche einmal hoch und sauge ihn tief in mich hinein. Garretts Hände vergraben sich sofort in meinem Haar und greifen fest zu. Mein Mund ist ausreichend feucht, um jedes neue Streichen glitschig und triefend zu machen. Garrett stöhnt und hebt die Hüften, um mir zu helfen.

»Mein Gott. Ich liebe es, wie du meinen Schwanz lutschst, Cara. Du weißt genau was ich brauche. Der beste Blowjob überhaupt.«

Trotz der Lobeshymne zieht er nach ein paar Bewegungen sanft meinen Kopf zurück. Widerwillig lasse ich ihn aus dem Mund, ziehe mit der Hand seinen Schaft nach unten, um ihn tiefer zu ergreifen, fest und mit einer Bewegung, genau wie er es mag. Garrett verdreht die Augen und stöhnt erneut auf. Ich lockere den Griff, warte darauf, dass sich unsere Blicke begegnen. Er kommt mit seinen Händen heran, um sich bedächtig zu reiben – von der Spitze zur Wurzel und zurück. Mit einer Drehung seines Handgelenks kreist er jedes Mal über den Kopf, während ich ihn loslasse.

»Du bist feucht, was?« Ich nicke abrupt. Das bin ich. Das bin ich wirklich, *wirklich.* Ich muss nicht einmal nachfühlen, um das zu bestätigen, denn ich kann bereits das glitschige Rutschen meiner glatten Haut dort spüren. Garretts Augen verdunkeln sich.

»Dann bring deine Pussy hier hoch und nimm dir, wofür du mich geweckt hast.«

Nachdem ich ein Kondom vom Nachttisch genommen und es ihm übergestreift habe, bin ich da. Ich reite ihn, bis er mich nach vorn zieht, so dass unsere Brüste aneinandergepresst sind, und er übernimmt. Ich versinke in dem Gefühl, von ihm genommen zu werden, während ich noch immer auf ihm sitze. Garretts Atem an meinem Ohr, langsam und gleichmäßig mit jedem leichten Stoß, den er mir gibt. Mein Herz ist so nah an seins gepresst, dass ich meinen nächsten Gedanken nicht verhindern kann.

Ich will ihn behalten.

Ich will Garrett Strickland behalten. Nicht nur für ein paar weitere Wochen, nicht nur, bis ich wegmuss. Ich will ihn behalten.

Für immer.

Kapitel 24

Cara

Es mag zwar nur wenige Stunden dauern, um von Aspen nach Hotchkiss zu fahren, doch in Wahrheit ist es so, als würde man von einer Welt in eine andere reisen. Das Zentrum von Hotchkiss gibt es keine kleinen Boutiquen, so dass man hier die großzügigen Geldausgeber statt bei Loro Piana und Moncler im Geschäft für Farmzubehör findet.

Und vergiss die Lebensmittelläden mit ihren glänzenden Produkten, gut sortierten Käseauslagen und Regalen voll importierter Gewürze mit Etiketten in fremden Sprachen. Der Lebensmittelladen hier hat sieben Gänge, fahle Beleuchtung und einen abgenutzten Industrieteppich auf dem Boden. Doch wie bei so vielen anderen Dingen in dieser Gemeinschaft liegt da etwas Befreiendes in seiner Einfachheit, was im Vergleich dazu einen Laden mit fünfundzwanzig verschiedenen Senfarten nicht nur verschwenderisch, sondern auch lächerlich erscheinen lässt.

Ich bin vor ein paar Stunden aus Aspen in der Stadt angekommen, habe meine Taschen am Farmhaus abgeladen und bin zum Lebensmittelladen gefahren, um ein paar lebensnotwendige Artikel aufzustocken. Gang fünf scheint die Reihe zu sein, in der sich die ach so lebensnotwendigen Kondome befinden. Dort stehe ich jetzt und berechne gerade, wie viele Packungen wir für meine verbleibende Zeit hier noch brauchen.

Sechzehn Tage … multipliziert mit Garretts beachtlicher Erholungsrate … dazu die drei für meine Entdeckung, dass multiple Orgasmen eine tatsächlich existieren … geteilt durch die Anzahl der Stunden, die er im Laden arbeitet und … kein Wunder, dass ich den Abschluss in Geisteswissenschaften gemacht habe, denn Mathe ist schwer.

Ich werfe eine Extrapackung in meinen Einkaufswagen – besser auf Nummer sicher gehen, als dass es einem später leid tut. Ein schneller Überblick, um mich zu vergewissern, dass ich alles habe, für das ich gekommen bin. Ja, doch alle Artikel sind auch ziemlich konserviert und verarbeitet. Was in meinem Wagen Gemüse am nächsten kommt, ist eine Schachtel Cracker mit Tomatengeschmack.

Ich eile zurück zu der Frischeabteilung, um ein paar Äpfel zu holen, biege zu schnell um die Kurve und krache fast mit dem Einkaufswagen von hinten gegen Braden, der eine überreife Avocado betrachtet und sie vorsichtig mit einer seiner großen Hände drückt. Um zu verhindern, dass ich ihm den Wagen in den Hintern ramme, knalle ich gegen eine Auslage, wo die anderen traurigen Avocados aufgehäuft liegen.

Braden dreht sich langsam um, schaut über die Schulter und hebt eine Braue.

»Sorry. Ich habe versucht, dich nicht von hinten …«

Ich mache eine Handbewegung zu seinem Hintern. Braden folgt der Geste mit den Augen, wobei er noch immer an der Avocado herumfummelt. Mein Gesicht wird ganz heiß. Bradens grüblerische Coolness und sein besonders intensiver prüfender Blick kann auch die willensstärkste Frau zum Schwanken bringen. Wenn mir auch seine Coolness nichts bedeutet, so hat die Überprüfung eine ziemlich unangenehme Wirkung. Deshalb mache ich das, was ich immer tue, wenn ich aus der Fassung gerate. Ich plappere. Viel.

»Ich wollte ein paar Äpfel besorgen, denn der Inhalt meines Einkaufswagens sah ein wenig vorverpackt und nach viel Konservierungsstoffen aus. Ich dachte, ich könnte herdüsen und ein paar Dinge ohne ein aufgedrucktes Haltbarkeitsdatum einladen. Ich glaube, ich würde diese Avocados nicht nehmen. Sie sehen aus, als wären sie schon ungefähr eine Woche über Guacamole hinaus und noch ungefähr zwei Stunden davon entfernt, Fruchtfliegen anzuziehen. Garrett ist nicht pingelig, doch selbst er würde zurückschrecken, wenn ich versuchen würde, etwas mit diesen Dingern zu servieren. Ich meine, er würde wahrscheinlich nein sagen. Und Garrett sagt zu nichts nein, zumindest hat er das noch nie bei mir getan, außer wenn ich herumschnüffle und …«

»Du redest ganz schön viel. Garrett hat das nie erwähnt.« Bradens Blick geht nach unten und überfliegt meinen Einkaufswagen, wo drei Packungen Kondome wie obszöne Kirschen auf einem Eisbecher liegen. »Aber er ist selbst eine Redneck-Quasselstrippe. Die Tatsache, dass er gerade nicht viel sagen kann, ist eine nette Pause von seinem üblichen Geschnatter.«

»Was? Warum kann er nicht reden?«

Braden legt die Avocado zurück in die Auslage und nimmt eine andere. »Er ist krank.«

»*Krank?*« Das Wort kommt quietschend und panisch aus mir heraus, doch Braden bemerkt das nicht. Er fährt einfach damit fort, sich durch die Avocado-Auslage zu drücken. Garrett und ich haben seit drei Tagen Funkstille, seit er meine Hotelsuite am Montag verlassen hat. Ich wusste, dass er arbeitet, und er wusste, dass ich etwas Zeit mit meiner Schwester Amie verbringen wollte, deshalb haben wir beide unser Ding gemacht. Offenbar hat ein Teil von seinem Ding dazu geführt, dass er krank geworden ist.

»Was hat er denn? Geht es ihm gut? Braucht er irgendwas?«

Endlich wendet Braden mir seine Aufmerksamkeit zu, anstatt den Guacamole-Aspiranten.

»Das sind rhetorische Fragen, oder? Denn ich bin der männliche Freund, deshalb ist das nicht meine Baustelle. Du bist die Freundin. Ich weiß nur, dass er klagt wie eine große Heulsuse.«

Freundin. Ich habe auch den Rest gehört, doch mein Gehirn spult immer wieder zu diesem Wort zurück. Garretts bester Freund hat gerade über mich als seine Freundin gesprochen und ich würde ihn gern nach dem Grund befragen. Hat Garrett mich so genannt? Glaubt Braden das? Sieht er, was wir nicht sehen? Ist er unter seinem schroffen, kratzbürstigen Äußeren ein allwissender Seher des menschlichen Herzens?

Darüber werde ich später nachdenken. Jetzt muss ich nur wissen, was Garretts Mango-Lassi-Eis ist. Das Lieblingsessen, das er braucht, wenn er krank ist. Jeder hat etwas, das seine Mom auf einem Tablett serviert hat, wenn man krank war und im Schlafanzug Zeichentrickfilme gesehen hat. Selbst ich habe da etwas. Allerdings wurde das spezielle Mango-Lassi-Eis von unserer Haushälterin gemacht und auf einem Silbertablett mit Kristallgriffen serviert. Aber meine Mom hat ihr aufgetragen, es zu machen, was ihre Art war, sich um mich zu kümmern.

»Also was ist Garretts Mango-Lassi-Eis?«

»Sein was?«

Ich schüttle den Kopf, wünschte, ich hätte das, angesichts meines Publikums, nicht laut ausgesprochen.

»Ich überlege mir, was seine Mom ihm gemacht hat. Jeder hat eine Sache, die Mom gemacht hat, wenn man krank war, oder?«

Braden verdreht die Augen und will gerade antworten. Doch bevor er das tut kann, geht sein Blick über meine Schultern und sein ganzer Gesichtsausdruck verhärtet sich, während eine Reihe geflüsterter Flüche über seine Lippen kommt. Langsam spähe ich über die Schulter, um zu sehen, was Braden noch schrulliger machen kann, als er ohnehin schon ist.

Und ich bin kein Typ oder so, doch am anderen Ende seines Blicks steht eine Frau, die die meisten Männer nicht finster anblicken würden. Anschmachten? Benommen auf sie zu schwanken? Auf ein Knie sinken und ihr einen Antrag machen? Solche Dinge: Ja. Das wären die Reaktionen normaler Männer auf die Blondine auf der anderen Seite im Laden.

Ihr Haar ist ein Durcheinander beach-blonder Wellen, die oben zu einem unordentlichen Knoten gebunden sind. Sie hat ein Paar strahlendblaue Augen, große, dunkle Wimpern und einen Pfirsich-Sahne-Teint. Sie trägt ein Paar schwarze Leggins mit einer offenen Tarnjacke, so dass man darunter ihr Top mit den äußerst vollen Brüsten sieht. Sie lacht über etwas, das die dunkelhaarige und stark tätowierte Frau neben ihr gerade gesagt hat, und ich kann mich nicht entscheiden, ob ich eifersüchtiger auf ihre Körbchengröße oder den Glanz ihrer Haare bin. Keine Ahnung. Sie wirkt wie eine Schönheitskönigin in cooler Outdoor-Verpackung – und wenn man Bradens Reaktion einbezieht, dann kann ich mir schnell denken, wer es ist.

Das muss das Jagdmädchen aus dem Fernseher sein, der Dorn in Bradens durchaus hübschen Augen. Amber irgendwas. Als sie zu uns sieht, wird ihr Lächeln breiter und sie macht eine winkende Handbewegung in unsere Richtung. Braden knurrt und dreht sich zu mir.

»Wie ich zuvor gesagt habe, ist das Freundinkram. Aber wenn du wirklich wissen willst, was Mom dem kleinen Garrett gemacht hat, dann könntest du sie einfach anrufen. Sie arbeitet für die Stadt drüben in Grand Junction, in der Buchhaltung. Frag nach Paula Strickland – sie hat ihren Mädchennamen nicht wieder angenommen.«

Er wirft einen niedergeschlagenen Blick in seinen leeren Korb und einen weiteren zu den traurigen Avocados. »Aber ich muss hier raus, bevor ich etwas mache, das meinen Arsch ins Gefängnis bringt – oder zum Arbeitsamt.«

Hilflos klappert er mit dem Korb herum, während er nach einem Platz sucht, um ihn abzustellen. Als er nichts findet, strecke ich die Hand aus. »Gib ihn her. Ich stelle ihn zurück.«

»Du bist eine verdammte Heilige, Cara. Du bist so was von zu gut für Strickland, dass es nicht mal lustig ist. Du weißt das, oder?«

Ich reiße den Korb weg. »Du bist ein ganz schönes Arschloch. Du weißt das, oder?«

»Das tue ich absolut.«

Seine langen Beine tragen ihn schnell aus dem Laden und er ist weg. Du liebe Zeit, er ist ja angespannter als ein Flitzebogen. Amber Regan, ihr Lächeln und ihre große Persönlichkeit würden ihm wahrscheinlich guttun.

Ich stelle seinen Korb in meinen Wagen und angle mein Telefon heraus. Zurück zum Thema: eine Antwort darauf, was Garretts Mango-Lassi-Eis ist. Meine Reporterinstinkte werden wach und nach kurzer Suche finde ich die Website der Stadt Grand Junction, durchsuche ihre Abteilungen und finde die Telefonnummer der Personalabteilung, wähle und frage nach Paula Strickland. Dann warte ich, und während ich warte, merke ich, was das für eine dumme Idee ist.

Ich bin jetzt keine Reporterin. Jetzt bin ich nur eine aufdringliche beziehungsweise dreiste Frau, die willkürlich die Mom des Typen anruft, mit dem sie schläft. Die Mom, die ich nie kennengelernt habe. An ihrem Arbeitsplatz. Um sie über sein Lieblingsessen zu befragen. Ich weiß nicht einmal, wie ich das Gespräch beginnen soll. Ms Strickland? Paula? Und danach, wie stelle ich mich vor? Als Garretts Freundin? Als die Frau mit drei Packungen Kondomen in ihrem Einkaufswagen, alle gekauft mit ihrem Sohn im Hinterkopf? Oder als eine Frau, die in ein paar Wochen wegfährt, aber anfängt, sich darüber Sorgen zu machen, dass sie nicht in der Lage sein wird, ihn aufzugeben?

Gott. Was habe ich mir nur gedacht? Die Musik der Warteschleife – eine Fahrstuhlversion von »My Heart Will Go On« – spielt immer weiter in meinem Ohr und ich bin nur einen Sekundenbruchteil davon entfernt, aufzulegen.

»Hallo, hier ist Paula.«

Verdammt. Ich atme scharf, aber lautlos ein und pruste einen vollkommen faktenbasierten Gruß heraus, wobei ich hoffe, mich danach etwas weniger wie jemand zu fühlen, dessen innerer Kompass für das, was gesellschaftlich angemessen ist, gegenwärtig außer Betrieb ist.

»Hallo Paula. Mein Name ist Cara Cavanaugh. Ich bin eine Freundin von Garrett.«

So. Das war genau richtig. All die Fakten und nichts, was darauf hinweist, wie gut ich ihren Sohn wirklich kenne. Gut genug nämlich, dass ich bereits eine detaillierte Untersuchung jeder Sommersprosse auf seinem schönen Körper vorgenommen habe, vor allem jener Häufung, die sich tief an seiner rechten Hüfte befindet und die den Kleinen Wagen darstellt. Diese Sommersprossen und ich sind uns nahegekommen. Im biblischen Sinne.

»Cara Cavanaugh? Tut mir leid, Süße, aber haben wir uns schon kennengelernt? Wenn dem so ist, dann muss ich zu meiner Schande sagen, dass ich mich nicht dran erinnere. Obwohl Peanut schon seit Jahren kein Mädchen mehr mitgebracht hat. Ich glaube, ich würde mich daran erinnern.«

Wildes Entzücken schießt mir durch die Brust und breitet sich in einer Sekunde auch über meinem Gesicht aus. Aus zwei Gründen. Zum einen – sei ruhig, du schwärmerisches Herz: Seine Mom nennt ihn Peanut. Ich kann nicht entscheiden, ob ich ihm später sagen sollte, dass ich es weiß, oder ob ich es in die glücklichen Teile meines Gehirns verstauen soll, zusammen mit dem Bild eines jungenhaften Garrett mit Zahnlückengrinsen und zerzaustem Haar und unmöglich dreckigen Kleidern.

Zum andern bin ich offensichtlich nicht einfach die letzte in einer langen Reihe von Mädchen, die von Garretts lockerer Art und seinem ehrlichen Herzen verführt wurden. Auch wenn ich seine Mom nicht kennengelernt habe, so hat es auch niemand sonst getan. Plötzlich fühlt es sich an, als wäre ich etwas ganz Besonderes.

»Nein, nein. Wir haben uns noch nicht getroffen. Ich habe Garrett erst kennengelernt, als ich vor kurzem zum Arbeiten nach Hotchkiss gekommen bin. Wir kennen uns erst einen Monat oder so.«

»Ach!« Paula gibt ein seltsames Piepen von sich. Wie ein Küken, doch aufgeregter. »Du bist das Mädchen aus Chicago. Du bist mit ihm zu Kenny gefahren. Du bist *groß.*«

Mein vorheriges Entzücken verwandelt sich in einen Triumph. Er *hat* seiner Mom von mir erzählt. Ich bin doch etwas Besonderes. Das außergewöhnlichste, bemerkenswerteste, Haute Couture-Besonderste, das je in Garretts Schoß gefallen ist.

Nein. Nicht an seinen Schoß denken. Nicht jetzt.

»Das bin ich. Ich rufe an, weil er krank ist, und ich neugierig, war, ob es etwas gibt, was ich für ihn machen kann. Sie wissen schon, ein Lieblingsessen. Er ist erkältet oder so, obwohl ich gerade erst zurück in die Stadt gekommen bin und mich hier völlig auf Bradens Einschätzung der Situation verlassen muss, die sehr …«

Paula unterbricht mich trocken: »Voller Mitgefühl und Schimpfwörtern war, da bin ich mir sicher.« Sie lacht leise. »Aber die Antwort auf deine Frage lautet Orzo-Nudelsuppe mit Zitronenhühnchen. Peanut nennt sie die *magische Suppe.*«

Herz, jetzt kannst du schmelzen! Peanut und seine *magische Suppe.* Gott sei Dank gibt es diesen Einkaufswagen, denn meine Knie drohen angesichts des ganzen Schmalzes und der Verzückung in meiner Brust nachzugeben. Paula rattert die Zutaten herunter und dazu ein paar Zubereitungshinweise. Es hört sich an, als hätte ich es mit einer ziemlich einfachen Hühnersuppe zu tun, wobei Orzonudeln den Platz der Eiernudeln einnehmen, Dill ersetzt die Petersilie und ein Schuss Zitronensaft rundet das Ganze ab. Ich danke ihr und verspreche, ihr ein Update zu geben, sobald ich ihren Peanut mit eigenen Augen gesehen habe.

»Und, Cara?«

»Ja?«

Sie kichert. »Viel Erfolg.«

»Ich bin mir sicher, dass es gut werden wird. Ich habe schon normale Hühnersuppe gemacht, also dürfte das auch nicht allzu schwer werden.«

Sie seufzt. »Nein. Ich meinte, viel Erfolg mit Peanut. Er ist ziemlich anstrengend, wenn er krank ist. Wenn es einen Wettbewerb für die launischste kranke Person gäbe, dann würde er die Schärpe tragen und sich die Krone verdienen.«

* * *

Sie hat keine Witze gemacht. Kein bisschen.

Garrett Strickland ist eine starrköpfige, mürrische, griesgrämige kranke Person. Er ist ein zahnendes Baby im Körper eines erwachsenen Mannes, das so schnell zwischen weinerlich und streitsüchtig schwankt, dass mir schon der Kopf wehtut.

Damit wurde ich begrüßt: »Falls es dich interessiert. Schleich dich niemals in das Haus eines Rednecks, Stadtmädchen. Das hier ist nicht Chicago, und unser Konzept zum Thema Haussicherheit sieht keine Überwachungskameras vor. Eher Schießbereitschaft oder eine Pistole in der Hand.«

Nur zur Information: Ich bin nicht hineingeschlichen. Ich habe angeklopft. Zweimal. Dann bin ich durch die immer unverschlossene Tür eingetreten. Danach habe ich ungefähr zehn Minuten in der Küche herumgewurstelt, bevor er aus dem Schlafzimmer gekrochen kam, nur mit seinen Boxershorts und einem T-Shirt bekleidet, die Haare zerzaust und eine 45er in der Hand. Sie war zu Boden gerichtet, doch trotzdem. Ich konnte mein Wissen gebrauchen, das ich mir während ein paar Tagen mit Garrett auf dem lokalen Schießstand angeeignet habe, um zu bemerken, dass sie gesichert war – und die Tatsache, dass ich jetzt weiß, wie man eine bestimmte Handfeuerwaffe von anderen unterscheiden kann und erkenne, dass sie gesichert ist, zeigt genau, wie sehr sich mein Leben während der vergangenen paar Wochen verändert hat.

Er schlurfte zurück in sein Zimmer und ich stand sprachlos da, während ich seine Nachttischschublade hörte, als er das Teil dorthin verstaute, wo es sich normalerweise befand.

Er kam zurück. »Hörst du das? Warum zwitschern diese Vögel? Es ist mitten am Tag, verdammt noch mal.«

Gefolgt von einem: »Fühl mal meine Stirn. Bitte. Cara, Liebes, ich glaube, ich sterbe.«

Danach hatte er sich für ungefähr zwei Minuten durch die Sender an seinem Fernseher geschaltet und mit einem Knurren die Fernbedienung auf den Tisch geworfen. Dann jammerte er nach einer Bettdecke. Dann erklärte er, dass er sterben müsse. Erneut. Ich schickte ihn zurück ins Bett.

Das war vor zwei selig ruhigen Stunden. Ich konnte die Zubereitung der Suppe beenden, mich dann auf meinen Platz auf dem Sofa setzen und mein Laptop anmachen, um ein paar Notizen zu erstellen und einige Nachforschungen zur Rückgewinnung an verlassenen Förderstätten anzustellen für ein mögliches Projekt, an dem ich herumarbeite und das von den Kontroversen im Zusammenhang mit Durango inspiriert wurde. Ich habe ein paar Tage Arbeitszeit verloren, während ich in Aspen war, doch ich bin insgesamt noch gut in der Zeit, und der Herausgeber von *Purpose & Provisions* ist zufrieden mit den Seiten, die ich ihm bei meinem letzten Zwischenstandsbericht zugeschickt habe.

Wie sich herausstellt, sind Garrett und ich zusammen eine gute Sache für meine Arbeit. Abgesehen von seiner Hilfe bei den Interviews und dem Verständnis für diese Welt, hat er noch mehr getan. Er hat mich motiviert, wenn ich es gebraucht habe, hat mich mitgerissen, wenn ich steckengeblieben bin, und hat mich in Ruhe gelassen, wenn es besser so war. Er ist auch ein zuverlässiger Korrekturleser geworden – endlich habe ich ihn dazu gebracht, mir zu sagen, wenn er meint, dass etwas, das ich geschrieben habe, nicht ganz richtig ist, anstatt seine Meinung hinter einer Variante von *du bist die Journalistin, nicht ich* zu verbergen.

Garrett kommt aus dem Schlafzimmer geschlurft und sieht nicht gerade wie der solide Mann aus, den ich gerade beschrieben habe. Er trägt eine lockere Jogginghose und ein frisches T-Shirt, sein Haar ist feucht von der Dusche. Schmollend schiebt er die Unterlippe vor, als ich auf das Couchpolster neben mir klopfe und das Laptop auf den Couchtisch stelle. Garrett lässt sich schwer auf die Couch fallen und neigt den Kopf, um ihn an meine Schulter zu legen.

»Fühlst du dich etwas besser?«

Er knurrt. »Ungefähr ein Prozent besser. Vielleicht zwei.«

Ich küsse ihn auf die Stirn, dann schiebe ich ein paar noch feuchte Locken auf eine Seite. »Ich habe dir Suppe gemacht. Wie wäre es, wenn wir sie essen und *Red Dawn* zu Ende sehen?«

»Was für eine Suppe?«

»Zitronenhühnchen-Orzo.«

Er reckt den Kopf in meine Richtung, seine braunen Augen leuchten ein wenig auf. »Du hast die *magische Suppe* gemacht?«

Launisch oder nicht, dieser süße Anfall von Liebe bedeutet, dass ich ihn mehr als je zuvor behalten will. Sogar noch mehr, als ich es vor drei Tagen mit ihm im Bett wollte, so sehr, wie ich es wahrscheinlich in ein paar Tagen will, wenn ich merke, dass er mich mit seine Viren angesteckt hat. Ich küsse ihm erneut die Stirn.

»Das habe ich.«

»Woher wusstest du das?«

»Nun, *Peanut*, ein kleiner Vogel hat es mir gezwitschert.«

Garrett stöhnt. Dann kuschelt er sich in meinen Schoß, schenkt mir ein müdes Lächeln und murmelt ein Dankeschön. Das ist der Moment, in dem ich begreife, was ich mir für ein spektakuläres Durcheinander geschaffen habe, denn das – ihn zu verlassen und nach Hause zu fahren – wird wehtun. Schrecklich.

Kapitel 25

Garrett

»Du *magst* sie.«

Los geht's. Wahrscheinlich wäre ich besser Cooper und Cara nach draußen in die Plantage gefolgt. Aber meine liebste Apfelbäuerin kämpft mit einer morgendlichen Übelkeit, die sie verhärmt aussehen lässt und davon abhält, zu viel herumzulaufen. Deshalb habe ich beschlossen, mit Whitney am Haus zu bleiben, während Cooper Cara die neuen Windmaschinen zeigt.

Coopers Investition in die enormen tragbaren Ventilatoren hätte zeitlich nicht besser kommen können. Eine Kaltfront war vor ein paar Nächten durchgezogen und zu dieser Jahreszeit beginnen die zarten Knospen ihrer Apfel- und Birnenbäume zu blühen, so dass jedes kurze Absinken unter den Gefrierpunkt bedeuten kann, dass sie die Ernte für ein ganzes Jahr verlieren. Cooper war während der vergangenen Woche nachts alle zwei Stunden auf, hat die Temperatur überprüft und die Ventilatoren im Bedarfsfall angestellt. Durch das Vermischen der kalten Luft mit der warmen, die von den Bäumen und dem Boden aufsteigt, können die Ventilatoren dabei helfen, ein paar dieser kritischen Grade abzuwenden.

Doch es scheint, als wäre ich in der Gewalt einer Frau, die mindestens einen Kopf kleiner ist als ich, einen Nasenring trägt und die vergangenen zehn Minuten ausgesehen hat, als würde sie ohnmächtig oder sich übergeben – und wenn sie auch kein ebenbürtiger Gegner sein sollte, überlege ich doch, von der Veranda zu verschwinden, um diesem Gespräch aus dem Weg zu gehen.

Whitney hat einen Kräutertee gemacht, der nach Pilzen und Pinienzapfen riecht, zum Glück aber fast nach gar nichts schmeckt. Ich habe angenommen, weil sie ihn angeboten hat, obwohl ich Tee hasse. Also ist es eine gute Sache, dass er nach Wasser schmeckt.

»Hör zu, Hänschen Apfelkern. Ich weiß, ich sitze hier mit dieser Tasse Kräutertee und wir haben gerade über deinen ersten Ultraschall gesprochen und ob du biologisch angebaute pränatale Vitamine kaufen kannst. Aber mach jetzt keinen Fehler. Wenn du dieser Aussage irgendwas folgen lässt, das Worte wie *schwärmen* beinhaltet, dann bin ich weg. Ich muss meinen männlichen Ruf bewahren, was auch immer der Preis dafür ist.«

Whitney lacht und stupst mich mit dem Ellbogen an. »Ärger dich nicht. Ich würde nicht einmal im Traum daran denken, irgendwas zu tun, was deine Männlichkeit in Gefahr bringt. Ich sage nur, du magst sie. Kein Kommentar, nicht einmal eine Frage. Eine Feststellung des Offensichtlichen.«

Innerlich gebe ich die Wahrheit zu. Ich mag Cara. Sehr. Ich mag sie zu sehr. Verdammt viel mehr, als ich erwartet hätte, als wir angefangen haben, und viel mehr, als ich sollte, da sie in weniger als zwei Wochen wegfährt. Ehrlich gesagt, wenn ich den Kräutertee und all das Gerede über das neue Baby an mich heranlassen würde, dann wäre der Gedanke bis dahin nicht mehr weit, dass ich über das Mögen weit hinaus bin und näher an etwas wesentlich Komplizierterem.

Ich entscheide mich für den einfachen Ausweg. »Es ist ziemlich unmöglich, sie nicht zu mögen. Sie ist sehr liebenswürdig.«

Whitney trinkt einen Schluck Tee. »Nun, ich finde das großartig. Ich war besorgt, du würdest irgendwann noch bei einem dieser Bauer-sucht-Frau-Portalen landen. Nicht, dass daran irgendwas falsch wäre, ich bevorzuge es nur, wenn Liebesgeschichten keine Selfie-Fotos und Computeralgorithmen beinhalten.«

Ich stelle meine Tasse an die Seite, dann kratze ich mir den Nacken und fummle an dem Schirm meiner Baseballkappe herum.

»Du kannst den Liebesgeschichtenkram lassen, Hänschen, denn es besteht noch immer eine ziemlich gute Chance dafür, dass ich mit einem Profil bei Bauer-sucht.de lande. Aber nur, wenn ich im Lotto gewinne und wieder als Farmer arbeiten kann. Doch in jedem Fall wird Cara dann wieder zu Hause sein. In Chicago.«

Whitney will protestieren, doch ich falle ihr ins Wort, bevor sie noch etwas sagen kann. Denn wenn ich ihr erlaube, mit diesem Thema fortzufahren, dann wird sie mich womöglich überzeugen, dass es Hoffnung auf mehr mit Cara gibt, und ich weiß es eigentlich besser. Ich halte den Blick auf die Bäume gerichtet, die sich vor Whitneys Haus ausbreiten, genieße die Aussicht und bekämpfe den Schmerz in meiner Brust. Cooper und Cara kommen aus einer der entfernten Reihen hervor, schlendern langsam in unsere Richtung, sind aber noch immer außer Hörweite.

»Garrett.« Mein Name kommt aus Whitneys Mund, als würde sie mich zugleich trösten und an etwas erinnern.

»Whitney.« Ich nenne ihren Namen in demselben Tonfall, dann atme ich laut aus. »Hör zu. Ich wusste, dass sie nur für acht Wochen hier ist. War es großartig? Ja. Nervt es, dass sie geht? Verdammt, ja. Aber so ist es nun mal. Was werde ich tun? Sie fragen, ob sie mit mir in mein Modularhaus ziehen will? Ich habe nicht einmal eine Garage, um ihren schicken SUV darin zu parken. Meinst du, es würde ihr ausreichen, wenn ich verspreche, ihr im Winter immer das Eis von der Frontscheibe zu kratzen? Denn das ist so ziemlich alles, was ich anzubieten habe.«

Als ich fertig bin, ist meine Stimme viel zu laut geworden, womit ich zeige, wie sehr es mir wehtut, dass ich Cara so wenig anzubieten habe. Bisher war alles, was ich geboten habe, ein paar Wegbeschreibungen, ein paar Kontakte, und Orgasmen.

Und meine Erkältung. Die habe ich ihr auch gegeben. Doch selbst da bin ich schlecht weggekommen. Sie hat mir die magische Suppe gemacht, und als ich sie fragte, was sie wolle, um sich besser zu fühlen, da krächzte sie etwas von Mango-Eis und Pyjama-Overalls mit Fuß. Ich habe schließlich eine Packung mit verschiedenen Sorten eines blödes Stieleis aus dem Laden mitgebracht, denn das war alles, was ich finden konnte, wobei ich nur die orangefarbenen ausgewählt und gebetet habe, dass sie ähnlich wie Mango schmecken. Was den Pyjama-Overall betrifft, da habe ich ihr eine Jogginghose von mir geliehen, ihr ein Paar wollene Jagdsocken über die Füße gezogen und die Jogginghose hineingesteckt und ihr erklärt, das sei ein Redneck-Pyjama-Overall mit Füßen. Daraufhin wurden ihre Augen feucht und sie verbarg ihr Gesicht unter einem Kopfkissen. So viel dazu, wie ich auch die einfachsten Dinge versaue.

Aus dem Augenwinkel bemerke ich, dass Whitney der Kiefer heruntergefallen ist. Sie macht den Mund wieder zu und richtet den Blick zurück auf Cooper und Cara, die gerade einen niedrigen Ast an einem Birnenbaum betrachten.

»Siehst du diesen Typen da drüben? Diesen starrköpfigen, mürrischen, kräftigen, gut aussehenden?«, fragt Whitney. Ich knurre wie das Arschloch, zu dem ich plötzlich geworden bin.

»Er ist zufälligerweise Cooper Lowry, ehemaliger Nationalfootballspieler und insgesamt ein ziemlich erfolgsorientierter Typ. Er hatte einen Plan für seine Pläne. Ich dagegen habe manchmal im Wagen geschlafen, weil ich entweder zu pleite war oder mich zu rastlos gefühlt habe, um etwas anderes zu tun.«

Whitney legt den Kopf an meine Schulter, die Augen noch immer bei Cooper.

»Doch wenn es darum geht, dass wir beiden zusammen ein Leben führen? Da spielt es keine Rolle. Kein bisschen.«

* * *

Ein paar Stunden später schlurfen wir vier aus dem Farmhaus von Whitney und Cooper, vollgefressen und träge vom Abendessen. Wir bleiben in der Auffahrt stehen, um uns zu verabschieden, Cara und Whitney machen die Mädchenumarm-Sache, während Cooper und ich das Jungshandschlag-Ding machen. Als die Mädchen auseinandergehen, tritt Cooper hinter Whitney und legt ihr die Arme um die Taille und seine Hände auf den Bauch, und das Beschützende in dieser Geste ist nicht zu übersehen. Sie gründen gemeinsam eine Familie. Oh, Mann. Ich fühle mich ein bisschen benommen bei dem Gedanken an Kinder. Es muss furchteinflößend sein, wie sie dich für alles brauchen und dass man nicht weiß, ob man fähig ist, es ihnen zu geben.

Cara bemerkt meinen Ausdruck und streckt die Hand aus. Zusätzlich zu der Benommenheit wegen meiner Gedanken über Kinder, haut dieses Craftbierzeug, das Cooper mag, ganz schön rein, und ich merke deutlich die zwei, die ich zum Abendessen getrunken habe. Da Cara ein Weinmädchen ist und Whitney nichts trinkt, ist es praktisch, dass Cara heute Abend die Fahrerin ist.

»Schlüssel, bitte.«

Ich angle sie aus meiner Tasche und lege sie ihr in die Hand. Whitney reißt die Augen auf und zeigt mit dem Finger in unsere Richtung, verfolgt dabei den Schlüsseltausch.

»Oh mein Gott. Fährt sie etwa deinen Truck?«

Ich neige den Kopf zurück, versuche, Whitneys Frage zu verarbeiten und warum sie so überrascht klingt. Dann grinst Cooper und mein angeschlagenes Gehirn bringt alles zusammen. Und es ist wahr: Cara ist die erste Frau, die jemals meinen Truck gefahren hat. Dabei ist heute nicht einmal das erste Mal. Das erste Mal war sie hinter dem Lenkrad gelandet, weil ich eine Wette verloren hatte.

Sie hatte süß darum gebeten, meinen Truck fahren zu dürfen, und behauptet, dass es auf ihrer Wunschliste für das Grand Valley stehe, wie auch das Fahren eines Traktors, was sie bereits mit Brooke von ihrer Liste gestrichen hatte. Ich zuckte zusammen, war aber klug genug, mich nicht in allen Gründen zu ergehen, weshalb ich niemals eine Frau meinen Truck fahren lassen würde. Cara hätte das sexistisch gefunden und sie hätte damit recht gehabt, doch sie kommt auch nicht aus einer Welt, in der dein Truck eine solche Rolle spielt.

Dann hatte Cara eine Wette vorgeschlagen. Sie sagte, ich wäre nicht in der Lage, ihr dabei zuzusehen, wie sie ein dreißigminütiges Pilates-Workout macht, ohne sie vorher von dem Gerät zu zerren und mit ihr eine andere Art von Work-out durchzuführen. Ich nahm die Wette an, wohlwissend, dass es um meinen Truck ging.

Ich habe verloren. Zehn Minuten und ich hielt es keine weitere Sekunde aus mit Cara in diesen winzigen Shorts, mit ihrem Arsch in der Luft und die kilometerlangen Beine weit ausgestreckt. Sie forderte ihren Preis ein. Und sie sah verdammt gut aus, als sie hinter dem Lenkrad meines Trucks saß. Gut genug, dass ich mit dem Handy ein Foto von ihr machte, während sie fuhr, denn es war nicht nur niedlich und sexy – es war, als würde sie genau dort hingehören.

Heute Abend ist es jedoch eine rein pragmatische Entscheidung, dass Cara am Lenkrad sitzt. »Ich bin ein wenig angetrunken. Besser auf Nummer sicher gehen.«

»Aber sie fährt deinen Truck. Und du wirst neben ihr sitzen, während sie das tut. Vergiss unsere *Mögen*-Diskussion. Ich hatte noch nie das Vergnügen, Coopers Truck zu fahren. Nie. Ich brüte gerade seinen Nachwuchs aus, womit er einverstanden ist, aber sein dummes Monster von einem Truck fahren? Das kann man mir nicht anvertrauen.«

Ich gebe ein langes Stöhnen von mir und Cooper schnaubt und legt die Arme fester um Whitney.

»Babe. Lass es gut sein.«

»Aber vielleicht versteht sie die Bedeutung davon nicht.« Whitney zeigt zu Cara. »Ich meine, ich wusste auch nichts von dieser ganzen ›Typ-und-sein-Truck-sollten-sich-niemals-trennen-Sache‹, bevor ich dich kennengelernt habe. Cara sollte wissen, was das bedeu…«

Cara dreht den Schlüsselring um ihren Zeigefinger, ein süffisant amüsiertes Grinsen im Gesicht, denn ohne die Details auch nur auszusprechen, kennt sie bereits den Punktestand. Garrett: null, Cara: Truckschlüssel. Und meine Eier.

Cooper schiebt eine seiner großen Hände sanft über Whitneys Mund. »Baby, du bringst ihn gerade um. Wirklich.«

Er küsst sie auf den Kopf, tut so, als würde er wütend knurren, während Whitney in seine Hand über ihrem Mund beißt, bevor er seine Aufmerksamkeit wieder zu uns richtet.

»Wir sind froh, dass ihr zum Essen da wart. Jetzt werde ich mein Mädchen ins Haus bringen und sie zum tausendsten Mal zu überreden versuchen, mich zu heiraten. Und nach dieser ganzen Truck-Konversation glaube ich, dass sie diesmal völlig dafür sein wird. Es könnte etwas verrückt werden. Und laut. Ihr zwei solltet verschwinden, solange ihr noch könnt.«

Cooper führt eine verspielt sich windende Whitney zurück zum Haus, während ich die Fahrertür für Cara öffne, damit sie hineinklettern kann. Nachdem ich an der Beifahrerseite eingestiegen bin, wartet Cara ab, bevor sie den Schlüssel ins Zündschloss steckt, abgelenkt von Cooper, der eine laut glucksende Whitney in die Arme hebt.

Cara gibt ein leises Lachen von sich. »Auf einer Skala von eins bis zehn würden die beiden null Sinn ergeben.«

»Kann man so sagen.«

Caras Hand fällt auf ihr Bein, die Schlüssel noch immer zwischen den Fingern. »Ich wette, dass es hier im Herbst umwerfend ist.«

»Das ist es. Spätsommer und die ganze Zeit bis Thanksgiving.

Zu schade, dass du nicht da bist, um es zu sehen. Aber Cooper ist dabei, ihre Social-Media-Sachen anlaufen zu lassen, deshalb bin ich mir sicher, dass er zur Erntezeit Bilder posten wird.«

Cara antwortet nicht, bewegt sich nicht, starrt nur geradeaus, den Blick auf nichts Bestimmtes gerichtet.

»Ich könnte zurückkommen.«

Die Worte sind fast monoton und emotionslos. Doch darunter, das weiß ich, ist das nicht der Fall, da geschieht etwas anderes.

Sie will mich ködern.

Cara wartet darauf, dass ich etwas Dramatisches sage, ihr sage, wie sehr ich es will, dass sie zurückkommt. Oder, noch besser, ihr sage, dass sie erst gar nicht gehen soll. Sie auf meinen Schoß zerre und gestehe, wie viel diese Wochen mir bedeutet haben, wie Teile von mir aufgebrochen sind, die ich über Jahre hinweg verschlossen gehalten habe. Die Teile von mir, die mehr wollen als das, was gerade gut genug ist. Der Teil, der noch immer Land für mich zum Beackern will, eine erste Pflanzung und eine erste Ernte – und jemanden genau wie sie, um alle diese Momente zu teilen. Sie will, dass ich zugebe, dass ich mich in sie verliebe.

Doch die Tatsache, dass ich es tue, spielt überhaupt keine verdammte Rolle. Denn sie zu lieben würde unsere Situation nicht verändern. Ein Landjunge und ein Stadtmädchen, die in sehr verschiedenen Welten leben.

Wir haben noch etwas Zeit, um diese Sache zu entwirren. Genug Tage und Nächte, um die Verbindungen zu lösen und das zu tun, was für uns am besten ist. Und wenn ich es richtig mache, dann wird Cara eines Tages nur die Frau in dem teuren SUV am Rand einer Landstraße sein – eine hübsche Fremde und nichts weiter.

Ich werde heute Abend beginnen, wobei ich die stärkste bekannte Taktik im emotionalen Krieg anwenden werde: allmächtige Stille.

Nach ein paar Minuten schwerer Stille scheint Cara das Zeichen zu verstehen. Man sieht, dass sie die Fassung verliert und allein dieser Anblick reicht fast aus, um mich nachgeben zu lassen und alles, was in meinem Herzen ist, auf den Boden dieses Trucks auszuschütten. Fast.

Cara steckt die Schlüssel ins Zündschloss und murmelt leise: »Oder auch nicht.«

Kapitel 26

Garrett

Es stellt sich heraus, dass es total beschissen ist, herauszufinden, wie man sich vom Herzen eines anderen befreit. Man kann sich nicht einfach loslösen und entfernen, ohne sich die meiste Zeit wie ein Arschloch zu benehmen, und wenn man noch Sex mit dieser Person hat, dann ist es hundertmal schlimmer.

Aber es funktioniert. So gut, dass ich es heute, am Tag vor Caras Abfahrt, schaffe, das Haus für die Arbeit zu verlassen, ohne dass einer von uns mehr als »guten Morgen« zum andern sagt. Mein Plan, die Verbindungen zwischen uns zu lösen, war ein voller Erfolg. Was eine gute Sache ist, oder? Doch es fühlt sich so an, als sei ich ein bösartiges Genie, das wild entschlossen ist und genau das bekommt, was es will, doch nicht damit umgehen kann, dass sich der Erfolg so verdammt beschissen anfühlt.

Cara hat den Großteil des Tages damit verbracht, Kisten zu packen und sie in dem Transportcontainer zu verstauen, der vor dem Farmhaus steht und morgen Früh abgeholt und zurück nach Chicago gebracht wird. Als ich nach der Arbeit in die Auffahrt komme, ist die Tür des Transportbehälters offen und die Haustür steht ebenfalls weit auf. Cara kommt mit einem großen Karton heraus, späht an der Seite vorbei, um nicht die Verandastufen hinunterzustolpern. Der Container ist fast voll mit ihren Sachen, inklusive Reformer.

Sie wird langsamer und schaut in meine Richtung, bleibt aber nicht stehen, sondern tritt zu dem Metallkasten und stellt den Karton in eine freie Ecke. Ich gehe zu ihr hinüber, als sie für eine weitere Ladung zurück ins Haus will.

»Wie zum Teufel hast du den Reformer hineinbekommen? Hast du ihn auseinandergebaut?«

Cara drückt sich an mir vorbei und springt mit einem langen Satz die Verandatreppe hinauf. »Nein, Brooke und Corey sind vorhin vorbeigekommen, um sich zu verabschieden. Ich habe Corey überredet, mir dabei zu helfen, ihn reinzuheben.«

»Oh.« Sie schlängelt sich mit einem weiteren Karton an mir vorbei und sieht mich nicht einmal an. »Das ist gut. Da hat er dir wahrscheinlich dabei geholfen, um den Rest der Sachen schneller einzupacken.«

Ich bekomme nur ein kurz angebundenes Murmeln, während sie ein paar Plastikkörbe umstellt, um Platz in einer Ecke zu machen. Sie tritt zurück und schaut sich im Container um, dann geht sie wieder zurück ins Haus. Sie verschwendet keine Sekunde damit, stehen zu bleiben und mich anzublicken, oder irgendwas anderes zu tun, als sich zu benehmen, als würde ich im Weg stehen bei dem, was sie zu tun versucht.

Als sie wieder herauskommt, trete ich ihr in den Weg und greife nach dem Karton.

»Hier, ich nehme den. Wie viele sind noch da? Wenn wir das schnell fertigmachen, dann besorge ich uns etwas Barbecue und wir können beim Essen *Real Housewives* gucken. Ich kann dir auch noch Wein besorgen, wenn du welchen willst.«

Ich lege die Hände an die Seiten des Kartons und will ihn ihr abnehmen, doch sie hält fest und geht einen halben Schritt zurück.

Cara schließt fest die Augen. »Ich mach das schon.«

»Ich weiß, dass du das machst. Ich kann sehen, dass du ihn hältst. Aber ich kann dir helfen. Gib ihn mir einfach rüber und wir zwei können den Rest zusammen machen. Es wird schneller gehen, wenn wir uns abwechseln.«

»Nein.« Sie macht die Augen wieder auf. »Kein Abwechseln, wir machen das nicht gemeinsam, du hilfst mir nicht. Ich muss das allein machen. Ohne dich.«

Meine Hände fallen hilflos nach unten. »Was? Warum kann ich dir nicht dabei helfen, diese Kartons einzupacken?«

»Weil …« Cara atmet tief ein, hält den Atem an und beendet beim Ausatmen ihren Gedanken. »Weil ich dich nach Morgen nicht mehr um mich haben werde. Kein Garrett mehr, um mir dabei zu helfen, meinen Weg zu finden oder meine elektrischen Probleme zu lösen oder mich zu beruhigen, wenn die richtigen Worte nicht kommen wollen, oder mir tropisches Eis am Stiel zu kaufen, wenn ich krank bin. Morgen werde ich Garrett-los sein. Und ich fühle mich schrecklich bei dem Gedanken daran, wie beschissen das sein wird.«

Sie macht einen langen Schritt zur Seite, damit sie um mich herumkommt. Ich höre, wie der Karton mit einem Knall auf den Boden fällt. Dann stapft sie wieder zur Vordertür. Sie bleibt an der Schwelle stehen, hält mir ihren Rücken zugedreht.

»Geh und schieß mit deinem Bogen oder so was. Mach, was auch immer du gemacht hast, bevor ich in die Stadt gekommen bin. Denn wenn du glaubst, dass ich nicht bemerke, was du tust, dann bist du ein Idiot. Du musst dich auch daran gewöhnen, ohne mich zu sein – und du hast dir eine beschissene Art ausgesucht, um damit klarzukommen.«

Die Vordertür schlägt hinter ihr zu.

Meine Arbeit hier ist getan. Die Dinge haben sich entwirrt, die Verbindungen sind durchgeschnitten. Und es ist ein totales Fiasko.

* * *

Ich gehe nicht Bogen schießen. Ich liege vielmehr im Dunkeln auf meiner Couch und starre wie ein einsamer Freak an die Decke, festgefahren in dem Gedanken, dass Cara wegfährt, genau jetzt, wo sie mich nicht sehr zu mögen scheint. Die beschissene Tatsache, sie zu verlieren, hat seit Wochen unter der Oberfläche geschwelt, und ich habe unsere letzten gemeinsamen Tage verschwendet, indem ich angenommen habe, dass es einfacher sein würde, wenn ich sie auf Abstand halte. Stattdessen war alles viel schwerer, als es je hätte sein müssen und das ist allein meine Schuld.

Um Mitternacht versuche ich, mich von der Couch und ins Bett zu zwingen. Doch ich kann nicht, denn in meinem Bett wird Caras Geruch sein, zusammen mit all den Erinnerungen von uns beiden zusammen unter meiner Decke. Um eins habe ich eine deprimierende Masturbationsrunde hinter mir, die von einer dieser Erinnerungen inspiriert ist. Eine besonders lange und unanständige Nacht, bei der Cara sich am Kopfende meines Bettes festgehalten hat, um das Gleichgewicht zu halten, während sie mit ihrer Pussy über mein Gesicht rieb. Sie kam so laut, dass ich annahm, sie würde einen Anfall bekommen.

Um drei sitze ich in meinem Wagen und bin auf dem Weg zurück zu Cara. Ich mache die Scheinwerfer aus, als ich in ihre Zufahrt komme, und fahre langsamer, um das Röhren des Motors zu unterbinden. Ich entdecke, dass die Vordertür unverschlossen ist, ein Zeichen, dass Cara entweder auf mich wartet, da sie weiß, ich werde wieder zur Besinnung kommen – oder dass sie wirklich schon eine von uns geworden ist, eine, die sich weit genug von ihrem alten Leben entfernt hat, um sich sicher zu fühlen, auch wenn die Tür unverschlossen ist. Beide Theorien helfen mir dabei, um mich nicht wie ein Perverser zu fühlen, als ich ins Haus schlüpfe, meine Jacke ausziehe, die Stiefel am Fuß der Treppe abstreife und zum Schlafzimmer gehe.

Als ich ins Schlafzimmer trete, bin ich mir allerdings unsicher, was ich tun soll. Ist es okay, zu ihr ins Bett zu kriechen? Nackt, wie ich es normalerweise mache? Wahrscheinlich nicht, wenn man bedenkt, dass sie bei unserer letzten Begegnung wütend auf mich war und ich jedes Bisschen davon verdient habe.

Ich sollte sie zuerst aufwecken. Aber wie? Sollte ich mich aufs Bett setzen und darauf warten, dass sie die Augen öffnet? Besser nicht, denn das würde doch ein wenig zu sehr nach Vampirstalker aussehen.

»Cara«, flüstere ich laut und hoffe, dass es genug ist, um sie aufzuwecken. Sie bewegt sich nicht. Ich beuge mich vor. »Cara.«

Ich sehe, dass die Bettdecke zerwühlt ist und einer ihrer Füße an einer Ecke hervorschaut. Damit kann ich arbeiten, denn meine süße Cara ist total kitzlig.

Ein paar federleichte Striche über die Sohle ihres Fußes führen zu einem Zucken. Ich versuche es erneut. »Ca-ra.«

Plötzlich schreckt sie auf, schießt halb aus dem Bett und wirft sich eine Hand über die Brust. Sie gewöhnt ihren Blick an die Dunkelheit, beugt sich dann vor, um mich anzusehen.

»Garrett, was machst du da?«

»Ich versuche, dich aufzuwecken.«

»Warum?«

»Weil ich zu dir ins Bett will, aber nicht unheimlich sein will.«

Mit einem Seufzen lässt sie sich wieder ins Bett fallen. »Warum sollte das unheimlich sein? Wir haben während der vergangenen acht Wochen fast jede Nacht zusammen geschlafen.«

»Weil ich es versaut habe und du wütend auf mich bist. Weil du mir vorhin gesagt hast, dass ich gehen soll.«

Cara wirft die Decke zurück. »Komm einfach rein.«

»Kann ich nackt sein?«

»Nun, da ich gerade nackt bin, weil ich darauf gewartet habe, dass du zurückkehrst, denke ich, dass es gut ist, wenn du es auch bist. Eigentlich ideal.«

Blitzschnell sind meine Klamotten ausgezogen, aufgeknöpft und heruntergezerrt, bis alles auf einem Haufen an meiner Seite des Bettes liegt.

Bevor ich ins Bett gleite, verweilen meine Finger auf Caras nacktem Körper, wo die Bettdecke zurückgezogen ist und er von den Strahlen des Mondlichts angeleuchtet wird, die durch die Jalousien fallen. Sie liegt mit dem Rücken zu mir auf der Seite, und wie immer ist sie so schön, dass mein Atem rau und verzweifelt wird. Ich kämpfe gegen den Drang, sie wie wild zu ergreifen und festzuhalten, bis ich all die Distanz aufgelöst habe, die ich während der letzten paar Tage zwischen uns erzeugt habe.

Ihre helle Haut zusammen mit dem Mondlicht bedeutet, dass sie fast zu leuchten scheint, den ganzen Weg von dem Kegel ihrer schlanken Wade hinauf und über ihre festen Schenkel, die Neigung ihrer Taille und ihre Schultern, unterbrochen nur von dem dunklen Haar auf dem weißen Kissen. Ihr nackter Rücken ist sowohl hübsch als auch sexy, und da ich die Weichheit ihrer Haut dort kenne, möchte ich sofort mit meinem Schwanz über ihren ganzen unteren Rücken reiben und die Falte ihres Pos necken.

Cara dreht sich in den Laken, neigt den Kopf zurück, um mich anzusehen.

»Worauf wartest du?«

Meine Hände ballen sich zu Fäusten. »Ich sehe dich an.«

»Bist du bald fertig?«, flüstert sie. »Denn ich habe schon seit Stunden gewartet.«

Ich gebe nach und löse meine geballten Hände, lege ein Knie auf die Matratze und rutsche hinunter, um mich auf meine Seite zu legen, mit der Brust an ihrem Rücken, eine Hand gleitet über ihre Hüfte. Ich tauche mit der Hand tief unter ihren Bauch, dann spreize ich die Finger, so dass meine Hand die ganze Fläche von der einen Hüfte zur anderen bedeckt. Ich küsse ihr die Wange, dann mache ich eine Pause, atme tief, um mich zu beruhigen. Wir haben das bereits so viele Male getan, auf so viele verschiedene Arten. Wir haben wild gevögelt, langsam gevögelt, schmutzig und roh gebumst und sind so sanft miteinander, dass es sich überhaupt nicht wie vögeln angefühlt hat.

Aber nichts davon wird heute Abend ausreichen. Ich will alles auf einmal. Ein stürmischer Fick, der so langsam ist, wie er unanständig ist, so heiß, wie er wild ist. Ich will so tief in sie hinein, dass sie meint, meinen Schwanz im Hals zu spüren, mich dann zurückziehen und ihr nur die Spitze geben, dabei mit dem Daumen auf ihrer Klit. Ich will, dass sie all die Dinge fühlt, die ich fühle. Die Hitze, die Enttäuschung, den Schmerz, das Begehren und das Bedauern.

Vor allem will ich, dass sie eine Sache fühlt.

Mich. Wie ich sie nehme, sie liebe, und sie um Verzeihung darum bitte, wie ich diese letzten Tage ruiniert habe, indem ich versucht habe, zu vergessen, wie es sich anfühlt, sie zu kennen.

Cara bewegt sich unruhig, schiebt ihren Arsch zurück gegen mich. Ich erwidere den Druck und reibe mit dem Schwanz über ihre weiche Haut, lasse meine Hand noch tiefer rutschen, verlasse ihren Bauch und necke sie zwischen den Beinen. Sie stöhnt und kippt die Hüfte weiter zurück.

»Bist du noch wütend auf mich?«

Sie atmet schwer aus. »Ich war überhaupt nicht richtig wütend auf dich. Ich bin traurig.«

Ich vergrabe mein Gesicht an ihrem Hals und setze ihr einen sanften Kuss unter das Ohrläppchen, sauge den süßen Stieleis-Geruch ihrer Haare und ihrer Haut in mich auf. »Ich habe es verbockt. Es tut mir leid.«

»Ich weiß«, flüstert sie.

Cara legte eine Hand über meine, drängt sie tiefer. Ich schiebe meinen Mittelfinger an die Stelle, von der ich gewöhnt bin, dort den Beweis dafür zu finden, wie gut sie sich wegen mir fühlt, doch heute Nacht ist sie nicht einmal annähernd bereit. All ihre Traurigkeit, der Schmerz, den ich verursacht habe, zeigt sich hier. Eine weitere Welle des Bedauerns setzt sich in meiner Brust fest. Ich schlucke schwer, während das Gefühl bleibt.

»Cara.« Meine Stimme bricht, denn ich flehe sie an, nur mit ihrem Namen. Bitte sie um Vergebung.

Sie lässt langsam den Atemzug heraus und drängt ihren Körper näher an meinen, als würde sie sich mir vollständig ausliefern wollen. Ich nehme die Hand zwischen ihren Beinen weg und befeuchte meine Finger im Mund, berühre sie dann langsam, nachdem die Hand wieder zurück ist und schiebe den anderen Arm unter sie, um ihre Brüste zu halten. Meine Hand trifft auf ihren Nippel und erleichtert bemerke ich, dass er hart und fest ist. Ich drehe ihre feste Knospe mit den Fingern und spüre die Feuchtigkeit zwischen ihren Beinen. Erneut befeuchte ich meine Finger. Noch ein paar behutsam geführte Bewegungen und sie ist bereit. Ein dämliches Gefühl der Zufriedenheit überkommt mich – weil ich etwas behoben habe, ihr das gegeben habe, was sie braucht, anstatt es ihr wegzunehmen.

Ich ziehe die Hand zwischen ihren Beinen hervor und sie erstarrt. Sie greift nach meinem Handgelenk und ich küsse sie aufs Haar.

»Es ist okay. Ich gehe nirgendwo hin. Muss mich nur einpacken.«

»Das musst du nicht«, flüstert sie, während ihre Hand noch immer meine hält.

Mein ganzer Körper erstarrt in der Bewegung. Es kann nicht sein, dass sie das sagt, was ich denke.

Heute Nacht? Da entschließt sie sich, die Option anzubieten, dass ich sie so haben kann? Unverhüllt und ganz? Heute Nacht?

Mein Verstand beginnt, mit meinem Schwanz und meinem Herzen zu kämpfen, alle gegeneinander. Mein Schwanz schreit seine Zustimmung heraus. Mein Verstand sagt, dass wir darüber noch nicht gesprochen haben und jetzt, mit meinem bereits über ihre weiche Haut sabbernden Schwanz, ist nicht der Zeitpunkt, um eine vernünftige Entscheidung zu dem Thema treffen zu können.

Doch vor allem mein Herz hat etwas dazu zu sagen. Scheiße, *nein.* Wir können es diesmal nicht ohne tun. Nicht, wenn es das für uns gewesen ist. Nackt in ihr zu sein wäre für den Moment, wenn wir entscheiden würden, dass es nicht das letzte Mal ist – wenn wir wissen, dass es noch so viele Male gibt, dass wir vom

Kauf so vieler Kondome arm würden. Cara auf diese Weise fühlen und wissen, dass es ein einmaliges Vergnügen ist? Das würde mich umbringen.

Fast unmerklich schüttle ich den Kopf, wobei ich nicht einmal sicher bin, ob sie meine Erwiderung in dem Dämmerlicht sehen kann, und greife hinüber zum Nachttisch, wühle blind herum, bis meine Finger die Schachtel finden, die wir dorthin getan haben. Caras Hand ist an meinem Schwanz, sie streicht langsam und fest, während ich herumfische, schließlich greife ich nach der Schachtel und schüttle sie aus, so dass ein Kondom auf meiner Brust landet. Langsam entferne ich ihre Hand und streife das Kondom über.

Cara schlängelt sich in meine Richtung, doch ich stoppe sie. Die Missionarsstellung könnte die richtige Art sein, um sich zu verabschieden, sie unter mir, unsere Brüste nahe zusammen, während ich tief und fest stoße. Doch das ist zu viel, genau wie die Idee, sie ungeschützt zu haben.

Ich nutze mein Gewicht, um uns dahin zurückzubringen, wo wir waren. Mein Oberkörper an ihrem Rücken, ein Arm unter ihr, um an ihre Brust zu kommen, die andere über ihrer Taille. Ich greife direkt über dem Knie nach ihrem Bein, ziehe es zurück, so dass sie ihre Ferse hinter mein Bein haken kann, öffne sie dahin, wo sich mein fordernder Schwanz bereits eingerichtet hat. Der Kopf gleitet über ihre Hand, während sie versucht, mich in sich einzuführen, doch ich lege meine Hand an ihre. Sie stöhnt, als ich versuche, nicht alles falsch zu machen, zu fest oder zu schnell für das zu sein, worum es heute Nacht geht. Schließlich gebe ich nach und gleite in sie hinein.

Ein Stoß und alles bricht heraus. Sie drückt und drängt sich gegen mich nach hinten, ich schiebe und presse vorwärts, während wir beide schwer atmen. Sie nennt meinen Namen, bettelt um mehr. Ich gebe es ihr, dabei nehme ich die Hand von ihrer Brust und bewege sie hoch, um mehr Halt zu finden. Sie verharrt in ihrem Nacken. Ich lege sie dort locker ab, doch mein

Griff geht höher, während ich gegen sie anstoße. Sie geht zu ihrem Hals, wo ich zögere. Der wilde Impuls, sie dort zu halten, hart und fest, brandet auf, und ich versuche, ihn abzustreifen, verlangsame das Tempo meiner Stöße und streiche mit dem Daumen über ihren Hals, wobei ich noch immer das gegen Bedürfnis ankämpfe, sie zu beanspruchen und so lange wie möglich zu halten.

Und als Cara den Körper durchdrückt, ihre Hüften zurückbewegt, um meinen Schwanz tiefer zu nehmen und dabei ihren Hals gegen meine Hand drückt, weiß ich, dass sie spürt, was ich tue. Keine Angst oder Panik. Kein Verlangen oder Kontrolle. Nur das Geben und Nehmen zweier Menschen, die sich nicht sicher sind, wie sie ohne den anderen weitermachen können.

Ich erhöhe das Tempo und Cara hört sich so an, als wäre sie kurz davor. Ihre Geräusche, ihre Pussy, die sich fest um mich klammert, der Hitzeschwall, als sie da ist … all das schickt uns beide über den Abgrund, laut und wild, lebendig und genießend.

Meine Hand bleibt an ihrer Kehle, bedeckt fast ihr Kinn. Und als ich wieder zu mir komme – zur Besinnung –, versuche ich, mich so schnell wie möglich zurückzuziehen, ohne Cara noch mehr zu erschrecken, als ich es womöglich bereits getan habe.

Doch sie legt die Hand über meine, lässt sie für einen Moment dort, dann zieht sie unsere miteinander verbundenen Hände an ihren Mund und küsst meine Handfläche.

Und mein verdammtes Herz bricht auf.

* * *

Eine Stunde später sind wir noch immer wach, wohlwissend, dass wir im Schlaf kostbare gemeinsame Minuten und Stunden verlieren würden.

Cara hat sich auf den Bauch gedreht, die Arme über ihrem Kopf aufs Kissen gelegt, die Bettdecke bis zur Taille hinabgezogen.

Ich bin auf meiner Seite und streichle sie. Ich ziehe die Decke ganz nach unten, so dass sie bis zu den Knöcheln nackt ist, während ich beginne, sie mit allen Sinnen in mich aufzunehmen. Ich fange bei ihrer rechten Hand an und folge den Linien ihres Handrückens mit den Fingern. Dann ihrem Handgelenk, ihrem Ellbogen, ihrem Oberarm. Ich küsse über ihre Schultern und ihren Rücken, sauge das Gefühl in mich auf, den Anblick, den Geruch von jedem Zentimeter ihrer Haut.

Sie dreht den Kopf ein wenig, um mich besser zu sehen. »Was machst du da?«

Ich gleite mit der Hand über die Kurve ihrer Taille und die süße Rundung ihres Arsches, dann weiter die Rückseite ihrer Beine hinab, wobei ich darauf achte, mir mit ihnen Zeit zu nehmen.

»Ich lerne dich auswendig. Damit ich auch nichts vergesse.«

Kapitel 27

Cara

Der Sonnenaufgang kommt für mich viel zu früh. Garrett geht zur Arbeit, nachdem er versprochen hat, zurückzukommen, um mir in der Mittagspause richtig Lebwohl zu sagen, und nachdem er weg ist, versuche ich weiterzuschlafen, kann es aber nicht. Schließlich zwinge ich mich aus dem Bett und nehme das Telefon, sehe nach den Mails und schicke Amie eine SMS, um ihr meine Pläne für den Aufbruch mitzuteilen.

Als ich das Telefon ausstellen will, zeigt mir das Display das heutige Datum: Erster April.

Das passt, denn ich warte noch immer auf den Aprilscherz. Garrett, der später auftaucht, so tut, als würden wir uns verabschieden, dann lacht und mich ansieht, als würde er nicht begreifen, wie ich auf die ganze Sache hereinfallen konnte, der sagt, er würde nicht im Traum daran denken, mich ziehen zu lassen.

Doch er hat nicht einmal die Tür für mehr zwischen uns aufgelassen. Keine Hinweise oder Kommentare, keine Einladung zu einem Besuch, keine vagen Hinweise darauf, dass es für mich immer einen Platz geben wird, an dem ich bleiben kann, wenn ich in der Stadt bin. Stattdessen hat er unsere letzten Momente vor dem Einschlafen gestern Nacht damit zugebracht, meinen ganzen Körper mit den Fingerspitzen und seinen Lippen abzufahren – alles, wie er sagte, um mich auswendig zu lernen. Sich zu erinnern.

Und alles, woran ich nur denken konnte, war die eine Sache, die zu oft Hand in Hand mit dem Erinnern geht: Vergessen.

* * *

Nachdem ich ein paar übrig gebliebene Dinge in mein Auto gepackt habe, gehe ich in die Küche und fülle meine Wasserflasche, dann werfe ich einen Blick durch den Raum, der jetzt ohne meine Sachen ist. Ich gehe durch das Wohn- und das Esszimmer und schaue sie mir auch noch einmal an. Die Zimmer sind jetzt frei von irgendwelchen Anzeichen, dass ich hier war – genau so, wie ich sie angetroffen habe.

Ich gestatte mir einen letzten Blick auf das Haus, das zu meinem Zuhause geworden ist, während ich hier war. Dann trete ich nach draußen, werfe meine Wasserflasche ins Auto und gehe zurück, um mich auf die Veranda zu setzen. Die Bäume, die um das Haus stehen, beginnen zu blühen – winzige grüne Knospen an den Eichen und kleine rosa Blüten an den Apfelbäumen. Das Rumpeln eines wohlvertrauten Trucks erklingt in der Ferne. Ich schließe die Augen, während es anschwillt, und öffne sie schließlich, als es still wird.

Garrett steigt in seiner ländlichen Uniform aus dem Truck: mit einem roten T-Shirt, das die Umrisse seiner Brust zeigt, einer verstaubte Jeans und abgewetzten Stiefeln. Eine schweißfleckige Baseballkappe auf seinem hellbraunen Haar, von dem ein paar Büschel gekräuselt unter dem Mützenrand herausgucken. Keine Jacke, denn Colorado hat beschlossen, dass es Frühling ist. Sonnig und warm, ein wolkenloser Himmel über uns.

»Hey.« Garrett bleibt auf dem Gehweg stehen, auf halbem Weg zu mir.

»Hi.« Ich stehe auf, wische mit den Händen über die Jeans und überbrücke den Abstand zwischen uns.

Dann stehen wir uns von Angesicht zu Angesicht gegenüber,

und die Erinnerung an die erste Nacht, in der wir zusammen waren, kommt in einem Schwall zurück.

»Sag mir, dass du das auch fühlst.«

»Die Art, wie wir zusammenpassen.«

»Bist du bereit? Alles gepackt?« Ich nicke, beobachte, wie sich seine Lippen beim Sprechen bewegen. »Nichts im Haus zurückgelassen, dass ich für dich heraustragen muss? Hast du an deine Karten gedacht? Du wirst sie brauchen, wenn du von hier nach Kansas fährst, das Navi in deinem Auto zeigt vielleicht nicht die Region an, in der du bist. Und was ist mit deiner Tasche …«

»Nicht.« Ich lasse den Kopf sinken. »Sprich jetzt nicht über blödes Zeug. Ich will diesen Teil nicht überspringen.«

»Welchen Teil?« Garretts Stimme wird so verhalten, dass man die Worte kaum verstehen kann.

Ich sehe auf, um seinen Blick zu finden, warte einen Moment, um sicher zu sein, dass er mich hört.

»Den Teil, in dem wir uns verabschieden und es wehtut. Es tut so weh, dass ich nicht atmen kann. Der Teil, wo du mir zeigst, dass du es auch fühlst.«

Garretts Kiefermuskeln werden hart. Dann gibt er nach, lässt die Maske fallen, ein ganzer Mann zu sein, und zeigt mir, mit nur einem Senken der Schultern, was ich sehen wollte. Meine Augen beginnen zu brennen und er sieht mich betroffen an.

»Komm schon, Stadtmädchen, weine nicht. Bitte. Es zerreißt mich, dich weinen zu sehen.« Sofort fahren meine Hände hoch, um sich in sein Shirt zu krallen. Ich balle den Stoff fest in den Händen zusammen und reiße daran, und ich weiß, dass meine Stimme heiser ist und ich will, dass er es hört.

»Wage es nicht, mich Stadtmädchen zu nennen. Nicht jetzt. Sag nicht Lebwohl zu der Frau, die hier vor zwei Monaten aufgetaucht ist. Sag Lebwohl zu Cara.«

Garretts Arme nehmen mich auf, dann ist sein Mund auf meinem und wir küssen uns. Küssen uns auf eine Art, die mein Herz zu schnell schlagen lässt. Meine Haut fühlt sich an, als würde sie zugleich verbrennen und erfrieren. Er zieht sich zurück, lässt aber unsere Köpfe beieinander, streicht mir mit den Fingern das Haar hinter die Ohren.

»Ich muss dir etwas sagen, Cara.«

Ein Schwall von Erwartung schießt durch mich hindurch. Vielleicht ist es das. Der Moment, die Erklärung, auf die ich gewartet habe.

Er lehnt sich zurück, legt die Hände an meinen Halsansatz, und seine Augen flattern dahin, wo seine Daumen sich neben meine Kehle gelegt haben. Sein Griff ist so nah an der Stelle, an der er letzte Nacht gewesen ist. Garrett lässt seine Finger dort, streicht langsam mit den Daumen darüber, schließlich legt er sie an mein Schlüsselbein.

»Ich weiß gar nicht genau, wo ich anfangen soll.« Ich hebe den Blick zu seinem, doch ich bleibe still. Er hat die Worte, ich weiß, dass er sie hat, er muss sie nur finden.

»Dass du hier aufgetaucht bist, war das Beste, was mir seit Jahren geschehen ist.« Garrett schüttelt langsam den Kopf, als würde er noch immer damit kämpfen, alles zu begreifen. »Du hast mich daran erinnert, wie es sich anfühlt, wenn man mehr will. Wie es dich erschreckt und dein Blut auf eine Weise zum Rauschen bringt, wie es sonst nichts anderes schafft. Und das habe ich mehr gebraucht, als ich gewusst habe.«

Erneut schwillt in mir Hoffnung an, jetzt mit weniger Unsicherheit darin. Er kriegt es hin. Er fühlt es.

»Also, auch wenn ich weiß, dass du nicht zu mir gehörst, dass du zu einem anderen Leben an einem anderen Ort gehörst … danke. Danke, dass du hergekommen und mit mir gewesen bist. Egal, wie kurz es auch war.«

Ich warte darauf, dass er noch mehr sagt – der Teil, in dem er mich bittet, zu bleiben –, doch nichts geschieht. Er bittet mich nicht, ihn zu lieben, er sagt mir nicht, dass er mich braucht. Er sagt überhaupt nichts mehr. Garrett lässt mich gehen.

* * *

Einen Tag später bin ich in einem anderen Staat. Und wer auch immer den Begriff des »Überflugstaates« – und dazu den Spott, der damit einhergeht – geprägt hat, war ein Schwachkopf. Wahrscheinlich ist er auch noch nie im Nordwesten von Kansas gewesen. Denn wenn er dort gewesen wäre, dann würde er in Bedrängnis kommen und feststellen, dass es einfach umwerfend ist, was ich gerade anstarre.

Ich hatte mir Kansas immer als hoffnungslos platt und staubig vorgestellt, doch stattdessen gibt es kilometerweit sanfte Hügel. Die Felder sind bepflanzt, und hier in einem von Gerald Ramseys Weizenfeldern stehen die Halme ungefähr dreißig Zentimeter hoch, in sattem Grün und dick wie ein üppiger Teppich. Ein Frühlingsgewitter braut sich in der Ferne zusammen und Gerald behauptet, dass sie diesen Regen brauchen. Er hofft nur, dass es die richtige Sorte Regen ist. Sanft und anhaltend, lang genug, doch auch nicht zu lang. Und keine Hagelschauer oder Tornados, vielen Dank auch.

Gerald ist Teil von Brookes weitläufiger Familie – und auch wenn sie ihn nur ein paarmal getroffen hat, behauptet sie, dass er die Sorte ländlicher Charakter ist, dessen offene Worte meine Zeit wert sind, und selbst wenn sie nicht ein Teil meiner Grand-Valley-Story werden würden, wäre ich zumindest in der Lage, zu sehen, wie die Felder von Kansas zu dieser Jahreszeit aussehen.

Als ich zu Geralds Haus kam, traf ich auf einen weißhaarigen Mann, der mindestens zwei Köpfe kleiner war als ich, doch meine Hand mit seiner knotigen, arthritischen Klaue so fest ergriff, dass es schmerzte. Dann betrachtete er mich von Kopf bis Fuß und fragte auf die unverblümteste Weise *warum zum Teufel ist eine Frau wie du so sehr an Landwirtschaft interessiert?*

Und ich brauchte genau diese Art von Direktheit nach dem Abschied von Hotchkiss, ansonsten wäre ich zusammengebrochen. Die Fahrt nach Denver war wie im Rausch vergangen. Ich blieb die Nacht in einem sauberen, aber rudimentären Motelzimmer, genoss einen alten Donut und schwachen Kaffee vom Frühstückbüffet, und war um sechs Uhr wieder im Auto, fuhr die I-70 runter, bis es an der Staatengrenze karger wurde. Ich fuhr den Highway 36 in nördlicher Richtung nach Kansas, und im Radio lief nichts weiter als Country Music, Gottesdienste und konservative Talkshows. Ich blieb bei der Country Music, merkte aber schnell, dass es ein Fehler war. Countrysongs über Liebe und Jungs, die nicht viel vom Leben verlangen? Nicht wirklich das, was dieses Mädchen drei Stunden am Stück hören muss, während sie durch Orte fuhr, die landschaftlich so schön waren, dass ihr das Herz blutete.

Geralds Truck brummt hinter mir und ich drehe mich um und sehe, wie er den Weg entlangkommt und neben mir stehen bleibt. »Sind Sie bereit, Miss Cara?«

Gerald hat mich zurückgelassen, um ein paar Fotos zu machen und Notizen aufzuschreiben, während er schnell hinüber zu seiner Maschinenwerkstatt gefahren ist, damit wir anschließend zurück zu seinem Haus gehen und uns ein bisschen unterhalten können. Ich stecke meine Kamera in den Rucksack, hänge ihn über eine Schulter und klettere auf den Beifahrersitz seines verbeulten Flachbett-Chevy, dann lasse ich den Rucksack auf den Boden fallen und kurble das Fenster an meiner Seite herunter.

Die Luft ist feucht und schwer. Es riecht nach Hitze und Dunst und Schlamm. Die schwarzen Wolken am Himmel werden mit jeder Minute dunkler. In der Ferne kann ich etwas hören, was ich – dank Garrett – als das Summen industrieller Gebläse bei den örtlichen Getreidesilos erkenne.

Gerald steckt sich aus der Tüte, die zwischen einem Haufen Papieren, einem Schraubenschlüssel, einem roten Lappen und anderen vermischten Alltagsgegenständen auf dem Armaturenbrett liegt, ein Hustenbonbon in den Mund. In der Ecke des

Rückspiegels steckt ein Schwarz-Weiß-Foto mit einem Paar darauf. Ein Sankt-Isidor-Anhänger baumelt an einem Lederband und wippt jedes Mal, wenn wir durch eine tiefe Stelle auf der Straße fahren, wobei er manchmal mit einem flachen Schlag gegen die Frontscheibe haut.

»Ich glaube, Sie haben den Regen mitgebracht, Miss Cara. Wir mögen Leute, die Regen bringen.«

Ich lache und fahre mir mit einer Hand durchs Haar, streiche mir dann ein paar Strähnen hinter die Ohren. »Schön, dass ich nützlich sein kann.«

Wir bleiben vor einem großen zweistöckigen Farmhaus stehen, das unverhältnismäßig länger als breit ist und sich schmal bis zum Maisfeld dahinter erstreckt. Ein kleineres Haus steht ihm auf der anderen Seite der Zufahrt gegenüber, ein quadratisches einstöckiges Haus, dessen Alter an der verblichenen Farbe und dem noch verblicheneren Dach erkennbar ist.

»Dieses Haus nennen wir einfach das große Haus. Da drüben ist unser kleines Haus. Ich bin in dem großen aufgewachsen, doch als ich aus Korea zurückgekehrt bin, zog ich mit meiner Frau in das kleine Haus. Dort blieben wir, bis meine Eltern verstarben.«

Gerald öffnet die Vordertür und ich folge ihm hinein. »So hat man es hier seit hundert Jahren gemacht. Die Kinder heiraten und bleiben im kleinen Haus, dann ziehen sie hierher um, wenn es an der Zeit ist.«

»Lebt dort jetzt jemand? Ihre Kinder?«

Er bleibt stehen, um seine Jacke an einen Haken im Flur zu hängen. »Unser Bobby ist aus Vietnam nicht zurückgekehrt. Er war unser Einziger, weshalb das Haus über Jahre leergeblieben ist. Vor einer Weile hatte ich einen Teilzeitarbeiter, der dort wohnte, doch es hat mit ihm nicht geklappt.«

Wir gehen durch ein dunkles Wohnzimmer, die Fenster sind mit schweren Vorhängen umrahmt, von denen ich annehme, dass Geralds Frau sie vor Jahrzehnten dort hingehängt hat. In seiner Küche steht ein kleiner Tisch, der wie das Armaturenbrett im Wagen mit Sachen bedeckt ist, und die Arbeitsplatten genauso – Schmortöpfe und Toaster, Kaffeekocher und ein Haufen Telefonbücher, Teller und Schüsseln, leere Einmachgläser, die in einer ordentlichen Reihe angeordnet sind.

Gerald nimmt einen Stapel Zeitschriften von einem Küchenstuhl und stellt ein paar Dinge auf der Tischoberfläche um, dann zieht er den Stuhl für mich hervor.

»Trinken Sie Kaffee? Hier ist eine Kanne, dazu ein paar von diesen Keksen dort.« Er zeigt auf eine blaue Metalldose, die geöffnet auf dem Tisch steht.

Garretts Hinweis darauf, immer alles anzunehmen, was einem angeboten wird, klingelt in meinem Kopf, selbst wenn die Kekse aussehen, als hätten sie seit Monaten keinen Deckel mehr gesehen und die Kaffeekanne einen dunklen, verdächtigen Ring an der Oberseite der Glaskaraffe zeigt.

»Ich hätte gern etwas Kaffee, danke. Stört es Sie, wenn ich unser Gespräch aufnehme?«

Er sagt, dass ich machen soll, was ich will, dann gießt er zwei Tassen Kaffee ein und stellt sie auf den Tisch, schiebt die Keksdose mit einem knolligen und verknoteten Verknöcherungen auf seinen schmerzhaft aussehenden Händen vor.

»Meine Sarah hat sie geliebt. Ich brauche eine Weile, bis ich eine Dose alle habe, aber ich kann es nicht lassen, sie zu kaufen, wenn ich in Colby bin, drüben beim Walmart.«

Ich nehme einen Keks und tauche ihn in den Kaffee, esse ihn mit zwei Bissen auf. Gerald versucht, einen Finger durch den Henkel der Tasse zu stecken, schafft es aber nicht, nimmt stattdessen die Tasse in beide Hände und hebt sie, leicht zitternd, langsam an den Mund.

Ich ziehe mein Notizbuch hervor, lege den Stift aber an die Seite und lass ihn dort, lehne mich in meinem Stuhl zurück und werfe einen Blick aus dem Fenster über dem Waschbecken, wo Regentropfen zu sehen sind.

»Da haben Sie's. Mein Regen hat angefangen.«

Gerald nickt. »Sollte ein bisschen anhalten.«

Der Raum ist still, man hört nicht einmal eine Wanduhr ticken. Er wirft sich noch ein Bonbon ein, das er sich diesmal aus der Brusttasche seines Jeanshemdes gezogen hat. »Schon einmal in Kansas gewesen, Miss Cara? Denn Brooke hat gesagt, dass Sie kein Farmmädchen sind.«

»Das ist mein erstes Mal hier. Und ich muss Ihnen sagen, es ist ganz anders als das, was ich erwartet habe. Es ist so hügelig und grün, so schön.«

»Ich werde mal danke sagen, auch wenn ich nichts dafür kann.«

Ich neige den Kopf. »Oh, das weiß ich gar nicht. All das Grün dort draußen ist doch wegen Ihnen. Wenn Sie nicht wären, dann wäre es womöglich eine Trabantenstadt oder ein Ölfeld.«

Geralds Gesicht wird hart. »Ich will verdammt sein, wenn das jemals geschieht. Nur über meine Leiche, könnte ich sagen, doch ich werde dafür sorgen, dass sie es selbst dann nicht machen können, wenn ich bereits Fraß für die Würmer bin.«

Als seine Augen aufleuchten, weiß ich, dass alles, was er jetzt sagen wird, der Grund dafür ist, weshalb ich hier bin. Ich nehme noch einen Keks und lege ihn auf meinen Notizblock, trinke dann einen Schluck Kaffee.

»Sehen Sie diese Hände?«, fragt er und hält seine knorrigen Finger hoch. »Kann nichts mehr damit machen. Einen Zaun reparieren oder einen Traktor fahren, mit diesen Klauen geht es nicht mehr.«

»Tut es weh?«

»Natürlich tut es das.« Ein freudloses Auflachen. »Wie auch immer, Doc Hart in der Stadt hat mir gesagt, dass ich anfangen soll, darüber nachzudenken, was als Nächstes kommt. Ich sagte ihm, ein Grab neben meiner Sarah ist das, was als Nächstes kommt. Doc fand das nicht lustig. Sagte, ich sollte darüber nachdenken, was ich mit diesem Ort machen will.«

Ich nehme meinen Keks vom Notizblock und bemerke einen dunklen Fettfleck, der sich durch das Papier zieht.

»Haben Sie sich etwas Bestimmtes überlegt? Einen Plan?«

Gerald ist still, während er versucht, seine Finger aus ihrer verkrümmten Haltung zu lösen. »Ich werde nicht verkaufen. Zumindest nicht an einen dieser großen Jungs. Es kümmert mich nicht, ob dieses Land austrocknet und ob ich es dem Landkreis als verdammtes Reservat überlassen muss. Ich werde auf jeden Fall kein Land an Männer in Anzügen und Krawatte übergeben, die dieses Haus abreißen und das Land herunterwirtschaften, als wäre es eine billige Hure.« Sein Blick geht zu mir. »Entschuldigung, Miss.«

Ich winke ab. »Kein Problem. Also, wenn Sie hier keine Unternehmensfarm wollen, was wollen Sie dann? Einen anderen ansässigen Farmer?«

Er schüttelt den Kopf. »Die meisten der ansässigen Jungs sind nur einen Schritt von den großen Jungs entfernt. Ich verkaufe es ihnen und ein paar Jahre später verkaufen sie es. Dasselbe verdammte Ergebnis. Was ich möchte, klingt so, als müsste es einfach sein, doch ich habe es bisher nicht gefunden.«

Ich hebe die Brauen und nehme meinen Stift.

»Einen jungen Mann, der dieses Leben so verdammt will, dass er meint, er hätte Erde unter den Fingernägeln, selbst wenn es nicht so ist. Und nicht irgendein Kind aus der Stadt, das glaubt, Landwirtschaft klinge nach einer netten Idee. Sie würden es keinen Tag hier draußen aushalten. Ich will jemanden, der dieses Leben kennt, all den Scheiß, der damit einhergeht, und es trotzdem will.«

Mein Körper versinkt im Stuhl, während mir ein deutliches Bild von genau diesem Mann in den Sinn kommt und mich in den Sitz drückt. Gerald kratzt sich im Nacken, und diese vertraute Geste – Garretts abwesende Bewegung, wenn er über etwas nachdenkt – gibt mir noch mehr Grund, mit meinem Körper nach unten zu sinken.

»Jemand, der mich meine Tage in diesem Haus zu Ende leben lässt und sich gelegentlich die Geschichten eines alten Mannes anhört, damit er glaubt, er kann sein Wissen weitergeben. Ein Junge, der mich vielleicht an meinen guten Tagen in der Maschinenhalle herumwerkeln lässt, und an meinen schlechten Tagen nachsieht, ob ich nicht tot bin. Finde ich so jemanden? Dann kann er diesen Platz für ein Butterbrot haben. Solange ich weiß, dass er es zu seinem Eigenen machen will. Für so lange, wie ihn seine verdammten Hände lassen.«

Plötzlich sehe ich alles vor mir: Garrett, genau hier, inmitten des Grüns und der Hügel. Und Gerald noch immer hier, an jedem Tag, bis er dann geht.

Zwei Männer. Eine Farm. Eine Million Gründe, warum das für sie beide die Rettung sein könnte.

Kapitel 28

Garrett

Zwei Monate später

Rumms.

Gott.

Ich lasse den Arm sinken, der Bogen schwingt locker in meiner rechten Hand und ich werfe einen genauen Blick in die Schussrichtung meines Pfeils. Er steckt jetzt in dem Holzpfahl hinter dem dreidimensionalen Elchdummy, der keine dreißig Meter entfernt ist.

Ich habe das Ziel verfehlt. Das ganze Elchziel. Ein großes Tier –dieses Ziel hat Lebensgröße.

Auf den billigen Plätzen hinter mir ist es enervierend still. Cooper und Braden sagen nichts, was noch schlimmer ist, als wenn sie Beleidigungen in meine Richtung loslassen würden. Ich drehe mich um und breite die Arme mit einer stillen Geste aus, damit sie es mir geben können. Braden winkt ab.

»Weg da.« Er steht auf, zieht den Pfeil im Bogen zurück und verankert ihn. Hält still und drückt den Auslöser. Alles sieht gut aus. Außer, dass er in der letzten Sekunde den Kopf hochreißt.

Wusch.

Bradens Pfeil verfehlt das Ziel, fliegt durch das hohe Gras nach rechts und verschwindet. Ich bin mir nicht sicher, was schlimmer ist: mein Pfeil in einem Holzpfosten oder Bradens im Gras. Wir werden wohl eine Vermisstenanzeige aufgeben müssen, denn er kann irgendwo auf dem Feld sein – und ist dort fast unmöglich zu finden, da der Schaft im Tarnmuster hat und die Befiederung braun ist.

Cooper tritt vor, wirft einen Blick in Schussrichtung und schüttelt den Kopf.

»Oh Mann! Ich habe gedacht, ihr zwei würdet mir dabei helfen, mit dem Bogen besser zu werden. Zeigt ihr mir, wie man es nicht macht?«

Braden und ich stehen einfach stumm da. Cooper ist ein Neuling bei der Jagd mit dem Bogen, und wenn er auch seine Truthahnkarte gelocht und einen hübschen Vogel in dieser Saison geschossen hat, so macht Cooper Lowry nichts halbherzig. Er hat uns stundenlang ausgefragt, bevor er sich entschlossen hat, welchen Bogen er kaufen wollte, dann hat er dasselbe mit dem Köcher, den Pfeilen, dem Auslöser und dem Visier gemacht. Seitdem hat er in ausreichend Ziele und Ballen investiert, um seinen eigenen Schießstand aufmachen zu können, wenn er das wollte. Wir stehen auf einem freien Feld gegenüber von seinem und Whitneys Haus auf dem Land, das er für sie gekauft hat, um ein neues Haus darauf zu erbauen und schließlich die Plantage zu erweitern. Bisher ist es leer und gehört uns, um unsere offensichtlich wertlosen Bogenkünste zu demonstrieren.

Ich gehe vor und fange an, meinen Pfeil aus dem Holzpfosten zu zerren. Ein festes Ziehen gibt ihn frei und ich untersuche die Spitze. Braden geht an mir vorbei, die Augen auf den Boden gerichtet, und brummt vor sich hin, während er nach seinem Pfeil sucht.

Cooper kommt neben mich, stellt den Heuballen hinter dem Ziel richtig. Er sieht in Bradens Richtung, legt den Arm auf den Rücken des Schaumstoffelchs und lehnt sich dagegen.

»Ich weiß, was dein Problem ist, doch Braden ist mir ein Rätsel. Der Junge ist normalerweise ruhig wie ein Fels hier draußen.«

Genau genommen weiß jeder, was mein Problem ist. Man kann der Neugierde einer Kleinstadt nicht entkommen, vor allem dann nicht, wenn eine bestimmte langbeinige Frau plötzlich auffällig abwesend und meine Stimmung gleichzeitig so sauer wie ein Fass alte Milch ist. Der Mann, der mit allem zufrieden war – seinem Leben, seiner Welt, dem völligen Fehlen einer Zukunft oder von irgendetwas Neuem oder Interessantem – ist weit weg.

Und ich habe auf alle möglichen Arten probiert, diesen Typen zu wieder zu finden und Cara zu vergessen. Für ein paar Tage, direkt nachdem sie gegangen war, habe ich versucht, sie wegzutrinken. Ich habe versucht, sie mit Arbeit aus dem Kopf zu bekommen, indem ich an meinem Truck gewerkelt habe, meinen Bogen geschossen, und Brooke und Corey und Kenny und Whitney geholfen habe – allen, die meine Hilfe annehmen wollten –, so dass ich zwanzig Stunden am Tag beschäftigt war und völlig erschöpft, wenn ich nach Hause kam. Ich habe sogar versucht, Braden für die Rodeonacht zur Mesa County Fair zu schleppen, da ich dachte, dass ein paar hautenge und strassbesetzte Jeans vielleicht helfen würden. Ich bin magenkrank zurückgekehrt und habe Cara noch mehr vermisst.

Ich werfe einen Daumen in Bradens Richtung.

»Braden versucht noch immer, sich von dem Wirbelwindphänomen namens Amber Regan zu erholen. Ich glaube, er hat angenommen, dass sie hier herauskommen, die Gegend erkunden und dann wieder nach Hause fahren würde, und dass er sich um nichts mehr zu kümmern hätte, bis sie zurückkommen, um die Sendung aufzunehmen. Doch TV-Produktionskram funktioniert offenbar nicht so. Er meint, es wäre so, als hätte man eine heiße Nachbarin, die zu viel redet und ständig mitten in der Nacht an deine Tür klopft.«

Wie auf Kommando erhebt sich Braden aus seiner vornübergebeugten Position und gibt einen lauten Ruf von sich, dann geht er weiter ins Feld hinein.

»Und du? Wie geht es *dir*?«

Ich werfe einen trockenen Blick in Coopers Richtung. Er verdreht die Augen. »Whitney hat mich gebeten, dich zu fragen. Sie sagt, du wärst nicht so mitteilsam bei ihr. Sie macht sich Sorgen um dich.«

»Mir geht es gut.«

»Gut«, echot er ausdruckslos.

»Jep, gut.«

Braden beginnt, ziellos in den Boden zu treten, Erde fliegt mit jedem frustrierten Schwung auf. »Der blöde Typ muss unbedingt mal flachgelegt werden«, murmelt Cooper, hebt seine Baseballkappe und fährt sich mit einer Hand durchs Haar, bevor er die Mütze wieder aufsetzt. »Was dich betrifft, da wissen wir beide, was du brauchst.«

Ich hebe eine Braue und warte. Coopers Ausdruck ist sachlich.

»Du brauchst eine Schatzkarte zu deinen Eiern. Ich nehme an, sie sind in Chicago, doch das ist nur eine Vermutung.« Er sieht über das Feld, hinüber zum Haus, wo Whitney auf ihn wartet – und es immer tun wird.

»Warte nur nicht zu lange damit, um nach ihnen zu sehen. Sie könnte vergessen, wem sie gehören.«

* * *

Braden hat seinen Pfeil nicht mehr gefunden.

Er hat noch ein paarmal in den Boden getreten und geflucht, dann kam er zurückgestampft und hat verkündet, dass er nach Hause fahren würde. Ich stand herum wie ein Idiot, hoffte darauf, dass mir jemand einen Arbeitsauftrag gab, damit ich noch nicht nach Hause fahren musste, bis Whitney mit einem Leuchten im Blick, der direkt auf Cooper gerichtet war, auf die Veranda trat, und ich war nicht so blind, um nicht zu erkennen, was das zu bedeuten hatte. Es schien, dass ihre andauernde Morgenübelkeit vorbei war und sie plötzlich die verlorene Zeit aufholen wollte.

Normalerweise wäre ich sofort gegangen, doch dann musste ich an die heiße Cara denken und ihre Blicke, die nur mir galten, weshalb ich schließlich in Erinnerung daran abgeschaltet habe und am Feld stehen geblieben bin, bis Cooper mir schließlich sagte, dass ich mich verziehen solle.

Zu Hause sehe ich nach dem Briefkasten, bevor ich hineingehe zu … Ich weiß nicht, zu was. Um an die Wand zu starren? Um eine Wildkatzenoper zu hören? Um *Real Housewives* zu sehen? Scheiß drauf. Vielleicht trinke ich einfach was.

Der Briefkasten geht auf, ein Haufen Werbung und Kataloge, die meisten davon für andere Leute, die hier mal gewohnt haben. Das Einzige, was für mich ist, ist eine Handyrechnung, ein Jagdkatalog und ein großer Umschlag, der mit zwangloser, aber ordentlicher Handschrift adressiert ist, die ich sofort erkenne. Ob es daher kommt, dass ich ihr Gekritzel im Notizbuch gesehen habe oder den Klebenotizen, die sie im Haus für mich hinterlassen hat, ich kenne sie so gut wie meine eigene. Eine dieser Notizen klebt noch immer am Kühlschrank, die ich anzusehen vermeide, es aber auch nicht über mich bringe, sie wegzuwerfen.

Bier im Kühlschrank. Bin um fünf zurück. Später einen Ausflug?
xo, CC

Tiefes Atmen hält mich davon ab, die restliche Werbepost einfach auf den Boden zu werfen und dort liegenzulassen. Ich schaffe es nach drinnen, räume eine Stelle auf der Arbeitsplatte frei und werfe den Rest der Post zur Seite, lege den Umschlag auf seinen eigenen besonderen Platz, wo ich ihn anstarren kann.

Was zur Hölle schickt sie mir? Per Post? Ich schiebe einen Finger unter die Umschlagklappe und versuche, ihn ordentlich zu öffnen, denke, wenn ich es nicht schaffe, wäre es nur ein weiterer Beweis dafür, wie falsch wir für einander sind. Diese Cara verdient einen Mann, der ihrer würdig ist Einen Mann, der seine Post nicht wie ein Affe öffnet. Einen Mann, der es sorgfältig und gedankenvoll tut, gerade und ordentlich. Gott, wen zum Teufel verarsche ich hier? Dieser Typ hätte einen Brieföffner – einen mit Perlmuttgriff – und ich habe nur meine dummen Bärentatzenhände.

Nachdem ich den Umschlag ausreichend zerfleddert habe, ziehe ich den Inhalt heraus und entdecke eine beeindruckende Zeitschrift, größer und dicker als die meisten, gedruckt auf dickem Papier mit mattem Glanz. Auf der Titelseite unten rechts sehe ich, warum sie ihn mir geschickt hat.

Steckbrief der letzten Generation:
Ein Farmer aus Kansas sucht nach Antworten
Von Cara Cavanaugh

Sie hat es getan.

Nicht, dass ich daran gezweifelt hätte, dass sie es würde – doch sie hat es getan. Innen auf der ersten Seite der Zeitschrift befindet sich eine Notiz auf nobel aussehendem persönlichem Briefpapier.

Garrett,

Hier ist es also … mein erster veröffentlichter Artikel als freie Autorin. Erschreck dich nicht, ich habe meinen Grand-Valley-Text nicht aufgegeben – er ist nur viel länger, weshalb er noch in Bearbeitung ist und erst in der nächsten Ausgabe erscheinen wird. Doch mein Ausflug nach Kansas hat zu diesem Bericht geführt, und wenn es auch nur zwei Seiten sind, so bin ich mit dem zufrieden, was dabei herausgekommen ist.
Ich habe auch eine Kopie meines vollständigen Interviews mit

Gerald Ramsey beigelegt, dem Farmer, den ich hier vorstelle. Gerald ist ein »guter Typ«, wie du sagen würdest. Ehrlich und bescheiden, er sagt, was er denkt und meint, was er sagt. Ihr zwei müsstet so gut miteinander auskommen, dass es unwirklich erscheint.
Höre genau zu … Ich glaube, du wirst das hören, was ich gehört habe.
Und wenn du das tust, dann wirst du genau wissen, wen Gerald sucht.
Spoilerwarnung: Das bist du.

In Liebe, Cara

Kapitel 29

Cara

»Also, mit all unseren besten Wünschen für eine wunderbare Zukunft … auf Amie und Tayer.«

Im Saal bricht ein leises, ehrfürchtiges Murmeln aus. Gläser klirren, Stimmen ertönen gedämpft, das Geräusch von ein paar Gästen, die etwas zu laut und etwas zu früh am Nachmittag für eine Hochzeit der feinen Gesellschaft im Zentrum von Chicago im opulenten Palmer House lachen. Ich bin mir sicher, dass meine Mutter es bereits geschafft hat, die betreffenden Personen auszumachen und mit einem Laserstrahlblick anzublitzen, um sicher zu gehen, dass sie nicht ihre perfekte Hochzeit ruinieren.

Will nickt der Menge zu, dann stellt er sein Glas hin. Bevor er sich setzt, wirft er einen schnellen Blick über die Köpfe von Amie und Tayer in meine Richtung, seine Brauen für etwas gehoben, was offenbar eine Frage ist. Ich lächle zurück, präsentiere ihm einen maßvoll erhobenen Daumen, um ihn darin zu bestätigen, dass seine Trauzeugenrede perfekt war. Er wischt sich unsichtbaren Schweiß von der Stirn und grinst.

Als das Orchester wieder beginnt, sind Amie und Tayer unterwegs und tun das, was heute Abend von ihnen erwartet wird. Lächeln und küssen, grüßen und herumgehen, tanzen und noch ein wenig küssen. Amie drückt mir im Vorbeigehen die Schulter.

»Versprich mir, dass du heute Abend wenigstens einmal tanzt, Cara Jane.«

Trotz all der hektischen Anforderungen, die in den letzten Wochen vor der Hochzeit aufkamen, und unserem artigen, trotzdem stürmischen Junggesellinnen-Glamping-Ausflug, sieht meine Schwester genauso aus, wie ich wusste, dass sie heute aussehen würde: über alle Maßen umwerfend und elegant, völlig selbstsicher, den Tag genießend so gut, wie sie kann. Und sie wird definitiv auch ihrem maßgeschneiderten Carolina Herrera Spitzen-Godetkleid gerecht, dessen zart besetzte Spitze mit dem Flattern der winzigen Organzafedern kontrastiert, die das Kleid bedecken, und mit dem Glimmer der durchgehenden roségoldenen Verzierungen. Mein Carolina-Kleid ist ebenfalls ein Traum, Seide und Tüll in zartestem Rosé, in einer ähnlichen Silhouette wie Amies, doch ohne all die Verzierungen, die nur einer Braut gebühren.

Ich neige den Kopf zurück, um sie anzusehen, und hebe eine Braue. »Darf ich das Lied auswählen? Denn ich habe eine Menge Country Music gehört. Und, lass mich dir sagen, dieser Luke Bryan weiß, wie man ein tolles Stück schreibt. Ich glaube, das eine, in dem er das Bauernmädchen fragt, ob sie es für ihn *schütteln* würde, wäre ein ziemlicher Hit bei deinen Gästen.«

»Bitte mach das. So lange ich weiß, dass du ein wenig Spaß hast.«

»Ich bin mir sicher, noch mehr Kuchen wird mir ein Lächeln ins Gesicht zaubern. Geh jetzt. Nimm deinen neuen Ehemann und sei hübsch und umwerfend.«

Amie deutet eine Verbeugung in meine Richtung an und schwebt mit Tayer an ihrer Seite davon. Ich sehe mich im Raum um und versuche, herauszufinden, ob es irgendwas gibt, das ich jetzt tun sollte – irgendeine Brautjungferaufgabe, die ich vernachlässige. Doch wir nähern uns dem Zeitpunkt des Abends, wo die langweiligsten Gäste anfangen, auf ihre Uhren zu sehen und den Rückzug planen, während die weniger feinen Gäste sich anfangen zu überlegen, wie sie am besten jemanden in ihr Hotelzimmer abschleppen können. Ich muss nur entscheiden, ob ich weiter trinken und mich den Abend über hier im Selbstmitleid suhlen soll, oder ob ich nach Hause gehe und dasselbe in der Privatheit meiner Wohnung tue.

PRO: Alleine in einem Hotelzimmer zu trinken klingt nach einem coolen Weg, um die Nacht zu beenden. Feierlich. Nach Hause gehen und allein trinken klingt deprimierend.

KONTRA: Hotelsuites lassen mich an Garrett denken. Garrett-Gedanken sind tabu.

PRO: Vertiefungstherapie ist eine bewährte Methode. Das Gegenteil von vermeiden wäre, die Nacht in einer Hotelsuite zu verbringen, allein, um beim Vergessen zu helfen.

KONTRA: Herzschmerz ist auch so eine Sache. Eine aktuelle, lebendige, atmende, herzzerreißende Sache.

»Du machst das immer, Cara.« Will lässt sich auf den Stuhl neben mich fallen, der leergeblieben ist, seit Amie ging, um umwerfend zu sein.

»Welche Sache?«

»Wo deine Lippen ganz verdreht und geschürzt sind. Die Sache, die bedeutet, dass du eine Pro- und Kontraliste von irgendwas in deinem Kopf anfertigst.«

Ein leises Stöhnen entfährt mir, eins, das sich zu einem Schnauben verwandelt. »Ich diskutiere das Trinken. Nicht, ob ich trinken soll oder nicht. Nur die Örtlichkeit von besagtem Trinken.«

»Brauchst du einen Stift? Du könntest es auf die Rückseite dieser Speisekarte kritzeln.« Will wirft ein kleines Stück Karton auf den Tisch vor mich, tut so, als würde er seinen Smoking nach einem Schreibgerät abtasten. Ich schnipse die Karte mit einem Lachen weg. Will sieht durch den Saal und räuspert sich.

»Ich habe deinen Artikel gelesen.«

Mein Körper wird munter. Die einzige glückliche Ablenkung – abgesehen von Amies Eheschließung –, die ich während der vergangenen Woche von Gedanken an Garrett hatte, war die Aufregung, meinen Gerald Ramsey-Artikel gedruckt zu sehen.

»Das hast du?«

Ich versuche, die Erwartung aus meiner Stimme zu nehmen. Den bedürftigen *Bitte-sag-mir,-dass-es-gut-war,-aber-nur,-wenn-du-das-auch-denkst*-Ton, der immer so kläglich herauskommt.

Will nickt, dann grinst er. »Mach nicht so ein Gesicht. Er war richtig gut, Cara. Du weißt, dass er das war.« Ich zucke die Schulter, um dann aber dümmlich zu grinsen.

»Er war anders als deine Sachen bei der Zeitung. Ich weiß nicht genau, wie ich es erklären soll, doch es war, als wäre es mehr deins.«

Meine Hand geht an seinen Unterarm, während ich mich bei ihm bedanke. Die Berührung fühlt sich so normal und gleichzeitig so ungewöhnlich an. Will sieht auf und bemerkt den Blick einer dunkelhaarigen Frau an einem Tisch in der Nähe. Sie ist zierlich wie eine Porzellanpuppe, mit hohen Wangenknochen und Sommersprossen auf ihrer Nase.

Und sie ist seine Begleitung.

Vivienne. Die Schwester eines Anwalts in seiner Firma. Sie ist selbstbewusst und klug, trinkt nur Chardonnay und ist klein genug, dass sie selbst mit zehn Zentimeter hohen Absätzen kaum an seine Schulter reicht. Sie zusammen zu sehen, selbst als sie sich während des Abendessens ein paarmal geküsst haben, hat nichts in meinem Herzen oder meinem Magen ausgelöst. Eigentlich habe ich sie so beobachtet, wie ich mir einen Dokumentarfilm ansehen würde, während ich darauf gewartet habe, ob ich etwas fühlen würde. Das habe ich nicht.

»Also, wo ist er?« Will lehnt sich in seinem Stuhl zurück, schaut prüfend in die Menge.

»Wer?«

Er winkt zum Saal und meine Augen folgen seiner Geste.

»Der Typ. Dein Coloradojunge. Garrett.« Ich ziehe eine

fragende Braue nach oben und blicke in seine Richtung. Will lächelt erneut. »Wirklich? Denkst du etwa, Amie und Tayer hätten mir keinen vollständigen Bericht abgeliefert? Komm schon, ich weiß alles, Cara Jane. Und es klang, als wäre er beim Abendessen in Aspen wie ein Champ mit Nan umgegangen, deshalb bin ich neugierig. Zeig ihn mir.«

Ich senke den Blick und fummle an meinem Armband, drehe es an meinem Handgelenk gerade. »Er ist nicht da.«

»Wirklich?«, fragt er, echte Überraschung in seinem Ton.

»Wirklich.«

Will kneift die Augen in meine Richtung zusammen. »Habt ihr euch getrennt?«

Irgendwie möchte ich nach vorn fallen und mit dem Gesicht in die Reste der Karamellcreme tauchen, die ich vom Desserttisch genommen habe. »Nein. Nicht getrennt. Ich meine«, ich seufze, »ich lebe hier. Er lebt dort.«

»Und?«

»Und, was ich gerade gesagt habe: Hier, dort.«

»Und das ist der Grund, weshalb ihr nicht zusammen seid? Die Hier-Dort-Sache?«

Ich könnte zu erklären versuchen, dass da mehr ist, doch ich weiß nicht, ob es stimmt oder nicht. Und selbst wenn es so ist, mit meinem Ex auf der Hochzeit meiner Schwester ist nicht gerade der Moment, um das zu überlegen.

»Ja. Deswegen sind wir nicht zusammen.«

Will runzelt die Stirn, betrachtet mich, und dann trommelt er beiläufig mit den Fingern auf den Tisch. Und nach so vielen Jahren, die ich ihn und seinen messerscharfen Staranwaltsverstand kenne, weiß ich, dass er gleich etwas Pointiertes sagen wird.

»Nun, das ist so ein völlig bescheuerter Grund, wie ich ihn noch niemals gehört habe.«

Und da ist es.

* * *

Nachdem ich Amie unter einem Schwall aus Reiskörnern und guten Wünschen verabschiedet habe, beschließe ich, dass eine weitere Minute in diesem Hotel das Letzte ist, was ich will. Eine Stunde später bin ich zu Hause und mein hübsches Kleid liegt auf einem Haufen auf dem Boden, neben meinen noch hübscheren Schuhen. Mein Haar noch immer in der heutigen Frisur gestylt und das Gesicht voll mit fotobereitem Make-up, während ich ein T-Shirt trage, das ich Garrett gestohlen habe – eins, von dem ich mir sicher bin, dass er niemals merken wird, wenn es fehlt, da der Mann nichts als T-Shirts hat. Mit dem Fernseher als Hintergrundgeräusch mache ich mich daran, ohne einen besonderen Grund meine Fußnägel mit einem hellen Ton fröhlichen Gelbs zu bemalen. Nur weil es ein langer Tag war, weil meine hübsche kleine Schwester geheiratet hat, weil ich Garrett vermisse und mich gerade nicht dagegen wehre oder so tue, als würde ich es nicht tun. Denn ich fühle mich danach, ihn heute Nacht zu vermissen.

Ein halb leeres Weinglas steht auf dem Nachttisch neben meinem Telefon und einer Schüssel Popcorn. Ich pinsle eine letzte Schicht auf meinen großen Zeh und werfe einen Blick zum Fernseher, wo eine Gruppe Datingshow-Mitspieler zusammen im »Paradies« gefangen ist und jemand – nicht von der weiblichen Seite – zu trinken angefangen hat. Ich verschließe die Flasche Nagellack, stelle sie auf den Nachttisch und strecke die Beine aus, dann nehme ich einen Schluck Wein. Als ich das Glas abstelle und mich an das Popcorn machen will, klingelt mein Telefon. Mein Blick geht zum Display.

Ich sehe zu meinem Weinglas, um sicherzugehen, dass es nicht leer ist. Wenn es das wäre, würde das erklären, warum ich Dinge sehe, die nicht da sind. Denn wenn dem nicht so ist, dann bedeutet es, dass Garrett gerade anruft. Bevor ich noch Zeit habe, irgendwas vollständig zu verarbeiten, bemerke ich, dass das verdammte Ding kurz davor ist, auf die Mailbox zu schalten. Meine Hände umklammert das Telefon, ich stoße mit den Fingern darauf und schiebe herum, um sicherzustellen, dass das nicht geschieht.

»Hi«, antworte ich, mein Herz schlägt zu schnell und meine Stimme ist ein wenig atemlos.

»Hey. Hier ist Garrett.«

»Ich weiß.«

Er lacht leise und meine Haut beginnt zu kribbeln. Fast hätte ich vergessen, wie sehr ich diesen Klang liebe.

»Ich habe deinen Brief bekommen. Und die Zeitschrift.« Er räuspert sich. »Das ist beeindruckend, Cara. Ich bin so stolz auf dich. Du hast es geschafft.«

Ziemlich viele Leute – Will heute Abend, andere zuvor – haben genau dasselbe gesagt. Mir gratuliert und mich ermutigt, mir gesagt, dass sie stolz und beeindruckt wären, doch von Garrett haben solche Komplimente ein anderes Gewicht. Ob es daran liegt, dass er mich durch so vieles davon geleitet hat, oder dass Garretts Meinung zu fast allem für mich wichtig ist, ich weiß es nicht – doch sein Lob bedeutet mir alles.

»Danke.« Meine Gedanken springen zu dem Artikel, dann springen sie erneut. »Hast du dir die Aufnahme mit dem Interview angehört?«

»Yeah. Du hattest recht. Gerald klingt wie ein guter Mann. Erinnert mich ein bisschen an meinen Dad.«

Dabei belässt er es. Sagt mir nicht, ob er gehört hat, was ich gehört habe, oder ob er sich als den Jungen sehen würde, das Gerald so genau beschreibt, so wie ich es getan hatte. Alles, was ich immer von Garrett wissen wollte – ihn überreden wollte, mir mehr zu erzählen – taucht wie gewöhnlich auf. Und wenn ich noch immer in Hotchkiss wäre, dann würde ich diese Gedanken beiseiteschieben und dem Drang widerstehen, nach mehr zu fragen.

Doch das bin ich nicht. Ich bin hier, wo er denkt, dass ich

hingehöre, und alles nur, weil er mich hat gehen lassen. Also pfeife ich auf Zurückhaltung. Ich habe nichts zu verlieren, indem ich frage – nicht mehr.

»Und? Was ist mit dem Rest? Der Typ, nach dem er sucht, der sein Land übernimmt. Der Mann, der genauso klingt wie du. Hast du das gehört? Und wenn du nein sagst, dann weiß ich, dass du lügst.«

Auf Garretts Seite der Leitung wird es still, abgesehen von dem leisen Geräusch seines Atmens.

»Gott«, seufzt er schließlich. »Ich vermisse dich so verdammt sehr, Cara. So sehr. Ich vermisse dich und ich liebe dich, und ich kann keinen Pfeil mehr geradeaus schießen oder aufhören, mich schlecht zu fühlen, weil du weg bist und es bringt mich um, dass ich dich verloren habe.«

Sein Versuch, das Thema zu wechseln, funktioniert. Es funktioniert ziemlich gut, denn mein Herz setzt für ein paar Schläge aus, dann beginnt es wieder mit einem Schlag, der sich anfühlt, als würde er mir ein paar Rippen brechen.

»Du hast mich nicht verloren, du hast mich gehen lassen«, erkläre ich schließlich.

»Scheiße, ich habe dich niemals gehen lassen, Cara. Nicht da, wo es drauf ankommt.«

Ich versuche, ruhig zu bleiben, weil ich all das so sehr hören wollte, dass es das Aufstehen an manchen Tagen zu einer lästigen Pflicht gemacht hat. Und ich will noch immer diese Worte … Eigentlich wollte ich sie aber vor zwei Monaten hören.

»Du bist nicht der Einzige, dem es schlecht gegangen ist, Garrett. Ich habe auch gelitten. Seit dem Tag, an dem ich weggefahren bin.«

»Es tut mir leid. Ich wollte niemals, dass du leidest. Jemals.« Er macht eine Pause und lässt laut die Luft heraus. »Ich habe nichts, was ich dir anbieten kann. Nichts. Hätte ich dich gebeten, zu bleiben, dann hätte ich dich damit gefragt, dich hier niederzulassen. Und an jedem verdammten Tag wäre ich aufgewacht und hätte mich gefragt, ob das der Tag wäre, an dem du erkennen würdest, wie viel du aufgegeben hast, um bei mir zu sein, damit wir zusammen sind. Verstehst du das? Warum ich dich nicht fragen konnte, zu bleiben? Bleiben, wofür?«

Die Teile von Garrett, die ich zu verstehen versucht habe, seit ich ihn kenne – was ihn so viel aufgeben ließ und mit so wenig zufrieden sein ließ – fügen sich alle zusammen. Es ist ganz einfach, wirklich.

Angst.

Garrett Strickland lief vor Angst davon. Er hatte zu viel auf einmal verloren – seinen Vater, seine Farm, seine Zukunft. Deshalb ging er nach Hause, wo es sicher war, wo das Leben vorhersehbar war und die Leute ihn als den lockeren Typen kannten, der niemals mehr wollte, als er hatte. Deshalb war das alles, was er sein musste.

Mit dieser Erkenntnis kann ich ihm auf verschiedene Arten auf das antworten, was er gerade gesagt hat. Ich kann ihn trösten, etwas sagen, dass ihn nicht weiter zur Rede stellt oder fordern, dass er sich nicht in sein eigenes gottverdammtes Leben zurückziehen soll. Doch das ist es nicht, was er braucht.

»Für dich, Garrett. Dafür wäre ich geblieben. Für dich. Für uns.«

»Welches *uns*?«, erwidert er sarkastisch. »Das *uns*, bei dem du in meinem beschissenen Modularhaus wohnst, darauf wartest, dass ich von meinem Idiotenjob bei der Genossenschaft nach Hause komme? Oder die richtige Schwachsinnsphantasie, in der ich Bauer bin und du versuchst, Bauernmädchen zu spielen, obwohl du es eigentlich hasst? Welches *uns* ist es, für das du geblieben wärst?«

Ich beiße mir so lange auf die Zunge, wie ich brauche, um mich zu bremsen. Was für ein starrköpfiger, kurzsichtiger, anmaßender Mann! Wenn ich ihn nicht so sehr lieben würde, wie ich es tue, wenn ich nicht glauben würde, dass er mich auf dieselbe Weise liebt, dann würde ich ihm ein schönes Leben wünschen und auflegen. Doch ich glaube, dass da mehr ist als dieser Moment, in dem er unterschätzt, was er verdient hat und wozu ich fähig bin, und dass ich noch immer davon überzeugt bin, dass wir dazu bestimmt sind, unser Leben miteinander zu teilen.

Mein langsames Ausatmen bedeutet, dass ich bereit bin, ruhig genug, um ihm zu sagen, was ich zu sagen habe.

»Du bist eine schreckliche Nervensäge, weißt du das? Wenn du dich richtig erinnerst, dann habe ich viel Zeit, freiwillig, in deinem beschissenen Modularhaus verbracht. Mein einziges Problem mit deinem Job bei der Genossenschaft besteht darin, dass ich glaube, du bleibst nur deshalb dort, weil es eine Sackgasse ist. Und du weißt, dass ich nicht das Farmmädchen spielen will. Ich will einfach, dass du du selbst bist und ich bin ich. Ich will uns zwei, die wir einander unterstützen und unsere Träume leben – gemeinsam.«

Er will mich unterbrechen, doch ich bremse ihn. »Jene Nacht in Aspen, da hast du mir gesagt, dass ich alles haben kann, was ich will. Das kannst du auch. Und ich weiß, du bist genug für mich, genau jetzt, ohne Ausnahme. Aber wenn du es nicht willst, dann haben wir keine Chance. Also, wenn du denkst, dass du mehr sein musst, dann finde heraus, wie du mehr werden kannst.«

Wir holen beide tief Luft, als ich eine Pause mache. Das Geräusch hallt wie ein Echo durch die Leitung und überbrückt die Kilometer zwischen uns. Doch ich bin entschlossen, das letzte Wort zu haben, da ich genau weiß, was wir beide in diesem Moment brauchen.

»Und wenn ich du wäre, Garrett?? Dann würde ich damit anfangen, einen Ausflug nach Kansas zu machen.«

Kapitel 30

Garrett

Drei Monate später

Mir zittert die Hand.

Sie zittert so stark, dass ich nichts anderes tun kann, als mich darauf zu konzentrieren, dass es aufhört. Denn ich will diesen Pachtvertrag über zwanzig Jahre ganz bestimmt nicht mit zitternder Hand unterschreiben, so dass meine erste Unterschrift als Landeigner aussieht, als hätte ich Todesangst – selbst wenn es so ist.

»Verdammt, Junge. Hol tief Luft. Deine Unterschrift sollte am Ende nicht aussehen wie meine. Ich habe eine Entschuldigung: Ich bin tausend Jahre alt und meine verdammten Hände sind nutzlos. Du kannst beides nicht von dir behaupten.«

Ich lasse den Kopf sinken und grinse. Mir gegenüber greift Gerald Ramsey nach der Bonbonschüssel in der Tischmitte, wühlt darin herum und wählt eins mit einer Verpackung, auf der eine Cartoon-Erdbeere zu sehen ist. Seine knotigen Finger kämpfen mit der Verpackung, um sich dann das Bonbon in den Mund zu stecken.

Die Notarin am Kopfende des Tisches kichert leise und lehnt sich auf ihrem Stuhl zurück, doch sie hetzt mich nicht. Ich werfe einen ernsten Blick auf das Papier, hole tief Luft, wie Gerald angeordnet hat, greife erneut nach dem Stift und nehme die leere

Reihe fest ins Visier. Aus der Ecke des Raums kommt ein Knurren.

»Mein Gott, Strickland. Ich bin hungrig und du hast Freibier versprochen. Mach diesen Kram endlich fertig.«

Braden hat sich mit ausgetreckten Beinen auf einen Stuhl geflätzt und die Füße vor sich überkreuzt, den Kopf zurückgeneigt und die Baseballkappe über das Gesicht gelegt, als würde er ein Nickerchen machen. Er ist hier, weil er Braden ist – ein guter Junge mit einem Truck, den er in Gang setzt, wenn du Hilfe brauchst, um deinen Kram von Colorado nach Kansas zu bringen. Er lädt deine blöde Couch und deine ausgeleierte Matratze auf die Ladefläche, kümmert sich darum, dass alles sicher festgebunden ist, füllt dann die Fahrerkabine mit deinen Waffen und Vorräten und macht mit dir die neunstündige Fahrt zu deinem neuen Haus. Und er beschränkt sogar sein Meckern auf ein Minimum – das heißt, bis du im Grundbuchamt einer Kleinstadt eingetragen und er hungrig ist, jedenfalls wenn du ihm Bier versprochen hast, sobald die Übergabe beendet ist. Dann ist er nur noch grummelnd und mürrisch.

»Ich *war* bereit. Dann hast du angefangen, herumzumeckern. Jetzt muss ich meine Beruhigungsübungen erneut machen. Nimm dir ein Bonbon und halte den Rand.«

Noch ein Kichern von der Notarin. Auch wenn wir uns im ländlichen Amerika befinden, hat sie bestimmt noch keine Klienten wie unsere am Tisch gehabt. Etwas zu viel Schimpfwörter für höfliche Gesellschaft. Schmutzige Jeans und noch schmutzigere Stiefel, drei Typen ohne eine Spur von Verstand oder gerissen genug, um etwas anderes zu sein als das, was sie sind.

Ich setze den Stift auf die Reihe, wo steht, dass ich eine Quadratmeile Farmland in Kansas kaufe, einen 1977er Farmall Traktor, einen Mähdrescher mit Maisaufsatz, dazu zwei Geländefahrzeuge, die schon bessere Tage gesehen haben, aber noch nutzbar sind. Und zwei Häuser – das Große, in dem Gerald bleiben wird, und das bescheidene Haus auf der anderen Seite, wo ich wohnen werde. All das für einen Preis, der zu gut ist, um wahr zu sein, mit einer Anzahlung, über die die meisten Verkäufer lachen würden.

Aber Gerald hat nicht gelacht. Er hat mir in die Augen gesehen und gesagt, bei dem, was wir tun würden, ginge es um mehr als um Geld. Also habe ich den Großteil des Geldes von dem Sparbuch, das ich seit dem Verkauf des Grundstücks meines Vaters habe, abgehoben, um es als Anzahlung zu nehmen, und wusste genau, dass diese Gelegenheit jeden Cent wert ist und dass mein Dad genauso gedacht hätte. Der Landvertrag beinhaltet, dass Gerald den Rest des Preises über die nächsten zwanzig Jahre erhalten wird, wobei er monatliche Raten zu einer mehr als vernünftigen Zinslage bekommt.

Alles fühlt sich auf einmal richtig an – als sollte es so sein –, so sehr, dass meine Unterschrift sogar gut aussieht, als die Tinte schließlich auf das Papier kommt. Kein zitterndes Kritzeln oder verwackelter Hinweis darauf, wie unwahrscheinlich das alles noch vor wenigen Monaten schien, nur mein Name in einer kräftigen Handschrift, die zeigt, dass ich bereit dafür bin. Endlich.

* * *

Ich schlage die Ladeklappe an Bradens Truck zu und trete um die Ladefläche herum, während er seine Reisetasche auf den Rücksitz wirft. Mein Truck parkt daneben und ich öffne die Werkzeugkiste und nehme zwei Bier aus der Kühlbox darin. Braden schließt seine Tür und ich reiche ihm ein Bier.

»Eins für den Weg.«

Er zieht am Verschluss und Schaum läuft ihm über die Finger. Er wechselt die Hände, schüttelt den Schaum mit einer schnellen Bewegung ab und schaut sich dabei mein neues Haus an.

»Du wirst vor dem Winter ein neues Dach brauchen.«

Ich nicke und mein Mund verzieht sich. So fängt es an mit der niemals endenden Liste von Dingen, um die sich ein Farmer kümmern muss. Reparieren, was kaputt ist, wenn es nötig ist, und auf Eis legen, was möglich ist, und einen Weg finden wie man für all das bezahlen kann. Daran hat mich meine Mom erinnert, als ich ihr von Gerald und seiner Farm erzählt habe, und der Gelegenheit für mich, sie zu kaufen. Ich konnte die Warnung in ihrer Stimme hören – und sie vernahm die Aufregung in meiner. Und obwohl sie meint, dass Kansas für ihren Geschmack zu weit weg ist, wusste sie, was es für mich bedeuten würde, mein eigenes Stück Land zu haben. Deshalb half sie mir dabei, meine Sachen zusammenzupacken … und heulte wie ein Baby (oder eine gute Mom), als Braden und ich abfuhren.

Ich schaue zum Dach hoch, entdecke ein paar Stellen, an denen Ziegel fehlen. Trotzdem wird es bis nächstes Jahr warten müssen. Hoffentlich bringt mich ein bisschen Flickwerk durch den Winter.

»Ich brauche eine Menge Dinge. Werde wohl bis zum Frühling warten müssen, bis ich Richtfest mache.«

»Truthahnsaison?«

Ich zucke mit den Schultern und hebe eine Braue in seine Richtung. »Ich weiß nicht. Würde eine Schusslizenz für Kansas ausreichen, um deinen Arsch wieder hierher zu bewegen und um für ein Wochenende zu bleiben? Und mir beim Erneuern des Daches zu helfen, wenn du da bist?« Ich winke mit der Hand zum Weizenfeld vor uns. »Ich lasse dich auf meinem Grundstück jagen.«

Mein Grundstück. Mein Land. Es ist verrückt, wie schnell sich die Dinge verändern können.

»Ich zahle aber keine Durchgangsgebühr«, knurrt Braden.

»Würde dich nicht im Traum danach fragen.«

Er kippt den Rest seines Biers herunter, dann wirft er die Dose auf die Ladefläche meines Trucks. »Dann steht es fest. Im Frühling komme ich zurück.« Braden klettert in seinen

Truck, schließt die Tür und macht den Motor an. Er lässt einen Arm aufs Lenkrad fallen und sieht in meine Richtung. »Glückwunsch, Strickland.«

Ich werfe meine leere Dose auf seine Ladefläche, dann verschränke ich die Arme vor der Brust. »Das klang fast ehrlich. Komm jetzt raus, damit wir uns umarmen können.«

Stattdessen streckt Braden den Arm aus dem Fenster und schüttelt mir die Hand.

»Sicher, dass du im Frühling Platz für mich hast? Oder wird das Haus dann voller Dekokissen und Duftkerzen sein?«

Ich lasse seine Hand los und schüttle den Kopf. »Wer weiß? Ich würde ihr erlauben, das ganze Haus mit Dekokissen vollzustopfen, wenn sie das wollen würde. Doch es hat eine Weile gedauert, bis hierhin zu kommen, weshalb ich es ihr nicht vorwerfen könnte, wenn sie ihr Leben weitergelebt hätte. Ich kann ihr nur sagen, dass die Tür offen ist, verstehst du?«

Braden nickt. »Ich lege jetzt den Gang ein. Dann werde ich den Fuß von der Bremse nehmen und davonrollen, nur für den Fall, dass du mich zu umarmen versuchst, während ich das sage.« Der Truck quietscht, als er den Fuß von der Bremse nimmt. »Sie gehört zu dir. Du gehörst zu ihr. Du hast heute dein altes Leben abgeschrieben, Garrett. Kümmere dich jetzt darum, dass du ein Neues aufbaust, zu dem du nach Hause kommen kannst.«

Der Truck rollt noch ein paar Meter weiter, dann tritt Braden auf das Gaspedal und eine Wolke aus Schotterstaub erhebt sich hinter ihm, als er davonfährt. Ich drehe mich um und stecke die Hände in die Taschen, hole tief Luft, während ich mein neues Dasein betrachte.

Die Sonne des Spätnachmittags hat eine kräftige, orangene Farbe und geht langsam im Westen unter. Mein Wagen ist mit Kansas-Staub verschmutzt und parkt vor meinem neuen Haus, das Glühen des Sonnenuntergangs umrahmt beides.

An dem Abend, als Cara und ich angeln gingen, wollte sie

wissen, was ich sehe, wenn ich die Augen schließe und mir eine Zukunft nach meinem Geschmack vorstellte – wie sie aussieht, wo ich bin, mit wem ich da bin, und ob ich glücklich bin. Und ich konnte es in jener Nacht deutlich sehen, ohne zu wissen, wo ich war oder wie ich dorthin kam. Der Ort war hier. Als sie mich bat, mir vorzustellen, was mein Herz will, war es das hier.

Da ist nur noch eine Sache, die fehlt.

Ich trete ein paar Schritte zurück, nehme mein Handy und schieße ein Foto, dann schreibe ich einen Text, um ihn mitzuschicken.

Mein Truck, das Haus, der Sonnenuntergang – alles ist auf dem Bild, alles, was sie sehen muss, um zu wissen, dass ich da bin, wo ich hingehöre, alles wegen ihr.

Das ist jetzt mein Zuhause. Danke dafür. Wenn du Lust hast auf einen Ausflug: Die Tür ist nicht abgeschlossen.

Kapitel 31

Cara

Mein Handy summt, als die Nagelkosmetikerin gerade das Auftragen der obersten Schicht beendet, und ich stöhne. Ich bin mir sicher, dass einer der zwei Herausgeber der Zeitschrift, für die ich als freie Mitarbeiterin arbeite, beschlossen hat, mir Überarbeitungen der Artikel zu senden, die ich ihnen zukommen lassen habe. Zufälligerweise haben beide ein unnachahmliches Timing und sind sehr jähzornig. Und ich kann gerade nicht in die Tasche meines Spa-Bademantels greifen, um das Telefon herauszuziehen, ohne mir die Nägel zu versauen.

Dann müssen sie eben warten. Immerhin ist es Sonntagnachmittag – der Tag für Extrazeit im Spa.

Doch als das Handy zwei Minuten später zur Erinnerung erklingt, gebe ich fast nach. In dem Moment kommt Amie in den Raum geschlendert, einen entspannten Postmassage-Ausdruck im Gesicht.

»Amie Jane, bitte hol mir mein Telefon. Es summt und ich fühle mich schuldig.«

Sie stemmt die Hände in die Hüften. »Kein Arbeiten. Das ist unser Tag. Wegen meiner Flitterwochen und deiner vielen Arbeit haben wir uns kaum gesehen.«

Ich hebe den Kopf und sehe sie mit bittendem Ausdruck an, wobei ich weiß, dass sie recht hat, denn zusätzlich zu den zwei Schreibprojekten als Freelancer, die ich eingereicht habe und für die ich auf Zustimmung warte, habe ich auch Verträge mit drei Online-Magazinen abgeschlossen, für die ich monatliche Beiträge und Buchbesprechungen schreiben werde, was meine Arbeitsverpflichtungen ziemlich vergrößert – und zugleich befriedigender macht.

»Ich mache dir einen Vorschlag. Wenn es arbeitsbezogen ist, dann werde ich dir die Genehmigung erteilen, eine Antwort zu schicken, die höflich darauf hinweist, dass ich bis morgen nicht erreichbar bin. Ich will nur nicht, dass es so aussieht, als würde ich sie ignorieren.« Ich hebe einen Arm und drehe die Hüfte in ihre Richtung, damit sie an die Seitentasche kommt.

»Versprochen?« Ich nicke. Amie zieht das Telefon heraus, entsperrt es und betrachtet es mit zusammengekniffenen Augen. Sie schaut es sich genauer an. Dann fällt ihr die Kinnlade herunter.

»Was?« Amie macht ein seltsam gurgelndes Geräusch, als wollte sie etwas sagen, ohne genau zu wissen, was. »Ist es was Schlimmes? Warum machst du so ein Gesicht? Sag es mir!«

Sie dreht das Display des Telefons in meine Richtung.

Ein Bild von Garretts Truck, der vor Gerald Ramseys kleinem Haus geparkt ist, mit einem Kansas-Sonnenuntergang, der sanft im Hintergrund glüht.

Ich lese den Text – die Einladung darin – und mein Herz begreift schneller, als mein Atem mitkommen kann.

Er hat es getan.

Amie grinst über das ganze Gesicht, und als meine aufgerissenen Augen ihrem Blick begegnen, zerrt sie bereits am Ärmel meines Bademantels, um mich aus dem Stuhl zu locken. Bevor ich noch nachdenken kann, bin ich in der Garderobe des Spa, zerre mit meinen jetzt zitternden Händen und den versauten Nägeln meine Jeans hoch, werfe mir das Tanktop über und greife nach den restlichen Sachen im Walnussholz-Spind.

»Cara.«

Ich stöhne innerlich. Meine Mutter, die uns heute bei unserem sonntäglichen Spa-Tag begleitet, der normalerweise für Amie und mich allein reserviert ist. Doch Mom hat ihn unter dem Vorwand gekapert, mit uns die Party besprechen zu wollen, die sie für Dads anstehenden Geburtstag organisieren will. Ausgerechnet heute, wo sich mein ganzes Leben auf den Kopf gestellt hat und ich jetzt auf nichts anderes versessen bin, als nach Kansas zu kommen, damit ich all das haben kann, wonach ich mich gesehnt habe.

Ich zerre meine Tasche auf den Boden und mache mich daran, mir die Sandalen anzuziehen, werfe dabei einen weiteren Blick auf den eingedellten und ruinierten Nagellack an meinen Fingern. »Mom, ich muss weg. Ich werde dich nächste Woche wegen Dads Party anrufen, aber jetzt gerade …«

»Cara. Jane. Cavanaugh.«

Hoppla. Sie benutzt ihre Tadelstimme. Die, mit der sie mich in meiner Jugend gequält hat und auf die man am besten reagiert, indem man nachgibt. Meine Schultern sacken nach unten und ich drehe mich zu ihr, während ich den Ausdruck erwarte, der diesen Tonfall normalerweise begleitet – Verärgerung vermischt mit Enttäuschung.

Doch stattdessen steht meine Mutter da und sieht völlig anders als ihr normalerweise beherrschtes Selbst aus. Ihre Haltung ist schlaff und ihr Blick fast bekümmert. Ihre Augen schießen zu meinen Fingern.

»Deine Nägel sind eine Katastrophe. Komm her, lass mich das in Ordnung bringen.«

Sie winkt mit einer Hand zu einem langen Regalbrett, das mit zusätzlichen Spaprodukten und -werkzeugen bedeckt ist, macht sich daran, einen Baumwollbausch aus einem großen Apothekenglas zu nehmen, und sucht nach dem Nagellackentferner. Denn Gott behüte, dass wir riskieren, hier herauszukommen, ohne mindestens perfekt auszusehen. Ich folge ihr zögernd, während ich nach einem Weg suche, um so schnell wie möglich gehen zu können. Ich trete hinter sie, sehe ihr Spiegelbild in dem großen Spiegel über der Arbeitsplatte, die Braue gerunzelt, bis sie die Flasche findet, nach der sie gesucht hat.

»Es ist schon gut, Mom. Ich muss wirklich weg. Garrett hat mir gerade eine SMS geschickt und …«

»Bitte, Cara«, fleht sie. Sie hebt die Augen und unsere Blicke treffen sich im Spiegel. »Er wird dich für immer haben. Gib mir diesen Moment, bevor das geschieht. Ich möchte nur deine Nägel in Ordnung bringen, bevor du fährst. Bitte.«

Ihre Augen sind feucht und müde, und zum ersten Mal sehe ich im Gesicht meiner Mutter etwas, von dem ich viele Jahre überzeugt war, dass es für mich nicht existiert.

Liebe. Zärtlichkeit. Zuneigung.

Meine Augen brennen. Denn dieser Anblick kommt so unerwartet, dieser Moment ist wie eine Rechenschaft für all die Jahre, die wir im Streit verbracht haben. Denn ich merke, dass sie mir, auf eine seltsame Art, ihre Zustimmung gibt – zu dem Leben, das ich leben will, und dem Mann, mit dem ich es leben will. Ich strecke die Hände aus, biete sie ihr an, unendlich dankbar für das, was sie zu sagen versucht – auf die einzige Art, mit der es kann.

»Das wäre schön.«

* * *

Vielleicht war das ein Fehler.

Vielleicht war das Hinausschießen durch den Ausgang des Spa, die eilige Fahrt nach Hause und das schnelle Einpacken nicht zusammenpassender Teile in eine Tasche, um dann auf dem nach Osten führenden Interstate davonzufahren … vielleicht war all das ein Fehler.

Sicher wird es ein wenig verrückt aussehen, keine vierzehn Stunden nach Absenden seiner SMS auf Garretts Türmatte zu stehen. Ich klappe die Blendleiste herunter, um mein Haar (ein Rattennest) und mein Gesicht (noch schlimmer) zu begutachten, und dann klappe ich sie wieder zu und schaue mit einem resignierten Seufzer auf meine nackten Nägel. Ich bin ein Desaster. Fünf Monate Trennung und ich tauche mit diesem Aussehen bei ihm auf.

Ich suche die Gegend ab – stelle fest, dass nirgendwo sein Truck zu sehen ist – und denke über meinen nächsten Schritt nach, während ich mit den Nägeln auf das Lenkrad trommle, erschöpft und gleichzeitig aufgeregt. Er hat gesagt, dass die Tür auf sei. Technisch gesehen könnte ich in das Haus flitzen und ein wenig Schadensbegrenzung durchführen, mich dann auf seine Stufe setzen und warten. Außer, seine Warnung über das Hereinschleichen in das Haus eines Rednecks ist hier relevant. Es gilt zu bedenken, dass ich unangekündigt auftauche.

Entscheidungen, Entscheidungen.

PRO: Ein Waschbecken, ein Spritzer kaltes Wasser und eine Haarbürste würden jetzt wahre Wunder vollbringen. Alle drei befinden sich sicher hinter der Vordertür.

KONTRA: Garrett könnte auftauchen, während ich drin bin – womit ich aussehe wie ein eitler, auf Äußerlichkeiten fixierter Eindringling.

PRO: die Möglichkeit, Garrett zum ersten Mal seit fünf Monaten zu treffen, ohne wie eine Meerhexe auszusehen.

PRO: Waschbecken, kaltes Wasser, Haarbürste.

Fertig. Ich werfe die Wagentür auf und klettere hinaus, schaue mich zur Vergewisserung noch einmal um, dass nicht Garretts Truck irgendwo geparkt steht, wo ich ihn nicht bemerkt habe. Dann eile ich zur Vordertür und rüttle an der Türklinke. Unverschlossen, wie er gesagt hat. Ich drehe am Türgriff und öffne langsam die Tür. Genau wie ein Eindringling.

»Habe ich dir nicht von den Risiken erzählt, wenn man ins Haus eines Rednecks schleicht, Stadtmädchen?« Mist.

Ich drehe mich langsam um. Und da ist Garrett – genau so, wie ich ihn verlassen habe. T-Shirt und Jeans, Baseballkappe und Stiefel. Er steht da mit einem Paar Arbeitshandschuhen in den Händen und einem breiten Grinsen im Gesicht.

»Es tut mir leid. Ich wollte mir das Haar kämmen und habe deinen Truck nicht gesehen, deshalb …«

»Du bist gekommen«, unterbricht mich Garrett. »Und schnell. Also, richtig schnell.«

Wegen der Doppeldeutigkeit in dem, was er gerade gesagt hat – unbeabsichtigt, nehme ich an –, versucht mein bereits erschöpfter Verstand, hundert verschiedene Wortspiele als Antwort aufzurufen, doch ich beschließe, sie für später aufzuheben.

»Ich bin sofort durchgefahren.« Ich strecke die Hände aus und plappere über Dinge, die ihn kaum weniger interessieren könnten. »Ich war im Spa, habe aber meine Nägel versaut, als ich versucht habe, mich anzuziehen. Ich musste den Nagellack abmachen.«

Garrett schaut zweifelnd zu meinen Nägeln, dann nimmt er den Rest von mir in sich auf, betrachtet mich in voller Länge, und ich kann nicht sagen, was er dabei denkt. »Aber du bist hier.«

Ich lasse die Hände fallen. »Natürlich bin ich hier. Warum auch nicht?«

»Ich weiß nicht. Vielleicht weil du über mich hinweg bist.«

»Das bin ich nicht.«

Wir werden beide still. Garrett lässt den Blick zu Boden sinken, als würde er sich neu formieren, dann richtet er sich auf und sieht mich direkt an. »Ich werde das jetzt alles sagen, sofort. Kein Smalltalk oder um den heißen Brei herum. Damit du weißt, wo ich stehe, und was ich will. Okay?«

Und wie an dem Tag, als wir uns verabschiedet haben, beginnt mein Herz voller Hoffnung zu klopfen. Ich versuche, dagegen anzukämpfen, doch es geschieht ohne meine Erlaubnis. Ich nicke Garrett zu und bemühe mich, um ruhig stehen zu bleiben, ohne meine Knie zu verspannen, für denn Fall, dass sie sich dazu entscheiden, nachzugeben.

»Ich liebe dich so sehr, Cara. Du hast es geschafft, dass ich mehr will. Dann hast du diese verblüffende Gelegenheit für mich geschaffen, damit ich alles bekommen konnte, was ich je wollte. Und dann hast mir dann einen Tritt in den Arsch verpasst, als ich es gebraucht habe. Du hast mir gesagt, dass ich das für mich und für uns tun soll. Das habe ich. Das Einzige, was jetzt noch fehlt, das bist du.«

Er macht eine Pause, die lang genug ist, dass ich denke, ich bin an der Reihe. Der Moment, in dem ich mich von der Stufe abstoße und in seine Arme falle und Pavarotti taucht seitlich auf der Bühne auf und schickt uns mit der passenden musikalischen Begleitung in den Sonnenuntergang.

»Aber …«

Mein Plan, mich in seine Richtung zu stürzen, beginnt zu versanden. Was? Kein aber! Ist er verrückt? Man kann sich nicht so erklären und dann ein aber hinterherschicken.

»Aber ich will, dass du hier sein willst. Für dich. Ich will nicht, dass du irgendwas aufgibst, um mit mir zu sein. Ich will, dass du du selbst bist, und ich bin ich … genauso, wie du es gesagt hast. Das wird nicht einfach, dieses Leben. Ich will, dass du mir versprichst, darüber nachzudenken, und dass, was immer du entscheidest, in dem Wissen geschieht, dass du ehrlich zu dir selbst bist.«

Garrett lässt mit einem langen Ausatmen die Schulter sinken. Rede vorbei, denke ich. Ich neige den Kopf und stelle mich ihm mit meinem besten Pokerface gegenüber. Wenn ich wie eine Idiotin grinsen würde, würde es wohl das zunichtemachen, was ich sagen werde und er wird annehmen, dass ich einfach impulsiv bin, was ich nicht bin. Alles das, worüber er sich Sorgen macht – die Arbeit, die Wahl, die Wahrheit – habe ich bereits durchdacht. Seit Monaten habe ich mir die besten und schlimmsten Szenarios eines Lebens mit Garrett vorgestellt, und am Ende waren alle Fragen in meinem Kopf beantwortet. Ich weiß genau, dass alle unsere gemeinsamen schlimmsten Tage jeden einzelnen meiner besten Tage ohne ihn übertreffen werden.

»Okay.«

Er runzelt die Stirn. »Okay?«

»Ja. Okay. Ich habe natürlich meine Sachen nicht mitgebracht, wie du siehst. Deshalb muss ich zurück, um mich darum zu kümmern, dass sie hergeschickt werden. Muss entscheiden, was ich mit meiner Wohnung mache, aber … Okay.«

»Aber du hast nicht darüber nachgedacht«, platzt es aus ihm heraus. »Ich kenne dich, Cara. Du musst mit deinem hübschen Verstand darüber nachdenken. Den ganzen Pro- und Kontra-Kram herausholen. Das hast du nicht gemacht.«

Ich trete von der Stufe herab, gehe langsam in seine Richtung. Er wirkt nervös.

»Da liegst du falsch. Ich hatte *fünf Monate* Zeit, darüber nachzudenken. Ich habe eine gesamte Tabelle mit Pro- und Kontra-Argumenten zu diesem Thema. Die Pros haben gewonnen. Ich habe nur noch auf dich gewartet.«

Alles an ihm – sein Körper, sein Ausdruck, das Grinsen, das auf seinen Lippen zuckt – bringt mich zurück zu dem Tag, als wir uns am Rand der Landstraße in Hotchkiss trafen. Als er dachte, ich sei nur ein reiches Mädchen aus der Stadt, das sich verfahren hat und ich dachte, er sei nur ein Typ mit Waschbrettbauch, Schlafzimmeraugen und Wegbeschreibungen.

Als ich bei ihm bin, gleiten meine Hände an seine Brust, pressen sich gegen sein Shirt, das staubbedeckt ist, und ich liebe seinen Geruch, wie er sich anfühlt, seine Authentizität – genau so. Garrett, wie er immer ist, der Garrett, der er immer sein wird.

Und als er die Arme um meine Taille legt, weiß ich, dass er mich genauso sieht. Cara, wie er mich kennengelernt hat, wie er mich immer geliebt hat.

Garrett neigt sein Kinn nach unten und schaut mir in die Augen.

»Ich hoffe, du bist bereit für das hier, Stadtmädchen.«

Bin ich bereit?

Verdammt, ja.

Danksagungen

Wie immer Danke an Euch, Victoria Cappello und Elana Cohen, die fortwährend fachliche Anleitung und Unterstützung bieten. Und Danke an alle vom Pocket Books Team, die so viel tun, um dafür zu sorgen, dass diese Bücher die besten sind. Ein besonderer Dank an Janet Robbins Rosenberg für schlaues, verständliches und aufmerksames Redigieren. Danke auch an Lori M für das Zweitlesen von Second Chance Season. Deine Hinweise waren pointiert und haben maßgeblich zu einer Schärfung der Charaktere beigetragen.

An alle Leser, Kritiker und Blogger da draußen: Vielen Dank. Ich hoffe, Ihr wisst, wie beeindruckend Ihr seid. Danke für das Lesen, danke für das Bewerten – und vor allem, danke für das Reden mit anderen über die Bücher, die Ihr liebt.

Für Warren … danke, dass Du der Garrett zu meiner Cara bist. Wenn Du nicht wärst, denn würde ich mich noch immer fragen, wie diese Hühner da heruntergekommen sind.